EXCLUSIVA

FSC
MISTO
Papel
FSC® C105484

A marca FSC® é a garantia de que a madeira utilizada na fabricação do papel deste livro provém de florestas que foram gerenciadas de maneira ambientalmente correta, socialmente justa e economicamente viável, além de outras fontes de origem controlada.

ANNALENA MCAFEE

Exclusiva

Tradução
Angela Pessoa
Luiz Araújo

COMPANHIA DAS LETRAS

Grafia atualizada segundo o Acordo Ortográfico da Língua Portuguesa de 1990, que entrou em vigor no Brasil em 2009.

Título original
The spoiler

Capa
Kiko Farkas e Mateus Valadares/ Máquina Estúdio

Imagem de capa
Corbis/ LatinStock

Preparação
Ciça Caropreso

Revisão
Jane Pessoa
Adriana Cristina Bairrada

Dados Internacionais de Catalogação na Publicação (CIP)
(Câmara Brasileira do Livro, SP, Brasil)

McAfee, Annalena
Exclusiva / Annalena McAfee ; tradução Angela Pessoa, Luiz Araújo. — 1ª ed. — São Paulo : Companhia das Letras, 2012.

Título original: The spoiler.
ISBN 978-85-359-2123-6

1. Ficção inglesa I. Título.

12-06040 CDD-823

Índice para catálogo sistemático:
1. Ficção : Literatura inglesa 823

[2012]

EDITORA SCHWARCZ S.A.
Rua Bandeira Paulista, 702, cj. 32
04532-002 — São Paulo — SP
Telefone (11) 3707-3500
Fax (11) 3707-3501
www.companhiadasletras.com.br
www.blogdacompanhia.com.br

Para Ian

Eu canto Notícias, e todas aquelas folhas insípidas
Os mascates tagarelas apregoam pelas ruas boquiabertas;
Qualquer que seja seu nome, não importa a que horas se lancem,
Úmidas da prensa, para seduzir o olho do leitor.

George Crabbe, em *The Village and the Newspaper*

Como chorei por Jazer, assim chorarei por ti...
o roubador lançou-se sobre as tuas searas e a tua vindima.

Jeremias 48:32

A internet é mais uma febre que as forças de mercado mais cedo ou mais tarde colocarão no devido contexto. Por ora, seus fanáticos defensores necessitam da compaixão e da tolerância outrora concedidas aos esperantistas e radioamadores... A internet terá seu momento em cena e então assumirá seu lugar na fileira das mídias inferiores.

Simon Jenkins, *The Times*, 4 de janeiro de 1997

Um

Londres, 17 de janeiro de 1997

Ela dispunha de duas horas para ocultar os segredos de sua vida. Indícios de vaidade, insensatez ou coisa pior precisavam ser eliminados. A desordem doméstica não era uma preocupação; a empregada a remediara naquela manhã. E ainda que Honor Tait tivesse tendência ao desleixo, nunca fora colecionadora nem de pessoas nem de objetos. Divórcio, luto, um incêndio residencial, um temperamento irritantemente frio e os protocolos das viagens regulares garantiram que, para uma mulher de sua idade, os destroços fossem mínimos. Ela sempre viajara com pouca bagagem. Tanto no amor quanto na vida, era apenas bagagem de mão. Portanto, o que restara no apartamento de Londres? Que item inútil, que sobrevivente acidental do crivo do tempo a trairia?

Ofegante e dominada por um pânico fora do comum, ela passou os olhos rapidamente pelo aposento, examinando o mobiliário, as fotografias e as estantes de livros. A maior parte dos objetos pertencia a Tad, claro. Aquele fora o apartamento de solteiro dele, depois se tornara a segunda residência de casado dos dois. Agora era seu cárcere de viúva. De certa forma, fora ele quem se encarregara da casa. Comprara pinturas, emoldurara fotografias, escolhera cortinas, cedera ao capricho das estatuetas de Staffordshire e das porcelanas de Sèvres, sentira um estranho prazer nas duas poltronas puídas que encontrara em um antiquário em Edimburgo e passava horas silenciosas, como um monge medieval diante de seus manuscritos, examinando atentamente catálogos pesados com amostras de tecido. Mesmo no auge amigável do casamento deles, ambos consideravam Glenbuidhe, cerca de mil e duzentos quilômetros ao norte, com seus revigorantes desconfortos, a casa dela e Maida Vale, a dele. Assim como demonstrara pouco interesse em decorar o apartamento, Honor não sentiu a menor vontade de desmontá-lo — de atacar a coleção, como ele teria dito — quando ele morreu. Agora seria convocada a responder pelo espírito aquisitivo e pelo gosto questionável de seu falecido marido.

Objetos tão familiares que Honor já não os enxergava, livros e quadros colecionados ao acaso, presentes desprezados e quinquilharias, bagagem sentimental, tudo cuidadosamente espanado e reorganizado pela empregada, seriam manuseados, revelando minúcias. Muito já tinha sido dito e escrito a respeito de Honor; boatos, informações errôneas e deturpações haviam sido coligidos, retocados por sucessivos inquisitores e convertidos em fatos lapidares.

O artigo da *Vogue*, do qual Bobby a convencera a participar, ainda a aborrecia. Já fazia mais de um ano, mas ela se sentia furiosa, humilhada pela futilidade (e pela fotografia!) sempre que via um exemplar da revista — agora, invariavelmente em algum consultório médico. Ultrajar, menosprezar e interpretar mal com trezentas palavras era um feito e tanto. Houve aparições no rádio, no *Woman's Hour* (tanto barulho por uma participação de oito minutos) e com Melvyn no *Start the Week*, no qual Honor disputara a palavra com um cientista deprimente, um clérigo que parecia convencido de que ainda estava no púlpito e um romancista com opiniões excêntricas sobre bem-estar animal.

Mais recentemente, tinha havido o *South Bank Show* (Melvyn outra vez. Será que não restara nenhum outro locutor sério?). Garantiram-lhe que o programa enfatizaria apenas seu trabalho — ela deixara claro que sua vida pessoal estava fora de cogitação — e bajularam-na para que pensasse estupidamente que o programa exaltaria seu "lugar como escritora no coração da história do século XX". Em vez disso, a apresentação resumira-se a quê? Um cadáver velho e encarquilhado discorrendo na penumbra sobre eventos mundiais que já não significavam nada para ninguém; uma trêmula Miss Havisham recordando o casamento que nunca existiu.

A entrevista fora pontuada por filmagens e fotos de arquivo — da Escócia, Paris, Espanha, Alemanha e Los Angeles, com um cortejo de artistas, poetas, políticos, figurões de Hollywood e, sucessivamente, três maridos —, uma destilação burlesca de sua vida em seis minutos de imagens tremidas. Meticulosamente fiéis ao prometido, os produtores do programa de fato se eximiram de mencionar família, maridos ou amantes, mas o contínuo desfile de imagens foi menos discreto.

Pesquisadores haviam descoberto uma foto publicitária de Maxime agitando uma piteira como se fosse a batuta de um maestro, eclipsado pela própria sombra, exuberante como Noël Coward, embora carecesse de talento e entusiasmo, e certamente de testosterona. Sandor Varga apareceu duas vezes: elegante e saturnino como futuro marido de Honor em Basileia e, então, dez anos mais tarde, rechonchudo e presunçoso em Mônaco, com a prostitutazinha barata por quem a deixara. Tad, seu terceiro e último marido, bizarramente recebera menos atenção no documentário do que a superelogiada atriz Elizabeth Taylor — o locutor incluiu uma referência idiota à "realeza de Hollywood" —, com quem Honor e Tad foram fotografados uma vez em alguma festa da indústria cinematográfica. O trabalho dele foi representado por dois videoclipes de seus filmes, que se revelaram uma confusa catástrofe; fora de contexto, o humor parecera ainda mais pueril e forçado, as referências sexuais indispensáveis sugeriam repressão em vez de libertação. Ela se sentira ofendida pelo pobre coitado, a salvo de tudo aquilo no cemitério St. Marylebone.

Homenagearam sua vida profissional com algumas sequências de guerra — um material violento das linhas de frente em Madri, Polônia, Normandia, Buchenwald, Berlim e Incheon. Vultos imprecisos passaram rapidamente na casbá em Argel nos anos 1950 — mais gravações filmadas de arquivo — e mostraram uma fotografia piegas sua de fins da década de 1960, embalando um bebê assustado em um orfanato em Weimar.

Estudantes húngaros arremeteram contra tanques soviéticos em 1956 e treze anos depois (absurdamente comprimidos em três segundos na tela) seus colegas tchecos fizeram o mesmo, enquanto duas fronteiras adiante, em Paris, os filhos privilegiados — foram principalmente os filhos — da burguesia, futuros legisladores, acadêmicos, políticos e autoridades, brincavam de revolução, chutavam vitrines e arremessavam tijolos e bombas incendiárias em gendarmes proletários.

Uma foto de Honor despenteada e suja nos anos 1950, em uma trincheira coreana, retratava-a mais como uma debutante surpresa em uma embalagem de creme de beleza do que uma correspondente de guerra em ação. Na maioria das vezes, porém, os clipes exibiam uma jovem brilhante e bem tratada, com os cabelos lustrosos caindo graciosamente sobre os ombros, o sorriso parecendo uma tocha olímpica, desafiando toda e qualquer pessoa a não achá-la bonita, a não desejá-la, a admirar sua inteligência e invejar seu sucesso. A justaposição dessa deusa luminescente e travessa com a pensionista alquebrada na entrevista filmada resultava em uma vanitas requintadamente cruel: um Ozymandias da Idade Moderna. Contemplem as minhas obras, ó poderosos, e desesperai-vos! Os amigos e amantes trazidos momentaneamente à vida na tela talvez fossem fantasmas agora, lodo em decomposição sob a terra, ou cinzas havia muito lançadas à atmosfera, mas o espectro mais repugnante de todos era Honor Tait, a sobrevivente, condenada a assistir, horrorizada, à sua própria e lenta atrofia.

Que coisa humilhante era a fama nos dias atuais. Surpreendia-a tantas pessoas parecerem ter pouca coisa melhor a fazer do que se sentar de boca aberta diante de programas de arte tarde da noite na TV. Ela fora reconhecida em todos os lugares — por motoristas de táxi, garçons, lojistas, estranhos em inaugurações de galerias, pedestres. Um operário de colete laranja, carregando traves de andaime, perto da clínica de seu médico na Wimpole Street, tocara seu capacete de proteção com a ponta dos dedos e gritara na direção dela: "Continue escrevendo!".

Depois fora a vez de T. P. Kettering, o acadêmico bajulador que se apresentara como seu "biógrafo oficial" e, quando refutado, tentara se tornar um delator oficioso. Seu livro, publicado por uma obscura editora universitária com um título absurdamente grandioso — *Veni Vidi: Honor Tait, testemunha da história* —, era uma flácida colagem de artigos, neutralizada por advogados e fatalmente por um decreto insinuado por Honor de que aquele que desejasse manter alguma ligação com ela não deveria ter nada a ver com o livro em questão ou seu autor. Martha Gellhorn, Honor irritara-se ao descobrir, concedera a Kettering uma menção educada e falsamente respeitosa. O livro fora mal revisado. ("Há uma fascinante biografia a ser escrita sobre a extraordinária Honor Tait que nada tem a ver com esse livro insípido", escreveu Bobby no *Telegraph.*) O livro fora misericordiosamente esquecido, assim como o próprio Kettering. A satisfação de Honor em saber que ele deixara de beber e achava-se reduzido a *ghostwriter* na autobiografia de um jogador de futebol beirara a indecência.

Mas ela não podia extirpar seu nome do índice da biografia de outras pessoas ou dos recortes de jornal que constituíram a fonte de Kettering. Tampouco podia remover seu trabalho dos arquivos. Muito material já caíra em domínio público. Nesse momento, precisava preservar a pouca dignidade e privacidade que lhe restavam.

Ela precisava percorrer seu apartamento com o mesmo olhar de um estranho, de um estranho perigoso: um jornalista. Para ela, mais do que ninguém, isso não deveria ser difícil. Mas estava velha e fora de forma — não publicava uma reportagem original havia oito anos e seu último artigo, sobre a situação dos refugiados vietnamitas em Hong Kong, fora rejeitado pelo *New Statesman* seis meses antes, com uma carta de tirar o fôlego de tão bajuladora. O "Novo Jornalismo", do qual fora considerada uma referência, havia sido substituído por formas ainda mais recentes, cujos princípios orientadores a confundiam. Como a *nouvelle vague* do cinema francês, ou as saias cintura de vespa do New Look da Dior, a marca distinta de Honor Tait do Novo Jornalismo — politicamente informado, verdadeiramente imparcial — era tão obsoleta quanto as capas protetoras para braços ou encostos de sofás nesta irônica era moderna. Apenas os intencionalmente arcaicos, os loucos nostálgicos que apreciavam o estilo *vintage* e a estética Bakelite respeitavam sua abordagem.

Ela permaneceu no centro do aposento, uma velha frágil e rabugenta, o cabelo em desordem, vestindo um roupão surrado de seda estampada. Acabara de desenvolver um tique esporádico, um tremor de assentimento com a cabeça que parecia se tornar mais pronunciado quando estava agitada como agora e que dava a impressão de uma aprovação entusiástica, quando o oposto era invariavelmente o caso. A mão esquerda agarrou o espaldar de uma das preciosas poltronas de Tad e, firmando-se, ela virou devagar e estreitou os olhos azuis lacrimejantes, tentando captar o aposento como se o visse pela primeira vez, registrá-lo como se examinasse ilicitamente o diário íntimo de outra pessoa.

A começar pelas paredes: os quadros e as fotografias. Quanto tempo fazia desde que efetivamente olhara para aqueles objetos? A aquarela de ondas azinhavradas e montanhas apagadas — Antrim? O oeste da Escócia? Em todo caso, não era Loch Buidhe. Era agreste e descampado demais para ser aquele vale protegido. Outra compra impulsiva de Tad; irrepreensivelmente não biográfico e vergonhosamente inadequado. A jovem entrevistadora de Honor teria dificuldade em tirar conclusões depreciativas com base naquela rudimentar paisagem marinha, a menos que fosse uma conhecedora de arte, o que era pouco provável, dado o calibre do pessoal que trabalhava em jornal atualmente, ou, na verdade, da maioria dos jovens. Para o fornecedor de estereótipos rápidos, a cena talvez refletisse uma inclinação por pintores de domingo ou pela melancolia céltica. Totalmente errado, mas um equívoco inofensivo.

A aguada enganosamente simples de Tristão e Isolda poderia ser mais problemática. Tad tinha achado que sim. Seu primeiro impulso fora destruir o desenho, rasgá-lo em dois com suas mãos fortes, ou ao menos deixá-lo onde o encontrara — em uma pilha de papéis de Honor abandonados em Glenbuidhe. Mas o marido possessivo, que nunca fora íntimo de mais ninguém, furioso com a mulher, com quem se casara estando ambos na meia-idade, perdeu para sua deferência caracteristicamente americana com a fama. Foi Tad quem por fim escolheu a pesada moldura de ébano, após um grau de contemplação e diálogo que não teria desabonado Platão, e colocou o desenho acima do console da lareira no apartamento, onde ainda se achava pendurado. O artista unira os amantes em uma única linha, e se um entrevistador examinasse a obra com atenção por um imperceptível momento — quando, digamos, Honor estivesse preparando chá na cozinha —, talvez detectasse a dedicatória do autor, escrita na vertical em sua diminuta letra de forma quadrada ao longo da linha do vestido de Isolda: *Para Honor, de Jean. Je t'embrasse.*

A história da amizade dos dois fora várias vezes regurgitada em biografias de Cocteau e em alguns perfis biográficos sobre Honor. Havia pouco tempo, Kettering tentara reaquecê-la e servi-la outra vez a um público apático. E o *South Bank Show* mostrara imagens estúpidas da festa para *Le Bel indifférent* — com Picasso tipicamente comportando-se como palhaço para as câmeras —, mas, seguindo à risca as condições de Honor, os realizadores do programa abstiveram-se de imputações ou comentários, utilizando, em lugar da narração informativa, uma sinuosa trilha sonora de guitarra de Django Reinhardt e do Hot Club de France. "Oh, Lady Be Good." Uma exortação que não se ouvia com frequência nos círculos de Honor na época.

O curto período que passara com Jean precedera seu casamento com Tad — o último e melhor dos maridos — em muitas décadas, mas tempo para ele nunca fora o problema. Tampouco necessitava de provas de intimidade. O ciúme de Tad — retrospectivo, vigente e potencial — parecera-lhe uma manifestação de loucura que não se revelava em nenhum outro aspecto de sua natureza. Uma realidade perversa em um mundo bom.

Mas, sinceramente, que interesse uma história como aquela, de uniões e rompimentos repletos de detalhes, dependência de ópio e bebedeiras selvagens entre artistas e boêmios em Paris — quando? sessenta anos atrás? sessenta e cinco? —, poderia ter para os leitores da revista de domingo de um jornal inglês nos últimos dias do milênio? Nos dias de hoje, arte era espalhar fluidos corporais sobre uma tela ou exibir fraquezas pessoais em benefício dos idiotas. Todos eram artistas agora; seguiam como gado, bebendo como Baco. O ópio, ou seu equivalente contemporâneo — era outra vez a cocaína? Ou o ecstasy? —, era servido em banquetes de industriais, jantares de balconistas e pubs de subúrbio. O escândalo de ontem era a nota de rodapé opcional de hoje. Quem, para dizer a verdade, se lembrava de Jean? E entre os poucos obstinados connoisseurs da obscuridade que se lembravam dele, quem se importava? O desenho podia permanecer. Além disso, era pesado demais para que ela o movesse sem ajuda.

Diante do Cocteau, em uma moldura de carvalho sem verniz, havia um implacável retrato a óleo dela, pintado dez anos antes, com um penteado formal, lábios carmesins e ar glacial. Era pouco lisonjeiro, até mesmo ameaçador, mas alguma coisa nele, sua sinceridade crua talvez, ou a indiferença atemporal de um ícone russo — A Tentação de Santa Honor, enfrentando incontáveis demônios invisíveis —, seduzira Tad, a despeito de sua essencial antipatia pelo artista. Daniel pintara o quadro em seu primeiro e, como ficou mais que sabido, último semestre na Slade. O último ano dele. Honor lutou para arrancar o quadro da parede, maldizendo o esforço que aquela simples ação exigiu dela. Mas ao encostá-lo no rodapé, ficou consternada ao ver que a pintura deixara um fantasmagórico retângulo de papel de parede escuro, como o segmento pungente no museu de Boston que aguardava o retorno do Vermeer roubado. A ausência do quadro possivelmente provocaria mais especulações do que sua presença. Melhor deixá-lo ali. Honor lutou para recolocá-lo no gancho. Seu coração começou a disparar de forma desconfortável, com uma pontada de dor a cada batida. Ela sentou-se para recuperar o fôlego.

Apesar da recusa inicial de Honor, sua editora a persuadira a receber a entrevistadora em seu apartamento. Não obstante todos os seus maneirismos maternais, Ruth Lavenham, fundadora e editora-chefe da Uncumber Press, era uma empresária dura como aço. A intromissão seria benéfica para as vendas do novo livro de Honor, argumentara Ruth. Igualmente benéfica seria a implicação, uma ameaça encoberta por um sorriso, para a Uncumber Press, um valente Davi para os Golias corporativos do mundo editorial. Honor tinha uma dívida para com ela. Havia dois anos, Ruth a salvara da falência, logo após a morte de Tad, com uma nova e elegante edição da primeira compilação jornalística de Honor, *A verdade, uma máquina de escrever e uma escova de dentes*, originalmente publicada na década de 1950 e havia muito esgotada. O livro, em sua segunda encarnação, incluiu seu relato, ganhador do prêmio Pulitzer, da libertação de Buchenwald e tornou-se um surpreendente *succès d'estime*. Honor Tait foi "redescoberta" e, de forma ainda mais gratificante, conseguira pagar algumas dívidas mais prementes. A expectativa era a de que o novo livro, *Relatos de um posto obscuro: uma coletânea de Honor Tait*, repetisse o truque. E no ano seguinte, se tudo corresse bem, haveria um terceiro livro, com o título *O olho inflexível*, sugerido por Ruth e ao qual Honor se opusera.

"Ah, sem essa", disse Ruth quando elas discutiram a campanha publicitária prévia de *Relatos*, "uma entrevista para a revista mais respeitada do país? No conforto de sua própria casa? Que mal há nisso? Em termos publicitários, é infinitamente melhor do que um anúncio de página dupla."

E mais barato também. Portanto Honor capitulara. Mas sabia que era um equívoco. Nas poucas vezes em que consentira ser entrevistada, nunca havia recebido um repórter em casa. Mesmo o mais bem-intencionado dos jornalistas iria considerar o apartamento e seu conteúdo como a escotilha de sua alma, sem cortinas e iluminada no escuro. A conversa com Melvyn no *South Bank Show* fora filmada na Biblioteca de Londres, onde ela previamente concordara — em um momento de narcisismo imprudente, devidamente recompensado pela fotografia em si (uma máscara pavorosa de Halloween na sala de leitura do Inferno) — em posar para a *Vogue*.

Hotéis, terras de ninguém impessoais, despojados de marcas e lembranças, eram melhores para esses encontros. O mais perverso dos repórteres teria dificuldade em recriminá-la pelo tédio da decoração, pelas manchas no sofá ou pelo cheiro de mofo que pudesse estar impregnando o aposento. Ainda assim, em uma suíte comum toda de couro bege e cromo, onde os únicos livros nativos eram a Bíblia de Gideão e as Páginas Amarelas, era possível ser pego de surpresa, como o pobre John Updike. Honor lhe escrevera um bilhete de solidariedade depois que a repórter de um jornal descobriu uma cueca embaixo de uma cadeira no quarto de hotel dele, e em seu artigo usara a cueca branca como metáfora do que considerava a atitude negligente dos homens com o sexo refletida na ficção de Updike. Honor abominara o pedantismo. Ao menos, em seu apartamento, graças à empregada, não haveria nenhuma roupa íntima à vista.

Era uma técnica antiga: deparar com um objeto aparentemente insignificante e usá-lo para construir uma história psicológica barata sobre seu proprietário. De que outra forma resumir toda uma vida com base nas indicações de uma conversa de uma hora e em alguma pesquisa de dados na biblioteca de recortes de jornal? A própria Honor recorrera a essa prática mais de uma vez, especialmente quando o entrevistado era pouco acessível. Cada quinquilharia conta uma história. Mesmo no mais recente Novo Jornalismo, algumas coisas nunca mudam. Ela recordou sua própria emoção de caçadora quando descobriu a mula *netsuke* no escritório de MacArthur em Tóquio; o programa teatral de uma paródia de Max Miller no reduto de Beckett em Montparnasse; um exemplar dos sonetos de Shakespeare ao lado da cama de hospital de Mme. Chiang Kai-shek; e a fotografia autografada de Ida Lupino no austero escritório de De Gaulle na época da guerra em Carlton Gardens.

Será que suas próprias fotografias, ainda na estante de livros e nas paredes, onde Tad as colocara originalmente, resistiriam a essa espécie de escrutínio? Uma foto em preto e branco retratava-a como uma jovem correspondente de guerra, ágil como uma leoa e elegante em um uniforme militar em meio a rapazes sorridentes e predestinados antes da Normandia. Ao lado dessa imagem, achava-se sua foto tradicional, feita para a *Collier's*, onde ela era vista sentada com Franco, recém-nomeado comandante geral das ilhas Canárias. Da cintura para cima, ela parecia recatadamente profissional, o bloco de anotações e a caneta em destaque, em uma postura de exagerada atenção, como uma estenógrafa dos anos 1930. "Anote uma carta, senhorita Tait." Da cintura para baixo, era a própria corista. Suas longas pernas bronzeadas, em um shorts feito sob medida e sandálias de salto alto, pareciam emprestadas do Ziegfeld Follies. A fotografia fora distribuída em todo o mundo. "A Dietrich da sala de redação", haviam-na apelidado. Tudo para publicação. Tudo parte do mito. A essa altura, nada mais podia ser feito sobre isso.

A foto adulterada do jantar à luz de velas — uma festa de arrecadação de fundos para o Partido Progressista —, tirada por paparazzi, talvez fosse mais controversa. Em sua versão não censurada, com Sinatra a seu lado, sussurrando-lhe ao ouvido, decerto o fora na ocasião. Ele era casado, mas estava saindo abertamente com Ava Gardner quando a fotografia foi batida, e as páginas de fofocas exultaram, ainda que no tom bajulador daquela época mais inocente; os mortais lançando olhares invejosos para o esporte dos deuses. Agora os mortais estavam em ascensão e os deuses na reserva, bombardeados com legumes podres. Ela retirou a fotografia do gancho e segurou-a nas mãos, admirando — sim, por que não admitir? — a forma com que a luz caía sobre seus ombros, iluminando seu arranjo de gardênias. As flores eram macias e frescas como seu rosto jovem e inocente, aparentemente flagrado em estado de dissolução pré-coito. Como a câmera mente, e por vezes a nosso favor... Para os padrões da época, ela já estava um pouco passada; chegara aos trinta anos com uma guerra, um casamento infeliz e inúmeras ligações românticas irrefletidas atrás de si. Duas outras guerras — três, levando-se em conta a da Argélia — aguardavam-na um pouco adiante. Honor não se sentia disposta àquele tipo de noite — sua velha amiga Lois, que na ocasião trabalhava para o partido de Henry Wallace, a forçara a ir — e se irritara ao descobrir que o arranjo dos lugares a colocara ao lado não de Alvin Tilley, dramaturgo progressista, um dos Onze de Hollywood, mas do cantor romântico brega Frank Sinatra. Ficou claro que Sinatra tinha igualmente outros planos para a noite, embora tenha sido civilizado. A proposta sussurrada que a câmera registrou fora na verdade uma conversa sobre a Comissão Mista de Refugiados Antifascistas.

Duas décadas depois, em outro acesso de ciúme, Tad rasgara a fotografia ao meio, removendo o cantor, com seu sorriso de serafim caído, assim como os fotógrafos e fãs que o cercavam. A fotografia original, não editada, que continuava em circulação, pertencia a uma das grandes agências e fora usada no documentário recente. A posteridade, selvagemente caprichosa, conservara incandescente na imaginação do público os dotes de 40 watts de Sinatra, ao passo que incontáveis talentos mais luminosos se extinguiram. E se a entrevistadora de Honor, que se chamava pateticamente Tamara Sim, percebesse que esta versão nas mãos de Honor fora alterada e concluísse que ela mesma, talvez uma amante frustrada, houvesse atacado a fotografia com a tesoura?

Será que a imagem lançaria a garota atrás de uma pista falsa? Honor não sentia o menor desejo de provocar nenhuma coceirinha de curiosidade no *The Monitor* ou em sua revista de domingo.

Às vésperas do novo milênio e a despeito da vida particular caótica, dos problemas de alcoolismo e de consumo de drogas de seus jornalistas, a despeito da disseminação das mais secretas práticas sexuais, os jornais que deparavam com alguma matéria sobre a mais branda inconveniência conjugal ainda reagiam como solteironas eduardianas diante de seu primeiro exibicionista. Honor permitiria que esse jornal invadisse sua privacidade apenas até certo ponto e com uma única finalidade: vender o maldito livro. Ou, mais precisamente, fazer dinheiro e pagar algumas contas. Melhor manter-se a salvo. A fotografia deveria sair dali. Agarrando-a com força, outra vez ofegante, voltou a sua cadeira. Precisava se sentar.

A onze quilômetros de distância, em Hornsey, em uma rua estreita com casas de dois andares divididas, Tamara Sim estava sentada na perpétua obscuridade de seu apartamento no porão, piscando diante de um espelho. Havia batons espalhados como cartuchos de munição usados sobre a penteadeira e, junto a seu cotovelo, uma bateria de pincéis de maquiagem digna de um artista, enquanto ela se maquiava com o cuidado infinito de uma garota prestes a embarcar em seu primeiro encontro. O que, de certa forma, era verdade.

Quando a editora da prestigiada revista *S*nday*, do *The Monitor*, enviou a mensagem perguntando se Tamara entrevistaria Honor Tait, ela respondeu no mesmo instante.

"É claro! A heroína da velha escola de jornalismo!! Eu ADORARIA fazer a matéria!!!...", Tamara começou a responder.

Na realidade, Tamara ficara surpresa de saber que a lendária repórter ainda estava viva. Seu conhecimento sobre a obra de Tait era limitado — um artigo sobre a mulher de um ditador chinês da década de 1950 fora um dos textos de seu curso de estudos de mídia. Segundo o conferencista, Tait conseguira emprestado um uniforme de enfermeira, introduzira-se no hospital onde a velha estava se tratando e passara uma hora ao lado da cabeceira da doente. A entrevista fora seca e inexpressiva como um artigo de fundo de um jornal de grande circulação, e Tamara chegara às provas finais sem de fato ler toda a matéria.

História chinesa, ou história em geral, nunca atraíra muito Tamara. Aliás, nem heroínas da velha escola de jornalismo. Perfis exaustivos de escritores idosos não eram seu campo de ação habitual, e o prazo final — dali a três semanas — era apertado. Mas se entusiasmara com a concisa proposta de Lyra Moore, enviada ao computador da redação, para que escrevesse "quatro mil palavras sobre a vida e o trabalho de Honor Tait, prazo final 19 de fevereiro, para a edição de 30 de março da *S*nday*, a fim de coincidir com o octogésimo aniversário de Tait e a publicação de seu novo livro".

Tamara trabalhava quatro dias por semana no *The Monitor* como revisora de provas freelance e redatora ocasional para a *Psst!*, a revista de sábado do jornal, que publicava fofocas sobre celebridades e a programação de TV — uma versão grosseira e insolente da metafísica e arrogante *S*nday*. O mundo descrito nas páginas de cores primárias da *Psst!*, povoadas de atrizes viciadas em sexo, cantores brigões, companheiras anoréxicas de jogadores de futebol e apresentadores de TV drogados, achava-se tão distante dos aristocratas intelectuais da *S*nday* quanto Plutão. A revista de Lyra Moore, impecavelmente elegante e intelectual, era considerada a réplica britânica da *New Yorker*, com o apelo adicional de imagens. Suas páginas, macias e lisas, fazia pouco tempo haviam apresentado uma reflexão de Umberto Eco sobre a estética medieval, uma dissertação de George Steiner sobre Kierkegaard e um ensaio de Susan Sontag sobre a potência da Polaroid, acompanhado de fotografias instantâneas — misteriosas, pessoais e pateticamente mal-arranjadas — batidas em março último pelos cidadãos recém-sitiados de Sarajevo. Tamara não conhecia nenhum dos três escritores e, embora houvesse feito o possível para se enfronhar em suas contribuições à *S*nday*, não se sentia nem um pouco impelida a tentar conhecê-los através da leitura de seus livros. Mesmo que houvesse disposição, onde arranjaria tempo?

Tamara decidiu não usar o traço *vamp* do batom vermelho — acentuava seu herpes incipiente —, então secou os lábios com lenço de papel e optou pelo rosa-fosco. Hoje precisava projetar uma imagem. Arrumada, mas amigável. Saia marinho enviesada na altura dos joelhos, blusa branca de algodão, capa bege e escarpins de salto baixo — o tipo de roupa simples que a princesa Diana talvez usasse em uma visita oficial a um hospital infantil.

Tamara sabia que essa incumbência seria um teste de resistência. Exigiria também uma longa entrevista e o compromisso de transcrevê-la, um tamanho considerável e palavras polissilábicas, em um breve e revigorante espaço de tempo. Tinha plena consciência de que quatro mil palavras seriam um esforço para alguém mais habituado a produzir legendas de duas frases, listas de dez linhas ou colunas de dois parágrafos sobre os percalços das celebridades. Suas entrevistas ocasionais talvez alcançassem oitocentas palavras, e ela fora encarregada de produzir dois artigos de mil palavras cada um — um artigo pago com um dançarino transexual que dizia ter dormido com um apresentador de TV infantil e um relato sobre o filho adolescente usuário de drogas de um policial veterano — para o *Sunday Sphere*. Mas quatro vezes esse tamanho? Isso implicaria muita digitação, sem mencionar a pesquisa.

Era desanimador, mas uma incumbência de Lyra Moore consistia no mais elevado elogio que qualquer jornalista poderia receber. Cinco anos depois do lançamento da *S*nday*, seu título continuava a ser pronunciado com discreta reverência, apesar dos tropeços ocasionais no sinal tipográfico. Os esnobes admiravam a revista elegante de Lyra Moore por sua marca intelectual, ao passo que picaretas pragmáticos invejavam seu generoso orçamento. E como jornalista ambiciosa com extenso portfólio freelance, sem auxílio-doença, férias ou previdência social, sem acesso a nenhum tipo de investimento e com um irmão dependente, Tamara não podia se dar ao luxo de deixar passar essa oportunidade.

Preocupou-a que sua resposta, que digitara poucos segundos depois de ver a mensagem de Lyra brilhando na tela do computador, pudesse ter sido efusiva demais: "...eu ADORARIA fazer a matéria!!!... Eu a admiro MUITO!... Estou VIBRANDO por tomar parte nisso!!... Revista incrível!!!... Escritores fantásticos!!!...". Será que a editora da *S*nday* preferiria que seus colaboradores exibissem um distanciamento parecido com o seu? Por isso Lyra não tinha respondido essa mensagem nem nenhuma das mensagens e telefonemas subsequentes de Tamara? Seria possível, como no caso dos homens, alguém ser entusiástico *demais*?

Como colaboradora semanal da *Psst!*, Tamara era uma "freelance fixa" que gozava da mesma segurança no emprego que um diarista em um canteiro de obras desonesto. Mas enquanto fosse útil e desfrutasse da proteção do editor da *Psst!*, teria um rendimento e uma mesa onde se sentar quatro dias por semana, de segunda a quinta-feira, o que lhe deixava três dias para buscar trabalho freelance em outro lugar. Escrevera matérias para o *Monitor Extra*, a seção diária de Espetáculos do jornal, conhecida como *Mez*, a cargo de Johnny Malkinson, de olhos encovados e viciado em adrenalina. Essas matérias consistiam sobretudo em listas, informações e opiniões do público obtidas através de telefonemas, mas ela estava granjeando alguma reputação — lançando-se, para além do *The Monitor*, a um número animador de revistas e jornais ávidos por matérias — como fornecedora confiável de material de apoio divertido e barato.

Tamara cumprira seu estágio — de três meses — no *Sydenham Advertiser* antes de avançar e tornar-se uma maleável colaboradora de boletins informativos de entidades profissionais e corporativas, entre eles o *Inside the Box: the Voice of the Cardboard Packaging Industry* [Dentro da caixa: a voz da indústria de embalagens de papelão]; *Glaze: the Chartered Institute of Food Stylists' Quarterly* [Coberturas: revista trimestral do instituto licenciado de estilistas de alimentos]; e *The Press: Trade Paper of the Laundry and Dry Cleaning Industry* [A Prensa: jornal comercial do segmento da lavagem de roupas normal e a seco]. Graduara-se trabalhando em jornaizinhos especializados em passatempos, destinados a alpinistas de fim de semana, praticantes de dança de salão e aficionados por periquitos-australianos, passara a revistas voltadas para o consumidor em geral — *Glow* e *Chicks' Choice* — e por fim, à custa de trabalho e adulação, abrira caminho como freelance rumo às seções de notícias, páginas de espetáculos, colunas diárias, seções de viagens e suplementos de fim de semana em vários periódicos, tabloides e jornais regionais e nacionais. Todo esse processo a tinha equipado com um alicerce diversificado de conhecimentos, familiarizando-a com as vantagens das machadinhas de alumínio para escalada em gelo e das calças de polipropileno, os méritos relativos do tetracloreto de carbono e do percloroetileno, a diferença entre mambo e merengue, e a grafia correta de Melopsittacini.

No correr de suas obrigações, ela viajara em classe executiva e conhecera o mundo. Na Cidade do México, para onde fora enviada a fim de cobrir a ExpoPack 1995, saboreara *frozen* daiquiris e desfrutara de três dias de sexo às escondidas com um megavarejista de Nebraska; em San Diego, se apaixonara — uma paixão dolorosamente não correspondida — por um fotógrafo italiano durante a cobertura de um workshop de três dias sobre preparo de saladas; e nas ilhas Maurício mergulhara pela primeira — e última — vez em águas profundas durante uma conferência de medicina veterinária aviária sobre o tratamento clínico da megabacteriose. Tamara orgulhava-se de sua versatilidade profissional e, ao refletir sobre sua condição de "freelance fixa" da *Psst!*, via sua vida profissional como um espelho de sua vida amorosa — estava envolvida com várias coisas ao mesmo tempo, divertia-se e não se sentia pressionada a se comprometer até que a publicação certa surgisse e lhe fizesse uma oferta atraente. Só então, estaria preparada para analisar um esquema de trabalho sério, mais monogâmico. Se ao menos Tim Farrow, editor do *Sunday Sphere*, houvesse cumprido a promessa, ela agora estaria estudando uma solução satisfatória em ambas as frentes. Mas ele se revelara uma grande decepção.

Tamara não deveria pensar em Tim. Iria destruir sua maquiagem. Chorara por quinze dias e agora era hora de seguir para a frente e para o alto. A incumbência da *S*nday* viera em boa hora. Uma porta se fecha, outra se abre. Ela cumprira seu árduo aprendizado nos contrafortes das publicações comerciais, mourejara para fazer sua parte limpando latrinas no acampamento base dos tabloides e agora, nesta etapa de sua carreira e com vinte e sete anos, podia mirar mais alto e apostar na *S*nday*, o Chomolungma da indústria jornalística britânica. Com um pouco de perseverança, um trabalho fixo ou um gordo contrato como freelance na revista mais admirada do Reino Unido seria facilmente seu.

Franziu as sobrancelhas para sua imagem no espelho. Desejava poder pagar um cabeleireiro. Suas luzes precisavam desesperadamente de retoque, mas o corte — uma aproximação popular do pajem de Diana — era bem gracioso. Pegou seu bloco, lápis e um gravador e os guardou na bolsa.

Honor Tait era extraordinariamente difícil. A própria editora da ex-jornalista reconhecia isso e a advertira que detalhes da vida particular de Honor estavam fora de cogitação. Mas Tamara estaria preparada. Tinha os artigos da biblioteca de recortes do *The Monitor* sobre a vida e o trabalho de Honor Tait, impressos das editoras, um exemplar prévio de seu novo livro e outra edição encadernada insossa — sinistra e compacta como um manual de sociologia — de uma antiga coleção do trabalho jornalístico de Tait, na qual aparentemente havia um artigo vencedor do prêmio Pulitzer. Embora Tamara não tivesse tido um momento sequer para examinar o material de pesquisa de forma minuciosa, já rabiscara algumas perguntas em seu bloco. Enquanto andava até o ponto de ônibus a caminho da entrevista, sentiu-se armada e pronta para o combate.

Dois

A energia de Honor estava se dissipando; o período de vivacidade entre a primeira xícara de café e o desejo desfalecente de cochilar reduzia-se a cada dia. Mas ela precisava concluir essa tarefa. Faltavam quarenta e cinco minutos. A foto de Tad na mesinha de pau-rosa podia permanecer. Com os olhos sorridentes, os cabelos brancos e as bochechas rosadas de um Papai Noel de cara raspada da cadeia de lojas Selfridges, era o próprio santo padroeiro da benevolência e da fidelidade: o irrepreensível, finado e último marido. Ele lhe dera a fotografia como presente de aniversário de casamento, em um típico gesto de egoísmo ingênuo. O que poderia ser mais atencioso?

A única fotografia no apartamento que ela mesma emoldurara, recortando-a e colocando-a entre dois quadrados de plástico transparente comprados na papelaria, achava-se certamente fora do alcance de olhos jornalísticos, sobre sua mesinha de cabeceira. O sol de verão branqueara os cabelos desalinhados e claros como palha do menino e a camisa caía solta do cinto retorcido que lhe cingia os shorts. Honor, usando um vestido de poá apertado na cintura por um cinto de verniz, segurava-o pela mão com certa força. Atrás deles, o sólido vulto georgiano do Alojamento de Glenbuidhe, com seus candelabros de fúcsias pendentes junto à porta principal e, na janela da sala de visitas, um navio de velas enfunadas dentro de uma garrafa, outra oferenda de conciliação de Tad. A cabeça de Daniel inclinava-se para o lado, desafiando timidamente o fotógrafo, e seu olho esquerdo estava fechado, como se piscasse em consequência da luz ofuscante no lago. Lois batera a foto. Trouxera Daniel no trem-dormitório para o feriado de Páscoa. Tempos depois, enviara a fotografia a Honor com um bilhete presunçoso: "Cuide dele, Honor. Ele é mais frágil do que parece". Honor atirara o bilhete no fogo. Por fim, Tad também lhe pediu que destruísse a foto, e ela a escondeu durante anos. Não conseguia se desfazer dela, embora se envergonhasse desse apego sentimental. Agora Tad também se fora, e ela podia fazer o que quisesse.

Apoiado no console da lareira a gás da sala de estar, acima da engrenagem negra que simulava o efeito de fogo produzido por carvão, achava-se um cartão-postal com a foto de um gracioso cule de chapéu em um arrozal. Fora um envio diligente de Saigon da afilhada de Tad, que parecia ter passado a última década no que chamavam de "ano sabático". Os anos sabáticos de Honor em Saigon foram um pouco diferentes. Nada de mochileiros joviais deslocando-se rumo a destinos exóticos com o imperialismo inconsciente dos jovens, nada de viagens prazerosas pelo rio, bacanais estudantis degradantes em bares étnicos, nada de danças folclóricas ou feiras de artesanato. Houve alarido, lama, bombas, sangue e um terror transcendental. Houve camaradagem também, e paixão. Ver colegas morrerem a nosso lado faz com que a mente e o corpo se concentrem no puro prazer animal de estar vivo. Quando não estavam trabalhando, quando se achavam fora dos campos de batalha, era uma longa festa orgíaca. Ao voltar para casa, ela por vezes sentira ecos daquela fome infernal em funerais refinados, sem a possibilidade imediata de satisfação. O rosto indiferente dos agentes funerários, os sussurros e soluços abafados dos enlutados, a marcha comicamente lenta do cortejo, tudo podia desencadear desejos inconvenientes.

Honor deveria ter jogado fora o cartão-postal meses antes; estava apenas acumulando poeira. Rasgou-o e lembrou a si mesma que devia se desfazer de outro, mais recente, que continuava dentro do envelope no hall de entrada. Era uma caricatura grosseira de Donald McGill, de garotos imensos comendo com os olhos tetas gigantescas, com uma observação mordaz no verso, em parte uma intimação, em parte uma nota de súplica, que talvez fizesse erguer uma sobrancelha jornalística curiosa. Honor cuidaria dele mais tarde. Não deveria desviar a atenção da sala de estar. Seria o único teatro da ação.

Enroscado em torno da base de um relógio de ouropel sobre o console da lareira, havia um *komboloi* de jade, um cordão com contas para aliviar o estresse, um suvenir das Cíclades. Ele decerto podia permanecer, junto com o *kilt* de Staffordshire de Tad — seria necessária uma imaginação seriamente inflamada para fabricar alguma coisa com base nos dois objetos. A máscara mortuária de Keats, presente de Tad após a reconciliação deles em Roma, e a freirinha em meio a uma nevasca encerrada em uma cúpula de vidro — uma quinquilharia divertida presenteada por Lois — eram igualmente triviais. Mas o falo alado de mármore, réplica de um deus doméstico de Pompeia — um presente votivo de Lucio, o caprichoso jovem toscano, que Tad, em um momento benigno, achara cômico —, talvez fosse mais problemático. Ela embalou a pedra fria na mão. Estaria sendo excessivamente escrupulosa? Melhor não correr riscos. Removeu também a Freirinha das Neves. Freiras e pênis: uma jornalista desesperada seria capaz de concluir alguma coisa daquela dupla. Honor talvez fizesse o mesmo em circunstâncias semelhantes.

Ela tinha aberto um espaço — um calabouço — no armário do corredor. Quanto lixo acumula-se em toda uma vida; imensos montes, coleções de objetos inúteis, mesmo com o desgaste natural e uma aversão a bibelôs. No final das contas, apesar de seu empenho e talento, ela parecia ter acabado como curadora de bugigangas em tempo integral. Uma negociante de velharias. O fato de que grande parte delas pertencera a Tad era irrelevante. Agora aquele pequeno museu de amuletos nostálgicos era seu, e desmantelar tudo aquilo requeria uma força de vontade que estava além de seu alcance.

Por vezes, nos dias em que saía do apartamento, possivelmente para um almoço editorial com Ruth, um vernissage com Clemency ou Inigo, uma noite de música de câmara ou de teatro com Bobby ou Aidan, sentia um ímpeto de continuar caminhando, de pegar um táxi até o aeroporto, viajar para uma cidade onde nunca estivera em um país que mal conhecia e começar tudo de novo. Quartos alugados, poucos pertences, nenhuma maldita foto, livro ou quinquilharias inúteis. Talvez descobrisse que, com os objetos lançados ao mar, também havia descartado os anos desperdiçados e a degradação física da velhice. Teria outra chance, e dessa vez a agarraria.

Quando pôs sua carga de entulho na prateleira do fundo, atrás do aspirador de pó, ocorreu-lhe que talvez jamais se lembrasse dela de novo. Apenas um afeto residual por Tad, que considerava fisicamente dolorosa a limpeza periódica dos bens, impedia Honor de atirar todo aquele lote na lixeira.

Agora os livros. Arrastou um banquinho até a estante e sentou-se para avaliá-los, resistindo ao desejo de fechar os olhos, ainda que por um segundo. Precisava se concentrar. Estaria sucumbindo à paranoia? Agora estava sempre atenta à possibilidade da demência incipiente, pois mal percebera os lapsos de memória e as confusões que sinalizaram os estágios iniciais do Alzheimer em sua amiga Lois.

Em outros tempos, quando era jovem demais para saber das coisas, Honor acreditava na conversa de que a velhice tinha lá suas compensações, entre elas a indiferença à opinião alheia. Mas ali estava ela, correndo de um lado para o outro, alvoroçando-se, cansando-se na esperança de causar uma boa impressão em Tamara Sim e em seus leitores. Seria uma defesa razoável contra o ridículo? Ninguém gosta da humilhação, não importa que idade tenha. Ou estaria perdendo o controle? Uma onda recente de telefonemas silenciosos a abalara. Houve trotes no passado, e ela e Tad mudaram duas vezes o número de telefone. Fora uma questão simples. Mas agora, em lugar de agir, formulando a solicitação necessária à British Telecom, ela nada fazia e descobria-se olhando para o telefone com medo, sobressaltando-se sempre que o aparelho tocava.

Ainda uma semana antes, lera no jornal sobre um distúrbio nos idosos chamado parafrenia, cujos sintomas — delírios de perseguição, sensação obsessiva de que vizinhos, amigos, familiares, estranhos queriam pegá-lo — pareceram-lhe ressoantes. Ela sabia que sua história consistia em um declínio acelerado, mesmo que tivesse a sorte de preservar o juízo. Fazia anos que a decadência inexorável, a sucessão grotesca de enfermidades começara. Havia dias em que Honor se sentia como Jó, aguardando a próxima infestação de furúnculos. Mas, ao contrário de Jó, sabia que não podia culpar ninguém. Resignara-se a seu papel de uma relutante arquivista das aflições físicas da idade, sobrecarregada pela menção cansativa e humilhante das circunstâncias. Mas demência? Seria intolerável.

Ela escolheu um punhado de livros na estante, segurando-os atabalhoadamente na dobra do braço. Sempre que a ansiedade a atormentava, forçava-se a recuar, a examinar seu domínio sobre a razão. Honor sabia que suas preocupações em receber a entrevistadora em seu apartamento eram legítimas; conhecia os truques e ela mesma podia preparar as armadilhas. Avaliara muitos homens e algumas mulheres, pessoal e profissionalmente, com base em suas estantes de livros. O exemplar incongruente de Raoul Salan de *O pequeno príncipe*, por exemplo. Talvez houvesse dado importância demais à coleção de Catherine Cookson em courino, pertencente a Harold Wilson. Os livros não eram seus, queixou-se ele depois que o artigo foi publicado. De forma mais satisfatória, o Vaticano lançara uma pequena inquisição depois que ela vislumbrara na Biblioteca Apostólica, e relatara na *Collier's*, *A história de O* ao lado de *A nuvem do desconhecido*. E o vislumbre da primeira edição do *Ursinho Puff* na mesinha de cabeceira de um ídolo da década de 1950 fizera-a agarrar suas roupas e desaparecer na noite de Santa Monica.

Agora Honor enfrentava seu próprio ajuste de contas. Os romances de Graham; primeiras edições em capa dura, autografadas. Não fazia sentido esconder, e ela não ia carregar os trinta e quatro volumes até o armário do corredor. Mas *Agarre o momento*, de Isadora Talbot? Como fora parar ali? Tamara Sim poderia supor que Honor aprovava o feminismo sombrio de Talbot, embora ela não tivesse o menor desejo de ler nenhum de seus livros. Por que Honor iria querer passar seu tempo na companhia de uma convencida estridente, que transformara em manifesto sua autopiedade menopáusica?

Honor com frequência recebia livros não solicitados, que colocava automaticamente em uma pilha perto da porta da frente a fim de se livrar deles junto com jornais e revistas antigos. A empregada, uma refugiada de Ruanda pouco comunicativa, devia ter pensado que a edição encadernada houvesse sido descartada por engano com todas aquelas brochuras delicadas. Havia poucos ruídos tão deprimentes quanto os de um envelope acolchoado e pesado sendo lançado através da fenda de correspondência da porta e caindo sobre o capacho. Os editores pareciam imaginar que os anos restantes de Honor poderiam ser proveitosamente preenchidos com a leitura de invencionices idiotas e o fornecimento de comentários superlativos — gratuitos — para serem publicados nas contracapas.

Ora, censurou-se Honor, onde ela estava? Poesia: as três coleções de Aidan; Tom Eliot; MacNeice e Larkin. Uma biografia crítica do trabalho de Tad autorizada pelo British Film Institute, maçante como o manual de instruções de uma máquina de lavar roupas. Alguns livros de fotografias: suas próprias colaborações com Capa e Bown — a era da Magnum. Ah! O que era aquilo? *The Royal Canadian Air Force Exercice Plans for Physical Fitness* [Plano de exercícios da Real Força Aérea Canadense para o condicionamento físico], uma velha edição da Penguin com lombada laranja que prometia saúde, beleza e vida eterna em troca de quinze minutos diários de tédio e degradação. Tad, que nunca fora um adepto de exercícios na vida, havia dito que se sentia incomparavelmente mais magro e mais saudável só de ver o exemplar na prateleira. Poucas aspirações foram mais cômicas do que o condicionamento físico ao longo da década de 1970. As pessoas não precisavam mais se preocupar por seu corpo haver se tornado um saco de carne putrefata; ter esperança de deter o processo e impedir a extinção iminente com um punhado de contorções físicas diárias fora o maior dos disparates. Para o lixo com isso, e também com R. D. Laing, Alan Watts, Carlos Castañeda, tolices que Tad devia ter juntado em sua fase Haight-Ashbury.

Honor arremessou-os na pilha de rejeitados. Em todo caso, precisava racionalizar suas prateleiras. Esses poderiam dispensar o armazenamento; direto para a lixeira com eles. Iria enfiá-los em uma sacola perto da porta da frente com um bilhete para a empregada, junto com a pilha de jornais do Natal e do Ano-Novo, em sua maioria não lidos — a maior parte cultura inútil televisiva; por que iria querer ler um suplemento com a foto de Bing Crosby na capa? E será que eles achavam mesmo que um pacotinho gratuito de sementes de copo-de-leite ou de aspirina atrairia novos leitores?

Honor lançou um último olhar pelo aposento. A empregada, que fora mandada à rua para comprar flores, havia voltado com lírios cor-de-rosa sinistros, cujos gargalos inflamados exalavam um odor que fez os olhos de Honor lacrimejar, e os pusera em um vaso ao lado da foto de Tad. A mesa agora parecia um altar lateral, e o exemplar de seu novo livro, *Relatos*, achava-se ali como a paródia de um texto sagrado: *Miserere Mei*. Ainda assim, o buquê poderia ser útil para instilar um toque de feminilidade no apartamento. Honor, ela mesma, não suportava flores colhidas; faziam-na lembrar velórios. Os amigos sabiam disso e não as levavam, mas por vezes os novos iniciados em seus jantares ofereciam-lhe um elaborado ramalhete na tentativa de agradá-la. Ela fingia entusiasmo e deixava as flores mergulhadas na água da pia, dizendo que mais tarde iria encontrar um recipiente para elas. Era sempre a empregada quem as salvava, cortando os caules, ajeitando-as com cuidado e jogando-as fora quando as pétalas murchavam e a água começava a feder como latrina.

Honor deteve-se perto da janela, atraída por um grito de criança proveniente do jardim comum embaixo, que lembrou o chamado de uma ave marinha. Uma jovem mãe, ou talvez a babá, empurrava uma criança pequena em um balanço, amarrado aos galhos mais baixos e desfolhados de um plátano.

Tecnicamente, o jardim pertencia aos moradores dos quatro prédios de apartamentos, em cujos pátios se localizava. O comitê de moradores, uma coleção de intrometidos com tempo de sobra na vida, após uma enérgica intervenção dos jovens pais que haviam inundado a vizinhança, acabara de instalar o balanço das crianças no jardim, desconsiderando o regulamento centenário que proibia jogos de bola e diversões ali.

O pequeno círculo verde achava-se rodeado por uma cerca preta de ferro forjado que transmitia um ar de perigo, como a área cercada de uma espécie em risco de extinção no zoológico, a sua grama alopécica, os canteiros inativos, os arbustos cobertos de fuligem e grupos de faias surradas que tiritavam à sombra de dois plátanos ameaçadores. Houve outro uivo da criança, uma sirene de protesto em dois tons, que escorregou do balanço para os braços da mãe e para fora das vistas de Honor. O tempo estava se esgotando.

Foi até o banheiro inspecionar manchas e cheiros; não tinha o menor desejo de confirmar os estereótipos sobre a incontinência dos idosos e sabia que, para um repórter hostil, uma rápida incursão ao lavatório no meio da entrevista poderia ser frutífera. Mesmo em suítes de hotel, sem traços característicos, *sans* roupas de baixo extraviadas, o intrometido poderia encontrar no banheiro uma variedade de resíduos. Honor se lembrou da gratificante descoberta de um frasco de Grecin 2000 em Saigon, ao lado da pia de Nguyen Van Minh, o monossilábico comandante do Exército vietnamita. Aqui, a caricatura de Lowe, acima do reservatório de água da privada, de Honor como uma jovem Brunilda arrastando Hitler e Stálin pelos cabelos, era inofensiva, mas o talco para pé de atleta e a pomada para hemorroidas (mais legados de Tad) perto da banheira eram perfeitos para o ridículo. Assim como o pote de creme facial Youth Dew, um presente inconscientemente cruel da linda afilhada de Tad, talvez comprado no *duty free shop* de algum aeroporto.

O armário do banheiro em particular era passível de render uma coleção de verdades desagradáveis. O seu continha uma farmácia em miniatura de comprimidos, tinturas e pomadas, cada preparado contando sua própria história sórdida. Honor duvidava que Tamara Sim soubesse distinguir benzodiazepínicos de nicardipinas, mas não tinha certeza. Varreu o lote para dentro de um saco plástico que iria esconder, deixando uma escova de dentes (a maioria de seus dentes eram próprios, embora alguns estivessem marrons como pedaços de bala de caramelo chupada), um vidro simples de perfume, um pacote de aspirinas e uma caixa de emplastros.

Faltavam dez minutos. Honor começou a se sentir ofegante novamente e a dor se tornava mais insistente. Foi buscar um copo d'água, recuperou seus comprimidos e engoliu dois. Devia sentar-se, mas era hora de voltar a atenção para si mesma. Limpa, composta e digna era o melhor que se podia esperar nos dias de hoje. Quando jovem, Honor tivera um fraco por roupas: bons cortes, tecidos sensuais, cores brandas emprestadas da paisagem outonal da Highland, detalhes graciosos. Aos cinquenta anos, olhando para o abismo transbordante de seu quarto de vestir, um extenso museu com a moda de meados do século XX apodrecendo delicadamente na umidade escocesa, ela percebeu que, dali em diante, mesmo que escolhesse um conjunto diferente a cada dia, jamais conseguiria viver o suficiente para usar todos. Posteriormente, isso se provou incorreto, e ela sobreviveu em muito a seu guarda-roupa; a limpeza, que começou naquela tarde, foi concluída de forma decisiva quase um quarto de século depois pelo fogo. Agora seu único armário no Holmbrook Mansions não envergonharia uma freira.

Honor escolheu um vestido de jérsei preto recém-lavado a seco: uma simples coluna drapeada, decote quadrado com mangas sino, usado com meia-calça preta para esconder o aspecto marmóreo de queijo Stilton provocado pelas veias, e sapato de salto alto de couro cinza, amplo o bastante nos dedos dos pés para acomodar os joanetes. Baixou os olhos para os pés calçados com meias, disformes como os tocos de um leproso. Que trocista transformara aquela Miranda em Calibã? Atrapalhando-se com o fecho, prendeu um colar de pérolas de água doce ao redor do pescoço, em seguida pôs um relógio de ouro no pulso, o mostrador contornado por marcassita. Mesmo no furo mais apertado, o relógio pendeu, folgado como um bracelete com berloques.

Voltou ao banheiro e perscrutou o espelho embaçado do armário. Fora o único que sobrara no apartamento desde a conclusão libertadora de que a melhor maneira de combater a angústia proveniente da deterioração da aparência era parar de olhar para o espelho; se desejasse, poderia olhar para a fotografia monocromática de seus dias de Dietrich e se recordar. Ainda assim, era preciso ter cuidado. Sob certas luminosidades, o vidro na moldura da foto pregava peças, sobrepondo o reflexo de sua silhueta encovada à *belle* indiferente.

Prendeu para trás o cabelo, grisalho e insubstancial como fumaça de cigarro, em algo próximo a um coque. Batom? Sombra? Decidiu que não. Melhor encarar a câmera sem máscaras do que com borrões distorcidos dignos de um palhaço conferidos por mãos trêmulas e pouca visão. Pegou no armário o vidro de perfume, comprado em Budapeste por Aidan, e borrifou-o atrás das orelhas. Em seguida pulverizou o produto à volta do banheiro. Honor estava preparada para sua interrogadora.

Sentada em um café diante do prédio de apartamentos em estilo gótico e tijolos vermelhos onde morava Honor Tait, Tamara examinou os recortes de jornais e revistas. Bucknell estava atrasado. Quando a editoria de fotografia do *The Monitor* informou-a de que era ele o único fotógrafo disponível para a entrevista, ela ficou furiosa. Por que não Snowdon? Ou Bown? Quando Lyra Moore descobrisse que o desprezível Bucknell fora encarregado de um trabalho para a *S*nday*, ficaria furiosa. Tamara tentara alertá-la, mas Lyra nunca respondia suas mensagens eletrônicas e, sempre que Tamara telefonava, ela estava em reunião. Bucknell era pouco atraente, desajeitado e ranzinza, um fumante inveterado com mãos pegajosas cujas fotos insípidas eram imagens convencionais e monótonas como as fotografias de rosto tiradas numa delegacia de polícia. Era o pior colaborador possível para uma entrevista delicada como aquela.

Não havia como entrar em contato com ele; Tamara ainda não era alguém importante no *The Monitor* e Bucknell era demasiado impopular para que o jornal lhes destinasse um dos raros celulares da empresa. Podia tentar encontrar uma cabine telefônica e ligar para a redação. A editoria de fotografia poderia localizá-lo (Bucknell ao menos tinha um pager — o dela fora roubado no ônibus antes do Natal), assim como telefonar para a editora de Honor Tait para se desculpar e avisá-la do atraso. Mas as chances eram que Tamara levasse vinte minutos tentando encontrar uma cabine telefônica, apenas para descobrir que algum bêbado usara o compartimento como banheiro e o aparelho sofrera algum vandalismo. Amaldiçoou Bucknell. Por outro lado, o atraso lhe daria tempo para um exame de última hora em suas pesquisas.

Honor Tait fora produtiva. Tamara perguntou-se como seria um envelope com seus próprios recortes de jornal dali a vinte anos. A essa altura, ela era mais astuciosa que produtiva, uma exímia recicladora de seu próprio trabalho. O lobby Verde talvez tivesse o que aprender com suas técnicas de economia de energia. De vez em quando, reescrevia e reajustava a mesma matéria quatro ou até cinco vezes e a vendia a agências diferentes. Sua entrevista com Lucy Hartson, por exemplo, fora encomendada no ano anterior pela *Psst!* e reestruturada pela empresa de relações públicas da TV para anunciar *Dama de Qualidade*, o novo seriado de época do horário nobre. Fora uma descarada fanfarrice: "'Sempre admirei o texto de Georgette Heyer', diz Lucy... 'É um privilégio trabalhar com um elenco tão talentoso... Na próxima vez, gostaria muito de cravar os dentes num papel moderno; quem sabe um seriado de detetive com mais ação'". Para a frustração de Tamara, a atriz recusara-se a tirar vantagem de seu ex-namorado, Tod Maloney, baixista narcófilo dos Broken Biscuits, dizendo apenas que "eles eram pessoas muito diferentes", que "estava na hora de mudar" e alegando que o rompimento havia sido "totalmente amigável" — um deslavado eufemismo desmentido no mês anterior por fotos de paparazzi da briga de socos dos dois em frente a uma boate no Soho. Mas Tamara conseguira sacar algumas citações para um artigo sobre o novo apartamento da atriz em Islington — "O banheiro, um refúgio fresco de pedra calcária e aço escovado, aspira à estética de um spa de luxo" — para a seção de imóveis do *Telegraph*; escreveu as legendas de um artigo ilustrado sobre os romances condenados do rock'n'roll para as páginas de espetáculos do *The Courier*; e encheu linguiça no aparte confessional de Hartson sobre suas viagens a Los Angeles para injeções de uma toxina músculo-paralisante — "Lá todo mundo da área tinha a cara cheia desse negócio, pode acreditar" —, transformando-o em uma revelação de página inteira no *Evening Standard*.

Mais lucrativo foi o que se seguiu. Antes que a entrevista aparecesse na *Psst!*, Tamara ligou para Maloney, que fora libertado sob fiança após uma batida policial atrás de drogas em um show recente, fez alguns comentários lisonjeiros sobre seu último álbum, informou-o de que Lucy Hartson "nos contou tudo" sobre o rompimento dos dois e lhe ofereceu uma chance de revelar seu lado da história. De forma bastante conveniente, ele parecia estar alto e sob o efeito de estimulantes, e não de depressores. Sua arenga durou quarenta e cinco minutos. Feita a limpeza das declarações mais incoerentes e paranoicas, rendeu uma matéria de página dupla no *Sunday Sphere*, intitulada "VAGABUNDA DE QUALIDADE: 'Aquela descarada da Lucy partiu meu coração', diz o durão do Biscuits". Foi essa entrevista que atraiu pela primeira vez a atenção de Tim, que assumira havia pouco tempo o posto de editor do *Sunday Sphere*. Tim andava "à procura de novos talentos", disse ele na primeira noite em que se encontraram, dois meses depois, após a bem-sucedida matéria "O filho do melhor dos policiais", em que ela oferecera maconha ao filho do chefe de polícia com uma escuta plantada no próprio corpo.

Quando Tamara pensou em Tim, seus olhos encheram-se de lágrimas. Lá fora, gotas solidárias de chuva arremessavam-se contra as janelas do café. Ou estariam zombando dela? Ela deu pancadinhas de leve nos olhos com um guardanapo. O rímel parecia intacto. Ela voltou aos recortes de jornal, uma longa vida de engenho e esforço reduzida a um punhado de pedaços de papel. Honor Tait fora uma beldade, e as fotografias antigas, muitas delas tiradas com soldados e políticos, mostravam o glamour de uma jovem estrela e um deslumbrante sorriso nos lábios cheios. Dizia-se que, mesmo agora, ela era mais chegada aos homens e não tolerava de bom grado outras mulheres. Simon, editor e aliado de Tamara na *Psst!*, conhecera Tait em um evento benemerente havia alguns anos e declarou que o interesse dela por ele não fora inteiramente profissional.

"Ela é uma cabra velha cheia de tesão", disse ele quando soube que Tamara iria entrevistar Tait. "Coleciona homens. Aparentemente, quanto mais jovens, melhor. Mas não é tão exigente — se jogou toda para cima de mim."

Segundo Simon, Tait era mais imponente que Martha Gellhorn e tão presunçosa que incumbira Snowdon de bater a foto para seu passaporte.

"Ela é conhecida como a Messalina de Maida Vale", acrescentou Simon. "Dizem que paga por sexo com homens mais jovens."

Tamara franzira o nariz com aversão — na idade dela? Era intolerável pensar nessa possibilidade, embora a referência de Simon a Messalina a houvesse intrigado. Não era esse o nome do *resort* italiano onde eles haviam dado a festa da gerência do *Monitor* no ano anterior? Seria possível que Honor Tait percorresse cidades europeias à beira-mar à procura de homens jovens atraentes? Tamara decidiu ignorar a referência — em caso de dúvida, sempre achara melhor ficar calada. Isso economizava tempo, e os fatos mais simples já eram suficientemente interessantes.

"Não! Ela realmente paga? Verdade?", havia retrucado.

"Verdade! De que outra forma você acha que ela consegue agarrar os caras?"

Tamara rira, constrangida. Simon gostava de fofocar — quem não gostava? As histórias dele eram sempre divertidas, mas sem garantia de exatidão.

Olhou para o relógio — ainda nem sinal de Bucknell — e pôs-se a folhear outra vez as páginas do novo livro. Cobrindo sessenta anos, o volume trazia também reportagens de jornais e revistas que já não existiam — *News Chronicle*, *Reynold's News*, *Collier's Weekly* — e abordava a Guerra Civil Espanhola na década de 1930, a Berlim do pós-guerra na década de 1940, a Coreia da década de 1950, a Argélia e a China da década de 1960, o Vietnã da década de 1970... Tamara bocejou. O efeito cumulativo de todas aquelas datas e nomes de locais era tão anestesiante como olhar para uma tabela de horários de trens obsoleta.

Voltando aos recortes de jornal, Tamara sentiu-se aliviada ao ver que havia reportagens sobre Honor Tait, e não apenas as que ela escrevera. Aquelas eram mais curtas, mais fáceis de ler e encaixar, e proveitosamente ilustradas com fotografias. Tait fora fotografada em meados da década de 1940 — sua silhueta curvilínea tornava quase sensual seu recatado *twinset* — após conquistar um prêmio Pulitzer por suas reportagens sobre a libertação de um campo de extermínio nazista. Deveria ter mais ou menos a mesma idade que Tamara tinha agora. Havia uma fotografia ainda mais antiga, tirada em um café à beira-mar, na qual ela vestia uma camiseta justa e decotada e shorts curtos que exibiam suas pernas de modelo. O entrevistado, um sujeito elegante de uniforme, que parecia um funcionário subalterno da alfândega, contemplava os joelhos dela com aprovação. A legenda dizia: "Honor Tait, a garota de ouro do jornalístico, entrevista o comandante geral das ilhas Canárias, Francisco Franco, duas semanas antes de ele aderir à revolta militar que deu início à guerra civil na Espanha".

Outro recorte de jornal mostrava-a em uma lancha por volta da mesma época, esquadrinhando o horizonte, protegendo os olhos, a pele parecendo escura em contraste com o traje de banho branco de duas peças, os dentes perfeitos ostentando um sorriso despreocupado, o cabelo bonito ondulando atrás dela como um galhardete, ela de pé ao leme com "o filho do embaixador dos EUA, Joseph Patrick Kennedy Jr.".

Em colunas de fofocas bajuladoras, em recortes de jornais e revistas tão frágeis como papiros, ela aparecia ao lado de Ava Gardner, Rita Hayworth e Jane Russell, e era fotografada em festas em Hollywood e estreias na Broadway. Uma das fotografias — em preto e branco, brilhante, iluminada por flash — retratava-a saindo de um restaurante em Bel Air com "os recém-casados Arthur Miller e Marilyn Monroe". À primeira vista, as pessoas se veriam em apuros para concluir qual das duas lindas mulheres era a deusa das telas e qual a destemida repórter.

Dizia-se que Tait namorara Sinatra — havia uma foto deles "desfrutando de um jantar íntimo" que parecia tão estudada e impecável quanto um fotograma dos anos 1950. Ela exibia um arranjo de flores brancas e seus lábios úmidos estavam separados em um sorriso enquanto ele lhe sussurrava alguma coisa ao ouvido. Liz Taylor fora sua amiga graças ao terceiro casamento de Tait com Tad Challis, o diretor americano das outrora adoradas e agora raramente vistas comédias britânicas. Passara férias com Nureyev, frequentara festas com Picasso, fora fotografada "compartilhando uma brincadeira" e um cigarro volumoso e suspeito em uma boate de jazz em Paris com um grupo de amigos que incluía Louis Armstrong, e espremida, envolta em um cetim justo — "QI alto em vestido decotado", dizia a legenda —, com Orson Welles em uma festa em Hollywood.

Sobre Hollywood, Tamara estava em território familiar. Seu domínio do assunto, seu diploma em estudos de mídia, as longas noites e maratonas de fim de semana passadas assistindo a filmes em preto e branco na TV seriam inestimáveis. Mesmo na *Psst!*, uma academia de elite em trivialidades sobre TV, cultura popular e cinematográfica, ela era considerada uma autoridade à parte — tinha escrito uma dissertação sobre comédia romântica hollywoodiana e era considerada uma depositária da tradição do show business e uma mestre sublime em fofoca. Impossível sobreviver uma semana na *Psst!* sem um extenso conhecimento em cultura popular contemporânea, mas a perícia de Tamara era extrassensorial. Ela sabia mais sobre a vida particular das celebridades — a rivalidade entre as Spice Girls, o relacionamento tempestuoso de Madonna com Carlos Leon e suas explosões de raiva no set de *Evita*, o problema de pele de Michael Jackson e seu casamento com a enfermeira desmazelada — do que da biografia de seus familiares e amigos.

Tamara parecia captar tais informações por osmose, precisando apenas olhar para uma frase espalhafatosa nas revistas de fofocas sobre TV e cinema em uma banca de jornais para que o conteúdo inteiro da reportagem migrasse instantaneamente para seu hipocampo. Quem estava tendo um caso com quem? Quem estava sendo cogitado para determinado papel em determinada novela ou filme? Quem estava em reabilitação? Quem deveria estar? Quem tinha feito uma cirurgia plástica? Quem deveria ter feito? Quem era um gay enrustido? Quem era um hétero enrustido? Era isso que animava suas conversas com amigos e colegas e tornava divertido, quando não minucioso, seu trabalho. Sua experiência era valiosa e o emprego na *Psst!*, mais do que qualquer outro até então, unia de forma satisfatória seus interesses pessoais com sua vida profissional.

Além de escrever as listas semanais dos Dez Melhores e dos Dez Piores, do que era In e Out, de quem estava Subindo e Descendo, de quem havia tido uma Semana Boa e uma Semana Ruim, Tamara passava grande parte do dia ajustando matérias de outros colaboradores, escrevendo as cartas dos leitores quando não havia nenhuma ou quando as verdadeiras eram idiotas demais para ser publicadas e ajudando a redigir as legendas divertidas que acompanhavam as fotografias de celebridades bêbadas fazendo caretas na frente de boates. De vez em quando Simon também lhe empurrava algumas entrevistas.

A administração condescendente da *Psst!* também cobria algumas despesas, oferecia chamadas telefônicas e artigos de papelaria gratuitos, computadores e processadores de textos, um suprimento infinito de disquetes, uso de fax e fotocopiadora, acesso à biblioteca de recortes (o equivalente jornalístico de um passe acadêmico de vinte e quatro horas na British Library), uma cantina subsidiada (onde Tamara por vezes saboreava um solitário jantar tarde da noite sob o pretexto de fazer horas extras), os prazeres da camaradagem e as oportunidades proveitosas da troca de informações. Investir tempo no contato cara a cara no bar depois do trabalho era tão importante quanto ser visto atrás da mesa de trabalho durante o dia.

A incumbência que recebera da *S*nday* havia mostrado como era útil marcar presença regular na redação de um jornal. Tamara recebera uma mensagem de agradecimento de Johnny, o editor de Espetáculos, por sua lista das Dez Melhores Transas das Novelas e, no mês anterior, ele lhe pedira que desse um jeito de escrever uma rápida coluna para o *Me2* — oitocentas palavras do tipo "por que isso e aquilo", em 45 minutos, com crédito em sua fotografia —, quando a colunista do caderno, Liselotte Selsby, a gostosinha das novelas, com fama de intelectual (ela disse certa vez que *Os condenados da terra* era seu livro preferido) e seriamente viciada em cocaína não conseguira entregar. O convite para escrever a Coluna de Tamara Sim, com crédito em sua fotografia, um palanque importante para reflexões bem remuneradas, despreocupadas, repletas de jogos de palavras e que não requeria nenhuma pesquisa, representava um auge jornalístico, e Tamara tinha esperança de que a coluna se tornasse um acessório semanal no *Me2*.

Para sua decepção, Johnny fora incapaz de encontrar espaço para a continuidade da coluna desde que Selsby, ou, melhor dizendo, a jornalista que era sua escritora fantasma, se arrependera da vadiagem e se transformara numa escrupulosa cumpridora de prazos. Mas essas coisas eram notadas e a reputação de Tamara claramente se irradiara para o alto no jornal, como uma corrente termal, ultrapassando a redação da editoria de Espetáculos no segundo andar, alcançando por fim a *S*nday* nos escritórios da cobertura. Lyra Moore procurava alguém com uma pitada de inspiração para estimular um assunto potencialmente insuportável, pois quem, em seu juízo perfeito, estaria interessado de verdade nas memórias de uma velha que tagarelava sobre a Guerra do Vietnã? Simon devia ter enaltecido a sagacidade de Tamara na reunião matinal, ou em alguma reunião da editoria de Espetáculos, ou quem sabe Johnny houvesse elogiado, na audiência com Lyra, a lista de transas das novelas de Tamara.

Havia inconvenientes em seu trabalho na *Psst!*: era inseguro, não a divulgava e o pagamento era vil — os preços pagos aos trabalhadores autônomos e os salários dos funcionários do *The Courier*, o principal concorrente de médio porte do *The Monitor* no mercado, eram pródigos, se comparados a ele. Apenas a revista *S*nday* e os tabloides — *Sun, News of the World, Sunday Sphere* e *Mail* — ofereciam dinheiro de verdade. Um trabalho fixo em qualquer um desses veículos seria como ganhar na loteria e, até a chegada da mensagem de Lyra Moore, tão provável quanto. Com um trabalho regular e bem pago, a vida de Tamara se transformaria. Assim como a de seu irmão. Ela sentiu o tremor familiar do pânico. Fazia duas semanas que não tinha notícias dele. O silêncio, no caso de Ross, nunca era de ouro. Ela precisava dar um pulo até o sinistro conjunto habitacional onde ele morava para averiguar. Seu impulso de resolver os problemas do irmão não era totalmente altruísta. Tamara não queria mais perder tempo preocupando-se com ele.

A chuva parara. Se o fotógrafo se atrasasse mais, eles corriam o risco de a velha cancelar a entrevista. Tamara tinha certeza de que a editoria de fotografia tinha enviado Bucknell só porque ela trabalhava na *Psst!*, desprezada por muita gente da equipe do *The Monitor*. Ela nutria uma obstinada lealdade à revista e a seu editor, Simon Pettigrew, o chefe ideal que se tornara um bom amigo. Simon começara como correspondente do show business, onde ganhara a reputação de companheiro cordial, incapaz de acusar alguém sob sua responsabilidade. Foi então que, após um incidente embaraçoso que envolvera a amante de um editor, fora demitido de todos os jornais nacionais da Grã-Bretanha, mas com seu charme sempre conseguira abrir caminho em uma nova sinecura. Ele trabalhara, alternadamente, como diarista, redator de Espetáculos, colunista, editor adjunto, editor de seção, redator-chefe, executivo de publicidade, chefe de pessoal e gerente de projeto. Era infantil e propenso a acidentes — um James Stuart balbuciante com um queixo menos proeminente, papada e a inflexão de voz de Bertie Wooster —, e fazia as pessoas rirem. O relacionamento dos dois era casto — a vida amorosa de Simon era bastante complicada e Tamara nunca o achara atraente, mesmo quando catatônica de tanto beber depois de sua primeira festa da editoria de Espetáculos do *Monitor.* Ela tampouco fazia o tipo dele, tinha certeza disso. O tipo dele eram problemas. Problemas elegantes.

Mas no caso de Tamara ele se tornara um mentor, generosamente omitindo o fato de tê-la contratado por engano, ao acreditar que *Inside the Box* fosse uma revista de fofocas de TV. Ensinara-lhe mais sobre jornalismo e as exigências e complexidades dos formulários de despesas do que ela aprendera em seus três anos de Estudos de Mídia ou em qualquer de seus outros empregos. E fora muito gentil sobre seu caso com Tim, mandando-a para casa de táxi após Tamara haver passado uma manhã inteira chorando na redação. Para ele, apesar da relativa juventude dela, Tamara parecia desempenhar o papel de conselheira sentimental, uma confidente imparcial a quem ele narrava compulsivamente as reviravoltas mais recentes de sua labiríntica vida amorosa.

Não era um papel exigente. Ele não procurava os conselhos ou as opiniões dela. Tudo que Tamara precisava fazer era ouvi-lo e tentar evitar os bocejos ou o riso. E ela possuía outra habilidade extrajornalística que Simon passara a valorizar — um modesto talento para a falsificação, que tinha mais a ver com paciência do que com qualquer dom para a imitação caligráfica. Todos os meses, Tamara levava para casa um grosso envelope marrom com recibos em branco, que Simon obtinha de complacentes motoristas de táxi, donos de restaurante e hoteleiros, e, utilizando uma variedade de canetas esferográficas, hidrográficas e lápis de cor, passava noites preenchendo-os, escrevendo notas fiscais de corridas de táxi fictícias, refeições imaginárias de cinco pratos e garrafas de vinho exorbitantes para "contatos" inventados, em uma caligrafia extravagante, com curvas inclinadas para a frente, ou em letras apertadas, inclinadas para trás. Ela achava o processo curiosamente repousante, e Simon mostrava-se agradecido e retribuía assinando os formulários de despesas de Tamara sem passar os olhos pelas quantias e pelos recibos.

Ela voltou a folhear o arquivo de Tait. Havia mais sangue coagulado do que glamour, reportagens furiosas provenientes da frente de batalha, sem um traço de humor ou tagarelice. Em um aparente acesso de masoquismo, Honor Tait deixara as generosas comodidades de Beverly Hills para dormir sem nenhum conforto com pracinhas em Quang Tri e Tet. Havia relatos de virar o estômago de crianças queimadas e jovens soldados mortalmente feridos, uma lista interminável de estatísticas enfadonhas e previsíveis — alfabetização na Índia, mortalidade infantil na África —, mas depois disso os artigos de jornal de Tait começaram a escassear e foram substituídos por matérias mais longas em revistas.

Para a *Time*, ela escreveu sobre a visita a um orfanato alemão, para a *Granta* criticou a nova face das reportagens de jornal e depois se viu reduzida a revisar, por um fastidioso período de tempo, livros sobre a Segunda Guerra Mundial, Vietnã e Coreia para a *New York Review of Books*. Na *New Yorker*, por um período ainda maior, mitigado apenas por desenhos aparentemente aleatórios de utensílios de jardinagem e cachorrinhos, Tait escrevera sobre um político americano calvo chamado MacGovern e defendera o escritor irlandês Dominic Behan em sua acusação de plágio contra Bob Dylan. Bob Dylan! O nome do cantor destacou-se diante de Tamara como um rosto amigo no meio da multidão na hora do rush.

Recortes posteriores que exibiam a autoria de Tait procediam de revistas ainda mais respeitadas, sem ilustrações, nas quais longas tiras cinzentas de material impresso — reflexões sobre a Ásia, Oriente Médio e América Latina — eram interrompidas por tiras mais curtas de versos desconexos e misteriosos escritos por poetas obscuros. Por outro lado, refletiu Tamara, todos os poetas eram obscuros. Será que ela ia ter que estudar poesia para o artigo da *S*nday*? Ou fingir que estudava? Dizia-se que Honor Tait cultivava um círculo artístico.

Um recorte da década de 1960 mostrava-a, altiva e elegante, usando chapéu e casaco de pele, com um grupo de homens de terno que sorriam sem jeito, insípidos como gerentes de banco, na sala de reuniões de uma editora. Um dos sujeitos, revelava a legenda, era T.S. Eliot. *Dele* ao menos Tamara ouvira falar, uma vez que era fã dos musicais do West End. Ainda assim, a tarefa de se familiarizar, mesmo no nível do embuste, com versos herméticos e guerras antigas era uma perspectiva deprimente.

No entanto, talvez fosse necessário. A *S*nday* empregava escritores extraordinários e seus padrões eram exigentes. Preocupava-a ter ouvido Johnny referir-se com um temor sombrio ao "*éthos* da *S*nday*". Será que ela iria estar à altura do tom da revista, que podia tanto ser reverente quanto arrogantemente cético, do estilo consistente das sílabas, do tempero das palavras estrangeiras em itálico?

Mesmo os anúncios da *S*nday* — fotos de estúdio perfeitas de relógios guarnecidos com pedras preciosas contrapondo-se a pulsos delgados, imagens taciturnas de carros do tamanho de tanques, empoleirados como cervos em cumes de montanhas — eram intimidantes. Dizia-se que a *S*nday* era uma revista de escritores, escrita pelos escritores dos escritores, que não pretendia ser tomada como um passatempo. Ao lê-la, Tamara por vezes sentia ser necessário um traje apropriado à ocasião: no mínimo um "esporte fino". Embarcar de forma sistemática em um curso semanal de autoaprimoramento, mesmo com a promessa de um aumento significativo de salário, era um trabalho duro. Mas embora nunca houvesse sido a escritora dos escritores (na verdade, ela era mais uma escritora dos leitores), Tamara não tinha medo das palavras. Elas eram armas importantes no arsenal de um repórter.

Ela possuía os dois volumes do *Oxford English Dictionary* que haviam pertencido à sua mãe, com frequência explorava o *Roget's Thesaurus* e, como alguém que, quando criança, divertira-se com partidas ferozes de palavras cruzadas com o irmão, colecionava palavras, registrava-as em seu bloco de anotações, deleitando-se com o inusitado e tentando fazê-las deslizar para dentro de seus artigos ou, com mais frequência, de suas listas sempre que copidesques sem imaginação não percebiam. Na semana anterior mesmo, deparara com "transgressivo" (em uma reportagem sobre um julgamento de homicídio terrivelmente fascinante), "crepuscular" (em um pretensioso artigo de moda sobre lantejoulas), "ctônico" (no álbum mais recente de Tod Maloney, *Chthonic the Hedgehog* [Ctônico, o ouriço]) e "hermenêutica" (no interessante título de um artigo sobre as Spice Girls em um caderno de artes).

Leitora diligente de histórias de detetive e romances contemporâneos bem trabalhados, bem como de inúmeros jornais e revistas, dotada de uma mente curiosa, vocabulário respeitável e uma educação ampla e proveitosa — com sólidos A em drama e francês (sua compreensão das duas matérias intensificada por seis meses como babá de um pré-adolescente declaradamente autoagressivo em Lyon) e bacharel em Estudos de Mídia —, conhecida por seu humor ágil, seus comentários mordazes, seu conhecimento enciclopédico dos pecadilhos pessoais dos principais ícones da cultura de fins do século XX, Tamara estava bem aparelhada para juntar-se à equipe da *S*nday*. Lyra Moore, editora dos escritores dos escritores, reconhecera seu potencial e seu estilo agressivo, safo, do qual a revista *S*nday* tanto carecia, e estava disposta a lhe dar uma chance.

No final da pasta de recortes, havia uma página com um perfil biográfico obstinadamente respeitoso, produzido fazia dez anos pelo *Sunday Correspondent*, que desaparecera havia muito. Tamara não tinha tempo para ler tudo, mas no final, num oportuno ponto a ponto, havia detalhes biográficos simples. "Infância: mansão nas Highlands escocesas." Uma ricaça, portanto. "Educação: governantas, em seguida um colégio religioso belga para meninas, colégio suíço de aperfeiçoamento e a Sorbonne." Uma ricaça católica que falava francês. "Empregos: Agência France-Presse, *Herald Tribune*, *L'Espresso*, *Collier's Weekly*, *Der Spiegel*, *Picture Post*..." Uma ricaça católica poliglota com bons contatos. "Casamentos: três. Marquês Maxime de Cantal, empresário teatral de origem belga; Sandor Varga, editor húngaro; e Tad Challis, diretor de cinema americano." Uma aventureira, o que confirmava as declarações de Simon, já que três maridos implicavam, no mínimo, trinta amantes.

Não havia depoimentos de Honor Tait, com exceção de um ideal moralizante: "Através da observação paciente, da acumulação meticulosa de detalhes e de um apetite voraz pela verdade, o quadro mais amplo surgirá. É dever do repórter defender os fracos e lançar um facho de luz nos recantos mais sombrios da experiência humana". Pomposo também.

O pretexto para o artigo, uma pálida desculpa, era a inclusão de uma das matérias de Tait, enviada da Coreia, em uma antologia sob o título horroroso de *Clássicos da reportagem global*. Não era de admirar que o *Sunday Correspondent* houvesse desaparecido.

Havia uma reportagem mais recente, de sete anos atrás, no *The Monitor*: CASA DE JORNALISTA VETERENA DESTRUÍDA PELAS

CHAMAS. A casa, e não o apartamento londrino no outro lado da rua. Um antigo chalé de caça "na herdade que constituiu outrora seu lar de infância nas Highlands" fora completamente destruído por um incêndio elétrico. Uma das fotografias, a mais antiga das duas, mostrava uma construção imponente e sólida — com quatro andares e uma estreita torre à guisa de quinto andar em cada extremidade — toda pintada de branco, com exceção dos caixilhos pretos das janelas e da porta em arco escura. Se aquilo era um chalé, como deveria ter sido a casa principal? Quaisquer que fossem as conclusões sobre a vida de Honor Tait, aquela não era a história de alguém que veio de baixo. A segunda foto, de uma única parede carbonizada, com uma janela sem vidros que lembrava um olho cego, empinada em direção ao céu em uma clareira de cinzas, galhos e tocos, parecia a imagem de uma devastada paisagem pós-nuclear.

A matéria não trazia uma palavra sequer da própria Tait, embora tenham dito que ela foi "confortada por seu terceiro marido, Tad Challis, diretor de comédias cult, entre elas *The Pleasure Seekers* [Desbravadores do prazer] e *Hairdressers' Honeymoon* [Lua de mel de cabeleireiros]", e um "amigo" útil a tenha descrito como "inconsolável". Tamara contemplou as sólidas fachadas do Holmbrook Mansions. Dera uma passada pelas vitrines dos corretores de imóveis e sabia o quanto custavam aqueles apartamentos. Honor Tait talvez houvesse ficado inconsolável com a perda de sua casa de veraneio, mas não arruinada. Aquela tampouco era a história de alguém rico que acabara na miséria.

Outros recortes, mais concisos, falavam sobre a essência da vida de Honor Tait nos últimos dez anos. Ela era mencionada de passagem nas páginas noticiosas de um jornal como defensora de grupos a favor dos direitos das crianças contra a exploração do trabalho infantil no terceiro mundo e contra o tráfico sexual; atuara como embaixadora da Boa Vontade das Nações Unidas, fizera campanha a favor dos necessitados de asilo e, em seu tempo livre, comparecia regularmente a lançamentos de livros, inaugurações de galerias e estreias teatrais na companhia de escritores, artistas e atores, todos homens, a maioria jovem e altamente apresentável. Havia uma série de fotografias de Tait nesses eventos, curvada porém majestosa, olhando fixamente para o fotógrafo por sobre uma taça de champanhe, rodeada de acólitos bem-apessoados. "A decana dos jornalistas" era o epíteto mais frequente, embora o *Mail* preferisse "a queridinha das classes do palavreado vazio". Na TV, um ano antes, haviam exibido um programa de artes sobre ela (Tamara recebera a fita de vídeo, mas não tivera tempo de assistir), e uma das chamadas para o programa, publicada em uma revista de entretenimento, fora incluída no pacote de reportagens dos editores: o título era HONOR BOUND [Ligada à honra].

Em um artigo da *Vogue*, Annie Leibovitz fotografara Tait em preto em branco em um aposento repleto de livros, parecendo ofendida, como se a velha houvesse acabado de maltratar um intruso que, por amor à pele, havia acabado de fugir da cena. O artigo, sobre "salões", também apresentava um poeta que organizava piqueniques semanais e sessões de leitura de poesia em Primrose Hill e um designer de moda que patrocinava o que ele chamava de sessões de "bolo e orientação" para artistas em seu depósito em Thameside. Honor Tait era descrita como a "madame de Staël moderna", da qual se dizia haver reunido a sua volta um grupo de admiradores entre os quais estavam "os jovens mais notáveis dos segmentos criativos da Grã-Bretanha". Eles se reuniam na última segunda-feira de cada mês e chamavam a si próprios, em uma irônica referência ao grupo conservador de mesmo nome, de Monday Club. As discussões "presididas com severidade por Tait, decana do jornalismo britânico, amiga da elite de Hollywood e antiga musa de alguns dos maiores artistas do século XX", abrangiam desde "filosofia hegeliana e música aleatória até a moeda única europeia e o futuro da inteligência artificial".

Tamara bebericou seu café, a essa altura repulsivamente frio, e pôs-se a esperar que, juntamente com poesia, política ou história, nenhum desses assuntos surgisse na entrevista.

A garota estava atrasada. Honor foi buscar uma bebida, acomodou-se na poltrona e pegou a pasta de plástico que Ruth lhe enviara por um mensageiro: reportagens de sua entrevistadora. Será que o objetivo era mostrar que a tal jornalista não atuava exclusivamente no segmento do assassinato de reputações, que nem sempre ridicularizava *todos* os entrevistados? Honor despejou os artigos no colo. Seriam originais ou fotocópias coloridas? Difícil saber. A tecnologia progredira muito desde a época da Olympia portátil, do frágil papel-carbono e do telefone volumoso, com seu fio umbilical.

Seus próprios recortes, cortados com tesoura e colados em grandes livros vermelhos por incontáveis secretárias ao longo dos anos, haviam somado catorze volumes encadernados de notícias e espetáculos, colunas e entrevistas; quase tão volumosos quanto o *Oxford English Dictionary* integral. Os livros, como tudo o mais, haviam sido consumidos pelas chamas de Glenbuidhe. Em bibliotecas de jornais, os artigos, recortados por auxiliares de escritório, eram guardados em envelopes marrons etiquetados com o nome do autor. Produzir uma compilação do próprio trabalho seria sempre uma alusão à mortalidade; após meses de publicação, os recortes estariam secos e amarelados como um punhado de folhas de outono.

E aquele pacote escasso e lustroso? Em um suplemento com a programação de TV, havia uma entrevista com uma jovem atriz que Honor não conhecia, mas que, segundo a matéria, era célebre por ter se despido vagarosamente em uma recente adaptação para a TV de um romance histórico idiota e pelo rompimento público de seu caso amoroso com um *popstar* tatuado. A fotografia mostrava a atriz, uma loura alta e magra, encostada em uma lareira de mármore. Havia uma ponta de desespero, um apelo à aprovação em seu sorriso forçado e na tênue teia de rugas ao redor dos olhos. Ela parecia cansada, oprimida, gasta. O artigo também exibia uma imagem da entrevistadora; uma foto com legenda, do tamanho de um selo postal, de uma loura de nariz pontiagudo que simulava um olhar de censura enquanto mordiscava um lápis. Agora todas eram louras. Haveria nela alguma coisa de ser da floresta? Seria uma criação maligna de Beatrix Potter? Tamara Townmouse? Ou era mais uma harpia?

No conjunto de recortes, encontrava-se uma matéria especial de página dupla sobre a "cultura dos cafés" londrinos e outra sobre a colagem ilícita de anúncios de casas noturnas em postes de luz e tapumes. Esta foi anunciada como uma "investigação minuciosa e exclusiva da repórter Tamara Sim". Não exatamente um Watergate. Os olhos de Honor se fecharam devagar e sua cabeça pendeu em direção ao sono.

Minutos depois, o lamento amplificado de um alarme de carro trouxe-a de volta à vigília. Ela deu uma espiada no relógio. A essa altura, o atraso da garota era insultante. Massageando as têmporas, Honor voltou a olhar para os artigos em seu colo. A mesma fotografia tola com legenda acompanhava a "Coluna de Tamara Sim", oitocentas palavras, muitas das quais em maiúsculas, acrescidas de grupos de pontos de exclamação, analisando o enredo de uma novela de televisão, o mau comportamento de jogadores de futebol da primeira divisão e o "problema moderno", que, tudo indicava, não era nem a pobreza do Terceiro

Mundo nem a propagação da aids, mas "a escassez de homens solteiros decentes, confiáveis, atraentes e com dinheiro suficiente em Londres". A frivolidade da imprensa já não surpreendia Honor. Mas ela não conseguia imaginar por que aquela garota em particular fora enviada para entrevistá-la.

Três

Tamara se surpreendeu com a súbita batida na janela do café. Bucknell chegara, esbaforido. Tamara o encarou com raiva quando ele entrou.

"Por onde você andou?", perguntou.

"Outro trabalho. Para a editoria de notícias."

"A editoria de notícias? Mas esta é para a revista! Para a *S*nday*! É muito mais importante."

"Tente explicar isso à editoria de notícias."

Ela balançou a cabeça e apanhou o buquê de lírios rosa-barbie que comprara no supermercado da esquina como uma oferenda de paz (as despesas o cobririam e, se entregasse o recibo adulterado das rosas vermelhas que enviara na semana passada ao escritório de Tim no *Sphere*, ganharia algum na transação). Eles subiram em silêncio os degraus do edifício.

Tamara sentiu um calafrio de apreensão, mas assegurou a si mesma que aquela reportagem exigiria apenas uma ampliação das habilidades que já utilizara muitas vezes no decorrer de sua carreira. Precisava abordá-la com método. Conversar com a mulher, obter mais informações sobre seu histórico familiar, vida amorosa, a questão das celebridades, Sinatra, Liz Taylor, algumas citações-chave, acrescentar um punhado de referências culturais (Picasso, um imperativo para os leitores da *S*nday*, e Marilyn, reverenciada por esnobes, assim como por grosseirões), uma pitada de cor — descrições da aparência dela e de seu apartamento —, arrancar alguns comentários sobre amigos e arrematar isso com algumas linhas a respeito do trabalho de Honor Tait. Uma rápida consulta ao *Roget's* aumentaria o quociente silábico e ela poderia temperar tudo com um pouco de francês malicioso colhido no Larousse. Não seria difícil. Assim que vencesse a introdução, teria conseguido. Tamara já estava trabalhando no primeiro parágrafo.

Estávamos quarenta e cinco minutos atrasados e sem fôlego quando chegamos ao magnífico prédio de apartamentos de Honor Tait e a decana do jornalismo britânico nos deixou instantaneamente à vontade.

Bucknell abriu caminho pelas portas de vidro giratórias do Holmbrook Mansions e encaminhou-se à recepção, sua jaqueta de couro rangendo com determinação. Um porteiro, fardado como um descuidado ditador militar sul-americano, conduziu-os até o elevador.

"Obrigado, amigo", disse o fotógrafo, erguendo o polegar com ar condescendente, em sinal de aprovação.

Tamara seguia vários passos atrás, como uma esposa ressentida, esperando que o porteiro não pensasse que eles fossem um casal no sentido conjugal do termo. Os dois subiram ao quarto andar em um silêncio hostil. No confinamento do elevador, ela prendeu a respiração, mas não havia defesa contra o odor acre de tabaco condensado que parecia escapar dos poros de Bucknell.

Enquanto eles percorriam o corredor em direção ao apartamento, os saltos de Tamara ecoaram solenemente no chão ladrilhado. À porta, o dedo dela antecipou-se ao dele na campainha. Enquanto esperava que a anciã atendesse, Tamara reformulou mentalmente sua introdução.

Estávamos quinze minutos atrasados quando chegamos ao apartamento ricamente mobiliado de Honor Tait e a decana do jornalismo britânico recebeu-nos com um sorriso acolhedor.

Houve uma batida e um retinir de correntes e ferrolhos antes que a porta se abrisse e Honor Tait, menor e mais frágil do que aparecera em suas fotografias mais recentes, surgisse diante deles.

"Vocês estão atrasados", disse ela.

Tamara olhou com ar acusador para o fotógrafo, mas ele desviou o olhar, ocupando-se dos fechos e fivelas de sua bolsa.

"Pedimos desculpas", disse Tamara, dirigindo-se à velha com um sorriso escusatório. "O tráfego em St. John's Wood estava terrível. Tentamos telefonar..."

Ela estendeu o buquê de flores e Honor Tait aceitou-as com um suspiro.

"Bem, vocês estão aqui agora. É melhor entrar."

Eles seguiram as costas arqueadas da mulher em direção ao corredor, passando por cima de uma pilha de jornais antigos e uma sacola de supermercado repleta de livros. Sob sua mediterrânea túnica de viúva, a coluna da anciã projetava-se como as vértebras de uma antiga criatura marinha.

Quando chegamos com cinco minutos de atraso e ofegantes ao esplêndido apartamento de Honor Tait, a decana do jornalismo britânico nos encarou com um olhar espectral.

"Vocês se dão conta do quanto estão atrasados?", rosna ela.

A velha senhora os conduziu à sala de estar e os deixou de pé ali enquanto desaparecia no interior da cozinha com as flores. Era, sem dúvida nenhuma, o apartamento de uma pessoa idosa — decadente, atravancado, levemente sujo e cheirando a passado. Ou seria aquilo o fedor da morte? Tamara, já em ação e atenta aos detalhes, encaminhou-se à estante de livros e examinou as fotografias. Não eram as clássicas fotos de família. Não havia crianças de uniforme com espaços entre os dentes ou formandas atordoadas equilibrando discos em penteados anacrônicos. Aquelas eram, sobretudo, fotos da própria Honor Tait, tiradas muito tempo atrás. A velha voltou e indicou com um gesto agressivo uma cadeira estofada de algodão. Tamara alisou a parte posterior da saia e sentou-se com um meio sorriso recatado, que imaginava que evocasse o encanto dócil da princesa Diana pré-divórcio. Honor Tait agarrou os braços de madeira desgastados da cadeira oposta — suas mãos eram magras e deformadas como pés de galinha — e baixou o corpo com cuidado.

Atrás da velha, uma janela alta de correr com cortinas de veludo verde um tanto à deriva pela falta de alguns ganchos emolduravam uma vista de janelas em um bloco de apartamentos idêntico no lado oposto e, apenas visível no espaço entre os dois prédios, os galhos mais altos de árvores tristes.

Os ramos desfolhados dos carvalhos, embaixo, no jardim, agitam-se ao vento como os braços das crianças órfãs antes tão vividamente descritas pela decana do jornalismo britânico.

Tamara precisava pôr tudo por escrito. Enfiou a mão na bolsa e, após um período de exploração barulhenta, extraiu um lápis, um bloco de anotações e um minigravador.

Honor observava com atenção, um lampejo de ceticismo em seus olhos apertados. Uma bolsa tão grande, espaçosa como uma valise de médico, e uma garota tão miúda. Muitos recursos e dispositivos. À srta. Sim não faltavam atrativos, embora tivesse propensão a mais tarde se tornar gorducha, e seu cabelo quimicamente louro estivesse marcado por uma linha negra na divisão. Mas ela possuía uma beleza contida, e seus seios atrevidos pressionavam-lhe a blusa de um jeito que muitos homens com um gosto pelo óbvio achariam atraente.

Uma tosse fraca no alto chamou a atenção de Honor. O fotógrafo continuava de pé, próximo às duas mulheres, exigindo atenção sem merecê-la, um figurante com ambições malfadadas de interpretar o papel principal. Honor olhou para ele com irritação.

"Sim?"

Ele alternava o peso do corpo de um pé para o outro com nervosismo, como se disfarçadamente limpasse cocô de cachorro dos sapatos.

"Vou me preparar e começar enquanto vocês conversam, se estiver tudo certo."

"Não. Não está *tudo certo*", disse a velha.

Tamara abriu o bloco de anotações e encarou Bucknell, furiosa. Se era uma questão de custo e a editoria de fotografia insistia em usar um fotógrafo da equipe, por que não Tom, que era bem-humorado, prestativo e cuja bajulação irlandesa não enganava ninguém, mas encantava todo mundo? Ou a tímida Milly, a obtusa descendente de uma família cervejeira nobre, que tratava todos, inclusive Tamara, com um servilismo sussurrante? Tom não teria erguido o polegar para o porteiro, e Honor Tait não estaria prestes a desistir da entrevista antes que Tamara houvesse começado se a pequena Milly estivesse ali, ruborizando-se, desculpando-se e saltitando com deferência ao redor da mulher.

"Nós vamos resolver isso agora", continuou Honor Tait. "Depois vocês podem ir embora."

Bucknell exibiu os dentes amarelados em um sorriso abjeto, desdobrou seu tripé e abriu o refletor de guarda-chuva.

"Essa ostentação toda é dispensável", declarou Honor. "Todos esses equipamentos. São só objetos de fetiche. Completamente desnecessários. Você não é nenhum Cartier-Bresson. Basta apontar e fotografar."

Descontraída e encorajada pelo desconforto do colega, Tamara tomou notas às escondidas.

*"Que horas vocês acham que são?", repreende Honor Tait, decana do jornalismo britânico, ex-*femme fatale *e amiga de celebridades, com um rosnado ameaçador ao atender a porta de seu apartamento suntuosamente sombrio.*

O fotógrafo esfregou as mãos e forçou um sorriso, os amplos ombros arqueados, paralisados na tentativa de agradar. Seu rosto mal barbeado parecia úmido e sujo, mais mofado do que barbado. Olhando para ele, Honor viu-se atingida por um raro desejo de arrumar o apartamento; precisava pedir à empregada que limpasse a parte de trás da geladeira. Blacknell evitou os olhos da mulher, olhando diretamente para ela apenas por trás da segurança de seu visor.

Em outros tempos, Honor gostava de atrair os homens com o olhar. Os olhos deles fixavam os dela, surpresos, e então eles se desarmavam. Ela tomara consciência desse poder pela primeira vez quando jovem, em Glenbuidhe, ao voltar do colégio para casa para passar as férias. O gestor imobiliário tímido, o primo gago de Aberdeenshire, o tio excessivamente afetuoso que saíra de Londres para visitá-los — divertia-a perturbá-los com olhares insistentes e gestos descuidados. Mais tarde, libertando-se dos claustros belgas e da segurança da Highland, lançando-se no estimulante mundo do trabalho em Paris, onde os homens eram despudorados e insaciáveis, ela aperfeiçoou essa arte. E como jornalista, em abrigos subterrâneos imundos e hotéis elegantes, durante conferências políticas e comemorações em Hollywood, no silêncio das bibliotecas e em meio às aglomerações dos aeroportos, aquilo era um esporte para ela, uma caçada ao cervo — a seleção do macho sem derramamento de sangue.

Quando Honor começou a perder esse poder? No final dos seus cinquenta anos? Aos sessenta? Primeiro eles pararam de retribuir seu olhar, baixando os olhos e afastando-se, e o olhar desviado possuía a força de uma afronta deliberada. Tempos depois, a maioria dos homens deixou de enxergá-la totalmente. Ela se tornara obsoleta, e não apenas em termos sexuais. Ainda conseguia atrair amantes inferiores — os bêbados, os inadequados, os masoquistas e gerontófilos pervertidos —, porém era mais o caso de um ato de degradação recíproca que de prazer carnal.

"Senhora Tait, se a senhora pudesse ficar de pé ali naquele canto, perto da janela..."

Que desagradável ser tratada com condescendência por um idiota repulsivo.

"Senhora Challis. *Senhorita* Tait", corrigiu ela. "Você pode me fotografar aqui, como estou. Sem flash. A luz natural é mais que suficiente."

Honor sabia que, se necessário, sempre poderia pagar. Era possível solicitar qualquer serviço com uma simples transferência de dinheiro. Não havia motivo para vergonha; na segunda metade do século XX, independência econômica significava que as mulheres podiam desfrutar de um expediente útil que estava disponível para os homens havia milênios. Mas era preciso ser discreto. Os costumes sociais ainda precisavam se atualizar. Velhos ricos com garotas magníficas nos braços podiam ser um estereótipo aceitável, que talvez incitasse a inveja masculina e a defensiva zombaria feminina; a simples inversão dos gêneros provocava uma indignação unânime.

O fotógrafo agachou-se, um troglodita suplicante, e seus joelhos emitiram um rangido artrítico.

"Fabuloso, isso está fabuloso", disse ele quando o obturador clicou.

Livre da mácula do dinheiro, Honor não sofrera uma escassez de "admiradores", ainda que para ela esse termo, antes um eufemismo para candidatos licenciosos, revertera-se em grande medida a seu significado literal. O regozijo da licenciosidade física sem limites, a deliciosa sensação de que era possível seduzir o mundo caso desejasse, haviam desaparecido. Tudo parte do processo cruel de desprazer do tempo.

"Você não precisa ser condescendente comigo", disse ela.

Bucknell pôs-se a trabalhar com rapidez, com a hostilidade impassível de um franco-atirador.

Devia ser um sinal químico, ou a ausência dele — o almíscar da fertilidade evaporara-se havia tempos —, que agora a tornava invisível para a maioria dos homens. Em certas ocasiões, porém, Honor tivera a impressão de não ser suficientemente invisível; uma ou duas vezes, pegara-se observando um jovem atraente, um estranho, imaginando-lhe o corpo macio despido, as protuberâncias e concavidades de sua musculatura, a saliência sedosa movendo-se em seu ninho, desejando o calor da respiração dele na face e as mãos em copa em seus seios, quando o foco de seu anseio preguiçoso, sentindo-se observado, erguera os olhos e, ao vê-la, recuara, incapaz de esconder seu horror. Temeriam eles que a idade avançada fosse contagiosa? Honor tinha novidades para eles: de fato era. A morte prematura era a única maneira de evitá-la.

Pelo menos no caso daquele idiota ajoelhado ao lado de sua cadeira, a repulsa era mútua.

* * *

Tamara observava Honor Tait enfrentar as lentes com um sorriso enigmático, como uma Mona Lisa fossilizada. Seria um sorriso de autossatisfação ou de desdém?

O fotógrafo, no melhor dos casos um homem de poucas palavras, pergunta se pode fotografar enquanto conversamos perto da lareira.

"Não", responde a srta. Tait em tom firme. "Pode fotografar agora."

À medida que ele desembala seu equipamento, a impaciência dela cresce.

"Essa ostentação toda é dispensável. É só um fetiche. Basta apontar e fotografar."

Bucknell, de pé novamente, fez várias sugestões hesitantes como se, com as mãos ao alto, estivesse tentando argumentar com um assaltante armado. Será que ela, talvez, poderia cogitar em pousar o rosto em uma das mãos? Ou veria a possibilidade de segurar seu livro? Quem sabe, por um segundo que fosse, consideraria a hipótese de posar com o chapéu de caçador que estava pendurado no gancho perto da porta?

"Você espera que eu faça papel de idiota?"

Ele bateu mais algumas fotos mecânicas e começou a guardar as câmeras de mau humor.

A decana do jornalismo britânico cumprimenta-nos à porta de seu apartamento de duzentas mil libras, os olhos movendo-se desenfreadamente...

"O problema", disse Honor, referindo-se a Bucknell com ar conspirador quando ele se agachou ao lado de suas bolsas, "é que hoje em dia todos eles acham que são artistas."

Tamara sorriu. A questão difícil com Bucknell terminara e Honor Tait a estava reconhecendo, de mulher para mulher, como colega de profissão. Tamara permitiu-se sentir certo orgulho. Seu status decolara por sua associação com a mais respeitável revista da Grã-Bretanha.

*Sob um exterior duro, Honor Tait, jornalista experiente e destemida, ex-*femme fatale, *possui um coração de cinquenta quilates.*

A velha senhora olhou para Tamara com um sorriso malicioso.

"Espero que você também não pense que é uma artista, querida. Não há nada mais absurdo do que um repórter que se considera artista."

Bucknell estava abafando o riso? Tamara sussurrou uma negativa, inclinou-se sobre seu bloco de anotações e arrastou o lápis pelas páginas pautadas. *Cirurgia plástica facial?*, escreveu. As faces de Honor Tait exibiam um brilho prateado artificial e ela parecia ter dificuldade para sorrir. Mas isso talvez se devesse ao temperamento.

"Um gravador *e* um bloco de anotações?", perguntou Honor, arqueando as sobrancelhas esparsas em direção ao minúsculo aparelho.

De qualquer forma, a velha conseguia erguer as sobrancelhas, o que era mais do que Lucy Hartson conseguia fazer.

"São uma dupla garantia. Se um falhar, o outro não vai me deixar na mão", respondeu Tamara.

Honor inclinou-se na direção da garota, como se estivesse prestes a lhe fazer uma confidência.

"Muito sábio, minha cara", declarou. "Seria um desastre se o público leitor perdesse uma de suas reportagens. Como a Biblioteca de Alexandria de novo."

Tamara captou a hostilidade, mas não a referência e sorriu — um arreganhar de dentes vivaz e desonesto — em resposta. Tudo bem. Ela havia entendido. Honor Tait não iria facilitar, tampouco tornaria as coisas agradáveis. Mas Tamara era uma profissional. Fora até lá para obter uma reportagem, para dar um impulso em sua carreira, e não para fazer uma amiga.

"É, acho que sim", disse, com um sorriso ligeiro, que tencionava sugerir que ela entendera a piada, mas era generosa o bastante para deixar passar.

Em seu bloco de anotações, escreveu: *Pesquisar: quem é Alexandria? O que aconteceu com a biblioteca dela?*

"É melhor acabarmos logo com isso", disse Honor. Seu sorriso maligno contraiu-se em um ricto de desagrado e ela tornou a se recostar na cadeira.

Tamara invocou a vivacidade de uma apresentadora de previsões do tempo.

"Meus parabéns!", exclamou. "É um livro fantástico."

A pronúncia da garota, Honor percebeu, possuía um traço do lamento cansado de John Major, e sua insinceridade era quase heroica.

"Livro? Você acha mesmo? Isso não é o que eu chamaria de livro", disse ela. "*É isto um homem?* é um livro. *Ulisses* é um livro. *A morte de Ivan Ilitch* é um livro. Você está se referindo a uma coleção de artigos variados escolhidos nos muitos anos de trabalho no campo jornalístico — um pequeno bloco de granito representando a vida inteira de trabalho de um pedreiro."

"Ah, não", insistiu Tamara. "Ele é bastante consistente como livro. Uma leitura de fato excelente. Um clássico."

"Então você leu a coletânea?"

"Claro. É maravilhosa."

"Bem, então sabe tudo que precisa saber a meu respeito."

"Não, nem tudo. Seu livro também suscita questões."

Tamara arrependeu-se de sua inabilidade no mesmo instante. Estava armando uma cilada para si própria.

Como seria de esperar, Honor Tait puxou o fio.

"E que questões seriam essas?"

"Ah, questões gerais... política global. História. A natureza do jornalismo. O livro me inspirou muitos pensamentos."

"E precisamente quais elementos do livro provocaram esses seus *pensamentos*?"

"É difícil dizer. Na verdade, todo ele."

Tamara estava louca para deixar de lado o assunto do livro ou, mais especificamente, sua opinião a respeito dele. Atormentara-se acerca da melhor maneira de iniciar aquela entrevista; a primeira pergunta muitas vezes definia o tom e determinava o resultado do colóquio. Será que ela deveria entrar firme, desistir das preliminares e interrogar a velha rabugenta sobre os únicos aspectos interessantes de sua vida — os célebres casos amorosos? As festas de Hollywood? A infância privilegiada também deveria proporcionar algumas boas passagens. Os detalhes maçantes de seu trabalho seriam reunidos mais tarde, tendo como fontes recortes de jornal ou revista. Esse método, Tamara bem sabia, costumava desarmar entrevistados ingênuos: desconcertados pela ousadia, até mesmo pela rudeza do entrevistador, eles compensavam com uma cortesia que produzia o mesmo resultado que um soro da verdade. Quanto mais brusca e indelicada a pergunta, mais franca e autoincriminadora a resposta. Mas Honor Tait era uma profissional veterana e perspicaz, que não se deixava sobrecarregar pela cortesia. Mostraria a porta da rua a Tamara no primeiro instante.

Como que para provar o argumento, a velha retrucou com um sorriso viperino: "Todo ele? Verdade? É o maior dos elogios".

"Sou sua maior admiradora", disse Tamara.

O sorriso de Honor converteu-se em um estremecimento transitório.

"Cabe a mim julgar isso."

"Não, sinceramente. Sou sua maior fã. A vida inteira acompanhei sua carreira e li seu trabalho."

"É mesmo? Quantos anos você tem exatamente?"

"Vinte e sete."

"Você nasceu em 1970?"

Tamara assentiu com um movimento de cabeça cauteloso.

"Vejamos", disse Honor. "Nesse ano, eu estava fazendo a cobertura das consequências do massacre da Universidade de Kent State, em Ohio. Imagino que, no intervalo das suas trocas de fralda, você estivesse seguindo minhas reportagens sobre o movimento de oposição à Guerra do Vietnã? Lendo meus trabalhos no berço, não é? Me encorajando com seu chocalho?"

Tamara enrubesceu, mais por raiva reprimida do que por constrangimento. A velha estava tentando provocá-la? Aquilo era puro antagonismo.

"Não. Não. Quis dizer que li seu trabalho quando estava na Poly. São textos obrigatórios em Estudos da Mídia."

"Sempre achei isso uma contradição de termos: Mídia. Estudos..."

A garganta de Tamara se contraiu e ela tossiu, nervosa. A velha era irritante como uma psicótica. Há quanto tempo as duas estavam sentadas ali? Ela ainda não conseguira fazer uma única pergunta. Mas como começar? Estava claro que Tait não se deixaria seduzir facilmente para uma conversa. Sobretudo por uma mulher. Se Tamara fosse um repórter atraente, ou mesmo um almofadinha de meia-idade pomposo como Simon, talvez tivesse uma chance. Era melhor jogar limpo.

"Estou aqui me perguntando qual a reportagem mais inesquecível que a senhora já fez."

Honor lançou-lhe um sorriso astucioso. Sabia que estava sendo perversamente obstrutiva, mas a garota era tão bobinha e tão alegremente desonesta que era irresistível.

"Inesquecível? Gosto de pensar que *todas* são dignas de ser lembradas."

"Bem, sabe... histórica. Seu prêmio Pulitzer, por exemplo. Deve ter sido maravilhoso ganhar um prêmio desses com vinte e poucos anos."

"Levando em consideração o assunto e o que eu tinha visto, o prêmio me pareceu ridiculamente irrelevante. Uma futilidade."

"É, claro que sim."

Tamara concordou com um movimento de cabeça, tentando se lembrar do tema do artigo vencedor do prêmio. Desejou ter tido tempo para ler a matéria. Seria sobre a Coreia? O Vietnã?

"Mas creio", prosseguiu Honor, puxando um fio solto próximo à bainha de seu vestido, "que se isso significou que mais pessoas leram o artigo do que o teriam feito se eu não tivesse ganho o Pulitzer, então o prêmio valeu a pena. E agora a matéria foi reimpressa, portanto você também leu, e a nova geração pode aprender lições com os erros da geração mais antiga."

"É verdade. Certo... Mas fora isso, quais foram os maiores acontecimentos históricos que a senhora cobriu?"

Honor suspirou.

"Nuremberg? Polônia? Berlim? Coreia? Era esse tipo de coisa que você tinha em mente?"

Tamara temeu o pior. Já entrevistara gente velha. Enquanto esqueciam o que haviam dito cinco minutos antes, sua memória do passado distante podia se mostrar terrivelmente intacta. A última coisa de que Tamara necessitava agora era de um prolongado solilóquio histórico; uma torrente de palavras e datas sem uma única citação aproveitável. Ela arregalou os olhos e tornou a assentir com fingido entusiasmo.

“Ou você estava pensando mais em Madri?”, perguntou Honor. “No Vietnã? Na Revolução Cultural?”

“Madri... A Revolução Cultural vietnamita. Ótimo. A senhora escolhe.”

O prazer que Honor sentira em ridicularizar a garota começava a esmorecer. Ela recordou os jogos absurdos que lhe eram impostos e a seus irmãos no Natal. Na melhor das hipóteses, uma competição de palavras desinteressante: um tormento para as crianças, hilariante para os adultos. Ou charadas. Uma oportunidade para que adultos bêbados se exibissem uns para os outros.

“Você pode escolher alguma coisa do livro”, disse Honor.

“Não quero simplesmente extrair passagens inteiras dele”, replicou Tamara, embora fosse exatamente o que tencionava fazer. “Seria conveniente transmitir uma impressão sobre a senhora a partir desta nossa conversa, relaxada, em casa...”

Que estava em casa, Honor não podia negar. Mas relaxada? E daquela conversa? Com aquela garota?

“Uma entrevista não é o que chamo de conversa. Talvez você deva ir em frente e fazer suas perguntas.”

Tamara mordeu o lápis e olhou de relance para o Sony. A luz vermelha ainda brilhava, o aparelho gravando com zelo sua humilhação. Bucknell, que estava levando um tempo excepcionalmente longo para guardar o equipamento, tornara a se ajoelhar, remexendo o interior de sua bolsa. Isso se espalharia pelo *The Monitor* em poucas horas.

“Como era *de fato* ser uma jornalista mulher nas décadas de 40 e 50?”, perguntou Tamara com repentina vivacidade.

“Praticamente o mesmo que ser um jornalista do sexo masculino”, respondeu Honor. “Embora a carência de absorventes higiênicos em zona de guerra não tenha sido um problema para eles.”

Houve outra tosse — o pigarro gorgolejante de um fumante — e Honor e Tamara olharam para o fotógrafo, que a essa altura estava de pé, com ares de quem recebera uma reprimenda, mas impaciente.

"Quando esse jovem pegar sua bolsa e sair", disse Honor, "vamos tomar uma xícara de chá. Talvez isso a ajude a pôr as ideias em ordem."

Bucknell olhou de relance para Tamara e ergueu as sobrancelhas em uma expressão inoportuna de solidariedade antes de se virar para sair.

"Você pode sair sozinho, não pode?", perguntou Honor, levantando-se rigidamente da cadeira.

Ela entrou na cozinha e Tamara captou um vislumbre de fórmica na cor creme e de luminárias fluorescentes. Bucknell, de olho na porta, extraiu com cuidado uma câmera menor do bolso, bateu fotos genéricas do aposento, depois se deslocou para obter close-ups das fotografias na estante e na parede, assim como o de um idoso sorridente em uma mesinha próxima à cadeira de Honor Tait. A revista provavelmente iria necessitar de um material adicional para ilustrar o artigo e esse furto legítimo de imagens extras pouparia tempo e horas dispendiosas de pesquisa fotográfica. Enquanto Honor enchia a chaleira e fazia as louças tilintarem, ele olhou para Tamara e piscou — um gesto ainda mais repulsivo do que o polegar voltado para cima. Parando para espiar o banheiro no corredor e bater uma última fotografia, ele saiu do apartamento, fechando silenciosamente a porta atrás de si.

"Leite e açúcar?", gritou Honor da cozinha.

"Só leite, por favor", disse Tamara, pressionando o botão *pause* no gravador e erguendo-se para dar uma olhada mais cuidadosa nas fotografias. Ela reconheceu a foto da Menina Dourada dos recortes de jornal. Seria de fato ela, Honor Tait, ousada e voluptuosa de shorts, sorrindo para um soldado bigodudo? Com Franco. Ou seria Castro? Difícil crer que a bruxa disforme que estava enchendo a chaleira na cozinha fora em outros tempos essa beldade de olhos ternos que, segundo os recortes, sobrepujara e enfeitiçara alguns dos homens mais famosos do século XX.

Tamara estremeceu. Desejava envelhecer — era a melhor alternativa. O câncer de mama de sua mãe imunizara-a contra a concepção romântica, expressa por amigas levianas, de que a morte prematura, com tez aveludada e físico saudável, era preferível à vida pós-menopausa de mulher flácida e desmazelada. Sua mãe, que morrera com quarenta e seis anos, teria escolhido a vida a qualquer preço. Mas ao olhar para a garota radiante na fotografia e ouvir sua contrapartida arrastando os pés na cozinha, Tamara se deu conta que não desejava ficar assim *tão* velha. Havia limites.

Examinar as fotografias de Honor Tait em sua resplandecente juventude, expostas com tanto orgulho no apartamento londrino de duzentas e cinquenta mil libras, e me voltar para ela agora é como assistir àquela cena em Horizonte perdido, *a obra-prima do cinema, em que a infernalmente bela* (*conferir nome*) *escapa da proteção do vale magicamente hermético apenas para definhar de forma terrível, envelhecendo mil anos em minutos diante dos olhos aterrorizados de seu amante.*

As louças tilintaram quando Honor Tait entrou carregando uma bandeja com um bule de Darjeeling, duas xícaras com padrões vivos e bordas douradas, um bule de leite e um pires com rodelas de limão, e depositou-a com mãos trêmulas sobre um tamborete de couro entre as cadeiras. Tamara sabia que um oferecimento de ajuda poderia ser tomado como ofensivo. Viu com apreensão a mulher servir o chá e o fluxo marrom oscilar perigosamente acima das xícaras.

Usando um pegador, Honor deixou cair uma rodela de limão em uma das xícaras e passou o leite a Tamara. A garota podia se servir.

"Bem, onde estávamos?", perguntou Honor, levando a xícara aos lábios.

A xícara colorida de Tamara chacoalhou no pires inundado. Por um instante imprudente, ela se sentiu tentada a sugerir que Tait estivera no centro de uma avaliação minuciosa sobre o desempenho de Frank Sinatra na cama, mas conteve-se e pôs-se a folhear seu bloco de anotações a fim de ganhar tempo, analisando algumas perguntas que preparara com antecedência.

"A senhora estava me contando das dificuldades de ser uma mulher no jornalismo quando a senhora começou."

Honor franziu os lábios acima do chá e os afastou rapidamente, retraindo-os por causa do calor.

"Estava? Bem, creio que o jornalismo, assim como muitas outras coisas naqueles dias, pertenciam à esfera masculina. A redação dos jornais tinha um odor pungente de testosterona."

Teria sido isso que no começo a atraíra para a profissão? Honor por vezes se questionara. Era óbvio que o trabalho lhe proporcionara uma rota de fuga da família, dos papéis limitados disponíveis para as mulheres na época, da branda camisa de força de sua classe, oferecendo-lhe liberdade, objetivo, aventura. Seus pais desejavam para ela nada mais que um casamento com um membro da mesma casta — proprietário de terras, próspero e filisteu —, e as freiras a haviam preparado para uma vida modesta e abnegada. Ambas as opções eram perfeitamente compatíveis, ela sabia. Eram também abomináveis e rejeitavam a curiosidade, a paixão e a ambição. Honor desejava abrir seu próprio caminho, forjar um novo estilo de vida, devorar o mundo.

Teria havido também o prazer de uma exibicionista em invadir os austeros clubes de cavalheiros — em parte quartel, em parte monastério — que eram as redações dos jornais nas décadas de 1930 e 1940? Teria sido como arrojar-se ao monte Atos com roupa de banho? Quando atravessava a redação do jornal com seu elegante conjunto de musselina, seus saltos dando pancadinhas leves em contraponto com o ruído dos telégrafos e das máquinas de escrever barulhentas com seus *pings* musicais, será que ela se deleitara com a sensação de seus colegas observando-a, esticando o pescoço, acompanhando com avidez seu avanço, hipnotizados pelo retroceder cinético das costuras de suas meias? Talvez ela houvesse apreciado, mais do que a reportagem em si, as caretas de surpresa de jornalistas taciturnos quando descobriam que havia sido uma mulher, e uma mulher atraente, que entregara um trabalho tão exemplar. Também houvera os rigores excepcionais e, o que não seria possível negar, os prazeres do trabalho em campo — lutar com eles, comer com eles, dormir com eles —, a única mulher no meio de homens de ação e homens de guerra.

"Deve ter sido duro", disse Tamara.

"Imagino que atualmente no *The Monitor* deva ser só batom e perfume barato", disse Honor.

Tamara ignorou o menosprezo e tornou a olhar para sua lista de perguntas.

"Eu gostaria de saber se a senhora poderia me contar com suas próprias palavras alguns incidentes da vida real que inspiraram o livro."

Os olhos da velha reduziram-se a duas centelhas de rancor. Ela preparara-se, por um instante, para conceder à garota o benefício da dúvida, mas aquilo era ridículo.

"Vida real? Com minhas próprias palavras? Você acha que eu inventei a coisa toda? E as palavras de quem você está sugerindo que eu usei? Você está me acusando de plágio?"

"Não, absolutamente. Claro que não." O riso que Tamara tencionava que parecesse sincero soou assustado. "Eu só queria alguns depoimentos seus que não fossem diretamente extraídos do livro."

"Então você quer que eu parafraseie minhas próprias palavras?"

Tamara concordou com um movimento de cabeça.

Honor encarou sua xícara por um minuto inteiro, como se estivesse lendo sua sorte nas folhas do chá, em seguida se inclinou sobre a mesinha lateral, pegou o livro e o abriu ao acaso.

"Capítulo Sete. O Hotel Deutscher Hof. Mil novecentos e trinta e oito."

Fechou o livro com um movimento brusco e lançou a Tamara um olhar desafiador.

"Chá com Hitler? O que lhe parece?"

"Excelente!", exclamou Tamara.

Serviria, para começar, pensou Tamara. Hitler não era Sinatra, mas de certa forma era uma celebridade. Ao menos todos já tinham ouvido falar dele. Inclinou-se sobre seu bloco de anotações e escreveu: *Conferir capítulo sete.*

Honor se recostou na cadeira e se pôs a falar em tom monótono e cansado.

"O exército alemão tinha se mobilizado na Tchecoslováquia e Hitler se recusava a se encontrar com os estadistas estrangeiros reunidos em Nuremberg. A imprensa mundial também estava lá, e de repente Ribbentrop anunciou que haveria um chá em homenagem a Hitler às quatro da tarde. Estávamos todos convidados." Ela fez uma pausa. "É esse tipo de coisa que você queria?"

O assentimento ansioso de Tamara foi encorajador, mas completamente insincero.

"Eu dividia a mesa com Unity Mitford e Robert Byron. Unity lançava olhares de cordeiro para o Führer, que estava sentado ao lado de lorde Brocket na mesa vizinha; os dois homens riam de alguma piada, mas Hitler ficava olhando, procurando Unity no outro lado." A voz de Honor foi se tornando mais animada; ao dar nome a fantasmas, mortos havia tempos, chamava-os, e a si mesma, de volta à vida. "Fui até a mesa dele com ela", prosseguiu, "e quando Brocket se levantou, provavelmente para fumar um charuto — Hitler detestava o fumo —, deslizei para o lado dele..."

À exceção de Hitler, Byron foi um único nome que Tamara reconheceu, e poetas, vivos ou mortos, não a interessavam. Preenchendo o tempo até que Honor Tait dissesse alguma coisa útil, Tamara continuou a reformular seu artigo.

> *Estou dez minutos atrasada, o que, como qualquer londrino dirá, dadas as condições do tráfego na capital, equivale a estar adiantada. Mas Honor Tait, decana do jornalismo britânico e* vieille terrible *de Maida Vale, não está nada satisfeita. "Que horas vocês acham que são?", rosna enquanto me recebe a contragosto em seu apartamento atravancado, repleto de recordações decadentes de sua juventude glamorosa.*

Será que a garota estava mesmo anotando aquilo?, perguntou-se Honor.

"Mas é claro que você já leu tudo isso", disse ela.

Tamara ergueu os olhos, alarmada.

"No livro", acrescentou Honor com sarcasmo.

"Li. Li. Claro."

Tamara precisava afastar o escrutínio da velha com outra pergunta.

"E o que foi servido?", perguntou.

"Servido?"

"No chá. Bolo? Sanduíches?"

Os lábios de Honor retorceram-se em uma trêmula incredulidade, depois ela fechou os olhos e agarrou os braços da cadeira.

"Vejamos... Unity comeu, se estou bem lembrada, bolinhos com creme e geleia de framboesa. Não. Foi de ameixa. Ela detestou os caroços. E Hitler comeu uma torta Sacher, chocolate e marzipã, duas fatias, mas recusou o *crème anglaise...*"

Honor estava balançando a cabeça agora — o tremor involuntário apoderara-se dela. Abriu os olhos e viu Tamara tomando notas com ar diligente.

"Ah, pelo amor de Deus!", exclamou Honor. "É claro que eu não me lembro. Foi um momento de importância histórica. A Europa estava à beira da guerra. Todos, menos os nazistas, esperavam desesperadamente evitar o conflito. A última coisa na cabeça de alguém ali era o chá."

Tamara sentou-se ereta, rígida.

"Sim. Sem dúvida. Sua entrevista com Hitler..."

"Você *leu* a entrevista?"

O rosto da garota estava inexpressivo como o de uma boneca. Ela parecia de fato muito estúpida.

"É *claro*", respondeu Tamara com uma ênfase pouco convincente. Ela se remexeu na cadeira. Parecia haver uma almofada ortopédica em suas costas, encardida e cor-de-rosa como um band-aid velho. Havia alguma coisa vagamente insalubre nos idosos. Ela sentiu uma onda de náusea.

"Imagino que você também tenha feito o seu dever de casa, repassado os arquivos, estudado os recortes?"

"Li tanto quanto pude, sim", declarou Tamara. "Fui designada para a entrevista somente esta semana e andei trabalhando em outros artigos nesse intervalo. Podemos voltar ao seu chá com Hitler?" Ela inspecionou seu Sony: ainda gravando.

Honor censurou-se por ter baixado a guarda por um momento. A garota era uma presença hostil, no mínimo profissional em seu ceticismo, e não uma neófita extasiada sentada a seus pés, deleitando-se com suas recordações.

"Eu já disse tudo que tinha a dizer sobre esse assunto. Você pode ler — pode reler — o episódio no livro. Próxima pergunta...?"

"A senhora pode me contar alguma coisa sobre sua infância?"

Honor girou os olhos.

"Isso é realmente necessário?"

A última vez que Tamara havia deparado com tal grau de obstrução fora quando entrevistara um astro de terceira grandeza da TV americana que estava assumindo o papel principal em um musical de longa duração no West End. Ele concordara em inaugurar um novo centro comercial em Sydenham. Após passar vinte minutos em fila no corredor diante da suíte de hotel do sujeito, com meia dúzia de outros jornalistas, Tamara fora conduzida a sua presença por bajuladores e recebera exatos cinco minutos para arrancar dele trezentas palavras para a coluna de entretenimento Na Cidade, do *Sydenham Advertiser*. Ele estava esparramado em um sofá, o cabelo parecendo um capô laqueado, o bronzeado tão vistoso que poderia ser um sintoma de insuficiência hepática avançada, soprando um charuto e sorvendo champanhe. Ele debochara, com maldade, de todas as suas perguntas. Mas ela persistira.

Naquele instante, ela reuniu toda sua determinação e lançou a Honor Tait um olhar desafiador.

"Infância. Geralmente é o ponto de partida dessas entrevistas detalhadas", disse Tamara.

Honor balançou a cabeça.

"Lamento, Tara. Nós estamos aqui para conversar sobre o livro. Eu sou jornalista, não uma atriz querendo chamar a atenção. E você não está apresentando um programa de entrevistas na televisão."

Tamara perguntou-se se a velha teria dito seu nome errado de propósito. Baixou a cabeça, rabiscando aleatoriamente o bloco a fim de ganhar algum tempo para reunir as ideias.

"Mas isso *é* relevante", disse ela, erguendo os olhos por fim. "O seu passado. O que fez com que a senhora decolasse desse jeito? Rompesse com a tradição, com as expectativas de sua classe na época?"

"Meu Deus! Uma marxista! Que coisa mais pretensiosa."

"Quero dizer, sua mãe. Ela não era uma aristocrata ou coisa parecida? Ela não teria... na ocasião... Isso afetou o relacionamento de vocês?"

"Uma abordagem psicanalítica também?"

Honor riu. Maravilhara-se muitas vezes com a resiliência da maior pseudociência do século XX. Recordou a sala ascética, com suas relíquias budistas de vestíbulo de restaurante tailandês, onde consultara o dr. Kohler cinco dias por semana durante um período difícil na década de 1960. Eles conversavam sobre o fato de ela não ter filhos, sobre sua mãe e seu pai, suas governantas, as freiras e sobre seus sonhos; tudo um assombroso desperdício de dinheiro e energia. E de tempo. Podia perdoar o dr. Kohler, um bondoso velho mercenário e farsante, não um charlatão, mas o que *ela* havia feito? Uma mulher adulta, lamentando-se e choramingando como um bebê sobre sua esterilidade — uma escolha feita aos vinte anos que se tornou um fato biológico inevitável aos trinta — e sua mãe morta fazia tempo. E seus sonhos? Desde então, Honor acreditava que os avanços da neurociência haviam dispensado tal ficção. Mas não, a classe que lia horóscopos continuava a procurar portentos e insights nos impulsos elétricos aleatórios gerados pelo cérebro em descanso. E aquela pessoinha insignificante era claramente uma integrante dessa classe.

"Essas são só perguntas normais nas entrevistas. Perguntas que fazemos a todo mundo", disse a garota com inesperada firmeza.

"Perguntas normais? Ou seja, iguais para todo mundo? Você nunca se questiona por que suas entrevistas são insípidas e desprovidas de conteúdo?"

Tamara se enrijeceu. Não se deixaria derrotar. O que Honor Tait não levara em conta fora o núcleo de aço em seu coração.

"É uma fórmula, sim. Mas uma fórmula que funciona. Uma vez ou outra, a senhora deve ter feito essas mesmas perguntas a seus soldados e políticos, a seus atores e artistas, a seus escritores. As perguntas podem ser as mesmas, mas as respostas são sempre diferentes. São as respostas que fazem a matéria."

Tamara tinha razão. Mas Honor não iria ceder, o que a estimulava perversamente a atacar.

"Nesse caso, por que você se deu o trabalho de vir até aqui? Por que não me enviou um questionário de múltipla escolha? Como seria o seu questionário da 'entrevista-padrão'? 'Um: Quando criança você: a) sofreu maus-tratos? b) foi feliz? c) testemunhou uma tragédia familiar terrível? Dois: Como adulto, você teve: a) dez amantes ou menos? b) vinte amantes ou menos? c) uma infinidade de amantes?'"

Tamara corou. Tornou a pensar na entrevista com o astro da TV americana, um psicopata arrogante.

"Eu detesto o seu programa", ela gostaria de ter dito. "E, acima de tudo, detesto você, seu brega ridículo e vaidoso."

Mas Tamara pensara no salário, cerrara os punhos e, em vez disso, havia perguntado: "Quais são suas impressões sobre Sydenham? Você tem planos de conhecer um pouco mais a área?"

Agora lutava contra a vontade de dizer a Honor Tait que não tinha o menor interesse nela, em seu trabalho, em sua família ou em seu suposto livro.

"Me desculpe", murmurou Tamara. "Sei que a coisa realmente importante é seu trabalho... política, história e tudo o mais. Mas precisamos da perspectiva humana também, para dar vida a todo o resto. Nossos leitores precisam ter uma ideia sua como pessoa."

Uma fadiga existencial começou a baixar sobre Honor como um nevoeiro de outono.

"Como pessoa? O que eu pareço agora em oposição ao passado? Se sou agradável ou excêntrica? Perfumada ou malcheirosa? Se sou uma contadora de histórias fascinante ou uma velha chata e rancorosa?"

Tamara escreveu: *malcheirosa, velha rancorosa e chata*. E contraiu os lábios em um sorriso sinistro.

"Não. Não. Só precisamos de alguma coisa sobre sua vida além do trabalho. Seus pais — como eles eram? Umas poucas frases, apenas isso. Que tipo de criança a senhora foi? Sua vida amorosa, a vida doméstica, esperanças, sonhos, medos... Então podemos começar a verdadeira reportagem."

"Receio, Tara", disse Honor, a voz tensa pelo esforço de ser paciente, "que como a maioria dos jornalistas da minha geração, tenho alergia à primeira pessoa do singular. Você não entenderia isso, claro. Você acredita em 'liberar geral', não acredita? Ainda é essa a expressão, não é? Bem, minha opinião é a seguinte: 'Guarde para você. Não é interessante nem digno. Ninguém mais quer ver isso'."

"Mas eles *querem* saber! A senhora viu muita coisa. É sábia. Nós poderíamos aprender com a senhora."

Honor se perguntou que possível "sabedoria" seria transmitida em uma descrição de sua "vida amorosa", passada e presente. Seus romances foram outro tema do consultório do analista, mas seus monólogos atormentados, ocasionalmente pontuados por murmúrios neutros, ainda que encorajadores, do dr. Kohler, não renderam nem insights nem prazer. Ela poderia ter gasto os honorários de forma mais útil, mantendo os serviços de um gigolô em tempo integral.

“O homem com discernimento suficiente para aceitar suas limitações quase se aproxima da perfeição”, declarou Honor. “Goethe. Isso é sabedoria para você. Mas aprender com isso requer certa inteligência, que pode estar fora do seu alcance.”

Os olhos de Tamara doíam. Ela deveria se levantar e sair dali naquele exato momento. Quanto desejava de fato aquele contrato?

“Algumas perguntas simples, mais nada”, implorou. “O que a senhora fazia quando entregava seus artigos e ia para casa? Quando e onde a senhora foi mais feliz? E com quem? Hobbies. Família. Motivos de reclamações ou discussões. O momento mais constrangedor. Seus maridos, seus amantes. Só uma ou duas palavras. Uma lista de nomes, na verdade. Esse tipo de coisa.”

“É mesmo? Olhe ao seu redor, para o estado em que o mundo se encontra, a injustiça, o sofrimento.” Honor gesticulou, com braços trêmulos, como se sua sala contivesse o somatório das misérias globais. “E você quer exercitar seus talentos, como eles são, descrevendo a paisagem emocional de uma infância desaparecida ou os casos de amor extintos de uma mulher idosa em um canto minúsculo, privilegiado, de um mundo vasto e sofrido? Que interesse tem isso para alguém?”

“Nossos leitores estão interessados”, disse Tamara com voz fraca.

Isso não convenceria ninguém, Tamara sabia. Ela não poderia se importar menos com os leitores da *S*nday*, com suas atitudes superiores, suas causas dignas, suas casas caras e suas férias exóticas. Mas também sabia que não poderia trabalhar na *Psst!* para sempre. Não poderia se dar a esse luxo.

“Se a principal preocupação deles é esse tipo de cultura inútil, então seus leitores não merecem consideração”, disse Honor, estendendo a mão para pegar sua xícara.

Tamara voltou-se para seu bloco de anotações e se perguntou se o preço do sucesso alguma vez fora tão alto. Curvou a cabeça sobre o trabalho novamente e, por um momento, Honor imaginou que as duas haviam trocado de lugar; Honor era de novo a jovem repórter nervosa porém decidida, enfrentando a falta de hospitalidade de um entrevistado superior e rancoroso.

"Eu só queria um pano de fundo", disse Tamara, e sua voz exibia o diapasão cadente da derrota.

"Se é biografia o que você quer", disse Honor, "vai encontrar tudo de que precisa na orelha da sobrecapa do livro."

Ela pegou o livro novamente e leu em voz alta: "Honor Tait nasceu na Escócia e foi educada em Bruxelas e Genebra. Trabalhou em uma agência de notícias em Paris antes de se dirigir à Espanha para cobrir a Guerra Civil. Acompanhou as tropas americanas nos desembarques da Normandia, cobriu a libertação de Buchenwald, os julgamentos de Nuremberg" etc. Você está escrevendo ou deixando isso a cargo do seu gravador?"

Tamara pusera-se a escrever freneticamente. *Minha entrevista com a excepcionalmente fria srta. Tait provocou em seu apartamento deprimente e repleto de objetos antigos um profundo resfriamento.* Tamara desprezava a velha. E não se deixaria derrotar por ela. Por outro lado, será que desejava mesmo um emprego no qual iria passar seus dias bajulando egomaníacos? Tornou a pensar em Tim com uma pontada de dor. No *Sphere*, seu trabalho teria sido ceifar pessoas assim.

"A senhora tem algum irmão ou irmã?", perguntou.

"E você?", contrapôs a velha senhora.

Tamara cerrou os punhos com raiva.

"Meus irmãos não são relevantes para esta reportagem", respondeu ela.

"Nem os meus. Agora, Tara, esse é um bom nome irlandês. '*A Harpa que outrora através dos salões de Tara/ A alma da músi-*

*ca derramou,/ Agora pende muda nas paredes de Tara/ Como se essa alma houvesse escapado.'** Imagino que as pessoas lembrem isso a você o tempo inteiro."

"Na verdade, não. É Tamara. Que é um nome russo. Mas eu não sou."

"Russa-irlandesa", refletiu Honor, dominada por outra ânsia feroz de provocar. "Uma combinação poderosa. Você entende gaélico? *A chailín mo chroí?* Ou o russo foi sua língua materna? *Dorogaya Moya?*"

"Não. Nenhum dos dois. Eu não sou irlandesa. Nem russa. Agora se pudéssemos..."

"Então, de onde você é?", provocou a velha. "Me fale do seu passado. Não é sobre isso que vocês, jornalistas jovens, gostam de conversar hoje em dia? Vocês mesmos, seu passado, seus sentimentos, seus *relacionamentos*."

Honor viu a garota baixar a cabeça de novo. Estaria lutando contra as lágrimas? Por vezes Honor imaginara como seria ter tido uma filha. Tinha certeza de que teria sido singularmente mal provida — os brinquedos macios e a conversa delicada, os vestidos em tons pastel e os brilhos, a aparência e os cuidados com o cabelo, a histrionice...

A garota ergueu os olhos e houve uma cintilação do que poderia ser ódio em seus olhos. Bem, pensou Honor, aquilo era mais interessante.

"Não sou eu o assunto desta entrevista. É a senhora", disse Tamara em um sussurro melancólico.

Ela via seu contrato com a *S*nday* escapulir. Como se o duplo golpe que sofrera recentemente — ser rejeitada pelo amante e

* *"The Harp that once through Tara's halls/ The soul of music shed,/ Now hangs as mute on Tara's walls/ As if that soul were fled"* são os quatro primeiros versos do poeta irlandês Thomas Moore (1779-1852) no poema "The Harp That Once Through Tara's Halls". (N. T.)

ter o valioso emprego no *Sphere* arrancado de suas mãos — não fosse doloroso o bastante.

"Verdade? Isso não tem nada a ver com você?" Honor inclinou a cabeça e lançou a Tamara um olhar penetrante. "Achei que hoje em dia os jornais gostassem acima de tudo de entrevistas com nulidades feitas por nulidades."

Era o momento errado e o local completamente errado, mas Tamara não conseguiu se conter mais. A terrível verdade atingiu-a como uma chicotada no rosto — sua rota de fuga estava fechada, ela teria que continuar compilando listas divertidas para a *Psst!* e cavando trabalho em esferas ainda mais obscuras da imprensa especializada, seria incapaz de ajudar o irmão e ele afundaria ainda mais, até desaparecer de vista, e ela terminaria seus dias, sozinha e sem dinheiro, em um apartamento alugado decadente. Era pouco profissional, ela sabia, porém nada pôde fazer quando as lágrimas pingaram de seus olhos, derramaram-se por suas faces e caíram sobre o bloco, onde se puseram a tremer em pequenas poças inconstantes.

Honor se assustou. Confrontada com lágrimas, ela sempre sentira repulsa. Tad fora comicamente lacrimoso. Chorava com anúncios de televisão — filmes biográficos haicai para bancos de investimento ou companhias de seguros, nos quais famílias jovens incrivelmente bonitas deslizavam pela vida rumo a uma maturidade elegante e a uma senescência prateada sob efeito de um foco suave. Talvez ela fosse deficiente. Por vezes havia se perguntado se sua aparente ausência de canais lacrimais representava fraqueza em lugar de força. Aquilo indicaria alguma espécie de daltonismo emocional?

A garota estremecia ligeiramente enquanto tentava se recompor. O que exatamente motivara aquele acesso de choro? Alguma outra coisa a estaria incomodando? Honor sentiu-se constrangida por ela; ser tão fraca, também no curso do trabalho, equivalia a uma espécie de incontinência. Qualquer que fosse o motivo daquele espetáculo, Honor desejava que ele parasse de imediato.

"O que você gostaria de saber?", perguntou em tom gentil.

Tamara ergueu os olhos e os enxugou nos punhos da blusa. "O que a senhora disse?"

"Devo simplesmente começar a falar?", perguntou Honor. "E você pode me dizer se é o tipo de coisa que quer..."

Tamara fungou. Teria conquistado alguma vantagem?

"Poderíamos começar com suas experiências em Hollywood?", tentou com timidez. Ela viu uma repentina expressão de raiva em Tait, e sua voz tornou-se mais fraca a cada sílaba: "Marilyn? Ou Sinatra?".

Honor Tait levou a mão à testa.

"Liz Taylor?", arriscou Tamara, retirando da bolsa uma embalagem de lenços de papel e dando pancadinhas em seu bloco.

O olhar de górgona da velha era inquietante, mas ela também estava balançando vigorosamente a cabeça.

Encorajada, Tamara acrescentou: "Na verdade, qualquer lembrança sobre as estrelas serviria".

Embora a velha senhora continuasse sinalizando uma aparente aprovação das perguntas de Tamara, ela permaneceu em silêncio.

"Seu círculo de amigos jovens do sexo masculino?", perguntou Tamara.

Honor sentiu-se aliviada ao ver que a garota por fim se recompusera. Apenas dois círculos, como os dos pandas, ao redor dos olhos dela traíam o deslize. Mas as perguntas? Se aquilo não fosse tão invasivo e um tamanho e precioso desperdício de tempo, seria cômico.

"A senhora é um pouco ídolo das jornalistas mais jovens", disse Tamara, tentando outra direção.

"Um campo lotado, tenho certeza."

Tamara recuou. Precisava ser mais prudente. Jogar o mesmo jogo que a velha. Apelar para sua vaidade intelectual e então, quando ela estivesse relaxada e cantando como um passarinho, cair matando. Sinatra. Picasso. Liz Taylor. Marilyn. Olhou para a fotografia da jovem Honor com Castro. Ou seria Franco?

"E a Espanha?", perguntou de repente. Houvera um módulo sobre a Guerra Civil Espanhola na Brighton Poly. Embora houvesse preferido a opção Hollywood, Tamara analisara o plano de estudos, vira as fotografias.

"O que tem ela?"

Tamara mordiscou o lápis enquanto pensava em uma resposta. Então se lembrou e sua voz encerrava um claro toque de certeza.

"Seu período como correspondente de guerra com Ernest Hemingway, por exemplo!"

Tamara parabenizou-se. Sim. O caçador bêbado, que escreveu o roteiro para o filme de Spencer Tracy, *O velho e o mar*. Eles deviam ter formado um casal e tanto, Hemingway e Tait.

Honor apertou os olhos, como se sentisse dor. Não sabia quanto mais iria aguentar.

"Acho que você vai descobrir que essa foi Martha Gellhorn", disse ela.

"Imaginei...", gaguejou Tamara.

A velha senhora a interrompeu.

"Me desculpe. Eu nunca deveria ter concordado com isso. Estamos desperdiçando o tempo uma da outra. É melhor você ir embora."

Honor percorreu o corredor em direção à porta. Tamara precisava pensar rápido, reconstituir seus passos. Não desistiria daquilo sem uma batalha.

"Me diga", começou, girando na cadeira para dirigir-se às costas de Honor Tait, "que perguntas a senhora *gostaria* que eu fizesse."

"Como?"

Honor era obrigada a reconhecer que a garota não desistia facilmente. Sua estupidez era inabalável.

"Eu só queria saber que perguntas a senhora ficaria feliz em responder", disse Tamara.

Honor parou ao lado da porta. Sabia que poderia prosseguir de duas maneiras: expulsar a garota e acabar com aquilo — atraindo sobre si um ou dois parágrafos venenosos no *The Monitor* e a hostilidade institucional do jornal pelo resto de seus dias, e ainda mais — ou sentar-se e entrevistar a si mesma, usando aquela tonta como uma amanuense. Assim, ao menos não haveria perguntas inoportunas nem dolorosas. Podia ouvir Ruth dizendo que, se ela desejava vender livros, tinha uma única opção. Portanto, que perguntas gostaria de responder? O gostar não entrava naquilo. Que perguntas estaria *preparada* para responder? Se estivesse com disposição polêmica, se não estivesse tão cansada e enjoada de todo aquele processo estúpido, teria encarado a ocasião como uma oportunidade para interceder em favor das vítimas das enchentes em Bangladesh, dos *dalit* explorados ou dos meninos de rua no Brasil.

"Perguntas sobre o livro?", disse Honor, verificando os termos do acordo.

"O livro. Sua vida, sua família, amigos famosos. O que a senhora estiver interessada em contar."

Honor olhou para o alto, como se pedisse uma intervenção divina. Sabia que a lista das perguntas impróprias que ela mesma fizera era longa. Avançara às cegas, de forma impiedosa, em meio a tragédias humanas, grandes e pequenas, em busca de reportagens: a mãe com o filho morto nos braços em Madri; o pai enlutado de Argel; as vítimas de estupro de Calcutá; os sobreviventes dos campos. Não exacerbara, também ela, a miséria? Acolhera e incentivara expressões de aflição, sabendo que elas a aproximavam do núcleo de uma história e continuara a pressionar, estimulando as vítimas ainda mais. O espetáculo do sofrimento humano tornava-se parte da narrativa. O fato de as matérias serem importantes não diminuía a ofensa.

"O livro então", propôs.

"Eu gostaria de saber, das suas muitas reportagens, de qual a senhora mais se orgulha."

Honor virou-se e voltou devagar, como que em transe, para sua cadeira. Temia que suas convicções morais estivessem começando a esmorecer, como tantas outras coisas. Gostava de observá-las em seu amigo Paul; a ira justificada dele enquanto corria o mundo à procura das injustiças, enfrentando embusteiros poderosos, defendendo os fracos, tornava-a nostálgica. Teria ela perdido também seu espírito de luta?

"Orgulho?", disse a velha, acomodando-se novamente em seu lugar. Sua voz soou fraca, esvaziada de energia e vivacidade. "É preciso desconfiar sempre do orgulho."

Tamara sentiu uma nova determinação, como se houvesse perdido, juntamente com as lágrimas, seu eu ineficaz, derrotado e de terceira categoria, e em seu lugar houvesse uma repórter confiante, célebre e astuta, colaboradora sagaz de algum jornal ilustre, investigadora perspicaz de verdades e provocadora de insights.

"Então qual foi sua reportagem mais *arriscada*? Aquela que a fez correr mais riscos?"

Honor encarou a garota com desgosto, mas o espírito irritadiço de Ruth a rondava. Por fim, com um profundo suspiro resignado, submeteu-se ao dever. Sua resposta foi longa e detalhada e incluiu Berlim, Tóquio, Coreia e o paralelo 38. (Paralelo a quê?, perguntou-se Tamara.) Mas não houve revelações pessoais, tampouco declarações importantes. Mesmo os leitores mais cultos de Lyra estariam cochilando sobre seus cappuccinos por volta do segundo parágrafo. A boca pequena de Honor Tait franzia e expandia-se com surpreendente vigor e Tamara, ouvindo-lhe a voz declinar e fluir, tinha a sensação de haver acidentalmente sintonizado uma discussão deprimente sobre atualidades na Rádio 4.

Na luminosidade agonizante do apartamento de Honor Tait, Tamara sorria, assentia e balançava a cabeça quando oportuno, induzida pela ascensão e queda da voz da anciã, e fingia tomar notas.

Honor Tait, decana dos correspondentes de guerra, suma sacerdotisa dos jornalistas, está longe de ser feliz. Aos oitenta anos, ainda de posse de suas faculdades, embora com a inclinação dos octogenários para a reminiscência, existem poucos vestígios de sua beleza infernal, outrora notável. Olhar para Honor Tait é como olhar para a antiga beleza, agora terrivelmente encarquilhada, de (completar com nome), interpretada por (nome) no clássico do cinema Horizonte perdido.

"Você tem que entender que trabalhávamos em um vácuo", disse Honor. "Não havia rede de informação confiável, não havia outras fontes de notícias às quais pudéssemos recorrer. O medo era palpável. Era preciso de fato *ver*, confiar nas evidências que nossos olhos forneciam, e registrar com precisão exatamente o que estávamos vendo."

Tamara, prevenida pela sonoridade estridente da voz de Tait, articulava exclamações de surpresa ou admiração, interesse ou censura.

"É claro!"

"Granadas de morteiro explodiam ao nosso redor enquanto eu corria para o jipe."

"Que horrível!"

A maioria das mulheres de sua idade é uma avó coruja e uma viúva fiel, muitíssimo feliz em ficar cismando sobre as fotografias de seus entes queridos com visitantes desafortunados. Mas as historietas complacentes, les moments brillants *da vida de Honor Tait, suas rapsódias de lembranças, dizem respeito não à família ou a seus amantes — tópicos sobre os quais é firmemente reticente —, mas a seu trabalho.*

Tara era, observou Honor, uma tomadora de notas escrupulosa. Teria sido muito dura com ela? A garota era o produto de uma geração na qual a história e a seriedade haviam sido alijadas. Os jovens de agora eram todos pistoleiros, um pouco como Goebbels, estendendo a mão para o revólver sempre que ouviam a palavra cultura. E a verdade fora reduzida ao subjetivo. Essa é a *minha* verdade; qual é a sua? Pelo menos Tara parecia ter noção do abismo entre elas, uma percepção instintiva do que se perdera, e exibia sinais de alguma capacidade, ou senão de alguma disposição, para ouvir.

Honor prosseguiu: "O pânico era generalizado. Os sul-coreanos em fuga continuavam, na esperança de cruzar o rio, e o fogo de artilharia começou. Agarrei minha máquina de escrever, coloquei-a no capô do caminhão de rádio...".

"Não!"

Os entrevistadores são avisados de antemão para não mencionar seus amours *famosos. Sua vida pessoal encontra-se terminantemente fora de cogitação. A resposta de Honor Tait a perguntas sobre sua educação em um* château *na Escócia é o silêncio.*

"A única opção era percorrer a trilha de vinte e cinco quilômetros na montanha até Suwon, mais ao sul."

"Não!"

Curvada sobre suas anotações, Tamara parecia exaltada, a mão trabalhando furiosamente para acompanhar o ritmo, inspirada pelo relato de uma época diferente, mais autêntica e vital. Honor achava quase comovente ver aquela criança ignorante, criada no pábulo intelectual dos meios de comunicação modernos e preparada para a mediocridade, responder ao estímulo da experiência real, da história viva. Sepultados em algum lugar daquele exterior corriqueiro, pensou Honor, achavam-se os ingredientes de uma jornalista decente que, em época menos fútil, talvez houvesse se tornado uma repórter perfeitamente eficiente de, digamos, processos judiciais.

> *Sobre a questão de seus três maridos, ela emudece. Sobre a questão de seus inúmeros amantes, seus lábios estão selados. Mas quando se trata de seu trabalho como jornalista nas linhas de frente, cobrindo as grandes reportagens do século,* les contes grands, *é impossível fazê-la calar.*

Tamara enchia página após página à medida que o solilóquio prosseguia. Fora apanhada apenas uma vez.

"Verdade? Fantástico!", entusiasmou-se ela, antes de perceber, tarde demais, que entendera de forma errada o que Honor Tait dizia; ela estava relatando a morte das primeiras tropas americanas na Coreia.

"Eles eram adolescentes, mal tinham saído da escola, e haviam chegado à frente de batalha poucas horas antes. Um rapaz terrivelmente ferido não parava de implorar a seu companheiro que o matasse...", disse Honor, antes de se interromper.

Teria a garota de fato dito "fantástico"?

Aquela fora por pouco. Honor lançou a sua entrevistadora um olhar inquisitivo e lutou para se pôr de pé e ir buscar um copo d'água na cozinha. Sozinha na sala, Tamara se levantou para procurar alguma pista tangível da verdadeira Honor Tait, não a oradora grandiosa daquele palco improvisado. Havia uma pilha de correspondência recém-aberta ao lado do vaso de flores. Pegou um cartão com o desenho infantil e chamativo de uma árvore e o virou. Era o panfleto de um encontro sobre "exploração infantil" que ocorreria na quarta-feira seguinte para inaugurar uma nova instituição beneficente, a Children's Champion. Honor Tait era apresentada como uma das palestrantes. Não exatamente revelador, mas poderia ser útil. Tamara anotava os detalhes, quando ouviu a velha voltar à sala.

O monólogo recomeçou. A essa altura, Honor fora longe demais para parar. Bebeu um gole de água e deixou-se levar pelo fluxo de sua narrativa e pela sensação do arco épico de sua própria existência.

"Foi o vice-general Walker, comandante do Oitavo Exército, quem me obrigou a sair da Coreia, dizendo que o campo de batalha não era lugar para uma mulher. A princípio MacArthur recusou a se envolver, dizendo que a decisão era de Walker. Mas depois que consegui uma entrevista com MacArthur em Tóquio, a proibição às mulheres foi suspensa."

A tarefa de extrair um artigo espirituoso daquela litania narcisista teria derrotado até mesmo um dos vencedores do prêmio Nobel da *S*nday*, pensou Tamara. Que chances ela tinha?

Estava ficando escuro e Honor Tait não dava trégua. Agora descrevia a libertação de um campo de concentração.

"Quatro dias depois, os prisioneiros sobreviventes se reuniram para comemorar a liberdade e prantear os mortos. Todos haviam confeccionado bandeiras de seu país com trapos e pedaços de papel que de alguma forma tinham conseguido."

Tamara viu as luzes se acenderem, uma janela por vez, no prédio em frente, o que o transformou em um calendário do Advento iluminado de interiores domésticos. Mas Honor Tait parecia indiferente à congregação de trevas.

"Você precisa entender o caos da guerra. Tudo o que havíamos testemunhado. Todos nós, inclusive a equipe de jornalistas, estávamos inflamados por uma raiva monumental."

Tamara estava achando exaustivo todo aquele alarde, e a suspensão das hostilidades entre elas deixara mais espaço para outras preocupações. Sem menções a Hollywood, maridos ou amantes, sem uma pitada de indiscrição ou um pingo de interesse humano, como, em nome de Deus, ela iria escrever quatro mil palavras? E ainda tinha duas colunas freelance para ajustar nessa semana, antes mesmo de iniciar o artigo da *S*nday*.

"Me desculpe, senhorita Tait", disse Tamara, olhando de relance para o relógio que, apesar do mostrador luminoso, ela mal conseguiu enxergar no escuro. "Fiquei tão absorta que perdi completamente a noção da hora. Preciso ir."

Tamara fechou seu bloco de anotações.

Honor sentiu uma pontada de decepção. Fazia muito tempo que não falava sobre nada daquilo — e nem mesmo pensava, superficial ou profundamente. Fora doloroso demais. Pressionada por Ruth, concordara, irrefletidamente, em voltar ao assunto e escrever um desfecho para seu artigo vencedor do prêmio Pulitzer sobre Buchenwald para o próximo livro. A ideia a enchera de pavor. Não soubera por onde começar e ensaiara várias desculpas desesperadas para escapar da situação. Mas de alguma forma a ignorância total daquela garota a destravara, e Honor começava a vislumbrar uma maneira de arriscar o artigo que havia evitado escrever por meio século. Tara iria realmente sair agora, justamente quando as duas estavam entrando no ritmo?

"Já?", perguntou Honor, as mãos trêmulas. "Eu ia preparar outro bule de chá. Devo ter até alguns biscoitos em algum lugar."

Tamara guardou o bloco e o gravador na bolsa.

"Eu adoraria", disse, levantando-se de um salto. "É mesmo muito gentil de sua parte. Mas preciso ir. Tenho duas matérias para entregar. O prazo é amanhã."

Honor, rejeitada, sentiu a pontada familiar de desconfiança.

"Reportagens? Sobre o que mais você está escrevendo?"

"Ah, uma é um artigo sobre cultura, na verdade um festival. A outra é mais uma coluna feminista."

Feminismo. Aquele cavalo velho e cansado. Claro. Mas Honor não teria tomado Tara, com sua fachada de balconista, seu decote generoso, como uma Irmã natural, como uma integrante do horroroso regimento de Isadora Talbot.

"Bem, é claro. Eu não gostaria de ser um obstáculo à Causa", disse Honor, erguendo-se com esforço da cadeira.

"Foi incrível", declarou Tamara. "Muito obrigada." Ela mal podia esperar para deixar aquela velha mal-humorada e seu apartamento deprimente.

"Eu levo você até a porta", anunciou Honor em tom frio. A partida repentina da garota parecia-lhe um insulto.

Tamara encaminhou-se depressa para a porta, ansiosa por trocar o ar sufocante do apartamento pelo ar mais puro da avenida principal lá embaixo e ouvir o zumbido reconfortante do tráfego londrino em vez da lenga-lenga arrogante da velha. Mas sabia que seu trabalho não estava concluído.

"Eu gostaria de saber, já que perdemos a hora, se quem sabe não poderíamos nos encontrar novamente para outro bate-papo."

"Creio que não será possível."

"Só mais meia hora em alguma outra ocasião. Aprendi muita coisa hoje, mas sei que só arranhamos a superfície, e seria uma pena deixar isso assim. Um drinque em algum lugar?"

"Acho que não, não", disse Honor.

"Mas achei nossa conversa tão instrutiva... E inspiradora. A senhora é realmente uma heroína para muitas jovens jornalistas. Para jovens que querem fazer a diferença. E gostei tanto do seu novo livro", insistiu Tamara.

"De todo ele?"

"De cada palavra. Não sei como a senhora faz isso."

Tamara estendeu a mão para a maçaneta da porta.

Honor sorria outra vez, seu olhar falsamente modesto voltado para o maço de jornais no chão, perto da porta.

"Fiquei me questionando a respeito do artigo sobre Bing Crosby", declarou, dando de ombros.

"Ah, verdade?" Tamara se surpreendeu com aquela manifestação de humildade e a tentadora oferta de novas informações. Será que Bing tinha sido um amante também? "E por quê?"

"Aquilo tudo não pareceu um tanto barroco?", perguntou Honor.

Tamara pisava em terreno perigoso. Não era versada na terminologia arquitetônica e não imaginava como o termo podia se aplicar ao cantor imortal, amado por gerações de espectadores dos clássicos de Natal no horário nobre da TV.

"O que a senhora quer dizer? Achei que funcionou às mil maravilhas."

"É gentil de sua parte. Mas achei aquilo um pouco *de trop*, sabe — um exagero."

"Ah, não. Foi muito realista. Tão *vrai*!"

Tamara sabia que deveria usar seus artifícios para voltar ao apartamento, ligar de novo seu Sony e encorajar as indiscrições de última hora da anciã, mas tudo que desejava naquele exato momento era fugir daquele mausoléu apinhado e de seu cheiro bolorento de desleixo.

Honor inclinou-se na direção dela e sussurrou como uma garotinha: "Fiquei preocupada de ter falado mais do que deveria. De ter ido longe demais. Com Bing, quero dizer".

"Não, imagine. Foi ousado", disse Tamara, balançando a cabeça. "Uma revelação. Uma das melhores partes do livro. Sem dúvida nenhuma." Em seguida, como se uma nova ideia tivesse lhe ocorrido, acrescentou: "Como ele *realmente* era, o Bing?".

"Divino! Simplesmente divino!" A risada de Honor Tait foi um surpreendente tinido jovial.

Tamara afrouxou a mão na maçaneta da porta.

"Ele cantava para a senhora? Quando os dois estavam juntos? Sozinhos?"

"Ah, o tempo todo. Ele era um verdadeiro pássaro cantor. Sempre gorjeando. E adorava dançar!"

Droga, pensou Tamara. As primeiras palavras realmente interessantes, e ela havia guardado o gravador e o bloco de anotações.

"É mesmo?"

"Eu já contei a você que ele era um dançarino maravilhoso, ágil?", perguntou a velha, a atenção repentinamente distante, enlevada pelas recordações.

Droga, droga.

"Verdade?"

"Você se sentia como numa coluna diáfana nos braços dele."

Tamara enfiou a mão na bolsa, procurando às cegas seu bloco. Estava sem sorte. Apoiou o corpo na porta e equilibrou a bolsa sobre os joelhos para procurar melhor. Precisava anotar aquilo. Mas era tarde demais; Honor Tait já tomara rumo diferente, enfeitiçada por outra aparição que lhe acenava de seu passado cintilante.

"E Elizabeth Taylor? O que me diz dela? Você acha que fui longe demais no livro?"

"Ah, não, não", respondeu Tamara, esquecendo a bolsa e agarrando novamente a maçaneta da porta. "Foi estupendo."

Se Honor Tait continuasse, as duas ficariam de pé ali a noite inteira. Ela parecia tão relutante em permitir que Tamara deixasse o apartamento quanto relutara em lhe permitir que entrasse. Era uma espécie de progresso, pensou Tamara. Mas já havia suportado pedantismo da terceira idade demais para uma tarde.

"Seria maravilhoso se pudéssemos nos encontrar mais uma vez. Seria ótimo descobrir de que forma a senhora fez isso, como reuniu tudo e conseguiu se sair bem. Eu realmente adoraria repassar esse material com a senhora, analisar... essa coisa toda de Bing Crosby, Liz Taylor. E de Berlim também. A Coreia... Seria uma aula de mestre. Tenho certeza de que nossos leitores iriam se interessar."

Honor hesitou.

"Ligue para a minha editora. Vamos ver o que se pode combinar."

Ao fechar a porta atrás da visitante, prender a corrente e deslizar os ferrolhos, Honor suspirou. Uma vitória muito cara. Elas haviam se separado em bons termos. Ruth ficaria satisfeita. E Honor não fizera confidências, não revelara nada. Porém, havia chegado perigosamente perto — uma velha solitária e tola tagarelando com quem quer que se dispusesse a ouvir ou desse a impressão de estar ouvindo. Além disso, a garota era idiota demais. Tara Sim não lera o livro. Isso estava claro. Honor não havia comprometido o nome de Elizabeth Taylor em *Relatos*; nem sequer o mencionara. Voltou a contemplar os jornais natalinos empilhados à espera da lixeira. E as referências a Bing Crosby, o tenor republicano oleaginoso retratado na capa de um suplemento de TV a seus pés, estavam longe de ser barrocas; elas não existiam, o que não era de admirar, uma vez que Honor Tait não o conhecera e jamais escrevera sobre ele na vida.

Quatro

The Monitor era um jornal liberal, um organismo diário e dominical que exibia a robustez de um tabloide na cobertura de fofocas e celebridades e uma abordagem rigorosamente intelectual em suas Páginas de Opinião e na *S*nday*, sua revista em cores. Enquanto outros jornais, à medida que o novo milênio se aproximava, talvez se aferrassem a noções conservadoras e monoculturais sobre seu público leitor, o vanguardeiro *The Monitor* atirava para ambos os lados.

A publicação foi fundada no século XIX por um *whig* aristocrático que nutria esperanças de que o empreendimento lhe proporcionasse fortuna rápida. Este foi à falência em uma década e o jornal, fiel à sua tradição, desde então continuou perdendo dinheiro. Nos primeiros anos do século XX, nas mãos de um industrial carreirista do Norte, a publicação mudou de estilo, tornando-se um "jornal de registros históricos", na esperança de atrair leitores do *The Times* e do *The Courier*, pertencentes à classe dominante. Mas em sua encarnação mais recente, sob a direção de um novo proprietário oriundo da antiga União Soviética, *The Monitor* dedicara-se energicamente a ampliar sua aceitação, na tentativa de incrementar sua declinante circulação. Por outro lado, em termos políticos, embora a inclinação pessoal do atual editor fosse direitista, o jornal restringira suas apostas, por julgar que se o governo conservador, desgastado, fosse derrotado pelo New Labour, que ostentava uma cara nova — ou vice-versa — nas eleições por vir, o *The Monitor* não deveria estar identificado demais com o lado perdedor. Com esse espírito, o periódico atacava parlamentares dos dois lados com generosa imparcialidade. Seu objetivo era ser tudo para todos os homens e todas as mulheres, e como uma Torre de Babel do século XX, conciliava muitas vozes conflitantes em seu decrépito prédio de cinco andares de concreto pardo.

A estrutura exata da hierarquia intelectual no *The Monitor* refletia-se no layout da sede, uma ex-estamparia mal reformada a um quilômetro e meio de sua antiga base na rua Fleet — agora a matriz opulenta, com pilares de mármore, de um escritório de advogados difamadores. O abrigo subterrâneo de *The Monitor* que abrigava a *Psst!*, a revista de fofocas e programação de TV do jornal, editada pelo afável e perdulário Simon Pettigrew, ex-aluno de Eton, era um corredor sem janelas que abrangia a maior parte do longo traço vertical de um arranjo de mesas em forma de L, talhadas com móveis da cantina, e no lado esquerdo separada, por uma parede divisória, de um conjunto de banheiros cronicamente defeituosos.

O escritório contíguo ao da *Psst!*, o traço curto e horizontal do L, era ocupado pela sede virtual do jornal, uma estrutura incipiente e experimental conduzida em regime de vinte e quatro horas por adolescentes incansáveis, o rosto salpicado de *piercings*, e editada por Tania Singh, pós-graduada de Oxford com feições miúdas de fada e a ambição flamejante de um jovem Bonaparte.

Acima deles, no andar térreo, com janelas que se abriam para o ruidoso congestionamento de veículos tremeluzentes em meio ao vapor fumacento, ficavam os funcionários de rosto pálido da redação do *The Monitor*. Ali, em oposição ao clamor e à cintilação de meia dúzia de aparelhos de TV ao fundo, a editoria nacional copidescava notícias e operava telefones e máquinas de fax em busca de informações sobre escândalos políticos, *serial killers* e ocorrências climáticas pouco comuns em Londres e nas regiões remotas do Reino Unido.

A editoria internacional ocupava o mesmo andar, junto a um grupo de relógios que exibiam a hora em Nova York, Los Angeles, Sydney e — após o empenho de um brincalhão no dia em que recebeu seu cheque de dispensa — Stoke Newington. Nesse canto da redação, telefones e máquinas de fax tocavam e emitiam ruídos agudos em busca de histórias de guerra, escândalos políticos, *serial killers* e ocorrências climáticas pouco comuns no outro lado do canal da Mancha e do mar da Irlanda (com exceção da Irlanda do Norte, classificada como região remota do Reino Unido e, portanto, responsabilidade da editoria nacional).

Logo a seguir, ainda no andar térreo — separada da redação pela recepção, onde representantes da população eram mantidos à distância por seguranças vestidos como executivos —, ficava a sala de correio. Ali, ex-tipógrafos, reempregados como mensageiros por causa do advento das novas tecnologias, compartilhavam cigarros, chá e mexericos do esporte entre incursões agradáveis aos recantos mais afastados do prédio com sacos de correspondência. No mesmo andar, ficava o departamento de propaganda, cuja equipe distinguia-se dos colegas de redação pela forma meticulosa de se vestir, pelos olhos astutos e por um indiferenciado entusiasmo, em geral associado a seitas revivalistas do Sul norte-americano.

Acima deles, no primeiro andar, ficava a editoria de esportes, dirigida por Ricky Clegg, proveniente do *Sunday Sphere* e cuja recente contratação provocara a caça retaliatória do tabloide da eminente editora política do *The Monitor*, Bernice Bullingdon. A editoria de esportes compartilhava um terço dos quatro mil metros quadrados de placas sujas de carpete cinza e a visão ocasional gratificante das janelas dos banheiros dos apartamentos em frente com o departamento de recursos humanos e com circulação e marketing. Aqui ficava também Miles Denbigh, o gerente editorial, uma figura assombrada vista raras vezes fora de seu escritório, uma caixa de vidro que lembrava um confessionário transparente, isolada no centro da editoria de esportes, que não tinha divisórias. Miles era responsável por despesas, orçamentos, questões administrativas e de pessoal — no momento, precisava analisar o pedido de uma sala ecumênica de orações, que o novo editor da editoria de política, recém-convertido ao catolicismo, exigia que substituísse a sala para fumantes no terceiro andar. No entanto, Denbigh tinha a fama de ficar sentado o dia inteiro em seu cubículo, com o telefone desligado, traduzindo peças teatrais de Aristófanes em dramas contemporâneos inexequíveis. Em conversas, era homem de poucas palavras, muitas delas sinônimos de desculpe. Dizia-se que implantara um cateter para se esquivar de encontros inconvenientes no banheiro com pessoas que reclamavam de gastos, com fumantes e recém-convertidos ao catolicismo.

O segundo andar abrigava a editoria de Espetáculos, comandada pelo quixotesco Johnny Malkinson. A atmosfera predominante aqui era um silêncio contrariado — como em um curso preparatório de último ano uma semana antes das provas —, mas a juventude e o bom humor natural do grupo por vezes encontravam uma liberação impulsiva na busca de trabalho. Nessas ocasiões, podia-se perdoar visitantes incautos do andar que acreditassem ter entrado na creche da empresa ou em um curso de integração para adolescentes portadores de transtorno do déficit de atenção. Os visitantes, digamos, talvez fossem obrigados a transpor florestas de oscilantes balões vermelhos ou gritar para se fazerem ouvir acima de uma fuzilaria de buzinas dignas de uma Terça-feira Gorda no dia em que o *Monitor Extra* estivesse produzindo uma edição especial sobre organizadores partidários influentes. Ou talvez precisassem se dirigir a Malkinson enquanto ele, com uma sombrinha aberta, tentava transpor com cuidado uma corda bamba instalada entre as mesas dos subeditores, por causa de uma cobertura de página dupla sobre a democratização das habilidades circenses.

Por vezes, um auxiliar de recursos humanos era enviado ao andar de cima para pedir à editoria de Espetáculos que fizesse menos barulho. Em meio a tais celebrações, Vida Waldman, a rabugenta assistente de Johnny, sentava-se carrancuda diante de seu teclado a um canto, sua estação de trabalho uma pequena ilha de recriminação silenciosa, enquanto a festa corria solta a seu redor.

Uma atmosfera mais serena predominava no terceiro andar, com vista para os galhos mais altos de uma fileira de sicômoros ressequidos. Aqui, os habitantes eruditos das páginas de artes e livros coexistiam pacificamente, ainda que de forma incompreensível, com os integrantes da editoria de moda, vestidos de forma extravagante. Esse andar era a principal parada dos mensageiros que, quando não estavam compartilhando cigarros, chá e mexericos do esporte, passavam a maior parte do dia em caravana a partir da sala de correio, no andar térreo, como uma interminável fieira de formigas, levando sacos de livros para o editor de livros e sacolas de roupas para o editor de moda. Gorjeios de prazer, como o canto de passarinhos na primavera, acolhiam cada entrega feita à editoria de moda. Na seção de livros, cada novo saco gerava suspiros e gemidos, e uma vez, como se deu com um funcionário temporário por fim escoltado para fora do prédio, a retirada das próprias roupas.

Nesse andar ficava igualmente a biblioteca, também conhecida como necrotério, o departamento mais movimentado do prédio, um labirinto de estantes de metal que iam do chão ao teto, abarrotadas de arquivos suspensos contendo envelopes de fotografias e maços de recortes sobre quem quer que já houvesse aparecido em um jornal.

"Eis o adubo", dissera Simon quando mostrou todo o prédio a Tamara no primeiro dia dela no *The Monitor*, "que nutre nossas flores mais frescas; a merda por trás do furo de reportagem."

O zumbido das turbinas de grandes mentes trabalhando em matérias importantes era quase audível quando se saía do elevador no quarto andar, onde as janelas se abriam para um estacionamento de vários pisos, cujas rampas e caminhos de interligação assemelhavam-se a uma litogravura de Cornelius Escher. Nesse andar, dizia-se que homens e mulheres em sua momentosa meia-idade, cujas Terças-feiras Gordas e habilidades circenses haviam sido abandonadas fazia tempo, viviam segundo a lei da gravidade dos jornalistas do periódico: "Qualquer artigo das Páginas de Opinião ataca quaisquer outros artigos ali com uma força diretamente proporcional ao produto de suas massas e inversamente proporcional ao quadrado da distância entre eles...". Dizia-se que apenas os que compreendiam plenamente essa lei e conseguiam escrever de memória sua fórmula algébrica podiam trabalhar nas Páginas de Opinião.

Eles compartilhavam sua suíte com a editoria de política, um time com uma faixa etária mais diversificada do que Opinião, que englobava jovens prodígios apaixonados por estatísticas, fórmulas e tabelas de associações de partidos políticos, e gente grisalha e respeitável — como a recém-saída Bullingdon e seu sucessor, Toby Gadge — com problemas de memória e cadernos de endereços volumosos, que só se sentiam verdadeiramente vivos em Westminster (no caso de Gadge, as imediações agora se estendiam rumo ao sul, para abranger tanto a Catedral quanto o Palácio). Igualmente nesse andar, atrás de desnecessárias divisórias à prova de som, localizava-se o departamento de Obituários e Palavras Cruzadas, cujos veneráveis integrantes trabalhavam em tal silêncio e prestavam tão pouca atenção às diretrizes de outros departamentos que eram amplamente considerados surdos-mudos, empregados sob esquemas de oportunidades iguais ao de Denbigh.

Acima de Opinião, Obituários, Política e Palavras Cruzadas, e bem acima do tráfego, dos apartamentos, das árvores ressecadas e do estacionamento de pisos múltiplos, no quinto andar, a vista era de céu limpo, sem formações de nuvens. Aqui, a elegante Lyra Moore comandava a equipe da *S*nday*, escondida de sua equipe de trabalho por vasos de flores constantemente reabastecidos, solicitando com discrição a melhor prosa dos mais renomados escritores do mundo, incomodando e enfeitando-lhes as palavras para obter perfeição ainda maior, e combinando-as com fotografias de tal beleza e economia que elas clamavam ser recortadas das páginas da revista, emolduradas em carvalho tratado com cal e penduradas na parede de um loft na zona do cais.

Igualmente aqui, atrás de uma porta corrediça de cromo polido e uma porta de duas folhas de vidro reforçado, depois da claridade do refletor de sua secretária Hazel, sentava-se o editor-chefe do *The Monitor*, Austin Wedderburn, quando era residente. Hazel controlava a agenda de Wedderburn e era capaz de delinear sua trajetória diária através de Londres e dos condados ao redor da cidade minuto a minuto, com mais eficiência do que qualquer sistema militar de localização por satélite. O que não era uma tarefa nada medíocre, pois Wedderburn era um sujeito para quem os aborrecimentos do escritório representavam uma interrupção inconveniente em um calendário social fecundo. *The Monitor* era lido, como o fora desde sempre, por capitães da indústria e políticos, gente importante da esfera cultural, veteranos do judiciário, arcebispos e remanescentes inquietos da aristocracia inglesa — em suma, as pessoas influentes que Wedderburn gostava de conhecer em seus jantares. Se o fato de a essa altura o jornal ser igualmente lido por cabeleireiros e vendedores, taxistas e policiais, faxineiros e funcionários de cantinas era uma fonte de tranquila satisfação para o departamento de circulação e marketing, lembrar Wedderburn disso era imprudente.

Para uso pessoal, ele confiscara um velho elevador de serviço que antes transportava estrados com papel do subsolo para as prensas nos andares superiores. Suas funcionais paredes de alumínio eram forradas de vinil com efeito de camurça, e o elevador agora fazia as vezes de uma cápsula individual que propelia Wedderburn direto da vaga de estacionamento de seu motorista para seu escritório no quinto andar, de tal maneira que ele conseguia chegar a sua mesa sem se contaminar com avistamentos inesperados da ralé da *Psst!*, dos escravos da editoria de Notícias, dos brutamontes de Esportes ou dos criançolas excitáveis da editoria de Espetáculos. Assim, Wedderburn podia passar o tempo no escritório exclusivamente em contato com os funcionários intelectuais da *S*nday* e, caso se sentisse expansivo, engajar-se em um diálogo socrático sobre os problemas mais prementes da ocasião — as restrições draconianas de estacionamento em Londres, por exemplo, ou as iniquidades do imposto sobre ganhos de capital — com representantes das editorias de Opinião e Política. Os funcionários dos outros andares que conseguiam uma audiência com Wedderburn — poucos — atestavam que ele se assemelhava muito a um esquimó: tinha cinquenta palavras para não.

A maioria dos funcionários do *The Monitor*, salvo os que já se encontravam confortavelmente instalados no quinto andar, ambicionava subir. Mas a mobilidade de alguns, como Simon Pettigrew e Miles Denbigh, era descendente. Como ex-diretor de desenvolvimento de projetos de revistas, Simon fora chefe de Lyra Moore até o lastimável incidente com a recém-nomeada correspondente de assuntos agrícolas, Aurora Witherspoon, uma beldade arrogante do interior. Simon a assediara no novo sistema de mensagens do computador da redação, pressionando "enviar" antes de se dar conta de que, graças ao programa de texto preditivo, que sugeria endereços "compatíveis" quando o remetente começava a digitar o nome do destinatário, fora Austin Wedderburn quem recebera um elogio a seus peitos esplêndidos e pernas espetaculares e a sugestão de que ele talvez gostasse de "soltar a franga e dar uma de animal no cio" e de "brincar de touro e novilha a noite inteira". "Vá em frente. Você sabe que quer fazer isso, Gostosa!" fora o final da mensagem de Simon, que se despediria de sua carreira na área de desenvolvimento de projetos de revistas em um futuro próximo.

Miles Denbigh, que por quinze anos se deleitara com a visão do estacionamento nas Páginas de Opinião, fora enviado ao primeiro andar quando ficou claro que, embora ele ficasse feliz em expressar seus pontos de vista sobre política e questões sociais na Grécia antiga, oferecer uma análise sobre questões mais contemporâneas causava-lhe uma severa ansiedade.

Até a inesperada mensagem de Lyra Moore, Tamara nunca ambicionara nada além do segundo andar. Desistira havia muito da stakhanovista rabugenta Vida, que respondera a todos os seus oferecimentos à editoria de Espetáculos com um desdenhoso silêncio. Johnny mostrara-se mais receptivo. Dedicava-se a seus artigos regulares na *Me2*, páginas diárias sobre música popular e cinema, para a irritação da seção pop e de cinema Fr!day do jornal, que ele furava regularmente; moda, para desgosto das páginas de quinta-feira da seção L(oo!)k frequentemente passadas para trás; e culinária, o que enfurecia o editor do suplemento F<oo>d, das quartas-feiras, cada vez mais convencido de que Johnny afanara sua agenda de planejamento computadorizada. Simon recusava-se a falar com Johnny desde que este inviabilizara uma edição especial da *Psst!* sobre o vício em drogas de celebridades infantis, ao rodar uma reportagem exclusiva de quatro páginas na *Me2* sobre a farra regada a crack de Little Micky, acrescida de um histórico abrangente sobre os viciados jovens do palco e das telas.

Tamara permanecia diplomaticamente neutra na questão. Sua lealdade imediata era com Simon e a *Psst!*, mas as apropriações compulsivas de Johnny eram sempre complementadas com boxes factuais e opiniões de celebridades que eram a especialidade dela. Após ter provado sua capacidade na *Psst!* com Transas de Novelas e ter fornecido três pesquisas de opinião para as páginas de Johnny (O Café da Manhã Top das Estrelas; Eu e Minha Cadeira — Segredos do Mobiliário dos Ricos e Famosos e Um Questionário para Minha Celebridade Favorita), assim como uma Coluna Tamara Sim combativa e repleta de jogos de palavras, Tamara nutrira esperanças de que ele lhe oferecesse um cargo regular. Em vez disso, porém, Tamara havia trilhado o caminho do sucesso. Metaforicamente falando, entrara no elevador acamurçado, as portas se fecharam, o mostrador pôs-se a piscar, a seta verde apontando para as alturas, e ela se viu a caminho do topo; para além da *Psst!*, das listagens de TV e do palavrório das celebridades, passando pelas editorias de Notícias, no andar térreo, e de Espetáculos, no segundo andar. E continuou a subir, e subir, e subir.

* * *

Mas antes Tamara tinha trabalho a fazer. A redação no subsolo encontrava-se na semiobscuridade e agradavelmente deserta, à exceção de um rapaz de dentes saltados — um dos nerds do website de Tania —, boquiaberto diante de uma tela no extremo da sala. Tamara comprou um sanduíche de queijo na cantina, cujos únicos fregueses eram dois refugiados do último turno da editoria de Notícias, conspirando durante um café. Em sua mesa, alinhou suas canetas em um eixo norte-sul, juntamente com o bloco de anotações e o gravador.

Ela tinha tudo de que precisava para um longo período de trabalho — solidão, alimento, material de escritório e, acima de tudo, silêncio ininterrupto, uma necessidade que em casa com frequência lhe era negada pelos vizinhos do andar de cima, dois estagiários de direito, góticos de fim de semana, com predileção por *heavy metal*.

Tamara passara muitas noites produtivas trabalhando na redação, nem sempre para o *The Monitor*. Na corrida para cumprir um prazo para o *Sphere*, chegara até mesmo a dormir ali, perfeitamente confortável, empurrando para o lado o teclado e pousando o rosto sobre um rechonchudo envelope A4 com os recibos de Simon.

Contudo, ela iria precisar de mais do que condições ideais de trabalho para realizar aquela reportagem. Determinação, energia e talento também seriam obrigatórios, assim como algumas declarações decentes. Era isso que a estava preocupando. Tamara consultou suas anotações, o registro escrito da entrevista problemática, que lhe serviriam de filão principal.

O que exatamente a velha tinha falado? Nada valioso até o último minuto, com sua confissão do caso com Bing Crosby, ao qual nenhum dos recortes fazia referência. Seria uma exclusiva.

Mas qual fora a declaração dela? Tamara verificou o que havia anotado quando deixou o prédio. *Pés maravilhosos. Eu me sentia como uma colunista de fofocas quando ele me segurava.* Não fazia muito sentido. Mas quase fazia. E era original. Fora isso, não havia uma única linha utilizável. Ela iria precisar de uma nova conversa com a bruxa velha, e outras entrevistas seriam necessárias, com amigos (embora fosse difícil imaginar que Honor Tait tivesse algum) e associados. Em seguida viriam as leituras — os recortes de jornal e os livros —, que ela teria que atacar de novo, para a estrutura e todo o recheio.

Tamara ao menos tinha suas impressões, ricas de detalhes, marcantes, e em grande medida a si própria, para animar o artigo. Era um começo. Abriu seu dicionário de sinônimos. A substância — fatos, declarações — poderia ser incluída mais tarde.

Chegamos quinze dilatórios minutos atrasados e apressamo-nos a entrar no elegante apartamento de Honor Tait, e a decana do jornalismo britânico recebeu-nos com uma formalidade glacial.

"Vocês estão atrasados", disse ela enquanto nos conduzia à pequena e graciosa sala de estar, repleta de suvenires.

Tamara sabia que precisava relaxar e encontrar uma voz compatível com a S*nday; uma graça refinada, porém jovial, era seu objetivo. Alguns gracejos e um pouco de humor autodepreciativo, sempre valorizado na *Psst!*, também ajudariam.

Minha ansiedade em conhecer a lendária srta. Tait já corria solta. Meu namorado havia terminado comigo na semana anterior, eu estava atrasada com meu imposto municipal, havia desenvolvido um herpes labial que estava me fazendo parecer a vítima de uma peste medieval e agora, na manhã em que devo me encontrar com minha insuperável heroína, a decana do jornalismo britânico, esta-

mos encalhados no trânsito que leva a Regent's Park. Não poderia ficar pior? Pois ficou.

Ela estremeceu à lembrança de seu acesso de choro pouco profissional. Talvez ele houvesse lhe concedido uma vantagem temporária — afinal, a velha não a expulsara —, mas Tamara não gostava do sentimento de impotência, da sensação de estar à mercê de suas emoções, de que até mesmo seu trabalho poderia se ver comprometido pela insensibilidade de seu amante. Já se passara mais de uma semana agora, e ela ainda não superara aquilo. Sentiu uma raiva renovada de Tim. Não recebera nenhuma notícia dele. O amor supera tudo, exceto a covardia. A mulher dele estava ficando desconfiada; ele não podia encarar as despesas de outro divórcio e a exaustiva possibilidade de um terceiro lote de filhos. (Não que Tamara desejasse filhos. Pelo menos, ainda não.) Ele, obviamente, não expusera as coisas assim. Os dois precisavam de espaço, havia dito.

"Eu tenho todo o espaço de que preciso", retrucara ela. "Vejo você uma vez por semana durante algumas horas no meu apartamento e num ou noutro sábado à tarde, enquanto sua mulher leva as gêmeas às aulas de balé, e quando você não está na redação às voltas com alguma reportagem de última hora ou jogando críquete, ou relaxando com a família em uma piscina da Andaluzia. Nesse intervalo, eu tenho espaço de sobra. Tenho desertos de Gobi de um maldito espaço de sobra."

Ela deveria ter previsto aquilo. Quase um mês atrás, o Natal — o Armagedom anual dos solteiros — se aproximara. Ele havia prometido passar a noite do primeiro dia útil após o Natal com ela em um hotel no campo para amenizar a perspectiva deprimente de dois dias hibernando em um subúrbio de Leicestershire com seu pai e sua madrasta, a ridícula Ludmilla, e o filho de seis anos dos dois, Boris, meio-irmão de Tamara, rechonchudo, mimado e um pequeno prodígio.

O primeiro Natal com o pai desde a morte de sua mãe fora o pesadelo que Tamara previra — Boris exibindo-se com suas partidas de xadrez; Boris recitando poesia russa em russo; Boris realizando exibições cronometradas de sua habilidade com o cubo mágico; Boris trabalhando com seu repertório de nível 2 de clarinete, tudo isso sob os aplausos entusiasmados dos pais em meio a uma barafunda de papéis de presente descartados. Em algum lugar sob os papéis rasgados e amassados, sob os montes de fita dourada brilhante e laços prateados, encontrava-se um modernís-simo brinquedo eletrônico, um Tamagotchi que Tamara tivera certa dificuldade em comprar e que Boris atirara ali assim que abrira o presente, com um "bligado" superficial. Ross, irmão direto de Tamara, o filho mais velho problemático de seu pai, fora expulso da casa após uma bebedeira colossal. Nenhum telefonema de Tim, nada de hotel no campo, nenhuma escapada.

O Ano-Novo também fora um fiasco. Ela decidira não ir à festa de sua amiga Gemma, tendo optado, em vez disso, por esperar em casa por outro telefonema prometido, por outra prometida noite de paixão. Nenhuma das duas coisas se materializaram.

Em El Vino, na semana anterior, Tim tentara acalmá-la, acariciando-lhe a mão e falando em voz baixa. Tudo havia sido tão intenso, dissera ele. Os dois precisavam de um tempo para pensar.

"Pensar? O que isso tem a ver com pensar? Quando você dispensou um pensamento a alguém que não fosse você mesmo?"

Não ajudara o fato de ela já haver bebido um bocado quando ele chegou, novamente atrasado, para o encontro. Lágrimas, ela sabia, nunca ajudavam em tais situações, mas Tamara se pegara chorando copiosamente, como uma criança que levou uma palmada. Será que alguém conseguia chorar com graça? Ela percebeu, mesmo quando ele lhe estendeu um lenço de papel e suspirou com ar compassivo, que ele sentiu repulsa por seus olhos vermelhos e inchados e pelas bolhas de catarro em suas narinas e desejava sair dali o mais rápido possível. Seria uma ironia intencional aquele *coup de grâce* ter sido dado em El Vino, o bar onde, seis meses antes, após o estardalhaço de FILHO DE POLICIAL VETERANO NO ESCÂNDALO DAS DROGAS, tudo começara? Foram necessários dois "encontros", um amasso desajeitado no estacionamento e a promessa de sexo oral para convencer o rapaz forte de dezesseis anos a abrir mão de seu dinheiro.

"Tudo bem", suspirara o garoto. "Toma o dinheiro. Me passa a droga. Depois você pode fazer de novo aquele negócio com a língua?"

A última frase fora extraída da transcrição da fita publicada no *Sphere*.

Tim convidara Tamara para comemorar o triunfo em um almoço de trabalho regado a álcool com três sequazes dele, e quando ela sentiu a mão dele deslizar por baixo da mesa para acariciar sua coxa, entendeu, com um sobressalto de arrebatamento embriagado, que o flerte hesitante dos dois — os sorrisos dissimulados por sobre a mesa dos redatores noturnos, a mão dele roçando na dela enquanto eles examinavam as fotos tiradas às escondidas — se consumaria naquela tarde.

Foi divertido. E mais do que divertido, convencera-se ela. Aquilo tinha os ingredientes de um romance icônico. Ele era um Bogie de fins do século XX para sua Bacall — um Hugh Grant para sua Liz Hurley, um Rod para sua Rachel. Será que ele não sentia a ressaca da melancolia, a angústia da separação depois da euforia do longo final de semana deles em Paris? Ele fora até lá em uma viagem administrativa e conseguira dar um jeito de incluir o preço da passagem dela, de primeira classe, no Eurostar, como despesa operacional. Eles poderiam ter estado em Scunthorpe, por tudo que viram da Cidade Luz enquanto, à base de champanhe, cocaína, ecstasy, minibar e serviço de quarto, deleitavam-se um com o outro por quarenta e oito horas luxuriantes.

Tamara tinha posto na mala um vestido justo de veludo preto e emprestara uma imitação de colar de diamantes de Gemma para uma noite em um restaurante famoso, onde um jantar para dois custava o triplo de sua renda mensal, mas não precisava ter se dado a esse trabalho. Sua camisola lilás transparente, com laços de cetim e aberturas que iam até as coxas, também se revelou supérflua. Eles não vestiram absolutamente nada o fim de semana inteiro, o que chocou o tímido garçom quando ele entrou pela primeira vez no quarto com o carrinho de serviço. Depois, sempre que ele reaparecia, os dois deitavam-se rígidos como cadáveres, lutando contra a vontade de rir, com o edredom puxado até o queixo.

Os dois também conversaram. Tim mencionou (com certa minúcia — a cocaína pode produzir esse efeito) o período infeliz que havia passado no internato, o *bullying*, o professor de ginástica sádico. Tamara descreveu o divórcio dos pais, a sucessão de madrastas ridículas, a doença de sua mãe e a decadência de Ross. Ela nunca conversara assim com ninguém. E quando chegou o momento da separação na estação de Waterloo, enquanto o observava afastar-se, a figura comovedoramente corpulenta diminuindo na distância, dominou-a uma tristeza que se assemelhava muito a amor.

Mas dormir com editores era sempre um equívoco. Ela já deveria ter aprendido isso em seus seis anos de carreira na mídia. No início, sem falar das satisfações físicas e emocionais, houve benefícios profissionais evidentes. Depois que o romance dos dois começou, Tim encarregou-a de três matérias grandes para a editoria de Espetáculos do *Sphere*. Ela passou um fim de semana hilariante em um hotel com um dançarino erótico transexual que alegava ter dormido com um ministro, trabalhou clandestinamente durante duas semanas, vestindo uma roupa de látex para a exaustiva investigação do jornal sobre as preferências depravadas de uma estrela de novela idosa e entrevistou um massagista viciado que afirmava ter sido o amante gay de um goleiro da segunda divisão. Enquanto um dos repórteres do *Sphere* se desintoxicava em uma clínica no sul de Londres, ela fora chamada à redação para cobrir alguns turnos na editoria de Notícias. E tinha havido a promessa de um emprego fixo.

"Só preciso acertar isso com o editor geral", dissera Tim.

Agora, juntamente com o romance dos dois, estava tudo acabado. Quando um caso amoroso com um editor terminava, o emprego também corria risco. Tim se queixara do "número de funcionários" e dos "cortes no orçamento", mas havia conseguido levantar uma quantia exorbitante de dinheiro para roubar a editora de política do *The Monitor*, uma matrona conservadora com a inflexão de voz de um locutor da BBC de antes da guerra. Bernice Bullingdon ficaria tão deslocada na sede do *Sunday Sphere* quanto Margaret Rutherford em um filme pornô.

Por que Tim iria querer transformar Tamara em um membro permanente da redação se a estava expulsando de sua cama? Ou, melhor dizendo, se estava expulsando a si mesmo da cama dela? Sua última coluna freelance para o *Sunday Sphere*, sobre a epidemia das bolsas assassinas — "a moda das bolsas de grandes dimensões, que está pondo em risco a postura e a vida de uma geração de jovens mulheres" — seria entregue na semana seguinte à BioSphere, a seção de saúde e beleza do tabloide. Agora ela sabia que a coluna jamais seria publicada. Ela receberia uma generosa taxa de cancelamento, intermediada pela secretária de Tim, e nunca mais voltaria a escrever para o jornal, até que o próprio Tim fosse afastado do emprego em um dos periódicos golpes do jornal. Ela rezava todas as noites, com inusitado fervor para uma agnóstica, por um golpe desses.

Antes de tudo dar errado, a sede do *Sphere* parecera a Tamara um carnaval de brincadeiras em tempo integral, onde a animada equipe se preocupava mais em entrar de cambalhota na festa do que em atuar como repórter. Era difícil imaginar como a pretensiosa Bullingdon, cuja ideia de uma noite de folga era jogar bridge com uma dupla de ministros, conseguiria fazer alguma coisa em um jornal cuja maior contribuição ao jornalismo contemporâneo era sua página dedicada aos Maridos Leitores, um festim de Quasímodos recatados que usavam camiseta regata e sungão. Em comparação com o *Sphere*, o *The Monitor*, mesmo em suas manifestações mais divertidas, como a *Psst!* ou a seção de espetáculos de Johnny, era tão tedioso, sossegado e rigidamente hierárquico quanto a sucursal de uma cooperativa de crédito.

Ela enxugou lágrimas indesejáveis e percebeu que o nerd no canto não olhava mais para a tela. Parecia encará-la. Tamara fechou a cara; ele baixou a cabeça e voltou a digitar com fúria em seu teclado. Sempre haveria trabalho, consolou-se Tamara. Amantes chegavam e infalivelmente partiam, mas a necessidade de ganhar dinheiro era constante. Além disso, precisava pensar no irmão. O irresponsável e vulnerável Ross. Temia conversar com ele ao telefone — avaliando seu humor, o consumo de substâncias tóxicas pelo timbre de voz dele, sua relativa incoerência —, mas sempre que não conseguia encontrá-lo permanecia acordada a noite inteira, insone de tanta ansiedade. Onde ele estaria? O que estaria fazendo? Com quem?

A última vez que tivera notícias de Ross fora através de uma mensagem na secretária eletrônica deixada quinze dias atrás. Sua voz soava confusa e foi difícil entender o que ele estava dizendo, mas o irmão lhe pareceu feliz, e Tamara tentou animar-se com o pensamento de que ele talvez estivesse apenas bêbado.

Ela voltara a telefonar, mas o telefone fixo dele havia sido cortado. Ela acabaria pagando a conta novamente, e a taxa de religamento; a longo prazo, era mais barato, menos demorado e muito menos angustiante do que o sombrio percurso através da barafunda urbana até King's Cross para localizá-lo.

Será que ao apoiar Ross ela estava patrocinando a decadência dele? Ou estaria livrando-o de afundar de vez? Tamara não podia virar-lhe as costas, como aconselhavam os livros de autoajuda. Preferia ter o fornecedor do irmão em sua folha de pagamentos a arriscar as consequências de abandoná-lo. Se alguma coisa acontecesse a Ross, ela não suportaria a culpa. O trabalho, o trabalho dela, era a única saída para os dois.

Tamara pôs-se a folhear o primeiro livro de Honor Tait, *A verdade, uma máquina de escrever e uma escova de dentes*, que, pelo visto, trazia o artigo vencedor do prêmio Pulitzer. Ali estava ele. Abril de 1945. "Sobre o carvalho de Goethe".

> *Em 27 de setembro de 1827, Johann Wolfgang von Goethe, o grande gênio renascentista da literatura alemã, então no final da casa de seus setenta anos, foi dar um passeio matinal com um amigo na floresta que fica nos flancos do monte Ettersberg, acima da cidade de Weimar. Eles pararam em um pequeno outeiro para tomar um café da manhã composto de perdiz assada, pão branco e "um vinho muito bom em um cálice de ouro puro". Sentados com as costas apoiadas no tronco de um sólido carvalho, contemplavam o amplo vale do Unstrut, suas aldeias reluzindo sob a clara luz do sol de outono. Para além dele, ao sul e a oeste, estendiam-se as magníficas montanhas Thüringer Wald e ao norte os cumes e arestas violeta do longínquo Harz.*

O passeio na floresta de um poeta do século XIX? Com certeza não se podia chamar isso de notícia, mesmo em 1945.

"Tenho estado com frequência neste local", declarou Goethe, "e nos últimos tempos com frequência tenho pensado que seria a última vez que contemplo, daqui, os domínios do mundo e suas glórias; mas aconteceu mais uma vez e espero que, mesmo esta, não seja a última vez que estejamos ambos passando um dia agradável aqui... O homem encolhe no confinamento tacanho de casa. Aqui, sente-se imenso e livre — imenso e livre como a cena que tem diante dos olhos e como, em regra, ele sempre deveria ser."

Uma prosa enfadonha e moralizadora. Divagação em uma escala exorbitante. Jornalista nenhum conseguiria se dar bem com isso nos dias de hoje. Era uma leitura árdua para aquela hora da noite. No outro lado da redação, o nerd já tinha desligado o monitor e estava enfiando suas coisas no que parecia ser uma mochila escolar. Saiu sem dizer uma palavra. Tamara ficou só. Retornou ao artigo com uma sensação de alívio e abriu seu dicionário de sinônimos. Podia não estar concorrendo a nenhum Pulitzer, mas aquele tinha de ser o melhor artigo que ela já escrevera.

Chego atrasada, sem fôlego, o rosto corado, ao prédio soigné *em Maida Vale. Honor Tait, a formidável decana do jornalismo, abre a ruidosa porta de seu apartamento crepuscular e me encara com um olhar glacial.*

"Você está atrasada!", exclama com rispidez.

Ela parece relutante em me deixar entrar.

Seria essa a encantadora sereia que em outros tempos fascinou e atormentou líderes mundiais, desde Franco e Castro até Kennedy, que foi vista nos braços de alguns dos maiores ícones do entretenimento do século XX — o pintor mulherengo Pablo Picasso, o golfista sentimental Bing Crosby, o ator e amigo dos mafiosos Frank Sinatra e T.S. Eliot, autor de Cats*? Verifico o nome na placa sob a campainha. Tait. A velhinha é de fato ela: a repórter que cobriu* *algumas das maiores notícias do passado — a deflagração da Segunda Guerra Mundial, a guerra da Coreia, (completar depois...) — e importunou algumas das personalidades mais notórias e aplaudidas da história recente. Mas permitirá ela que esta humilde repórter a importune? E, caso permita, que histórias irá compartilhar com ela?*

A confiança de Tamara estava voltando. Na realidade, ela talvez até estivesse se divertindo com aquilo. Mas havia questões mais prementes. Já perdera o prazo de duas matérias, solicitadas no mês anterior pelas editoras que regularmente lhe passavam trabalho freelance. A *Mile High*, a revista de bordo da companhia aérea Prêt-à-Jet, a estava pressionando por causa do artigo de viagem sobre seu novo destino na Holanda, ao passo que a *Oestrus*, a revista mensal "da mulher mais velha exigente", ainda aguardava suas informações colhidas com o consumidor sobre vibradores. Tamara cumpriria essas obrigações e depois se concentraria na verdadeira recompensa. E com sorte, Tim Farrow, então permanentemente exilado dos jornais e produzindo *press releases* para alguma empresa de acessórios para instalações sanitárias, lamentaria o dia em que desistira para sempre da oportunidade de compartilhar sua vida com uma escritora célebre como Tamara Sim, a garota de ouro do jornalismo do século XXI.

Primeiro o trabalho — depois a vingança.

Os visitantes desavisados de Alkmaar presenciam um curioso espetáculo todo mês de setembro — porções gigantes de queijo Edam e Gouda rolando pelas ruas íngremes de paralelepípedos da antiga cidade holandesa. E nem um cream cracker *à vista!*

Honor ergueu os olhos para o relógio decorado com um komboloi. Quase meia-noite. A entrevista, por mais absurda que houvesse sido, assombrara-a, e as perguntas fúteis da garota a haviam forçado a se fazer as suas próprias, mais pertinentes. Mesmo que houvesse lutado para dar sentido à própria vida, para dar-lhe uma forma simples, clara — e, sim, honrada —, em benefício dos leitores do *The Monitor*, fragmentos indesejáveis de seu passado vieram à tona, assuntos desagradáveis ao seu olhar interno, para profanar o quadro e atormentá-la. E como ela estivera perto de desabafar com aquela mulherzinha ordinária! Não era bem um caso de atirar pérolas aos porcos; era mais uma questão de atirar fatos aos idiotas. Mas com quem mais poderia conversar a respeito daquilo?

Honor não se importava com o isolamento. Já a solidão era outra questão. Nos dois anos seguintes à morte de Tad, ela reunira um grupo de amigos jovens, seus Meninos, o Clube de Segunda-Feira. E por que não? Os velhos amigos estavam mortos, quando não fisicamente, como a pobre Lois, em todos os outros sentidos. Honor a conhecera na Berlim do pós-guerra, onde Lois trabalhava como intérprete. Era uma linguista brilhante, transferida de Bryn Mawr, com olhos negros e achinesados, o longo pescoço de um Modigliani e o corpo flexível de uma dançarina. Quando Honor se mudou para Los Angeles e Lois, que na ocasião era ativista do Partido Progressista, estava morando em Brentwood, a amizade das duas se fortaleceu e manteve-se nas décadas seguintes mediante telefonemas esparsos e punitivamente caros, cartas mais esparsas ainda, porém extensas — todas perdidas no incêndio —, e reencontros, ao menos uma vez por ano, em geral na Itália, onde visitavam museus e igrejas, comiam em *trattorias* da vizinhança, bebiam *prosecco* e conversavam noite adentro. Lois por fim se mudou para Londres em 1970 para trabalhar para a embaixada americana em Grosvenor Square e comprou um pequeno apartamento em Mayfair. Elas viam-se regularmente — em galerias, concertos, almoços, jantares — e toda primavera Lois pegava o trem-dormitório para a Escócia e as duas davam longas caminhadas pelas encostas nos arredores de Glenbuidhe.

A vida amorosa de Lois era decorosa e comparativamente casta, mas ela acompanhara Honor ao longo de dois casamentos e inúmeras *crises d'amour*. E então, após o colapso do casamento de Honor com Sandor, houvera o período de depressão, que Lois, claramente fazendo uma projeção, atribuíra à ausência de filhos. Qualquer que tenha sido a causa, Lois ajudou-a a superar aquela fase. Quando Honor conheceu Tad, ele se sentiu ameaçado pela forte amizade dela com Lois. Tad não acreditava que um relacionamento de tamanha intensidade fosse isento de desejo. Com um opressivo sarcasmo, chamava Lois de "Menina Querida", e Honor se perguntou se, no fundo, ele talvez não houvesse se regozijado quando Lois começou a perder a razão sete anos atrás.

Hoje alguns contemporâneos de Honor encontravam-se razoavelmente preservados em termos neurológicos e respiravam sem auxílio, mas haviam se tornado um bando de chatos, obcecados por suas doenças, competitivos sobre sintomas novos e desafiadores e procedimentos médicos dolorosos. Seus Meninos, embora muitas vezes superficiais e ignorantes, tinham mais a dizer do que meramente sobre colonoscopias e tomografias.

Honor acendeu uma luminária e dirigiu-se à janela. O jardim estava vazio, um cenário obscuro esperançosamente suspenso entre a matinê infantil e a performance noturna dos adolescentes. Fechou as cortinas para desencorajar a curiosidade dos apartamentos em frente. Não que houvesse alguma coisa a ser vista ali. Uma velha, de cabeça baixa, sentada sozinha, esperando. A Espera: a atividade principal dos velhos.

Honor olhou de relance para as provas de impressão de O *olho inflexível*, pousadas sobre a mesinha de centro, com ar acusador. Precisava ler, do princípio ao fim, essa terceira — e última, Honor insistira com a editora — coletânea de seu jornalismo. Mas por ora não tinha estômago para rever um trabalho antigo, lançando um olhar ressentido sobre triunfos passados. Em vez disso, Honor pegou seu caderno de anotações. Trabalho novo. O desfecho de seu artigo vencedor do prêmio Pulitzer sobre a libertação de Buchenwald seria o capítulo final desse último livro. Aqui, com uma versão nova e ampliada da reportagem original, havia uma chance de reparação. Se conseguiria escrevê-la ou não, Honor não sabia. Mas precisava tentar. Havia resistido a retornar ao carvalho de Goethe por tempo demais.

Buchenwald, 14 de abril de 1945. Libertação, Quarto Dia. Ainda vestindo os andrajosos uniformes da prisão, os sobreviventes reuniram-se nas proximidades do tronco quebrado do carvalho de Goethe para comemorar a liberdade. Todos seguravam uma bandeira nacional. Enquanto as agitavam, em uma demonstração de desafiador orgulho nacional, muitos choravam em silêncio pelos companheiros que não haviam sobrevivido para ver esse dia.

O telefone tocou cedo na manhã seguinte, arrancando Honor de um sono induzido por comprimidos. Ela ergueu o receptor, esperando outra chamada silenciosa, mas dessa vez ele falou. Sua voz atingiu-a como um choque de água gelada. As perguntas dela, corriqueiras, básicas, derramaram-se: "Por onde você tem andado?" "Como você está?" "O que tem feito?" "Onde você está?".

Enquanto do outro lado da linha ele se resguardava e se esquivava, tudo o que se colocara entre os dois retrocedeu.

"Quem mais poderia ser? Outro amante?", perguntou ele. "Tenho andado por aí, sabe... Estou bem... Um pouco disso, um pouco daquilo... É difícil dizer agora...

Ela sentiu o timbre baixo e doce da voz dele reverberar dentro dela, como se uma corda em um instrumento que não era tocado havia anos houvesse sido puxada e ele ainda estivesse perfeitamente afinado. Ele a estava afastando e, contra todo o bom senso, ela desejava uni-lo com firmeza a ela com suas perguntas.

"Mas você está bem? Onde está morando? Como se arranjou?"

Honor temia afastá-lo com suas perguntas, porém não conseguia parar. Queria ouvir por mais tempo aquela voz, queria mais dele. O que ele dizia, ou não dizia, era irrelevante, desde que continuasse falando.

"Eu dei um jeito."

Honor sonhara com ele, em cenas curtas e entrecortadas de separação e reconciliação. A voz dele também lhe fornecera a trilha sonora para muitos pesadelos. Honor interrompeu-se para se certificar, passando a mão pela testa, de que estava acordada, de que aquilo estava de fato acontecendo e era ele no outro lado da linha.

"Eu recebi seu cartão", continuou ela. "Você disse que precisava me ver."

"Eu disse isso? Precisava? Pensei que precisar fosse mais o *seu* jogo."

Ele parecia tão próximo, perto o suficiente para ser tocado.

"E onde você está agora?", perguntou ela, ansiosa para não provocá-lo.

"Estou por perto. Em circulação de novo."

"Em Londres?"

Ela o ouviu suspirar, uma longa e exagerada exalação de cansaço.

"Não a um milhão de quilômetros de distância", respondeu ele.

"Você tem planos?", perguntou ela com uma leveza que sabia que ele detectaria como enganadora.

"Você leu meu cartão. Achei que a gente talvez pudesse se esbarrar por aí."

Esbarrar... que terrível vulgaridade a daquela frase. Ele estava zombando dela.

"Tudo bem... Por que não?"

A hesitação da resposta deixava transparecer exatamente por que não. E ainda assim, em algum nível que só ele sabia, embora o dr. Kohler e seus colegas pudessem imaginar, ela desejava, necessitava daquele "esbarrão".

"Só que é difícil", disse ele.

Ah, sim, claro que seria difícil. E perigoso também. Ele a envolvera, obtivera sua confissão de que desejava vê-lo e agora estava tirando o corpo fora. Honor sentia-se tonta; se pelo entorpecimento do comprimido para dormir que tomara apenas duas horas antes ou se pelas palpitações provocadas pelo choque do telefonema dele, ela não sabia ao certo.

"Tenho certeza de que não existe dificuldade que não possa ser superada", ela contrapôs.

"Não tenho tanta certeza disso. As coisas têm andado um pouco complicadas."

Ela se sentiu invadida por um afeto súbito e debilitante; uma cilada de ternura.

"Nós sem dúvida podemos esquecer tudo isso. Começar de novo", sugeriu ela. Será que ele percebia o tom patético de súplica na voz dela?

"Minhas finanças. Estão um pouco comprometidas agora", disse ele.

Finanças? Claro. Aquele era o motivo de tudo. Como pudera esquecer?

"Dinheiro?", perguntou ela com uma risada estrondosa. "Olhe, isso não é problema. Me fale de quanto precisa, para onde enviar a quantia."

Ele precisava desligar. Faria contato novamente, em breve.

"Mesmo?"

"Mesmo!"

Haveria um tom grave de ameaça na voz dele? Ele continuava furioso com ela.

E então se foi.

Honor afastou as cobertas e dirigiu-se à cozinha com passo inseguro. Serviu-se de uma vodca com mãos trêmulas e tornou a abrir as cortinas. Lá fora, o céu pós-alvorada achava-se tão cinzento quanto um cobertor do exército e as árvores se agitavam, prevendo uma tempestade. Algumas luzes já estavam acesas nos apartamentos do outro lado da rua e ela viu uma jovem levar um bebê até a janela e olhar para fora, apontando para o jardim. Honor deu as costas para a janela e afundou em uma cadeira, dominada pelo temor. Por vezes, um anseio indolente por intimidade transformava-se em um desejo inconveniente, e no caso dela sempre fora um desejo nunca totalmente satisfeito.

Esvaziou o copo e depositou-o na mesa, ao lado da fotografia de Tad. Estaria com saudades do marido? Ainda que o casamento dos dois, exteriormente bem-sucedido, até certo ponto tivesse sido uma farsa? Era possível se sentir tão solitário na agitação compartilhada por um casal quanto no apartamento de um dormitório de uma solteirona. Mas era de intimidade que Honor sentia falta. Da banalidade reconfortante do companheirismo, que não exigia esforço ou análise. Do corpo dele deitado a seu lado noite após noite. Na maioria das vezes. E de sexo, não necessariamente com Tad — Honor também sentia falta disso.

Houve uma época, no início de seus cinquenta anos, quando o corpo de Honor começou a passar pela Mudança — termo que também poderia servir como eufemismo para morte —, em que ela nutrira esperanças de que o termostato instável de seu corpo, os fogachos internos, extinguissem suas reservas restantes de libido. Lois sempre fora comparativamente casta e a menopausa para ela fora apenas a nota agonizante de um longo diminuendo. Como Honor ansiara por um inverno ártico da paixão, súbito e permanente, pelo tempo que sobraria, pela energia mental que seria poupada, para dedicar-se à contemplação e execução firme de projetos úteis: trabalhar, sem distração. A Mudança que seria tão boa quanto o restante. Mas não tivera essa sorte. John G apareceu, vinte e dois anos mais novo que ela, sombrio, intenso e nem um pouco desgostoso com seu corpo envelhecido. Honor considerara-o seu Canto do Cisne, sua tarantela terminal antes do leito de morte. E a ele se seguiram Lucio, e depois Bernard... Desde então houvera pouca remissão do desejo, apenas menos oportunidades.

Agora esse telefonema zombava dela com um lembrete de intimidade verdadeira, arriscada. Ele havia voltado, estava a seu alcance. Telefonara e iria vê-la. Ela sabia que sim. Ele estava com raiva, positivamente, mas talvez, mesmo agora, não fosse tarde demais.

Cinco

A mesa de Tamara já estava ocupada quando ela chegou ao *The Monitor* na segunda-feira de manhã. Tania Singh estava sentada ali, o rosto iluminado, como uma princesa de Bollywood sob holofotes, pela cintilação da tela do computador. Seus dedos infantis moviam-se sobre o teclado de Tamara, e seus livros e papéis enchiam a mesa.

"Você me dá licença?", disse Tamara, soltando a bolsa no chão aos pés de Tania, que parecia anormalmente pequena com suas botas de salto baixo.

"Oi", Tania olhou para cima e sorriu. "Pensei que você fosse chegar mais tarde. Meu computador quebrou. Achei que você não se importaria."

"Bem, na verdade..."

"Só um instante."

Tania reuniu suas coisas e saiu, os longos cabelos sibilando de forma provocante atrás de si como uma capa de seda preta. Tamara reparou, irritada, que Tania esquecera uma pilha de livros. Não haveria nada remotamente agradável ali; nem biografias anônimas de celebridades nem romances sobre mulheres modernas à procura de amor, romances policiais singulares ou piadas. Tania era tida como arrogante, e diziam que ela passava suas horas de vigília — quando não estava consolidando sua posição no *The Monitor* — lendo tratados educativos ou indo a galerias de arte, teatro ou ópera.

Ela escrevia um diário para o site e Simon o lera. "Perda de tempo", declarou ele. "Não sei por que ela se dá a esse trabalho. Internet é coisa de perdedor. Faixas do cidadão para falsos intelectuais e nerds da informática." Na semana anterior, Tania "reavaliara Lévi-Strauss" — não fora, como Tamara a princípio pensou, uma reflexão sobre o desaparecimento do blue jeans do armário dos jovens ligados às tendências da moda (artigo que a própria Tamara oferecera várias vezes sem sucesso aos editores), e sim um extenso ensaio sobre o fundador da antropologia estrutural.

"Não sei para quem ela pensa que está escrevendo", disse Simon. "A suposta comunidadezinha on-line parece ser uma fraternidade de masturbadores solitários à deriva. E não estou me referindo ao onanismo intelectual. Por outro lado, a foto dela nos créditos é até *bastante* atraente."

Na tentativa de divulgar o máximo possível essa foto de assinatura, Tania cortejara editores encarregados de outras seções do jornal com uma obstinação assustadora.

Vida, que substituía Johnny como editora de Espetáculos quando ele estava fora da redação, encomendara e publicara dois artigos dela — um sobre um refúgio feminino no Baluquistão, o outro sobre uma artista que pintava quadros abstratos "dolorosamente íntimos" usando pincéis feitos com pelos de seu próprio corpo. Nenhum dos dois teria passado por Johnny se na ocasião ele não estivesse encalhado em um hotel em Surrey, simulando cenários de negociação com sindicatos trabalhistas, junto com outros editores seniores, sob a tutela de um consultor de gestão.

Johnny se desentendera abertamente com Tania depois de concordar, entusiasmado, que ela se encarregasse de um artigo sobre a semiótica dos Simpsons, proposto, ao que tudo indicava, por ela mesma, e duas semanas depois receber um ensaio de duas mil palavras sobre alguém chamado Barthes. Roland Barthes. Desde então Johnny a vinha evitando, atendendo telefonemas imaginários sempre que ela se aproximava. Tania escrevera críticas sobre o teatro do Leste europeu para as páginas de Artes e sobre ficção escandinava para a seção de Livros, cobrira um campeonato de *curling* em Blairgowrie para a editoria de Esportes, comentara o socorro a vítimas de inundação em Benin para as páginas de Opinião e supostamente assediara a inexpugnável Lyra durante um mês, todos os dias, com mensagens no computador da redação, na tentativa desesperada de ingressar na *S*nday*.

Como fora gratificante, pensou Tamara, ter sido ela — a modesta, a despretensiosa, a direta, a experiente e realista Tamara Sim —, e não Tania, uma declarada intelectual esnobe, a convidada a ingressar na equipe de Lyra. Dentre os editores veteranos do *The Monitor*, apenas Simon não fora assediado por Tania, que desdenhava friamente do tema central, do estilo provocante e das piadas desabonadoras da *Psst!*. Ela raras vezes almoçava e nunca se juntava ao pessoal do subsolo depois do trabalho no Beaded Bubbles, o bar que funcionava numa adega num porão e servia como cantina externa da redação, com as vantagens adicionais do álcool e dos recibos. Tania estava sempre muito ocupada trabalhando, ou de saída para alguma horrorosa leitura de poesia, ou assistindo à nova temporada dos dramaturgos do Royal Court.

"Se ela é tão genial assim, o que está fazendo trabalhando no site?", Tamara perguntara a Simon uma noite no Bubbles.

"Ambição", respondeu ele. "Ela quer estar lá, fincando a bandeira dela."

"Ela realmente acredita naquilo?"

"Com certeza. É o espírito pioneiro, o espírito que fez com que ela passasse as férias de verão na Bósnia há alguns anos, tentando ser correspondente de guerra. Ela é onívora; quer escrever sobre o futuro do feminismo, sobre a crise econômica na Coreia do Sul, sobre fraude nas eleições da Sérvia e as requintadas agonias da vida literária."

"Não há muito espaço para esse tipo de coisa aqui."

"Pelo menos não na *Psst!*. Nem no site. Mas ela deve ter concluído que é melhor ser rainha nos domínios da cibernética do que serva no reino decadente da mídia impressa."

Tamara pegou os livros de Tania que estavam em sua mesa. Exatamente como tinha pensado. Um romance cuja capa pouco atraente combinava com o título desagradável, ganhador do Booker Prize, de acordo com o adesivo na frente. Uma biografia em dois volumes de Picasso — sério, o que mais havia a ser dito sobre o velho devasso? A autobiografia de um teatrólogo com cara de nerd e óculos de Buddy Holly. E, para variar, um livro sobre a história do cinema britânico. Havia também um exemplar de *A verdade, uma máquina de escrever e uma escova de dentes*, de Honor Tait. Tamara abriu o livro. Tania o examinara de cabo a rabo, sublinhando passagens e fazendo anotações nas margens como se estivesse se preparando para uma prova sobre o assunto. Portanto, ali estava o público de Honor Tait. O par perfeito — a insossa lendo a insossa. Tamara pegou os livros e os deixou cair na lata de lixo mais próxima.

Ela havia sido incumbida de redigir uma nova lista de celebridades. Nessa semana, seriam As Dez Mais da TV em Dias de Penteado Infeliz. Ela também faria, discretamente — não queria abusar de sua amizade com Simon —, outro telefonema para a editora de Honor Tait e daria continuidade a seu artigo para a *S*nday*.

A velhinha é de fato ela: a repórter que publicou algumas das maiores reportagens exclusivas do século — a deflagração da Segunda Guerra Mundial, a Guerra da Coreia, (completar depois...) — e importunou algumas das personalidades mais notórias e aplaudidas da história recente.

A desaprovação está gravada em seu rosto, mas ela abre um pouco mais a porta.

"É melhor você entrar", rosna ela.

Tamara estava telefonando para a Uncumber Press quando Simon chegou à mesa dele com dois copos de café de 500 ml provenientes da cantina. Ela pousou a mão em concha sobre o bocal do aparelho. A secretária eletrônica novamente.

Discou outro número, dessa vez de modo ostensivo, sorrindo e girando os olhos com um bom humor amistoso na direção de Simon, que pegou um dos copos e deixou na mesa dela. Com sua voz mais eficiente, com entonação de locutora, Tamara conversou com um cabeleireiro do West End fanático por publicidade e que sempre fornecia ótimas declarações, e pediu-lhe indicações de Penteados Infelizes. Tomou notas detalhadas, agradeceu em voz alta, recolocou o fone no lugar e começou a digitar algumas sugestões dele. Mais tarde, faria uma visita ao Necrotério para ver que fotos iria sugerir.

"Almoço?", perguntou Simon em voz alta.

Ele devia ter lido a mente dela.

"Com certeza. Daqui a meia hora? Estou fazendo a lista dos Penteados Infelizes."

"Ótimo. No Bubbles?"

"Onde mais?"

"Maravilha. O Press Awards na semana que vem continua de pé?"

"Com certeza."

Ela sentiu uma súbita expansão de ressentimento na redação. Sabia que alguns de seus colegas na *Psst!* invejavam sua amizade com Simon, não o respeitavam como editor e sabotariam os dois se tivessem uma oportunidade. Um convite para o jantar anual do Press Awards era um bilhete premiado — o maior evento social do calendário do jornal. Courtney, a administradora ressentida que trabalhava na *Psst!* havia mais tempo do que qualquer um deles e alimentava a incorrigível pretensão de se tornar jornalista, olhava para o aparelho de fax com uma concentração incomum, e Jim Frost, redator-chefe e vigoroso sindicalista, tragava vigorosamente seu charuto apagado e encarava Simon com raiva.

Bem, Tamara não precisava ficar na defensiva. Por acaso tinha culpa se Simon preferia sua companhia? Voltou a trabalhar. Johnny enviou uma mensagem eletrônica pedindo uma pesquisa de opinião com celebridades. O responsável pelo ministério paralelo montado pela oposição fora visto comendo guisado de coelho em um restaurante badalado de Islington e deixara os brócolis e as cenouras intocados no prato. Uma hora de telefonemas para os desagradáveis de plantão — ex-locutores, celebridades decadentes, atores com bom conhecimento da mídia, um parlamentar conservador novato e extrovertido com tendência ao alcoolismo, uma conselheira sentimental onipresente, um importante gestor de fundos hedge e um romancista ávido por publicidade —, todos felizes em revelar seus legumes e verduras preferidos, e também os que mais detestavam, em troca de uma menção no *The Monitor* — produzira alguma matéria útil, deixando Tamara livre para voltar ao seu trabalho de verdade.

É nesse momento que estendo um buquê de flores, lírios cor-de-rosa, e ela se enternece visivelmente. Quantos ramalhetes deve ter recebido em sua longa vida amorosa? E onde, sentimo-nos tentados a perguntar, olhando para o rosto enrugado dessa velha amiga de Bob Dylan, a lenda do rock-folk, *foram parar todas essas flores?*

Quando eles chegaram ao Beaded Bubbles, o lugar estava tão lotado quanto um trem de metrô da Linha Norte. Mal-humorada, Courtney havia telefonado com antecedência para que eles pudessem ficar no reservado central. Eles afundaram no assento, saboreando sua primeira taça de Chardonnay em silêncio, como comungantes esvaziando um cálice.

"Lucinda descobriu sobre Serena", disse Simon enquanto enchia as taças de novo.

"Não! Como?"

"Serena contou a ela."

"Não!"

Tamara às vezes tinha a sensação de precisar de um fluxograma para acompanhar as aventuras de Simon. Lucinda era a amante advogada dele, que dividia um apartamento com Serena, que trabalhava em uma organização leiloeira. Na semana anterior Lucinda estava em uma conferência, quando Serena telefonou para Simon, propondo que ele a encontrasse para um drinque. O drinque se transformou em um jantar no Claridge's (pago por ele, naturalmente). No dia seguinte, Tamara recebera um relato completo sobre o cardápio, a carta de vinhos e a noite de paixão que se seguiu. Mas havia novas ocorrências.

"Lucinda explodiu de raiva."

"Aposto que sim."

"Expulsou Serena do apartamento. Ela não vai sair, é claro."

"Claro que não."

"Então Lucinda instalou trancas no banheiro e na cozinha para fazer com que ela saia."

"Isso talvez funcione."

Tamara acenou para a garçonete e pediu um risoto. Simon disse que queria a mesma coisa e pediu uma segunda garrafa de vinho.

"Na noite passada, Lucinda telefonou para a minha casa à meia-noite, histérica. Não parava de soluçar nem de perguntar se eu achava que ela era ruim de cama."

"E ela é? Quer dizer, você acha?"

"Claro que não. Foi Serena que falou para ela que eu disse isso."

Simon passou as mãos pelos cabelos ralos e projetou o lábio inferior, como uma criança rabugenta. Não era a primeira vez que Tamara se admirava com o sucesso dele com as mulheres. Ele estava com excesso de peso, na meia-idade e era calvo. Quando jovem, provavelmente não tinha queixo, e a maturidade, para compensar o descuido anterior da natureza, concedera-lhe uma dobra de pele na garganta que mais lembrava uma sanfona.

"Uau!"

"Então lá estava eu, tentando acalmar uma Lucinda histérica no telefone, com Jan deitada na cama ao meu lado."

Mulher de Simon de longa data, a elegante, simples e agradável Jan, ao que tudo indicava, nunca suspeitara de nada enquanto o marido conquistava regularmente as Lucindas, Mirandas, Serenas e Marinas de Londres, como um bulímico em um bufê livre.

"Complicado."

"E agora, um pouco antes de sairmos, Serena ligou para a redação em prantos. Está furiosa."

"Ah, não", disse Tamara, servindo-se de outra taça.

A comida deles chegou. Simon nem sequer olhou para o prato.

"Ela disse que eu disse que os peitos dela parecem meias de dormir murchas."

"O quê?" Tamara baixou o garfo e tentou evocar a imagem. "*Meias de dormir?* E parecem mesmo? Você disse isso?"

"*Não*. Foi a Lucinda que falou para ela que eu disse isso."

"Ah. Certo."

"Agora estou sem notícias de Lucinda também", disse ele, verificando seu pager.

Tamara, que começava a se cansar da história dele e estava ansiosa para embarcar na sua, comeu em silêncio. Ele voltou a prender o pager no cinto.

"E então, qual é o plano de fuga?", perguntou Simon.

Tamara ficou confusa, mas em seguida se deu conta de que ele estava perguntando sobre o assunto que ela vinha querendo introduzir na conversa desde que eles haviam chegado.

"Ela é uma bruxa velha insuportável", declarou Tamara. "Não contou nada sobre a vida dela, mas quando entrou no assunto da carreira brilhante dela, das reportagens chatas que publicou, dos políticos e soldados chatos que conheceu, não parou mais de falar. Pensei que eu não fosse sair nunca dali e..."

O celular de Simon tocou. Tamara afastou os olhos para esconder a inveja: queria muito um aparelho daqueles. As únicas pessoas que ela conhecia que tinham um eram os editores seniores, que os recebiam da empresa, e os traficantes de drogas.

Era Jan, ligando por causa da festa de aniversário do filho deles de dezoito anos.

"Tudo bem, amor...", disse Simon. "Combina com o toldo... O que você preferir... É... O que Dexter quiser... Não. Almoço de negócios... Não posso falar agora... Tchau... Também te amo."

Simon desligou o telefone e Tamara prosseguiu.

"Estou tentando entrar em contato com os editores para conseguir outra entrevista, mas eles não me ligam de volta."

Simon pôs-se a tamborilar os dedos na mesa.

"E você sabe o quanto isso significa, essa matéria", acrescentou Tamara. "Quer dizer, escrever para a *S*nday* é um verdadeiro salto para mim."

Simon ergueu os olhos, acenou para o garçom e pediu mais duas taças de vinho juntamente com a conta. Não tocara em seu risoto.

"Seja realista, Tamara", disse ele, estendendo seu cartão de crédito. "Você só precisa seguir em frente."

"O que você está querendo dizer com isso?"

"Veja, se você quer de fato dar seguimento a essa reportagem, precisa demonstrar alguma iniciativa."

Aquilo era injusto.

"Estou fazendo o melhor possível. Eu nem sequer sei ao certo sob que ângulo Lyra quer esse artigo e ela não responde minhas mensagens."

"Você não precisa da orientação de Lyra", declarou Simon.

"Eu só estou com a sensação de que cheguei a um beco sem saída. Tudo que eu tenho é uma entrevista ruim, talvez com uma declaração mais ou menos decente e alguns recortes de jornal. Não vou conseguir escrever quatro mil palavras só com isso."

Simon pegou seu pager.

"Sem essa, Tamara. Você pode fazer melhor do que isso. Honor Tait é uma figura pública. Está por aí. Observe a velha trabalhando. Alguma coisa vai surgir."

O pager estava apitando como um monitor cardíaco. Simon pagou a conta e enfiou o recibo no bolso. Ele era muito bom em dar rápidos conselhos profissionais, pensou Tamara com ressentimento, mas o único trabalho de que ele iria se ocupar naquela tarde seria encontrar um grampeador, prender o recibo a um formulário de despesas e escrever: "Almoço. Contatos. Ideias para espetáculos. £ 36".

* * *

A entrevista servira a um propósito útil, dar partida a um processo longamente atrasado. O telefonema inquietante fora um estímulo adicional. Como ela, Honor Tait, antimaterialista convicta, levara tanto tempo para fazer isso? Honor tinha o desejo, mas não a energia, de desvendar tudo ou, melhor ainda, de sair pela porta e atirar um coquetel molotov atrás de si. Mas os proprietários do Holmbrook Mansions não iriam lhe agradecer por isso, e os vizinhos talvez se opusessem.

Dessa vez, sem hesitação, Honor removeu a horrenda paisagem marinha de Tad da parede. Não era tão pesada quanto temia. Aquarelas toscas de mares e montanhas, bosques e cachoeiras proporcionavam a ele um prazer que as paisagens terrestres não conseguiam. "É", ele costumava dizer, aproximando-se dela por trás, quando Honor estava à janela em Glenbuidhe. "As montanhas continuam lá, e o lago ainda está lá também. Me avise quando tirarem tudo do lugar." Mas era preciso impedi-lo de adquirir as péssimas pinturas à venda em casas de chá populares, juntamente com lembrancinhas como panos de prato e chocolate artesanal.

Pores do sol também o deixavam indiferente. No final de cada dia em Glenbuidhe, hora em que ela gostava de caminhar até a beira do lago e contemplar o céu flamejante, ele sempre insistia em acompanhá-la. Mas ficava ali parado, envolto pelo ar refrescante da noite, batendo os pés com impaciência. Ele não entendia. Ainda assim, gastou uma quantia ridícula em uma pintura a óleo pavorosa, na qual largas pinceladas de lilás, rosa e laranja evocavam um pastiche grotesco da natureza. Esse fora um quadro do qual ela se desfizera com satisfação logo após sua morte — a afilhada dele demonstrara certo apreço pelo quadro e partira às pressas com ele em um táxi depois de um chá constrangedor. Desde então Honor não a vira mais.

Ela pegou uma braçada de livros e levou-os, juntamente com a pintura, para o armário do corredor — quanto tempo lhe restaria para leituras, e o que não dizer de *re*leituras? — e guardou-os lá dentro com as relíquias de sua limpeza recente. Começou a agrupar as fotografias. Para quem estaria fazendo isso? Será que iria concordar com a argumentação de Ruth e acabaria convidando a ridícula Tamara para voltar? Ou estaria à espera de outro visitante, que talvez zombasse, e com certa razão, da exibição de sua glória desaparecida? Pompeu em dias melhores, segundo a legenda-padrão.

Honor pegou a fotografia de si mesma mais jovem com Franco. Muito alarde fora feito por ela tê-lo entrevistado vestida como uma corista. Na realidade, estava de férias em Tenerife com Thierry e fora Franco — desconhecido, recém-rebaixado, inquieto no exílio e, como se constatou, a apenas poucas semanas da revolta que iria provocar a guerra civil — quem a procurara. Ao saber que a jovem repórter, cujo sorriso já iluminara vários cinejornais da RKO e que escrevera para várias revistas de informação americanas, estava na ilha, ele a localizara e a surpreendera em um café perto do porto. Ela dissimulara irritação ao ser perturbada por aquele homenzinho intrometido, pegara emprestado um bloco de notas de um garçom sorridente e conduzira educadamente a entrevista, ouvindo apenas em parte as respostas sobre os problemas administrativos daquele aglomerado de vulcões extintos próximos ao norte da África. A entrevista, alguns parágrafos rotineiros na *Collier's*, não permaneceu. A foto, sim. Um fotógrafo local capturara o instante e devia ter ganho mais dinheiro com aquela única foto — tantas vezes reproduzida que, sessenta anos depois, se tornara uma imagem desgastada — do que em toda a sua carreira fotografando festas de casamento, crianças arrumadinhas e primeiras comunhões.

A sala começava a parecer satisfatoriamente austera. Quem teria imaginado que tal prazer adviria daquela pilhagem sistemática do passado? Se ao menos as lembranças pudessem ser organizadas e dispensadas com a mesma facilidade... Honor empenhara-se em adiantar sua conclusão. Preocupava-a o fato de, por estar mais velha, haver perdido seu estilo como escritora, de não poder mais confiar em seu ouvido para a boa prosa, e achava cada vez mais difícil reunir as ideias a serviço de uma boa reportagem. O telefonema fora uma distração adicional, que dispersara seus pensamentos.

Lutando contra a exaustão, Honor reuniu as provas de *O olho inflexível*. Se não conseguia escrever, certamente podia ler.

> *Marrocos, 25 de outubro de 1956 — O massacre em Meknès começou de uma forma que seria cômica se o desenlace não houvesse sido tão trágico. Uma manifestação contra o governo francês em Argel prosseguia de forma relativamente pacífica, até que um policial marroquino, usando a coronha de seu fuzil como porrete contra os elementos mais entusiasmados da multidão, atirou acidentalmente no próprio pé. Espalhou-se o boato de que partidários dos franceses haviam aberto fogo. A multidão voltou-se contra todos os europeus que por infelicidade estavam no local. Um marido e sua mulher foram atacados a machadadas e mortos na presença dos filhos, um assistente hospitalar foi golpeado até a morte com paralelepípedos enquanto se ajoelhava para ajudar um ferido na rua, e três homens foram queimados vivos em um carro quando tentavam fugir. Trinta homens e mulheres no total, sobretudo franceses, foram brutalmente assassinados.*

Honor não conseguiu prosseguir. Percorria os movimentos do ofício, a pantomima da determinação. Por que se dava ao trabalho? O mundo era um caos na época. Continuava um caos.

E reler a si mesma quando jovem, sem fôlego e excitada em um ambiente de horror, era inquietante. Tudo que mudara fora sua atitude; seu solipsismo juvenil a convencera de que poderia combater a injustiça e transformar o mundo. Hoje ela sabia das coisas. Havia conforto nisso, assim como reprovação.

Seis

Foram orgulho obstinado e raiva de Simon, e não empenho jornalístico, que levaram Tamara, duas noites depois, ao sombrio salão paroquial da Igreja Batista Rigorosa e Particular, próximo à Archway Road. Tremendo do lado de fora na fila para comprar seu ingresso (o equivalente a uma noite no cinema, preço do transporte incluído, ou duas garrafas de vinho decente), Tamara lamentou sua escolha de roupa. Jill Dando era sua inspiração para aquela noite, mas o charme bem-comportado da apresentadora de *Crimewatch*, obtido com um pouco de gel no cabelo, brincos de pérola e terninho preto, faziam-na destacar-se como uma intrusa na multidão. A maioria das mulheres vestia lã e capa impermeável, como se estivessem a caminho das montanhas Hindu Kush, ao passo que algumas, com saias em camadas e cachecóis enfeitados, sugeriam uma delegação vinda de algum acampamento cigano.

Os homens eram, na maioria, acadêmicos espremidos em calças discretas de veludo cotelê; hippies fantasmagóricos de idade avançada cujos tufos de cabelo remanescentes, longos e cinzentos como forro de carpete, achavam-se amarrados atrás em um frágil tributo aos rabos de cavalo; um punhado de adolescentes doentios, os ombros curvados sob o peso de mochilas repletas de livros. Na entrada do salão, um aposentado de cavanhaque, vestindo um colete de retalhos, estava sentado a uma mesa, vendendo ingressos. Sem erguer os olhos do cofre de metal, recebeu o dinheiro de Tamara e entregou-lhe um bilhete numerado da chapelaria. Sem valor para reembolso de despesas.

"O senhor pode me dar um recibo?"

"Não damos recibo", disse ele, estendendo a mão para o adolescente atrás dela. "Próximo?"

As fileiras de cadeiras de plástico vermelhas no salão já haviam começado a ser ocupadas. A plateia murmurava e assentia com a cabeça à medida que abria caminho rumo a seus lugares, e a atmosfera geral parecia ser a de indignação reprimida. Tamara, antevendo uma longa noite e decidida a sair rápido, tão logo houvesse reunido as informações de que precisava, sentou-se perto do corredor na fileira de trás. Tencionava seguir o conselho de Honor Tait: "Através da observação meticulosa e de um apetite voraz pelos detalhes, tudo será revelado".

Nas paredes, pôsteres de cores primárias, colados para o público daquela noite, e não para os Rigorosos e Particulares, proclamavam lutas de libertação na América Latina, exigiam a soltura de presos políticos, clamavam pelo boicote de mercadorias provenientes de países impopulares, ordenavam que os sindicalistas pagassem suas mensalidades e, em uma montagem fotográfica, mostravam John Major diante do número 10 da Downing Street com um bigode de Hitler pintado sobre seu simiesco lábio superior e o braço direito erguido em uma saudação nazista. Acima do arco do proscênio do pequeno palco, um retrato da rainha em sua graciosa juventude tinha sido parcialmente encoberto naquela noite por uma placa de plástico que retratava Che Guevara de olhos voltados para o alto em arrebatamento ascético, como um Cristo medieval. Cortinas de veludo desbotado emolduravam o palco, que se achava vazio, exceto por quatro cadeiras de madeira.

Tamara olhou ao redor e se surpreendeu com o fato de o salão estar quase cheio; para muitas pessoas, algumas horas de discursos tediosos em um salão paroquial representavam um bom programa noturno. A maioria, ela percebeu nesse instante, não tinha uma aparência saudável e atraente, e prazeres noturnos mais convencionais lhe seriam inacessíveis. Enquanto examinava a plateia, Tamara avistou uma única exceção, alguém que talvez poderia ter uma vida se desejasse. Tamara notou o perfil, quase meloso em sua delicada perfeição e emoldurado por uma cascata de cabelos negros que brilhavam como azeviche líquido, antes de reconhecer sua detentora: Tania Singh. O que ela estaria fazendo ali? Não tinha nenhuma peça inovadora para ir? Ou uma ópera? Ou um diário de internet para escrever?

O burburinho esmoreceu quando uma figura austera de cabelos secos e amarelados e uniforme de combate, que parecia ter acabado de descer de helicóptero vinda de um acampamento amazonense de guerrilha, surgiu dos bastidores e atravessou o palco em direção ao microfone. Assim que ele começou a falar, Tamara reconheceu o correspondente de queixo pronunciado do noticiário de TV que precedia o programa *Blind Date*. Paul Tucker, repórter que percorria o mundo, era um sujeito pesado de meia-idade com roupas de Action Man, o equivalente a uma celebridade para a elite intelectual liberal, com presença na TV no horário nobre. Embora não se qualificasse propriamente como famoso — sua vida pessoal não era interessante o suficiente para os tabloides —, valeria a pena seu nome chegar aos leitores da *S*nday*. O público aplaudiu de forma hesitante, porém respeitosa, e o som foi o de um chuvisco instável de primavera. Uma mulher alta e angulosa, de quadris desproporcionalmente largos enfiados em uma calça cinza-clara que parecia ter sido emprestada por algum amigo gordo, juntou-se a ele no palco. Tucker apresentou-a como a "conhecida filantropa e ativista dos direitos humanos Clemency Twisk". Conhecida de quem? Pelo jeito, de todos na plateia, salvo Tamara. O público demonstrou sua intimidade com a mulher e suas obras através de uma nova e intensa rodada de aplausos — o som de um prolongado aguaceiro de abril.

Twisk agradeceu com um aceno de cabeça discreto quando o orador seguinte se adiantou para receber aplausos mais relutantes: um parlamentar trabalhista da região, jovem advogado ansioso por agradar e membro da oposição, que vinha mudando de direção e obtendo publicidade sempre antes da eleição seguinte como a garota do momento do partido. Na semana anterior, fora fotografado, sorridente, com roupas de couro, montado em uma possante Harley Davidson na capa da *Biker's News*, e aparecera na edição de Ano-Novo da *Country's Life* vestindo uma jaqueta impermeável e entrecerrando os olhos com ar sonhador em direção a montanhas distantes. Tendo coberto o eleitorado dos Hell's Angels e das jaquetas à prova d'água Barbour, nesta noite ele tinha em vista o eleitor trabalhista tradicional. Dirigiu à plateia um aceno amigável enquanto ocupava seu lugar e Tucker anunciava a palestrante especial, a convidada da noite. Os aplausos aumentaram de volume e intensidade — uma chuva clamorosa em um imenso telhado de zinco — quando Honor Tait veio caminhando devagar dos bastidores. Ela abriu um sorriso gracioso. Algumas pessoas mais jovens da plateia ergueram-se para aplaudir e assobiar, e logo todos estavam de pé; uma ovação entusiástica antes que a velha nem sequer houvesse aberto a boca. Tamara manteve-se decididamente sentada.

O ruído diminuiu e Twisk foi a primeira a se dirigir ao microfone. Tamara gemeu baixinho e olhou de relance para o relógio. Tivera esperança de que Honor Tait fizesse o discurso de abertura, deixando-a livre para escapar e salvar parte da noite, mas à medida que Twisk explicava com voz alta e vibrante, longa e detalhadamente, a origem do Children's Champions, o novo grupo de pressão criado por sua fundação, Tamara foi sentindo um crescente desânimo.

"A finalidade do CC", disse Twisk com um falsete prolongado, "é combater a exploração infantil onde quer que ela esteja, em fábricas do Terceiro Mundo, nas barbáries grotescas da indústria do sexo, em estabelecimentos geradores de empregos escravizantes no Leste europeu, em ambientes economicamente privilegiados mas espiritualmente pobres dos lares de classe média ocidentais..."

Entorpecida de tédio, aos poucos Tamara se deixou levar por um devaneio agradável que envolvia Tim, o proprietário irascível do jornal dele e certas fotografias comprometedoras tiradas no quarto do hotel Georges V. Que as imagens de Tim, obtidas em um de seus momentos mais sexualmente lúdicos, quando usara a tanga cor-de-rosa dela como rede de cabelo, existissem apenas impressas no álbum fotográfico mental de Tamara, não subtraía o prazer da fantasia de vingança dela. Tamara foi arrancada de seu devaneio pelo estrépito e pela algazarra de aplausos inesperados. Honor Tait estava de pé outra vez. Tamara segurou o lápis, firmou seu bloco de anotações e escreveu: *Frágil. Pequena. Diminuída pelo microfone.* Todos os olhos no salão achavam-se focalizados, sem piscar, na oradora. Do discurso de Tait, um inventário queixoso da crueldade contra tecelões infantis, garimpeiros e prostitutas menores de idade, Tamara nada registrou; a declaração de intenções de Clemency Twisk esgotara-lhe as reservas de preocupação social. *Assombroso. Uma loucura, Reminiscências, Índia, Filipinas, Tailândia, Lituânia,* foram as únicas anotações que Tamara fez. Tait prosseguiu, e, embora Tamara tenha feito o possível, não conseguiu resgatar sua fantasia de retaliação. Teria de revivê-la mais tarde, na cama.

Olhou para o relógio mais uma vez e, pelo tom de voz de Honor Tait, concluiu que ela estava terminando. Olhando de relance para trás a fim de verificar se sua rota de fuga estava desimpedida, Tamara percebeu que só restavam lugares em pé. Apoiadas nas paredes ou sentadas de pernas cruzadas no chão, como em uma aula de ioga, encontravam-se dezenas de pessoas cujas idades variavam de dezesseis a setenta anos. Todas enfeitiçadas pela diminuta figura no palco.

A atenção de Tamara foi atraída para um retardatário alto que abria a porta. Seu cabelo era um emaranhado de cachos ciganos e, a despeito da noite gelada, trazia as mangas da camisa dobradas até os cotovelos de seus braços musculosos. Parecia incongruentemente heroico no salão repleto de rabugentos descorados. O amante de lady Chatterley, recém-saído de um trabalho braçal em algum barracão de jardinagem. Era o único homem atraente no recinto, e parecia estar sozinho. Ele *certamente* poderia ter encontrado alguma coisa melhor para fazer em uma noite fria de janeiro.

Todos aplaudiam novamente. Honor Tait devia ter terminado. Cinco minutos atrás, Tamara consideraria isso como um sinal de partida imediata, mas o atraente estranho havia acrescentado um novo elemento de interesse. Ela desejou que ele olhasse em sua direção. Paul Tucker estava falando agora, agarrado ao microfone com sua mão coberta de sardas, como Henrique VIII a um osso de presunto. Era a hora das perguntas da plateia e uma figura agitada de sexo indeterminado, vestindo um anoraque púrpura, acenou dos bastidores com um microfone. Apenas a curiosidade pelo vulto taciturno à porta impediu Tamara de escapulir em direção à saída.

"Será que Honor Tait poderia nos contar mais alguma coisa sobre suas experiências no Sudeste asiático?", perguntou um andarilho desgrenhado com óculos de coruja.

Claro que podia. A verdadeira questão era se Honor Tait conseguiria *parar* de contar mais alguma coisa sobre as experiências dela no Sudeste asiático. Tamara tentou tomar notas outra vez — *Manila, Chiang Mai, Camboja, Laos* —, mas desistiu. Não conseguia ouvir aquele assunto, muito menos anotá-lo. E quem iria querer ler aquilo? Ela olhou para o retardatário à porta. Seus braços estavam cruzados sobre seu amplo peito e ele inclinara o corpo para trás, um dos pés apoiados na parede, em uma atitude que sugeria tédio desafiador ou talvez abandono extasiado ante o poder da oratória de Honor Tait. Tamara preferia a primeira explicação; era estimulante pensar nele como um companheiro de alma, contrário àquela plateia pedante. Mas ela estava ali no cumprimento do dever. Qual seria a desculpa dele?

Tamara retornou a suas anotações: *Ela é a diva da dissidência, uma celebridade* bien-pensant, *e eles estão ouvindo em um silêncio reverente seu relato de horrores em Haidarabad, de calamidades no Camboja, de atrocidades no Azerbaijão.*

Será que Tait não iria mais parar de falar? Haveria ainda muito mais daquilo? Houve. Muito mais. Um enorme passeio pelos infortúnios globais de todos os continentes.

Tamara relanceou os olhos pela plateia — até mesmo aqueles pessimistas e catastrofistas profissionais deveriam ter lá seus limites. Mas não, outra pergunta dos espectadores. A voz — o repicar suave, ainda que assertivo, de um sininho de mão — era irritantemente familiar. Tania Singh.

"Em primeiro lugar, eu queria dizer que é um privilégio ouvir Honor Tait esta noite e gostaria de agradecer a ela por seu trabalho inspirador."

Ouviu-se uma salva de palmas de aprovação. Aquilo não deveria ser uma pergunta, em vez da humilhante bajulação de uma celebridade? Fervendo de raiva, Tamara olhou de novo para a porta e se alegrou ao perceber que, assim como ela, o bonitão solitário não estava aplaudindo.

Tania prosseguiu.

"Eu gostaria de saber que conselhos a senhora daria a uma jornalista jovem que está começando nos dias de hoje."

Honor Tait hesitou por um instante, francamente irritada.

"Qualquer conselho que eu dê se aplica tanto a jovens jornalistas do sexo masculino quanto a seus congêneres do sexo feminino."

No fundo do salão, Tamara exultou. Era ótimo ver a velha apontar seu maçarico para Tania Singh. Mas Tania não se deixou abater e recuperou-se com outra pergunta.

"Na sua opinião, que características importantes um jornalista precisa ter?"

Tait deu de ombros, e por um instante Tamara, extasiada, achou que ela fosse pôr Tania no seu devido lugar. Mas a velha pareceu se arrepender.

"A capacidade de *ver* com seriedade", respondeu ela por fim. "Através da observação paciente, da acumulação meticulosa de detalhes e de um apetite voraz pela verdade, o quadro mais amplo surgirá. É dever do repórter defender os fracos e acender um farol nos cantos mais tenebrosos da experiência humana."

Visivelmente cansada, Tait limitava-se a citar a si mesma. Tamara já aturara o suficiente. Porém, novas mãos se ergueram à medida que as pessoas se acotovelavam para pegar o microfone e fazer perguntas cujas respostas elas já pareciam conhecer. A voz de Honor Tait oscilava enquanto ela falava sobre os bordéis infantis na Ásia e os traficantes de sexo da antiga União Soviética, mas a despeito do assunto promissor suas palavras careciam de historietas estimulantes e achavam-se repletas de generalizações e estatísticas. Tait parecia estar entediando até mesmo a si própria. Sua voz diminuiu gradualmente e ela foi se sentar, admitindo, entredentes, que "na verdade essa não é a minha área. Talvez Clemency queira acrescentar alguma coisa".

Clemency decerto queria e o fez. Sua contribuição foi sincera, incerta e narcísica enquanto ela vibrava de moralismo diante do microfone. O humor de Tamara só melhorou quando o bilheteiro com colete de arlequim surgiu no fundo do salão balançando um cesto de plástico para a coleta. A reunião arrastava-se para o encerramento. Tamara passou por ele a caminho da porta, a tempo de perceber que não fora a primeira a escapulir. O retardatário atraente corria um pouco à frente dela; o sujeito abriu a porta de uma camionete branca e deslizou para dentro com agilidade. Chovia forte e, enquanto Tamara procurava em vão por um táxi em meio ao comboio ensurdecedor do trâfego da Archway Road, ele se afastou rumo ao que restava da noite, lançando um jato de água lamacenta nas calças do conjunto de Tamara.

Como Clemency a convencera a participar daquilo? Um novo grupo beneficente? Como se já não houvesse *antigos* grupos beneficentes clamando por fundos. E aquele nome banal? Children's Champions. Era um despropósito pretensioso. Honor sabia que o verdadeiro objeto de sua ira não era Clemency, mas ela própria. Nunca deveria ter concordado com aquilo. Tornara-se dependente demais do apoio de Clemency, do resgate financeiro, dos telefonemas tarde da noite, de toda a ajuda prática que uma herdeira rica, sem compromissos familiares nem um emprego exigente, era capaz de disponibilizar ao balançar um talão de cheques.

Em troca das generosas doações, decretava o contrato verbal das duas, Honor deveria, uma vez ou outra, emprestar seu nome e sua influência social e intelectual, seus anos de experiência, a alguma causa idiota que não servia a nenhum propósito a não ser reforçar o ego de sua benfeitora. A indignidade da experiência de se deslocar em uma noite deprimente àquela região desolada de Londres, de suportar o discurso cansativo de Clemency, de endossá-lo ao permanecer sentada em silêncio, de dividir o palco com um idiota sorridente do Partido Trabalhista, ou do Novo Partido Trabalhista, como a própria entidade se intitulava hoje, que estava ali apenas para obter votos para a próxima eleição, era demais para suportar.

Paul, tal como Honor, também fora arrastado até lá para dar substância à nova organização, mas ele era mais pragmático que Honor — suas feições de monte Rushmore não pareciam perturbadas nem pela insegurança nem por nenhuma espécie de dúvida — e a ideia de que aquele evento era desagradável não o teria detido por nem um segundo sequer. Ele entrava de helicóptero e saía de helicóptero. Até mesmo as perguntas fúteis da plateia — todas dirigidas a Honor — não o incomodaram. Clemency, por fim, teve a misericórdia, ou a consciência, de sugerir em um sussurro que talvez fosse hora de encerrar a reunião.

E agora, tendo voltado a seu apartamento e se preparando para uma noite de insônia, Honor lutava contra o sentimento de culpa por um crime que não conseguia se lembrar de haver cometido. Seria paranoia? Ela se sentia como o Henry de John Berryman, despertando de um pesadelo de violência homicida, examinando a todos, avaliando-os, para por fim traquilizar-se: "Não falta ninguém". Fazia tanto tempo que tudo acontecera. Somente a culpa era nova. Ela com certeza estava velha demais para um inventário espiritual.

Honor pegou as provas de *O olho inflexível*.

5 de julho de 1950. Dez dias e quatro retiradas na guerra. Apesar dos reveses, da perda de vidas e das árduas condições, os ânimos estão confiantes no quartel-general de Taejon quando o general de divisão William Dean assume o comando da 24ª Divisão. Com a chegada de mais tropas e armas, as forças americanas assegurarão a vitória no prazo de seis a oito semanas.

Honor sentiu repulsa pela confiança obstinada de seu eu mais jovem. O leitor de hoje sabia o que ela então desconhecia, e que ninguém poderia saber, ou seja, de que três anos depois os Estados Unidos voltariam claudicando para casa — com quarenta mil homens a menos, o dobro desse número mutilado, quinze mil desaparecidos em combate ou capturados —, para se reorganizarem para o próximo contundente conflito. Ela se orgulhara de haver obtido informação sobre os fatos: o número exato de tropas, os modelos e recursos dos armamentos, as horas de combate, os dias de batalha. Era esse o estilo, reforçando a impressão de imparcialidade.

O que ela sabia, essa jovem determinada, convencida da própria imortalidade, exultante com a companhia exclusiva de homens à beira da morte? E, para o seu gosto, havia demasiados detalhes pessoais disfarçados de composição realista. A lama, os piolhos e as pulgas, o aspecto medonho das rações, a sordidez. Sob fogo em Taejon, cercada por tropas inimigas, os médicos a convocaram para ajudar na instalação de equipamentos de infusão intravenosa e na administração de plasma aos feridos. A princípio, em meio à confusão, ao barulho, à fumaça e às labaredas, a rapazes mutilados debatendo-se e gemendo a seus pés, ela encontrara tempo para se sentir ofendida — fora por ser mulher, objeto de desconfiança, até mesmo de escárnio de certos oficiais, que a haviam escolhido para tais tarefas? Então se deu conta de que alguns colegas do sexo masculino também haviam sido recrutados. Honor foi em frente e narrou esse dia em um artigo impregnado de falsa humildade que lhe angariou elogios dos colegas em casa: *Hoje nossa correspondente abandonou seu bloco de anotações, arregaçou as mangas e se transformou em enfermeira.*

O barulho de uma confusão no jardim atraiu-a à janela. Não eram penetras provenientes dos conjuntos habitacionais, mas um grupo de amigos nos apartamentos em frente. Os jovens bebiam champanhe, protegidos do frio por chapéus e cachecóis, conversando e rindo no volume máximo.

Esses jovens andavam se notabilizando na vizinhança. Caçambas enfileiravam-se nas ruas próximas, enchendo-se pouco a pouco de geladeiras antigas, aparelhos de TV do tamanho de navios, peças perfeitamente sólidas de mobiliário escuro e metros de cortinas de brocado com duplo forro, apodrecendo sob a chuva de janeiro. Fora com o velho. Sem dúvida, alguns desses jovens estavam de olho no apartamento dela e nos apartamentos de todos os moradores com mais de sessenta anos que restavam no prédio; se pudessem, encheriam essas caçambas com os cadáveres enrijecidos de todos os grisalhos de costas encurvadas, anciãos com aluguel mínimo que ocupavam espaço em apartamentos de três quartos perfeitamente satisfatórios e portaria protegidas dia e noite. Era bem provável que eles percorressem as colunas do obituário todos os dias, esses jovens impetuosos, atrás da boa notícia de uma propriedade vaga e de uma locação de noventa e cinco anos.

Bem, Honor ainda tinha algo a dizer antes que eles conseguissem seu intento e a expulsassem dali. Não houvera novas reportagens nos últimos anos, mas ela precisava retornar a uma história antiga, concentrar-se, explorar seu acervo de palavras cada vez menor e evocar a verdade. Honor abriu seu caderno de anotações e leu do princípio ao fim as linhas de abertura de sua conclusão. Aquilo não servia. Pegando o lápis, riscou as palavras e recomeçou.

Buchenwald, 14 de abril de 1945. Quatro dias após a libertação, os mais fortes dos frágeis sobreviventes reúnem-se perto do tronco carbonizado do carvalho de Goethe para um desfile no intuito de comemorar a liberdade. Com papel e trapos, confeccionaram bandeiras nacionais que agora agitam com espírito desafiador no local onde diariamente eram forçados a desfilar diante de seus bárbaros captores. Provas dessa barbárie foram vistas há dois dias por soldados do Terceiro Exército americano que, juntamente com membros da imprensa, depararam com as pilhas de cadáveres rígidos e nus dos que foram assassinados às pressas pelas tropas alemãs em retirada.

E agora, neste desfile de um desafiador orgulho nacional, muitos prisioneiros libertos choram em silêncio seus companheiros mortos.

Sete

A reunião matinal era um acontecimento difícil: uma competição diária de egos adversários realizada diante de um impassível Austin Wedderburn ou, em sua ausência, de um discretamente angustiado Miles Denbigh. Às dez da manhã na antiquada sala de reuniões de diretoria do quarto andar, os editores seniores, ou seus assistentes, rivalizavam para expor as notícias mais interessantes do dia; para apresentar o ponto de vista mais original dessas notícias interessantes; para expor esse ponto de vista com concisão e, quando o bom gosto permitia, com sutileza suficiente para fazer o canto da boca de Wedderburn contorcer-se em um ligeiro sorriso ou afugentar temporariamente as rugas da testa franzida de Denbigh; para descartar de forma efetiva o trabalho de qualquer jornal rival, exceto quando a atuação desse jornal rival tivesse sobrepujado os esforços de um departamento conduzido por um editor sênior rival do próprio *The Monitor*; e, a coisa mais difícil de todas, rir o mais alto e o mais demoradamente possível de qualquer pálido simulacro de piada que Wedderburn, em uma rara explosão de alegria, pudesse lançar, como um monarca atirando moedas a camponeses agradecidos.

Ninguém antevia a experiência com prazer, mas todas as manhãs aqueles jornalistas que haviam conquistado o status necessário para merecer um lugar na reunião acorriam para dentro da sala da diretoria como caçadores de pechinchas no primeiro dia da liquidação de janeiro. Apenas os empenhados em um suicídio profissional a perderiam, visto que qualquer editor sênior ausente era considerado pelos presentes como caça legítima, tornando-se automaticamente alvo de comparações nada lisonjeiras com seus congêneres de outros jornais. Simon não se sabotava quando se tratava de carreira, embora sua vida amorosa fosse outra questão. Podia faltar à reunião semanal de Espetáculos, simulando um altivo desdém pelas políticas da redação, mas jamais perderia a reunião matinal. Nunca pedia a ninguém que o substituísse na reunião e, como todos os editores seniores, só tirava férias quando sabia que Wedderburn estaria fora. O que quer que houvesse aprontado na noite anterior, sempre dava um jeito de marcar presença na sala da diretoria. Assim que a reunião terminava, ele escapulia do escritório para colocar o sono em dia antes de voltar a tempo para o almoço.

Nesta manhã, no entanto, foi diferente. Sua ressaca, decorrente de um encontro eufórico em um *champagne bar* com Serena, mostrava-se monumentalmente incapacitante.

"Quando consegui acordar", gemeu ele ao telefone com Tamara, "não foi apenas uma questão de 'Onde estou?', mas de 'Quem sou eu?', entende? Não vou conseguir assistir à reunião até o fim. De qualquer maneira, eu não chegaria a tempo. Você acha que consegue me cobrir?"

A chance de participar da reunião matinal, de se sentar como uma igual entre os grandes do jornal, de privar da proximidade inebriante, profissionalmente oportuna e reverente com seu soberano absoluto, não surgia com frequência e Tamara, abatida pelo encontro da noite anterior no salão paroquial, que pouco ou nada acrescentaria a sua reportagem para a *S*nday*, viu no convite um incentivo; ali estava uma oportunidade irresistível de se apresentar, com toda a sua experiência e discernimento, e para seu amplo benefício, diante do politburo supremo do *The Monitor*.

Em sua mesa no subsolo da redação, Tamara passou os olhos pelos jornais da manhã, examinando os principais assuntos do dia, na esperança de oferecer novos ângulos perspicazes e improvisar alguns gracejos. As propostas educacionais da oposição não ofereciam muito espaço em nenhuma das frentes. Tampouco alguns iatistas desaparecidos, uma princesa em campanha contra minas terrestres, nem um cerco em andamento a uma embaixada peruana. Janeiro era um mês notoriamente árido de notícias. Fotos de John Major de turbante, sorrindo estupidamente como um figurante de *Carry On Up the Khyber* em viagem oficial para se encontrar com sua contraparte paquistanesa, eram dignas de riso — nos últimos tempos, tudo que ele fazia provocava risinhos irônicos até mesmo nos conservadores —, mas aquela era mais uma piada visual. Haveria algum benefício nos planos do governo em adquirir um novo iate real de sessenta milhões de libras, uma tentativa de contentar os corações leais da nação e angariar votos para as próximas eleições? Será que esse barco por fim derrotaria os conservadores? Ou conseguiria ter êxito em afastar um governo impopular de águas turbulentas? Haveria algo de espirituoso a ser dito sobre os supostos planos de casamento do responsável pelo ministério paralelo montado pela oposição com uma atraente executiva de relações públicas? Alguma coisa sobre fusões planejadas? Ou sobre a diminuição de imposto para pessoas casadas? Talvez alguma comparação brilhante a ser extraída das núpcias planejadas do grosseiro cantor pop Liam Gallagher com Patsy Kensit, a loura amuada do par romântico de *Máquina mortífera 2*.

O elevador não estava funcionando, e após ter subido as escadas até o quarto andar às 9h55 da manhã, Tamara ofegava como uma maratonista principiante. Os editores seniores, ou seus representantes, já haviam chegado, e agrupavam-se diante da porta fechada da sala de reuniões da diretoria, aguardando o aviso para avançar. Vida estava representando a editoria de Espetáculos, substituindo Johnny, que se encontrava em um curso de resolução de conflitos em Buckinghamshire. O editor de Nacional, barbado e usando um cardigã de cantor de músicas folclóricas dos anos 1970, cochichava com a editora de Internacional, uma valquíria de roupas listradas antitesão, ao passo que o novo editor de Esportes, Ricky Clegg, vestindo um festivo *training* vermelho e branco, examinava as páginas do *Sporting Life* com um falso desinteresse. Foi irritante ver Tania Singh — desde quando ela era editora sênior? Ou mesmo assistente de editor sênior? — de pé ali, fingindo ler o *The New York Review of Books*. Lyra Moore, com um traje branco e preto justo e saltos muito altos, como se estivesse vestida para um coquetel elegante, apertava com nervosismo as teclas de um celular.

Percebendo a oportunidade, Tamara avançou na direção dela, compondo mentalmente sua estratégia de abertura: "Oi! Eu só queria confirmar com você se...", "Oi! Lyra! Eu queria saber se podíamos ter uma conversa...", "Honor Tait, hein? Que figura!...". Lyra ergueu os olhos, surpresa, quando ela se aproximou, mas antes que Tamara pronunciasse uma palavra as duas foram interrompidas por um repentino clamor; a porta da sala de reuniões se abrira, revelando a figura corpulenta de Hazel, uma arremessadora de pesos que usava pérolas e poliéster de algodão e que retrocedeu com uma agilidade surpreendente para evitar ser pisoteada pela turba. Enquanto os editores seniores e os representantes dos editores seniores disputavam lugares e Hazel escapava rumo à segurança do quinto andar, Tamara viu que Austin Wedderburn iria coordenar o encontro naquele dia, o que aumentava ainda mais as apostas para qualquer contribuição que ela levasse à reunião. Aquele era, em termos do *The Monitor*, o fórum de contatos supremo, e ali estava sua chance de brilhar.

Após algumas investidas malsucedidas nos lugares próximos ao editor-chefe, Tamara por fim se viu sentada perto do carrinho de chá ao lado da porta, fora da linha de visão imediata de Wedderburn. Se aquilo fosse um teatro, seu assento teria sido classificado como de "visão restrita" e vendido pela metade do preço. Ela teria de se esforçar para obter a atenção dele. Lyra, a corporificação da suavidade e da eficiência, maculada apenas pelo botão superior da blusa, que parecia ter desabotoado na refrega, estava sentada à esquerda do editor. O editor de Nacional, cujo rosto refletia a gravidade das muitas reportagens que tinha a comunicar, acomodara-se à direita de Wedderburn, ao lado da editora de Internacional. Junto à editora de Internacional, alguns assentos depois de Tamara, achava-se Tania, sorrindo com um contentamento felino, os cotovelos sobre a mesa, as mãos envolvendo o rosto irritantemente meigo, como uma criança mimada antevendo um agrado que apenas os muito cruéis seriam capazes de recusar.

Embora um silêncio expectante já houvesse descido sobre a sala, Wedderburn pôs-se a bater com a caneta na mesa, como se ela fosse um martelo de juiz.

"Antes de tratarmos dos assuntos corriqueiros, eu gostaria de apresentar uma convidada na nossa reunião desta manhã", disse ele, balançando a cabeça com ar benévolo em direção a Tamara.

Tamara sentiu uma onda de emoção entorpecente; seu coração disparou e passou a bater em um ritmo acelerado. Wedderburn a vira afinal. E não apenas naquela manhã. Empertigou depressa o corpo e agarrou com força a mesa em uma postura de engajamento vigilante.

"Muitos de vocês já devem tê-la visto no prédio", prosseguiu Wedderburn, "alguns de vocês já devem estar familiarizados com seu trabalho, cientes da marca que ela imprimiu ao *The Monitor*, e fico feliz em informar que ela vai desempenhar um papel cada vez maior na vida do jornal."

Seria possível alguém entrar em estado de choque ao receber *boas* notícias? Uma onda de calor atingiu o rosto de Tamara, como a rajada proveniente de um forno aberto de repente. Ela percebeu que enrubescia. Esperava não estar suando. Torceu os lábios, que pareciam estranhamente rebeldes, em um sorriso tenso, recatado. Lyra devia ter conversado sobre ela com o editor-chefe e mencionado a reportagem sobre Honor Tait. Acontecera. Ela sempre soubera, mesmo em seus mais profundos humores invernais, que aconteceria. Seus talentos a tinham destacado, diferenciado, elevado-a acima do grupo, enaltecido. Lembrou-se de repente de um quadro da escola dominical: uma santa (Lúcia? Inês?), de olhos modestamente baixos (Quem? Eu?) enquanto uma auréola cintilava sobre sua cabeça como um *frisbee* dourado. Até que enfim! Tamara era um dos Eleitos.

Wedderburn percebera que o *The Monitor* precisava atrair leitores mais jovens e a designação de gente com menos de trinta anos para cargos editoriais elevados era o primeiro passo de uma campanha para aumentar a circulação. Sem dúvida era pouco ortodoxo anunciar uma promoção de forma tão pública, mas Tamara não iria discutir.

"E, assim que tivermos despachado os principais assuntos da reunião, espero que ela possa nos dizer alguma coisa a respeito de sua visão sobre o *The Monitor*", prosseguiu Wedderburn.

O entusiasmo de Tamara transformou-se em terror e sua temperatura despencou. Visão? O mais próximo que ela estivera de uma visão fora quando Ross lhe passara uma fatia de omelete com um cogumelo alucinógeno em Glastonbury. Ela poderia citar sua lista de reportagens da semana para a *Psst!*, aprofundara-se nas principais notícias do dia e preparara umas duas piadas sobre sinos de casamento, em lugar de sinos de votação, acerca de Gordon Brown. Mas visão? Quem ele achava que ela era? Santa Bernadete? Tamara permaneceu sentada em um silêncio amedrontado, perguntando-se como iria se safar, torcendo pela repentina chegada de uma secretária com um fax transmitindo notícias, por exemplo, da morte de um membro influente da família real, alguma coisa, qualquer coisa de importância suficiente para exigir a interrupção imediata da reunião, quando outra voz — jovem, feminina, excessivamente confiante, a voz de uma monitora-chefe de escola pública no Dia do Fundador do Escotismo — soou no vazio.

"Obrigada, Austin."

Era Tania.

"Prometo não tomar muito tempo de vocês", prosseguiu ela, virando-se para se dirigir a todos os participantes da reunião. "Mas depois de várias reuniões que tive com Austin sobre os avanços recentes da tecnologia da informação, ele gentilmente me convidou a falar com vocês esta manhã sobre a questão da rede mundial de textos e suas implicações para o jornal."

Tamara inclinou o corpo para a frente e olhou, incrédula, de Wedderburn para Tania e de novo para ele, seus sentimentos indo do alívio à decepção à medida que a verdade se revelava e sua brilhante auréola se apagava para se transformar em um frouxo chapéu de bobo da corte. Aquilo era uma humilhação em grande escala. Tamara olhou para os colegas. Ninguém retribuiu seu olhar, ninguém estava rindo nem saboreando abertamente seu constrangimento. Todas as cabeças voltavam-se para Tania.

Wedderburn bateu novamente com a caneta na mesa e a reunião prosseguiu. À medida que os jornais da manhã — *The Monitor* e seus rivais —, eram ritualisticamente exumados, Tamara recuperou a serenidade e esperou seu momento de falar. Não fora escolhida, o imperador não a favorecera, mas ainda assim teria sua chance de impressionar.

Vida insinuou, da forma mais gentil possível, que o tratamento dado pela editoria de Notícias à matéria sobre política educacional deixava alguma coisa a desejar, ao passo que o editor de Notícias sugeriu, da maneira mais cordial possível, que Espetáculos perdera uma oportunidade no artigo sobre o iatista desaparecido, trabalhado com muito humor pelo *The Courier* daquela manhã. Vida lutou para reprimir a raiva quando observou que a cobertura inexpressiva da reportagem feita pelo *Me2* fora, na verdade, uma orientação de Johnny; o editor de Notícias reagiu com uma piada sobre o artigo do *The Courier* "Capitão calamidade", o que evocou um ligeiro tremor facial, ou quem sabe um sorriso, em Wedderburn. Um coro de risadas tênues propagou-se pela mesa.

Hesitante, Toby Gadge sugeriu que a editoria de Notícias poderia ter aproveitado mais a resposta do governo conservador às alegações de que um de seus parlamentares se envolvera com um homossexual, ao passo que o editor de Notícias retrucou que a editoria de Política poderia ter tirado proveito maior da última crise do governo, quando este se tornou minoria depois da morte repentina de um de seus parlamentares após uma farra regada a álcool.

O editor de Finanças, ardiloso como um contador roubando, mostrou-se preocupado porque seus relatórios sobre os planos de uma sociedade de crédito imobiliário de flutuação na bolsa de valores não estavam recebendo a devida atenção na primeira página. Wedderburn bocejou abertamente e, ao redor da mesa, vários editores seniores sentiram-se encorajados a se movimentar na cadeira e esticar os braços. O editor de artes, um *troll* de cabelos espetados, fez seu apelo semanal por mais espaço para as resenhas de música clássica e recebeu sua resposta semanal, um doloroso silêncio, enquanto Tamara aprimorava mentalmente suas falas sobre os boatos de romance do responsável pelo ministério paralelo montado pela oposição. Antes que ela percebesse, a reunião havia passado das notícias da véspera para as daquele dia.

Isso significava a leitura deprimente de listas — na qual os editores seniores do jornal diário, ou seus representantes, esboçavam as reportagens que estavam sendo montadas por suas respectivas equipes para o jornal do dia seguinte. Até onde Tamara sabia, a principal tarefa dos editores seniores era ler essas mesmas listas para as mesmas pessoas, ainda que em diferentes reuniões, várias vezes no decorrer do dia de trabalho. O truque estava na elocução; a versatilidade era tudo, garantindo que a cada leitura a mesma lista parecesse nova, como se houvesse sido levada ainda fervendo para a reunião — a sucata da notícia não confirmada transformada, no alto-forno da investigação jornalística, no lingote incandescente do fato. Uma urgência em *staccato* talvez fosse apropriada em uma reunião baseada predominantemente na editoria de notícias, uma leve ironia era mais eficaz nas reuniões da editoria de Espetáculos de Johnny, a vivacidade narrativa do tipo "vamos sentar em círculo, crianças" ajudava a inflamar o departamento de circulação e marketing, ao passo que uma indiferença mecânica e capciosa, e até mesmo o descaso, funcionava melhor nas reuniões de orçamento. Mas a leitura de listas na reunião matinal definia o ritmo e o tom do dia de trabalho.

O editor de Notícias Nacionais, com uma risada a mais e já à frente do jogo, leu a sua lista com enérgica eficiência, em seguida forneceu uma descrição mais ampla da reportagem exclusiva do dia seguinte, planejada para torpedear a mais recente serialização "exclusiva" de livros do *The Courier*, programada para sábado. O livro, pelo qual o *The Courier* pagara o equivalente ao quádruplo da renda anual de Tamara por quatro trechos, trazia as sensacionais alegações de um perigoso agente do MI5 acerca de um elaborado complô de um assassinato com o objetivo de desestabilizar países ricos em petróleo. A editoria de Notícias do *The Monitor* conseguira um exemplar prévio do livro (um segurança do almoxarifado da editora, necessitado de dinheiro, aceitara uma quantia de três dígitos) e acirrara a narrativa, acrescentando declarações indignadas da Venezuela e da Arábia Saudita, declarações céticas de ex-colegas e o diagnóstico, emitido por um psiquiatra solícito, de que o agente sofria de transtorno de personalidade histriônica. A reportagem do *The Monitor* também seria classificada como "exclusiva", uma vitória de baixo custo sobre o *The Courier*, que pagara uma campanha publicitária dolorosamente cara para divulgar a serialização. Wedderburn emitiu uma risada de satisfação pelo furto que, de quebra, serviu para limpar sua garganta, deflagrando uma onda de episódios respiratórios similares ao redor da mesa, e em seguida assentiu com a cabeça na direção do editor de Internacional.

Depois da performance virtuosística da editoria Nacional, a Internacional jogou limpo e leu sua lista — Hebron, hutus e tutsis, Aung San Suu Kyi na Birmânia e o presidente Milosevic na ex-Iugoslávia — em um tom que funcionaria igualmente bem em uma reunião de orçamento. Seguiu-se a editoria de Espetáculos e Vida, aproveitando-se da ausência de Johnny, estava deixando de lado os elementos mais frívolos que ele planejara para *Me2* no dia seguinte e substituindo-os por uma reflexão importante sobre a violência doméstica de autoria da escritora feminista Isadora Talbot, um relatório sobre a contagem decrescente de espermatozoides e um artigo otimista acerca de um engenhoso dispositivo antiestupro. Notícias e Internacional trocaram sorrisos discretos.

Em seguida foi a vez de Ricky Clegg, que se balançou para trás na cadeira como um adolescente inquieto e pôs-se a recitar sua litania em uma espécie de canto anasalado. Sua menção jocosa às desventuras românticas de um jogador de futebol da Primeira Liga provocou uma ligeira risada de Wedderburn e risadas mais vigorosas dos demais. À pequena vitória da editoria de Esportes seguiram-se avisos rápidos e telegráficos sobre quedas no mercado de ações, elevações no preço ao consumidor e flutuações na taxa de câmbio fornecidos pela editoria de Finanças, e a defesa veemente do editor de Artes, diante de uma plateia apática, de uma temporada de teatro brechtiano. No decorrer de tudo isso, Tamara, a essa altura segura de suas falas e aguardando a vez, trincava os dentes ao ver Tania tomando notas meticulosamente.

Os principais assuntos do jornal do dia seguinte haviam sido despachados e agora era a vez dos editores seniores do final de semana. O menu da *S*nday* era, como de costume, mais um Quem É Quem Literário do que uma lista de reportagens — Saul Bellow, Iris Murdoch, Ted Hughes sobre, respectivamente, Robert F. Kennedy, o bloqueio do escritor e a repercussão mítica do peixe-espinhento —, e Lyra leu seus tópicos com a postura fria de um âncora de TV. Wedderburn balançou a cabeça com ar solene, o equivalente imperial do polegar para o alto. Em seguida, o editor de Livros, Caspar Dyson, um intelectual arrogante que usava óculos de aro de metal e parecia permanentemente ofendido com as companhias que era obrigado a cultivar para ganhar seu sustento, gaguejou sua lista de críticas literárias — alguma coisa sobre colonialismo, alguma outra coisa sobre poesia, algo acerca de história, algo sobre política e um romance que ele descreveu, com insistência ansiosa, como "um *poioumenon* metanarrativo pós-moderno" —, não conseguindo despertar o interesse de Wedderburn por nenhuma delas.

Houve mais entusiasmo com a contribuição do editor de Turismo, uma lista invejável de gratuidades — excursões às Maldivas com todas as despesas pagas, folias no Caribe, idílios em praias tailandesas e fins de semana obscenos em hotéis europeus especializados — concedidas a membros especiais da equipe, inclusive Simon (uma semana em um spa de luxo nas Seychelles) e Wedderburn (duas semanas jogando golfe nas ilhas Maurício), em troca de matérias de seiscentas palavras que falassem de tais locais como terra dos contrastes, o antigo unindo-se ao moderno, vales verdejantes, montanhas envoltas pela neblina, o Oriente encontra-se com o Ocidente, ilha paradisíaca, o cenário perfeito.

A vez de Tamara se aproximava. Ela reconsiderou sua estratégia e decidiu dar ênfase especial a sua lista semanal dos Dez Melhores/ Dez Piores e das Dez Mais da TV em Dias de Penteado Infeliz: Cachos Chocantes e Cortes Vergonhosos nas Estrelas da Telinha. Paul Tucker seria um acréscimo de última hora? Sua palha seca parecia um instrumento para remover resíduos de banheiros. Mas um jornalista empenhado em campanhas se qualificaria como personalidade de TV?

Vida estava falando novamente. Fora-lhe concedida uma segunda vez sob os holofotes para que ela anunciasse os planos para o suplemento especial do fim de semana no qual ela e Johnny vinham trabalhando, em condições de sigilo maçônicas, nos últimos três meses. O *The Monitor Elite List*, um guia de oitenta páginas, impressas em papel de alta qualidade, que apontava as Cem Personalidades Mais Influentes em Política, Artes, Mídia, Esportes e Negócios, seria lançado com o jornal de sábado, dali a três semanas, como parte do programa de Incentivo à Circulação de Primavera, respaldado por uma campanha publicitária de estourar o orçamento no horário nobre da TV. Tamara sentiu uma punhalada de raiva. Listas. A especialidade dela. Ninguém a consultara. Bem, ela teria sua vez. Assim que entregasse o artigo sobre Honor Tait, não precisaria mais perder tempo carregando pedras no segundo andar, na esperança de que alguém da editoria de Espetáculos atirasse uma lista em sua direção.

Nesse meio-tempo, o chefe do departamento de circulação e marketing, Erik Havergal, atraente e bronzeado como um manequim de vitrine, fornecia um relatório sobre o aumento satisfatório de vendas gerado pelo pacote de sementes distribuído como brinde de Natal e sobre o aumento menos satisfatório de vendas produzido pela oferta gratuita de aspirina no Ano-Novo, solapada pelo *The Courier*, que, se antecipando ao concorrente, lançara uma promoção com Alka Seltzer.

"Como uma observação mais positiva", declarou Havergal, "posso revelar nossos brindes exclusivos planejados para o exemplar do *Elite List*: uma embalagem Para Ele e Para Ela contendo um par de abotoaduras e uma pulseira folheados a ouro, ambos com a letra E gravada. De elite, é claro."

A papada de Wedderburn tremeu, como o prelúdio de um sorriso de profunda satisfação e, uma por uma na sala, em um efeito dominó de contentamento, as faces se iluminaram com uma expressão similar de puro prazer.

A editora de Moda foi a próxima a falar. Naquele dia, Xanthippe Sparks usava os cabelos trançados e enrolados em torno das orelhas, o que dava a impressão de que ela estava usando fones de ouvido estéreos, e vestia saia franzida, blusa de mangas fofas e corpete rendado, em uma aparente homenagem a Heidi. Xanthippe pôs-se a enunciar alegremente sua relação: "A Nova Informalidade... Rapsódia dos Sapatos... Trajes Diurnos para Aves Noturnas...", enquanto o editor de Notícias Nacionais reexaminava sua programação, Austin Wedderburn olhava para o relógio e Tamara, calculando que seria a próxima, esquadrinhava a própria lista, ensaiando em silêncio suas falas e enunciando mentalmente os trava-línguas passíveis de confundi-la. Clareza na pronúncia era essencial. E ela não podia perder o rumo.

"...e na moda nasculina estamos de olho no Cafetão Retrô: mocassins brancos, correntes de ouro, corações negros..."

O editor de Notícias Nacionais empilhou meticulosamente seu monte de folhas A4 impressas e bateu na mesa como um exímio profissional do pôquer, enquanto Austin Wedderburn parecia ter encontrado algo interessante alojado na pena de sua caneta. Xanthippe concluiu num tom de voz crescente, pequena bolha de autossatisfação alheia ao silencioso escárnio dos colegas, e Tamara se aprumou para entrar em cena. Pretendia ser sucinta, espirituosa e resolutamente sóbria. Nada mais fácil que assumir a palavra logo depois da editora de moda.

"Obrigado a todos", disse Wedderburn, tamborilando decididamente os dedos na mesa. "Hoje nós vamos abreviar a reunião. Afinal de contas, temos um jornal para publicar."

Sorriu, provocando um surto de risadinhas indulgentes à mesa.

"Mas primeiro", prosseguiu, "Tania Singh vai abordar o tema qualificação para a web."

Tania se levantou para discursar, fulgurante evangelista da Superautopista da Informática trazendo a boa-nova dos URLS e domínios, dos portais e impressões de página, dos pontocoms e da exclusão digital, e os editores seniores a observaram com graus variados de ceticismo e indolente volúpia. Consumida pelo ódio,

Tamara não conseguia tirar os olhos dela e levou um susto ao sentir uma batidinha no ombro. Era Hazel, que acabava de entrar com uma chaleira. Entregou-lhe o açucareiro e o bulê de leite, indicando com um aceno que ela tinha sido escalada para ajudar a servir o chá. Isso provavelmente se devia a sua proximidade do carrinho, mas Tamara não pôde deixar de se perguntar se, depois da humilhação daquela manhã, ela não estaria exalando um cheirinho ruim de baixo status.

Mas enfim teve seu grande momento na reunião: um contato direto com Austin Wedderburn. Miles Denbigh descrevia o progresso nas discussões sobre uma sala ecumênica de orações — planejava instalar um altar e um tapete de oração em sua própria sala, num acordo celebrado para passar a perna nos furibundos fumantes —, quando o editor levantou os olhos para Tamara, mostrando o polegar e dois dedos em riste. Eficiente, ela pôs três colheres de açúcar no chá e lhe ofereceu uma bandeja de torradas digestivas. Wedderburn não agradeceu, mas Tamara teve certeza de que ele voltou a erguer os olhos e registrou sua presença. Na próxima vez, saberia quem ela era.

Mais tarde, porém, no almoço com Simon no Bubbles, Tamara superou a melancolia. Ele estava com uma disposição generosa — as coisas tinham ido bem com Serena e a ressaca enfim começava a ceder.

"Vamos, Tamara. As coisas não estão tão mal assim. Ontem à noite você se saiu bem com a matéria sobre Honor Tait. Mostrou um bocado de talento indo até a Archway."

"Ah, tá bom! Você precisava ver. A noite não rendeu uma frase que preste."

"Vamos lá! Alguma coisa eles devem ter dado para você poder se divertir. Um pouquinho de colorido. Uns fatos."

"Fatos? Foi o que eles mais deram. Aliás, foi *só* o que eles deram: fatos. E para que eles servem? Quatro mil palavras de entorpecer os miolos sobre a obra de caridade de uma velha? Nem Lyra engole essa."

"Você pode fazer mais do que aquilo", contrapôs ele, servindo-lhe mais um copo.

"Eu sei do que eu preciso", retrucou Tamara. "Dos amantes famosos, das celebridades que essa mulher conheceu, das mágoas. Simplesmente não consegui tirar uma palavra dela sobre essas coisas."

"Ninguém disse que ia ser fácil. Se fosse fácil, qualquer otário já teria feito. Você precisa se empenhar."

"O que você acha que eu estou fazendo?"

O pager de Simon começou a soar.

"E o Clube de Segunda-Feira?", perguntou ele ao mesmo tempo que verificava as mensagens. "Os gigolôs e metrossexuais dela? Essa é a matéria. Vá em frente, faça um levantamento desses caras."

"Você acha que ela vai me convidar para uma de suas noitadas de salão?"

Simon ergueu a vista do pager e lhe endereçou um olhar fulminante.

"Quem falou em convidar?"

Oito

Por insistência dos Meninos, as *soirées* de segunda-feira evoluíram de coquetéis *ad hoc* para jantares mensais que passaram a ser as únicas datas fixas na agenda de Honor. Aliás, suas únicas refeições regulares. Ela sempre tinha sido uma cozinheira propositalmente inepta e, embora a empregada mantivesse o armário da cozinha e a geladeira abastecidos do indispensável — pão, leite, chá, vodca, bolos de aveia, um pouco de queijo, uns enlatados —, as ambições culinárias de Honor, desde a morte de Tad, nunca foram além de torrada e suas variantes. Os jantares de segunda-feira, dizia Bobby, eram o seu serviço de "refeição em domicílio". Eles entravam com a comida e o vinho; ela, com o apartamento e a vodca.

Para eles, Honor era um monstro sagrado, quixotesco, espirituoso, por vezes maligno. O que lhe valia a fidelidade daquela gente era o glamour do passado, a associação com a grandeza; todos se sentiam lisonjeados por passar algum tempo em sua companhia, gostavam de pronunciar seu nome, eram capazes de aturar todo e qualquer abuso da parte dela, e a sensação de que um comentário irrefletido poderia lançá-los na permanente escuridão da noite acrescentava a sua companhia uma emocionante pitada de perigo.

Bobby era o seu caudatário. Editor do *Zeitgeist*, o suplemento cultural semanal do *The Courier*, levava para ela as fofocas da Grub Street, o vinho do Languedoc e uma legião de airosos neófitos, geralmente atores recém-paridos pela escola de arte dramática, Belas mimosas para a negra Fera. Ele era, mesmo em sua própria avaliação, um acadêmico frustrado. Autor de duas parcamente resenhadas biografias de escritores modernistas relegados ao esquecimento, tinha sido o crítico acerbo de alguns periódicos secundários do Conselho de Artes que não pagavam um centavo pelos artigos. Sua nomeação para o cargo de editor do *Zeitgeist* — Neville Titmuss, editor-chefe do *The Courrier*, ficara impressionado com a inexorabilidade com que ele condenara as memórias jornalísticas de um antigo rival de Titmuss — não surpreendeu ninguém, a não ser a ele próprio.

Bobby parecia fracassar em sentido ascendente, ao passo que o pobre Aidan Delaney, um poeta até bom, bem resenhado e premiado, mas com vendas compatíveis com a sua vocação, continuava a fazer sucesso em sentido descendente. Honor admirava a firmeza de Aidan e achava sua misantropia curiosamente reconfortante. Inigo Wint, um janota de boa educação, a fazia rir como ninguém. Era um artista com leve aptidão de imitador e seu trabalho muito em voga vinha sendo decantado com prodigalidade no *Zeitgeist*. Conquanto ele fosse industriosamente heterossexual, Honor às vezes se perguntava se já não tinha sido amante de Bobby. Amigo licencioso mas leal, Inigo também era, ao que tudo indicava, bom de cama. Havia nele certa inconstância, e as namoradas o achavam exasperantemente esquivo. Uma sucessão de jovens, nem todas convencionalmente bonitas — seu gosto, como ele gostava de dizer, era tão católico quanto o cardeal Hume —, arrastavam-se atrás dele com uma aviltante solicitude. Inigo as paparicava durante alguns meses e então as trocava de repente por outra lânguida gueixa. "Uma atualização voluntária", dizia.

Paul Tucker, o representante mais intransigentemente masculino do Clube de Segunda-Feira, não se pronunciava sobre o tema alcova, afirmava não ter interesse pela arte nem pelos mecanismos da imaginação e se gabava de nunca ter lido conscientemente uma obra de ficção — "com exceção da primeira página do *Sunday Times*".

"Às favas a vida espiritual", dizia. "Deem-me vida."

Ele era incompatível com a reflexão, seu veículo era o telejornal. Eis como ele era: zangado, a barba por fazer, sempre de colete à prova de balas, falando para a câmera diante de um *son et lumière* de mísseis ou aos berros em meio a um zumbido de hélices de helicóptero, genuíno herdeiro da tradição Honor de intrépida busca da verdade, defensor dos fracos e flagelo dos poderosos. Que ironia justamente a televisão, um veículo que ela sempre desprezou, ter preservado pelo menos parte dos valores jornalísticos alijados pela imprensa escrita.

Honor sempre preferiu a companhia dos homens à das mulheres. Homos ou héteros, eles eram mais argutos, mais leves com as questões do coração e mais comprometidos com o mundo real. Também mais fidedignos, livres da rivalidade atávica, do escrutínio com o rabo do olho e da secreta *schadenfreude* a que se entregavam as mulheres. Mesmo assim, duas mulheres figuravam entre seus Meninos de Segunda-Feira. Ruth, rotunda e petulante como uma boneca *matryoshka*, era a eficiente, a restauradora e a pagadora. Sua competência em lidar com a administração da vida, digna de uma diretora de academia de ginástica — os escabrosos tratos com encanadores e advogados, contadores e coletores de imposto, donos de restaurante e agentes de viagem —, muito mais que sua *expertise* editorial, é que a tornava merecedora de um lugar entre os comensais de todo mês. Pelo que Honor sabia, suas habilidades editoriais eram inexistentes, ou pelo menos invisíveis. O que fazia dela a melhor espécie de editora. Nada de discussões sobre aspectos ou estrutura da linguagem, nada de cutucões espertinhos, nada de "prestimosas sugestões". Ruth tinha sido uma servidora respeitosa ao oferecer ao público o *Verdade...*, esgotado durante décadas, com capa nova e de muito bom gosto, e agora estava na iminência de prestar o mesmo serviço a *Relatos*.

Além de Ruth, havia Clemency. Alta, despretensiosa e arqueada sob o peso da culpa pela enorme fortuna herdada, convertera-se numa filantropa profissional. Participava da diretoria de várias organizações artísticas e era uma rica fonte de convites para estreias e eventos de gala. Generosa também com o tempo e o dinheiro, estava sempre disponível para telefonemas de madrugada como uma ouvinte paciente, encantadora e reconfortante. Quando Honor foi para o fundo do poço, Clemency fez questão de levá-la de avião ao lago de Garda, onde ela passou dois meses sendo mimada na vila da Fundação Twisk. Mas Clemency tinha atração pelo ilusório, sua beneficência recente era um bom exemplo disso, e podia ser insuportavelmente santimonial. Alcoólatra regenerada, certa vez cometeu o erro de manifestar uma piedosa preocupação com a imoderação ocasional de Honor. E teve muito trabalho para ser readmitida no Clube de Segunda-Feira.

Nesta noite, Inigo foi o primeiro a chegar. Seu sorriso torto era um bom indicador do estado de espírito de Honor. Quando estava taciturna, ela o achava irritantemente insincero. Quando se sentia feliz, a risadinha semienviesada dele a alegrava ainda mais.

Ainda esgotada e um tanto diminuída pela recente entrevista ao *The Monitor*, um sentimento agravado por aquele telefonema noturno e pelo degradante entrevero com o último projeto de vaidade de Clemency, Honor ficou apenas aliviada ao dar com seu cortesão mais galante e presunçoso. Ele trazia uma caixa de doces embrulhada com capricho. Beijou-lhe a face, um úmido roçar em sua cútis apergaminhada.

"Eu sou o primeiro?"

"Claro."

"Ótimo. Então você é toda minha", disse, contraindo as sobrancelhas, um galã satírico e silencioso.

"Pode preparar os drinques, querido."

Quando ele foi para o bar, a campainha tocou outra vez. Honor se sentou enquanto Inigo, soltando um grunhido de pretendente interrompido, voltava pelo corretor a fim de receber o convidado seguinte.

Era Aidan, rosado e brilhante por causa da academia de ginástica — por certo, já passara um pouco da idade para levantar tanto peso — e afortunadamente sozinho. Seu complicado namorado, Jorge, um arquiteto, estava fazendo hora extra num projeto importante.

"Um centro de recreio em Midlands", explicou Aidan com um exagerado tremor. "Conceitos mutuamente excludentes, eu devia ter pensado."

Ele havia trazido um pote de azeitonas verdes e uma bela edição em capa dura do *Golden Treasury* de Palgrave.

Beijou Honor, abraçando-a com mais força e um pouco mais demoradamente do que ela achava sincero ou necessário, e abraçou Inigo do modo como os homens agora costumavam fazer, fosse qual fosse sua preferência sexual.

Ruth foi a próxima a chegar, ofegante e nervosa, com uma enorme bandeja de *mezze* libanês. Estava desleixada como sempre: o cabelo desgrenhado, o vestido parecendo uma barraca bege que tivesse se soltado das cordas, sapatos ortopédicos, tudo proclamando sua desafiadora rejeição da tirania sexual patriarcal. Inclinou-se para beijar Honor com um grunhido de esforço, procurando não derrubar a bandeja, e foi logo para a cozinha pegar pratos e talheres.

"O dízimo da imperatriz de Maida Vale", disse Inigo, entregando a Honor um martíni de vodca.

Ouviu-se o girar da fechadura. Bobby entrou com a chave que Honor lhe havia dado no ano anterior, numa fase ruim. Sua contribuição para a noite era dupla: uma caixa de Bordeaux adquirida às expensas do *The Courier* e seu convidado, Jason Kelly, um jovem ator lacônico e de uma beleza embasbacante.

"Quer dizer que esse é o seu *amuse-gueule*, Bobby?", disse Aidan, retrocedendo um passo para apreciar o recém-chegado.

O rapaz loiro e de olhos amendoados, cuja fecunda vida amorosa despertava grande interesse nos tabloides, se reprimiu. Para desviar sua atenção, Inigo serviu-lhe um coquetel antes de conduzi-lo a Honor. No momento, Kelly estava representando Hamlet no Old Vic e sua interpretação visceral do papel atraíra ruidosos elogios da crítica. Honor, que tinha ido à estreia com Aidan (ingressos providenciados por Clemency), ficara igualmente impressionada.

"Não se pode dizer que ele esteja propriamente 'suado e arquejante'", foi sua única ressalva.

Em termos profissionais, Kelly era mais conhecido e consideravelmente mais bem remunerado como protagonista da recente versão cinematográfica de Enid Blyton, o *blockbuster Magic Faraway Tree*. Ainda que encantada com o Hamlet do jovem ator, Honor declinara o convite de Aidan para assistir ao filme — uma tolice hollywoodiana, obviamente — no cinema multíplex de um shopping.

“Prefiro passar a noite fazendo trabalho doméstico ou lendo Isadora Talbot”, disse ela.

Mas a cena no quarto com Gertrude fora extraordinariamente forte. Honor bateu no banquinho estofado a seu lado, convidando o recém-chegado a se sentar.

“Ah, o Lugar de Honra”, disse Inigo como ele fazia em todos os jantares de segunda-feira.

A campainha voltou a soar — dois toques curtos e um longo. Ninguém se mexeu.

“Ruth!”, gritou Honor da cozinha. “Tenha a gentileza de abrir a porta para Clemency.”

“Como sempre empinando o bumbum”, resmungou Inigo, fazendo seu comentário costumeiro e indelicado sobre o traseiro de amazona de Clemency.

A herdeira Twisk entrou, os ombros pesarosamente caídos, carregando um queijo redondo e de cheiro penetrante embrulhado em papel pardo.

“Hum”, fez Inigo, farejando o ar. “Que perfume é esse que você está usando, Clemmy? *Eau d’Égout?*”

“Produzido por Cloaca?”, arriscou Aidan.

Clemency ignorou Inigo e olhou com ar acusador para a taça de vinho de Aidan.

“Precisa de ajuda?”, gritou para Ruth na cozinha.

Uma pergunta retórica. Clemency se sentou resolutamente antes que a outra tivesse tempo de responder.

“Nós temos quórum?”, indagou Bobby.

“Temos”, disse Aidan. “O Gabinete Interno está presente. E como Paul se encontra na cidade, também está vindo para cá.”

“Está vindo do estúdio”, informou Honor. “Voltou de um fim de semana no Afeganistão.”

“Claro!”, disse Inigo sorrindo e tornando a encher os copos. “Aonde mais ele haveria de ir?”

Honor sorveu um longo trago. Inigo sempre se ressentira da exibicionista integridade de Paul. Ela gostava de vê-los se hostilizando, os seus Meninos, disputando sua atenção.

Aidan se voltou para Jason.

"Parabéns pelo sucesso de crítica."

"Tim-tim", disse o ator, erguendo o copo.

"O espelho da cultura e o olho da forma", prosseguiu Aidan. "Mas não ligue para Gertrude, a meretriz. Nem para a ridícula Ofélia. Não é a verdadeira e tácita paixão por Horácio?"

Jason contraiu sua bela boca com desagrado e Bobby interferiu, obsequioso, protegendo seu troféu.

"Isso é o que *você* acha, Aidan. Talvez até seja o seu desejo. Mas a função de Horácio é representar o público: uma testemunha. A relação mais interessante, penso eu, é com Laertes."

"Besteira, e você sabe disso", disparou Inigo.

"Que tipo de linguagem crítica é essa?", perguntou Clemency.

"Tom Eliot dizia que Hamlet era a Mona Lisa da literatura", recordou Honor com nostalgia, pegando a mão livre do ator e dando-lhe um apertão.

Com a sutileza que lhe havia valido aplausos no Old Vic, Jason Kelly recuou imperceptivelmente.

"Isso não é um sorriso enigmático", disse Aidan, erguendo uma sobrancelha provocadora para o ator. "É a afronta do soberbo."

O olhar que nublou a bela fisionomia de Kelly foi mais ameaçador do que o que ele endereçava todas as noites a Cláudio. Aidan foi salvo pela campainha.

"Hércules Tucker!", disse, levantando-se de um salto para abrir a porta. "Voltemos às maçãs douradas."

Mas não era Paul. Aliás, era bem o contrário de Paul. À porta se achava uma jovem com o decote generoso de uma donzela da Restauração. Tratava-se, evidentemente, de uma penetra e trazia nas mãos a prova de seu status de *outsider*: um buquê enorme de flores horrendas cor de maçã do amor.

"Lamento incomodar", disse Tamara. "Quero falar com Honor Tait. Sou jornalista, uma amiga dela. Venho tentando entrar em contato com ela por causa de um artigo que estou escrevendo."

Sorrindo como um duende malévolo, Aidan não acreditou numa só palavra, mas convidou-a para entrar; mais um *amuse-bouche* para a reunião deles.

"Bem-vinda a Olímpia", disse.

"É mesmo?", disse Tamara, sobressaltando-se. Tinha certeza de que estava em Maida Vale.

Um brilho de rancoroso prazer acendeu os olhos de Aidan.

A essa altura, Honor estava meio grogue, uma das mãos afagando a cálida pata do jovem ator, a outra estendida para que Inigo lhe reabastecesse o copo. Acompanhava as conversas à sua volta como uma recém-chegada aos camarotes de Wimbledon, ignorante das regras, mas encantada com o espetáculo.

Ao ver quem acabava de entrar, sua primeira reação foi de decepção; não era o seu querido Paul. Quem iria revigorar a noite com suas notícias do Mundo Real? Logo a decepção deu lugar à irritação; tratava-se de Tara, aquela cretina do *The Monitor*. Na cara da garota estampou-se o ricto de um sorriso, e ela vinha com mais um punhado de flores de canteiro de posto de gasolina.

"Desculpe", disse Tamara, esbaforida, antes que Honor tivesse tempo de falar. "Tentei entrar em contato. Telefonei para os seus editores, mas eles se recusaram a me dar o seu número."

"Eu também me recusaria", disse Ruth, entrando na sala e enxugando as mãos na volumosa saia. "Tamara Sim? Suas ligações estão se tornando uma impertinência."

Olhou para Honor em busca de aprovação, mas descobriu que a atenção da velha estava fixada no corredor, por onde vinha Paul, muito suado e de colete à prova de balas.

"A porta estava aberta, Honor. Espero que você não se importe de eu ter entrado."

Ele sabia que não precisava se desculpar. Honor se levantou e, largando a mão insensível de Hamlet, aceitou o abraço ursino de Paul Tucker. Enxotou o aliviado ator e conduziu Paul ao banquinho estofado, no qual ele se sentou, monumental e viril como o Pensador de Rodin.

"E então, querido, quais são as novidades de Cabul?", quis saber Honor.

Ruth bufou irritada e se refugiou na cozinha, ao passo que Tamara, temporariamente esquecida, se encolheu num canto. Reconheceu Paul Tucker de imediato. Dava a impressão de não ter trocado de roupa desde o encontro da semana anterior na Archway e falava sem parar, com os olhos fixos em um ponto à sua frente, como se estivesse diante de uma câmera. Mas onde estavam os outros?

Tamara reconheceu Clemency Twisk do evento beneficente. O escocesinho rubicundo que atendera à porta estava de taça erguida e piscava para ela de modo não muito amistoso, enquanto outro homem de meia-idade, atarracado como um sapo e de olhos saltados, brandia um cigarro. Suas antenas jornalísticas começaram a vibrar quando detectou um rapaz que parecia estar se afastando do fumante de olhos esbugalhados. Tinha a beleza loira de um super-herói escandinavo e um não sei quê encantadoramente familiar. O monólogo de Tucker ganhou velocidade, sua voz rumorejando como um deslizamento de terra que se aproxima, e Tamara se apressou a entrar na cozinha. A editora resmungava sozinha enquanto desembrulhava salgadinhos e os distribuía nos pratos como fichas num jogo de tabuleiro.

"Posso ajudar?", perguntou Tamara, deixando as flores na pia. Ruth suspirou e serviu-se de mais um pouco de vinho.

"Mas que audácia a sua. Que audácia. Você desvirtua uma entrevista, hostiliza abertamente uma das minhas escritoras, tem a coragem de entrar aqui sem ser convidada — uma penetra na festa! — e ainda espera ser bem recebida."

"Não é isso. Verdade", defendeu-se Tamara. "Ela foi difícil. Impossível. Eu fiz o que pude. Eles querem muito essa matéria na revista *S*nday* e eu não sei mais o que fazer."

"Isso tinha ficado muito claro quando combinamos a entrevista. Honor Tait faz questão de preservar sua privacidade."

"Perguntar não faz mal, faz? Só alguns detalhes. Sobre a família, a vida glamorosa dela... Não queremos destruir a reputação de ninguém. A *S*nday* não faz esse tipo de coisa. Você sabe."

Ruth continuou desembrulhando as iguarias.

"Olhe, eu avisei você. Ela tem desprezo por essa intromissão na vida pessoal. E, além disso, os escritos de Honor Tait já falam por si. Dê uma olhada na biografia dela, se quiser. Deve estar nos recortes. Mas não espere nenhuma declaração dela."

"Ah, por favor, você é a editora dela", disse Tamara, estendendo os braços num pedido de ajuda. "Você trabalha numa instância comercial, não numa instituição de caridade. Não quer divulgar o seu produto? Ganhar um pouco de dinheiro?"

Ruth lambeu os dedos.

"Não, não somos uma instituição de caridade. Mas comercial? O acaso seria uma coisa muito boa." Entregou o prato de doces a Tamara. "Seja útil, já que está aqui. Ninguém mais se ofereceu para ajudar. Sirva isso."

Tamara percorreu a sala respeitosamente, distribuindo salgadinhos, depois pegou umas garrafas e deu uma volta enchendo copos. Tucker continuava sendo o centro das atenções e as únicas interrupções permitidas eram as de Honor.

"Quer dizer que aquilo foi bloqueado?", perguntou ela.

"Foi. Milhares fugiram. O lugar virou uma cidade fantasma. Só os doentes e os velhos, os que não podem andar, ficaram, vivendo como ratos nos porões. Nas ruínas, a gente pisa em cartuchos usados, passa por montes de entulho que eram blocos de apartamentos..."

"Mais vinho?", cochichou Tamara. Tucker ergueu os olhos e fixou-os brevemente no peito dela. Então ofereceu o copo e prosseguiu.

"A infraestrutura foi totalmente destruída..."

Tamara voltou à cozinha, onde Ruth lavava ruidosamente a louça.

"Tome", disse a editora, passando-lhe um saca-rolha coberto de espuma de sabão. "Abra outra garrafa."

Tamara reabasteceu o copo de Ruth e serviu um para si. Ainda podiam ouvir a voz do homem do telejornal na sala, insistente e monocórdica como um Black and Decker.

"Ele é notável, esse Paul Tucker", comentou.

"É mesmo, não é?"

"E conhece bem Honor... a senhorita Tait?", perguntou Tamara com naturalidade, pegando um pano e enxugando um prato.

"Se a sua intenção é se insinuar aqui", retrucou a outra, "saiba que está fazendo um ótimo trabalho."

"Só preciso de mais uma hora com ela para obter algumas declarações sobre seus amigos famosos."

Ruth franziu a testa numa reprimenda.

"Perda de tempo."

Mergulhou uma caçarola esmaltada na espuma e a manteve energicamente no fundo como se estivesse afogando um cachorrinho.

"Nós temos que dar mais vida à entrevista", disse Tamara. "Eu preciso ter uma ideia de como ela é de fato... nas horas livres, por assim dizer."

"Duvido que eu consiga convencê-la a passar um minuto mais com você."

"Seria realmente útil saber quem está aqui, para começar. Sabe, para montar um retrato dela com base em seu círculo de amigos. Por exemplo, quem é o escocesinho que me abriu a porta?"

"Aidan Delaney. O poeta", disse Ruth. "Sua última coletânea, *Beijos de estricnina?*, ganhou o Prêmio Margrave."

"Claro, e o magricela que não para de rir?"

"Inigo Wint. O artista. Na semana passada, o *Zeitgeist* publicou duas páginas sobre ele."

"Ah, isso mesmo, eu tive a impressão de que o conhecia de algum lugar", mentiu Tamara. Por acaso também era obrigada a ler jornais alemães?

"Clemency você deve conhecer. Sempre aparece nas páginas de cultura."

"Sim. Eu a tenho visto por aí. Eventos de direitos humanos e coisas do gênero."

"Todo mundo conhece *Clemency*", prosseguiu Ruth com uma ênfase que sugeria ressentimentos ocultos. Equilibrou uma licoreira de ponta-cabeça no escorredor. "Ela é uma 'potência no país'. Impossível ir a uma estreia, a um vernissage ou ao lançamento de um livro sério sem topar com Clemency."

Não tão ocultos assim. Tamara pegou a licoreira.

"E o homem atarracado de... olhos grandes?", perguntou. "O fumante..."

Quando Tamara gesticulou com a mão direita para indicar um cigarro, a licoreira escorregou de seus dedos e se espatifou no chão como uma granada de vidro. Fez-se um assustado silêncio na cozinha, mas lá fora, na sala, Paul Tucker não se interrompeu.

"Então o tiroteio recomeçou, e eu pensei que a minha hora tivesse chegado", elas o ouviram dizer.

Com um estalo de língua impaciente, Ruth tirou do armário uma pá de lixo e uma escova e as pôs nas mãos de Tamara.

"Pois é. Eu sabia que devia ter jogado você no olho da rua."

Com ar envergonhado, Tamara se ajoelhou junto aos cacos.

"Me desculpe, me desculpe mesmo. Só estou tentando fazer o meu trabalho, escrever a minha matéria, fazer justiça à sua autora."

"Há canais mais adequados para esse tipo de coisa, você sabe", disse Ruth. "Ah, levante-se daí, pelo amor de Deus."

Tamara se levantou com esforço.

"Quer que eu sirva mais comida?", perguntou.

Ruth sacudiu a cabeça diante da desfaçatez da garota, mas não havia outros voluntários. Entregou-lhe um prato e assentiu em direção à porta.

Tamara se aproximou primeiro do viking loiro, curvando-se muito à sua frente com os canapés. Ele recusou com um gesto de cabeça.

Paul Tucker segurava a mão de Honor Tait com mais intensidade e parecia ter feito uma pausa para respirar. Agora o poeta escocês discorria sobre o tema Telstar. Ou talvez fosse Tolstói.

"O mais extraordinário era sua evidente admiração por Murat", disse.

Esperando não ser notada, Tamara parou para escutar a conversa. O fumante rechonchudo interveio, brandindo o cigarro como uma varinha de condão, para asseverar alguma coisa sobre São Petersburgo e o Cáucaso, confirmando, de qualquer forma, que eles não estavam falando do sucesso dos Tornadoes, pioneiros do pop eletrônico, e sim do autor do *blockbuster Guerra e paz*.

"Folha de parreira recheada?", ofereceu Tamara, inclinando-se junto ao rosto curtido de Tucker.

A sala ficou em silêncio. Ele grudou os olhos no vão dos seios dela como se aquele arranjo de carne enigmaticamente contornado, e não a boca situada um pouco mais acima, é que lhe tivesse dirigido a palavra.

Como que despertando de um sonho agradável, Honor Tait prestou a devida atenção a Tamara pela primeira vez desde sua chegada.

"Você ainda está aqui?"

"Estou. Eu só..."

"Não me lembro de tê-la convidado."

Honor sorveu o drinque meditativamente, como se o copo fosse o repositório de suas lembranças. Ao lado do volumoso Paul Tucker, ela parecia absurdamente pequenina e encarquilhada, como uma antiga sobrevivente da casa de bonecas da infância de Tamara.

"Achei que podíamos ter a oportunidade de bater mais um papo... Para o meu artigo..."

Tamara ouviu um arquejo polifônico.

"Esta é uma intrusão realmente imperdoável", rosnou Honor.

Ruth apareceu à porta da cozinha, empunhando um garfo de assar.

"Eu só pensei que..."

"Você só *pensou*", repetiu Honor.

Estaria zombando de Tamara ao alongar a vogal num péssimo arremedo de seu sotaque londrino?

"Duvido", prosseguiu a velha, "que você tenha tido um único pensamento original na vida."

"Acho melhor você ir embora", disse Ruth, conduzindo Tamara pelo corredor. "Agora você estragou tudo de uma vez", acrescentou em voz baixa.

Tamara olhou em volta, frenética por mais uma chance, por algo a que se agarrar, qualquer coisa que salvasse aquela noite, aquela matéria, seu contrato. Na mesa do hall havia uma pilha de cartas e um montinho de convites.

"Só uma coisa. Você pode me dizer? Por favor!", implorou, voltando para a mesa enquanto Ruth abria a porta da rua. "Aquele rapaz ali no canto? O loiro bonito que não fala nada. Seria o Cara de Lua da *Árvore distante*?"

Ruth levantou as mãos, exasperada, antes de agarrar o braço esquerdo de Tamara, levá-la com firmeza para o corredor, bater a porta em sua cara suplicante e trancá-la às suas costas.

Nove

Tamara voltou para casa, livrou-se da bolsa e foi até a mesa de trabalho com o andar pesado de uma condenada a caminho da forca. Somente três mil e oitocentas palavras se interpunham entre ela e um contrato com a revista mais prestigiosa do jornalismo britânico, entre o sucesso e o fracasso, o reconhecimento e o desprezo da obscuridade. Mas a verdade terrível era que ela nada tinha a dizer. Não precisava só do emprego; precisava da vida. E não só de *sua* vida, mas da do irmão também. Com um pouco de dinheiro, talvez conseguisse reencaminhar Ross a outras possibilidades: à felicidade sem a ajuda química; à realização no trabalho e às satisfações da independência; aos encantos de um lar agradável e organizado; à higiene pessoal. Ross poderia recomeçar. Não era tarde demais.

Tamara sonhava pagar a caução do aluguel de uma casinha de campo para ele, num lugar seguro e afastado, fora do alcance de seus amigos marginais. Cornwall, talvez. Ross gostava de Cornwall. Lá tinham passado as férias com os pais antes do divórcio, e ele falara em retornar — em "se reconectar".

Provavelmente, nunca mais arranjaria um emprego convencional. Havia largado os estudos e passado algum tempo trabalhando numa loja de discos, mas as suas condenações por furto (Ross não era ganancioso, só estava cultivando um hábito) liquidaram todas as perspectivas de uma carreira no varejo. A rotina, a exigência de acordar cedo e se apresentar em determinado lugar a determinada hora, tudo isso era demais para ele, se bem que, quando se tratava de comprar droga ou de ter encontros sigilosos com os traficantes, não demonstrasse a menor dificuldade em percorrer toda Londres a passos resolutos de maratonista. Talvez conseguisse alguma coisa criativa, um emprego em que pudesse fazer seu próprio horário, trabalhar à noite e dormir o dia inteiro se quisesse. Fazer velas, quem sabe. Não faltava quem fizesse velas em Cornwall. Também não faltavam traficantes, imaginava ela, mas se a casinha ficasse num lugar isolado talvez Ross demorasse um pouco para descobri-los, tempo suficiente para se limpar, acordar e perceber o quanto havia perdido durante tantos anos.

No andar de cima, os advogados ligaram o aparelho de som. A casa toda começou a trepidar com a música: Tod Maloney, um garotão suburbano de rímel nos olhos, uivando não sei quê sobre o "Lado oculto da vida". Tamara pegou os protetores auriculares. Adorava o apartamento e trabalhava arduamente para pagá-lo. Ninguém a tiraria de lá. O aluguel a esfolava, mas quase todas as noites, depois de passar às pressas pelo afunilado corredor da ruazinha estreita, descer às apalpadelas a escura escada externa e girar rapidamente a chave, sentia-se tomada de uma onda de prazer ao entrar e fechar a porta. Aquele era o seu santuário, o seu reduto. Os vizinhos representavam um incômodo ocasional, sem dúvida, mas nada de ruim podia acontecer lá dentro, entre as paredes de seu apartamento. A não ser, quem sabe, o fracasso e o telefone mudo.

Debruçou-se sobre a mesa a fim de ouvir a secretária eletrônica. O mostrador lampejava um galhofeiro zero vermelho, mas era preciso ter certeza. Apertou o botão *replay*.

"*Nenhuma mensagem nova.*"

Não haveria um toque de malícia na voz feminina digitalizada, um quê de júbilo na enfática cadência da palavra "*nenhuma*"?

"Se você pensa que alguém — um único alguém neste mundo — liga para você", diziam as entrelinhas, "abra os olhos, querida."

Reprimindo a dor, Tamara correu os olhos pela sala, que servia de escritório, e se consolou. Com paredes azuis, sofá verde e tapete água-marinha (esquema de cores copiado do suplemento mensal *Dé-COR!*, do *The Monitor*), além das fieiras de luzinhas em forma de concha acima do espelho, aquilo parecia um *pied-à-mer* de sereia a vinte mil léguas submarinas. Lá estavam seus tesouros: suvenires das férias com a família (o tubo de areia colorida, em camadas superpostas, da ilha de Wight e, no console da lareira, o gato de gesso lascado ganho num parque de diversões de Dorset, e o cachorrinho de pelúcia, comprado numa loja de presentes de St. Ives, ao pé da cama no quarto contíguo); todas as cartas e cartões de aniversário que havia recebido na vida; todos os cartões de Natal desde que saíra de casa aos dezoito anos; e fotografias da família guardadas em ficheiros de cores diferentes empilhados num canto, tão meticulosamente catalogadas quanto qualquer item da British Library.

Gemma, sua ex-companheira de apartamento na Brighton Poly, dizia que os mementos que Tamara guardava da mãe, dispostos numa mesinha de bambu em seu quarto, "assustavam um pouco". Mas Gemma nunca tinha perdido ninguém. Havia um colar de coral irremediavelmente quebrado que a mãe de Tamara usara na adolescência, o vaso de cristal de Waterford que ela mantivera ao lado de sua cama até o fim da vida, os bichinhos de vidro de sua coleção — dois cavalos, um poodle e uma girafa de pescoço frágil —, que pareciam esculpidos no gelo por pequenos elfos, um alegre boá de plumas vermelhas, o lenço de seda com lantejoulas nas bordas com que ela cobria o cabelo ralo na época da quimioterapia e uma fotografia dela com vinte e poucos anos, sentada na praia, suas curvas de *pinup* contrastando com o modesto maiô, a cabeça inclinada para trás numa gargalhada, os braços envolvendo duas crianças que se contorciam e olhavam para a câmera com franca hostilidade.

Um religioso chamaria a coleção de Tamara de relicário, mas eram precisamente suas dúvidas quanto à existência de vida após a morte que tornavam essas lembranças preciosas. Foram escolhidas por sua mãe, amadas e acariciadas por ela. Quando Tamara corria o dedo pela beira do vaso ou levava o lenço ao rosto, sentindo aquele cheirinho doce, musgoso, que nenhuma fragrância enfrascada poderia captar, estava segurando a mãe. Consolou-se com o aroma que persistiu como um fulgor no céu meses depois de sua morte. Mas um dia, quando pegou o lenço e o perfume reconfortante havia desaparecido, ela se deu conta de que já não se lembrava dele com exatidão. Chorou desconsoladamente. Aquelas lembranças desimportantes para todas as outras pessoas ainda deviam conter vestígios do DNA de sua mãe. E eram a única coisa que restara dela.

Tamara foi até um nicho a um canto da sala de estar e abriu a geladeira. Quase vazia: só um copo de iogurte desnatado com a validade vencida há duas semanas, meio litro de leite desnatado e uma garrafa de vinho semivazia, vedada a vácuo com uma tampa de borracha. O que lhe importava era o vinho. Encheu um copo e, antes de levá-lo aos lábios, observou o tremor do líquido devido às vibrações do barulho no andar de cima. Será que aquela gente não tinha que decorar nenhum livro de direito bem grosso como a lista telefônica de Londres?

Se pudesse ter tudo que quisesse, Tamara cavaria um fosso ao redor do apartamento e o arrancaria daquela vila horrorosa, o poria em uma maca com rodinhas e o levaria para longe da breguice de Hornsey, para uma parte mais nobre da cidade, por exemplo Holland Park. E trataria de encaixá-lo em uma espaçosa casa Regency branca toda ornamentada com glicínias. E ficaria muito bem num remanso tranquilo de jardins exuberantes de lilases e rosas em meio a avenidas largas e butiques interessantes, um lugar de silêncio e alegria onde qualquer mulher solteira poderia girar a chave na fechadura sem olhar para trás nem empunhar o alarme de estupro.

Voltou à sala, pôs nas orelhas já tapadas o fone de ouvido do aparelho de som, pegou a bolsa e foi para a mesa. Sempre havia a possibilidade de, com o prestígio do *S*nday*, caso sua matéria chegasse a ser publicada, ela estourar no mercado americano: na *Vanity Fair*, na *Time*, na *Esquire*. Sem falar nas revistas femininas: na *Sassy*, talvez na *Vogue*. E nada a impediria de continuar escrevendo para a *Entertainment Weekly*. Eles adoravam listas. O negócio, como Tania Singh demonstrou, era se espalhar o mais possível.

Tamara abriu a bolsa e pegou o seu butim. A única aquisição daquela noite: um punhado de cartas, produto do que Simon chamaria de "ligeira apropriação indébita", tática legítima em prol de uma matéria, especialmente sendo o objeto dessa matéria tão obstrutivo. Ela não tinha pego muitas, não queria despertar suspeitas.

Pois bem, o que havia rendido sua caixinha de surpresas? Uma conta de luz. Só seria útil se revelasse que Honor Tait estava devendo. *Trágico fim da grande jornalista, a amiga dos famosos, a ex-beldade, endividada e sozinha, tiritando à luz de uma vela?* Mas não, Tait parecia estar em dia com suas contas nada excepcionais, coisa de que Tamara não podia se gabar ultimamente. Escreveu mais um lembrete num post-it e o colou no telefone. Também havia um extrato bancário, a julgar pela aparência do envelope, e o recibo de uma "consulta" médica, o qual podia significar qualquer coisa, desde o tratamento de uma unha encravada até o acompanhamento de um pós-lift facial. Obviamente, a opção lift facial melhoraria muito o artigo. Havia ainda três cartas endereçadas à mão, assim como um folheto de cadeiras-elevador. Providencialmente, um dos envelopes já tinha sido aberto. Continha um cartão-postal. Um antiquado cartum de praia em que dois gaiatos de calção listrado lançavam olhares sedutores para duas mulheres de maiô com enormes sorvetes de casquinha na mão. Uma delas era alquebrada, desdentada e decrépita, uma pobre velhinha ressequida com uma touca de banho florida na cabeça. A outra, uma loiraça de lábios carnudos e volumosos seios empinados. Como indicava o balão duplo, os homens estavam falando ao mesmo tempo. E ambos diziam a mesma coisa: "Eu não tenho tesão pela sua". Tamara virou o cartão. A caligrafia, com tinta lilás, era pontiaguda e afetada, com "es" abertos e ramificados e "as" bojudos de forma; a mensagem breve e enigmática dizia: *Surpresa! Preciso vê-la logo. Nada de cheques dessa vez. Dinheiro vivo mesmo. Seu Menino Querido*. E só. Nenhum "estimada Honor", nenhum "carinhosamente". Sem assinatura. Devia ser uma brincadeira particular. Um de seus presunçosos fãs. Intrigada, Tamara voltou a olhar o desenho. Impressionante o que as pessoas consideravam humor.

O extrato bancário, embora evasivo em detalhes, era mais interessante: Tait parecia ter excedido o limite de quatro mil libras do cheque especial. Estava quebrada e precisava que seu livro fosse um sucesso. Precisava de publicidade, coisa que tornava ainda mais perverso ela insistir tanto em sabotar a entrevista. Mas, pelo que diziam as misteriosas listagens de números, os débitos automáticos ou cheques podiam muito bem ter servido para cobrir despesas com salão de massagem, cassino ou doações para salvar gatos. Tamara se voltou para as duas cartas restantes. Constatou que eram tediosamente impessoais: um convite para uma exposição de arte em Soho e um folheto anunciando o programa de um quarteto de cordas numa sala de concertos londrina. Jogou-os teatralmente no lixo.

Teve raiva de sua excessiva cautela. Devia ter sido mais profissional e surrupiado um punhado maior da correspondência de Tait. O risco acabaria sendo o mesmo e o resultado, bem mais compensador. Foi até o cesto de papel e fisgou o convite. As letras brilhantes, impressas sobre cartuns de escolares antiquados de boné, calção amarrotado e estilingues na mão, anunciavam uma festa na semana seguinte para marcar a abertura da mostra. Claro. O pintor Inigo Wint, o do riso de falsete, estivera no apartamento de Tait naquela noite. Tamara voltou a examinar os recortes; lá estava ele citado na *Vogue* como um "desenhista extravagante que recorre a imagens seminais da cultura popular britânica para questionar os valores convencionais" e um "destacado membro do salão de Honor Tait, assim como Bobby Ward-Moore, "acerbo jornalista literário e flanador" (o fumante de cara de sapo), e Aidan Delaney, "autor de uma poesia tão satisfatoriamente cáustica quanto um uísque de quinze anos" (o duende de Glasgow). Além disso, havia uma imagem em miniatura de um dos quadros de Wint, descrito pela legenda como "um sagaz registro pós-moderno dos contos de Richmal Crompton". Fosse ele quem fosse.

Na falta de coisa melhor, a exposição talvez lhe fornecesse uma pista. Quando se voltou para o teclado do computador, Tamara sentiu o otimismo se propagando devagar dentro dela.

Percorro o corredor mal iluminado e entro nem tanto em um apartamento quanto em um baú de recordações; as paredes cobertas de imagens, fotografias e pinturas, requintadas paisagens de seu amado interior escocês, retratos de mestres antigos, estantes abarrotadas da eclética coleção de livros e suvenires de uma vida longa e exótica no centro da ação de todo um século.

Ela oferece uma cadeira no salão crepuscular e vai até a cozinha pegar um vaso para os meus lírios, o qual deposita carinhosamente ao lado da fotografia de seu último marido, Tad Challis, diretor de comédias clássicas do estúdio Ealing. Enfim ela se senta e eu posso observar sua fisionomia mais demoradamente.

Tamara fez outra anotação num post-it e o grudou no telefone: *conferir filmes de Challis.* Sua lembrança das comédias do Ealing — que ela via de relance na televisão nas tardes de domingo em que a ressaca mal a deixava acionar o controle remoto — dizia que eram em preto e branco e se distinguiam pela ausência de humor e pela falta de estrelas: os atores principais eram carecas sem graça e as atrizes, velhas chatas e intrometidas, como Bernice Bullingdon, ou frígidas rosas inglesas. Ela precisava dar mais uma olhada, alugar uns vídeos, talvez comprar uma caixa e solicitar reembolso. Mas não devia se distrair. O objetivo era claro. Nada podia obstruir seu caminho. Nem mesmo quatro mil palavras. Absolutamente nada. Pegou o primeiro livro de Tait e o abriu no ensaio ganhador do prêmio Pulitzer. Pelo menos podia afanar alguns pedaços e rechear seu artigo.

Cento e dez anos depois, em julho de 1937, o transcendental lugar de piquenique de Goethe foi escolhido para abrigar o campo de concentração que os nazistas batizaram de Buchenwald. Os prisioneiros forçados a limpar a área e preparar o terreno para a construção do campo receberam ordem de deixar uma árvore intacta enquanto a seu redor se erigia a cidadela do sofrimento. Essa árvore era o carvalho de Goethe, considerada pelos soldados de Hitler como a "Verkörperung des deutschen Geistes" — *a encarnação do espírito alemão.*

Naquele fim de semana, eu estive no campo recém-libertado pelo Terceiro Exército dos Estados Unidos e vi a prova sinistra da barbaridade do regime nazista e o repugnante aviltamento daquele espírito.

Para Honor Tait, uma jovem rica de vida mansa, o choque devia ter sido grande. Na época em que ela escreveu, a da libertação dos campos, a enormidade dos crimes nazistas devia ter sido o suprassumo da revelação. Mas a essa altura da história a dura realidade era que aquilo não passava de uma notícia bolorenta, quase um lugar-comum. Os relatos das incursões vikings ou das atividades de Átila, o Huno, podiam ter sido uma leitura fascinante na Idade Média, mas hoje causavam pouco impacto. Além disso, cobertura de atrocidades era coisa para a televisão.

Tamara nunca tinha visto um cadáver — nem conseguiu olhar para o corpo sem vida de sua mãe no velório —, mas acompanhara várias investigações angustiantes para o *Sydenham Advertiser* e imaginava que, no caso dela, oriunda de um meio muito menos protegido e privilegiado que o de Honor Tait, os reflexos profissionais não tardariam a se manifestar. E tinha certeza de que, se porventura chegasse a escrever uma matéria assim, não desperdiçaria espaço com as reflexões insípidas de um grã-fino de sobrecasaca falecido muito tempo antes.

Droga. O telefone. O toque penetrante no silêncio do apartamento devolveu-a de chofre, irritada, ao presente.

Em seguida se lembrou de que a semana inteira desejou que ele tocasse. Devia ser Tim. Enfim, ele queria vê-la de novo. Era o tipo de interrupção de que Tamara estava precisando. Com um sorriso triunfante, tirou o fone do gancho. Mas, em vez do cômico pedido de perdão de Tim, ouviu insistentes bipes automáticos seguidos de um matraquear e do cair de uma moeda. Telefone público. E, antes mesmo de ouvir qualquer palavra, soube que era seu irmão.

"Ross?"

Silêncio. Seu coração disparou. Tamara teve de se acalmar, respirar fundo. Não podia se descontrolar.

"Ross?", repetiu.

Teria se enganado? Seria um trote? Ela sentiu a familiar agitação de autodesprezo; por acaso *preferia* que fosse um trote em vez do irmão?

"Maninha!"

Era Ross e ele estava exaltado. Bem exaltado. Mas não era heroína. Alerta demais para ser heroína. Talvez inteiramente alerta. Teria voltado a tomar anfetaminas?

"Você está bem?", perguntou Tamara.

"Claro que estou."

Parte dela tentou imaginar o irmão na extremidade da linha; outra parte, a que se odiava, a egoísta covarde, a que não queria saber de nada, tinha vontade de eliminá-lo, de apagar as imagens opressivas dele — esquelético, imundo, o corpo macilento deformado pelo medo e pela aflição — que se enfileiravam num grotesco concurso de beleza, cada candidata mais horrenda que a outra.

"Já é tarde."

"Bom, então vou me mandar já que estou te incomodando."

"Não. Não. Não desligue, Ross. Só pensei que você estivesse com problemas."

"Não esquenta a cabeça comigo, Tam. Eu estou joia."

A voz dele soou meia oitava mais estridente que de costume, elevada por uma euforia de hélio. Ou talvez agitação.

"Você está se alimentando bem?"

"Estou, estou. Eu estou ótimo. Cuidando de mim."

Tamara sabia que suas perguntas eram inúteis. A desonestidade de Ross era compulsiva. Ele mentia por mentir, principalmente para si mesmo. Outros talvez se liberassem um pouco, tirassem uns dias de folga, mas o autoabandono de Ross era total, heroico.

"Está gostando do apartamento?", perguntou Tamara.

"Estou. Apesar dos pesares. Os bastardos de Birmingham do apartamento de cima andam aprontando. Tentaram me grampear. Microfones. Mas eu percebi. Achei até uma câmera no teto."

"Ah, Ross."

Tinha começado outra vez.

"Fica fria, Tam." Seu riso, uma áspera variante de sua tosse bronquítica e calculado para exprimir uma alegria despreocupada, sugeriu o contrário. "Eu sou esperto demais para esses caras. Descobri a jogada deles. Crystal me ajudou."

Crystal — a incorrigível ex-namorada drogada que ele conhecera numa clínica psiquiátrica. Onze anos mais velha: uma hippie decadente com uma década a mais de consumo de substâncias sob seu cinto navajo coberto de miçangas.

"Crystal está comigo", ele havia dito com repulsiva alegria cinco anos antes, quando descreveu pela primeira vez a nova namorada para a irmã. "Tem espírito cigano — estudou com gurus na Índia, morou numa caverna em Ios, passou um tempo com os maoris na Nova Zelândia, foi encantadora de serpente no Marrocos..."

A caravana cigana acabou no King's Cross, onde ela e Ross se juntaram na desintoxicação e consolidaram seu relacionamento em sucessivas farras de reintoxicação.

"Mas essa Crystal é do tipo metanfetamina ou pedra semipreciosa com poderes curativos?", tinha perguntado Tamara.

“Na verdade”, respondera ele com ofendida indiferença, “ela tem um dom de vidência altamente desenvolvido.”

Quando Ross a conheceu, a irmã mais nova de Crystal tinha acabado de morrer de overdose, coisa que seus poderes sobrenaturais não conseguiram prever. Santo de casa não faz milagre. Crystal era encrenca. Mas Ross também era encrenca.

Tamara sentiu uma pontada de ansiedade, como se tivesse acabado de injetar uma substância pesada. Lembrou-se do estado em que encontrou o irmão em casa na última vez em que ele se separou de Crystal — eram três rompimentos agora? —, encolhido em seus próprios dejetos e em meio a um bando de gatos ferozes. Não havia mobília, salvo um supurante colchonete no chão, coberto em parte por uma das colchas de crochê feitas pela mãe, irreparavelmente suja e rasgada. (A de Tamara, limpa e digna de um quarto de criança, estava estendida na cama naquele exato instante.) O apartamento se achava mergulhado na escuridão. As janelas tinham sido tapadas com jornal e as instalações elétricas e tomadas, desmontadas em sua meticulosa busca por câmeras que ele sabia que estavam lá para filmá-lo e transmitir suas misérias a toda a Grã-Bretanha.

“Você está tomando o remédio direitinho?”, perguntou Tamara, sabendo que, se um dia Ross chegasse a cometer o erro de dizer a verdade, não seria sobre esse assunto. Jamais tomaria um fármaco prescrito.

“Estou, estou. Não se preocupe comigo.”

Tamara sentiu uma irresistível vertigem de ternura; desejou fazer o possível para que ele ficasse bem. Ross era o irmão mais velho, mas na maior parte do tempo parecia filho dela. O seu filho imperfeito.

“Você está precisando de alguma coisa? Está bem agasalhado?”

Tentara achar um meio de auxiliá-lo diretamente — mandava comida, presentinhos, pagava a conta de luz dele, fazia encomendas por telefone no supermercado da região e pagava com cartão de crédito. Dinheiro vivo ela logo entendeu que acabava no bolso do traficante.

"Não, eu estou ótimo. Tudo em cima. Só que a cozinheira se mandou. Mas vou ver se levanto uma grana no serviço social. Pra me arrumar."

"Você está sem cozinheira? Como vai se alimentar?"

Tamara percebeu que estava falando como a mãe deles. Também percebeu a boa dose de hipocrisia daquilo; seus hábitos alimentares — a errática dependência de frituras da cantina e canapés de festa — nada tinham de exemplar.

"Eu estou numa boa, já disse. Crystal faz a comida pra mim."

Tamara imaginou Crystal na cozinha. O único prato que sabia fazer eram pedras de crack.

"Ah, Ross. Você precisa se cuidar."

"Não enche o saco. Eu sou dono do meu nariz. Estou joia."

Como de hábito, seu tom de voz passou do tagarela brincalhão para o agressivo. Ao menor descuido, ele se voltaria contra ela, acusando-a de menosprezá-lo, e desligaria o telefone.

"Eu não estou te enchendo o saco. Só quero ajudar."

"Você sempre me ajuda, Tam." Agora estava lisonjeando, adulando. "Não é justo da sua parte. Eu vou ficar legal."

"Mas não ficou no passado."

"Está bem. Não precisa jogar isso na minha cara. E não se preocupe comigo. Cuide da sua vida."

Estava se afastando, rejeitando-a.

"Ross, você sabe que eu gosto de te ajudar. Você é meu *irmão*."

Tamara tinha plena consciência da linguagem, do discurso terapêutico. Sabia que não devia se deixar atrair, ou melhor, que não devia mergulhar de cabeça. Mas qual era a alternativa à codependência? Virar a cara? Deixá-los afundar o mais possível, dar as costas e se distanciar até que chegassem ao fundo do poço. Só então, dizia a sabedoria convencional, eles seriam capazes de começar a ajudar a si mesmos. Mas e se afundassem de vez? Ela não podia fazer uma coisa dessas.

"Eu estou bem." Aquela voz irritada outra vez. "Crystal está me dando uma força."

Exatamente o que Tamara temia.

"Olhe, deixe eu te mandar um pouco de dinheiro."

"Só se você tiver certeza de que não vai fazer falta."

A pronta capitulação. Seria esse o objetivo do telefonema? Um punhalzinho de gelo penetrou o coração de Tamara, mas logo derreteu. Que diferença fazia? Seu irmão precisava de ajuda, isso era certo. Quem optaria por viver como ele vivia? Voltou a pensar na espelunca em que o irmão morava, no caos e na imundície, no *fedor*. Tamara o tranquilizou; não, sinceramente, não iria fazer falta nenhuma. Mas Ross não tinha uma conta bancária e as complexidades de um vale postal, que exigia a presença na agência de correio e a apresentação de um documento de identidade, estavam além do alcance dele. Tamara decidiu tirar, no dia seguinte, oitenta libras de sua poupança na sociedade de crédito imobiliário, enfiá-las num envelope e enviá-las ao endereço dele em carta registrada.

"Obrigado, Tam. Você é maravilhosa. Pago assim que eu me ajeitar."

A ideia de que Ross lhe restituiria o dinheiro era tão ridícula quanto a de que viria a se ajeitar na vida.

"Não se preocupe com isso. Só..."

Não concluiu a frase. Os bipes do telefone público a interromperam, a ligação estalou e mergulhou em seu sinistro roncar. Ele tinha desligado. A tristeza a agarrou como a mão em um filme de terror saindo de um bueiro para lhe prender os tornozelos. Tamara serviu-se de mais um copo de vinho. O abismo fumegante estava sempre presente, mas nada a obrigava a olhar para ele. Havia o trabalho. Era uma necessidade e também podia ser um escape.

Tamara voltou a abrir o livro de Tait.

Lá fora, em frente a um dos barracões que foram cenário daquela brutalidade prolongada, erguia-se o cepo de uma árvore outrora imensa. Foi o que restou do carvalho de Goethe quando, dias antes, um ataque aéreo aliado contra uma fábrica de munição próxima lançou no campo uma chuva de bombas incendiárias. Houve muitas baixas entre os prisioneiros. A árvore simbólica de Goethe foi mais uma vítima do raide.

Uma árvore? Por acaso Tait achava que estava escrevendo para as páginas de Jardinagem? Tamara não aguentava mais aquilo.

Juntou numa pilha organizada o confuso monte de revistas de fofocas e televisão e as enfiou debaixo do futon, ligou o Amiga, pôs um disquete nele e abriu sua última versão. A tela brilhante do computador se acendeu, uma lareira desagradavelmente fria na escuridão do apartamento.

Esses olhos, outrora grandes e azul-acinzentados, num rosto de claríssima porcelana que fascinou algumas das figuras mais importantes dos últimos cinquenta anos, são agora cavidades num mapa topográfico do serviço nacional de cartografia e flertam com nosso fotógrafo enquanto ele trabalha.

Quando eu manifesto minha admiração por seu trabalho e a incentivo a recordar glórias passadas, sua carapaça começa a se quebrar, permitindo-me ver pelo menos vestígios de beleza na antiga ruína de sua face.

"Sim", diz ela com um sorriso quase pueril, relembrando seu caso amoroso com Bing Crosby, o crooner imortal, "foi uma época maravilhosa, maravilhosa. Ele tinha pés prodigiosos, sabe? Quando me tomava nos braços, eu me sentia uma colunista de fofoca."

Eram aproximadamente duas da manhã quando eles enfim se foram, Paul ainda tentando despertar o interesse de Bobby e seu fleumático amigo ator para o tema hospital de sangue de Sarobi, as gargalhadas de Aidan e Inigo desvanecendo no corredor, Clemency e Ruth a caminho dos coletores de lixo reciclável com sacos de garrafas vazias tilintando como campanários distantes. Honor persuadira Ruth a também levar embora as flores horrorosas trazidas pela jovem e invasiva repórter.

Serviu-se de um drinque e voltou a se instalar em sua poltrona. Graças a Ruth, os cinzeiros tinham sido esvaziados e agora o apartamento estava mais limpo do que antes da chegada deles. Mais limpo e mais triste. A partida do grupo sugara todo o ruído e a vida do lugar.

Ela ligou o rádio. O "World Service" da BBC. Como estava degradado. Um homem com um discurso cauteloso e o tom oscilante de animador de programa infantil apresentava com paternalismo, a um grupo de africanas, um projeto de tratamento de águas. Honor tinha sido uma colaboradora regular do "Service", transmitindo notícias e documentários sobre as que eram então — antes da tendência dos grupos de turistas aerotransportados e dos mochileiros com cartão de crédito no bolso — as regiões mais remotas do mundo. Ela podia ser acusada de muita coisa, sem sombra de dúvida, mas jamais tratara seus ouvintes ou leitores com menoscabo. Tampouco podia ser tachada de festiva.

Tad é que era dado à bonomia. Embora também tivesse seus momentos sombrios. Mas só Honor tinha acesso a eles. Como diretor, Tad era conhecido pela atmosfera de camaradagem que estimulava no set, se não pelo rigor na direção.

"Ele era um homem adorável", disse-lhe um eletricista de nariz quebrado logo depois do funeral.

"Um perfeito cavalheiro", elogiou outro.

Ela agradecera melancolicamente, mas nesta noite, relembrando de tudo isso sozinha em seu apartamento gelado, riu alto e se sobressaltou com a esquisitice do som, um cacarejo reverberante. Levantou-se com esforço para ir buscar o xale no quarto. O laborioso zum-zum-zum daquela noite não tinha surtido efeito inteiramente. O vinho de Bobby e a agradável conversa disputante aqueceram-lhe por algum tempo o coração com a eficácia do fogão Rayburn de Glenbuidhe, mas agora ela tremia e sentia os dedos duros de frio. Apesar das distrações da noitada, ela parecia uma colegial apaixonada, retornando a todo instante àquele telefonema recente, repetindo-o mentalmente palavra por palavra. Um fantasma do passado. Ela era racionalista por convicção, mas supersticiosa por natureza — legado de sua formação anglo-escocesa, supunha —, e sentia que só o desejo fervoroso dela e seu judicioso contraponto de pavor é que haviam gerado aquela visitação. Lá estava ela outra vez, precipitando-se na ravina.

Em momentos mais desoladores, toda sua vida — até mesmo o trabalho — parecia ter sido uma sequência de desvios liliputianos, de deslocamentos fúteis. Os voos e mais voos, as febres insones da escrita, as manobras e maquinações, os obstinados avanços pelo planeta, tal como a aranha de Robert Bruce, milímetro por milímetro — e para quê? Os prazeres do sucesso e as catástrofes do fracasso, tanto sexual quanto profissionalmente, e toda a atividade incessante para tecer aquela teia num canto empoeirado. Ela estremeceu. Se fosse para sucumbir ao remorso agora, teria de pôr em dia setenta anos de trabalho atrasado.

Quanto ao parentesco, real ou simulado, ele sempre havia sido envenenado pela traição e pela separação. E a maternidade, o estado sagrado — quem admitiria sua lúgubre verdade? Decerto não a pobre Lois, cujo amor incondicional por Daniel e sua amarga perda a empurraram aos trancos para a demência. Agora até mesmo os prazeres da música e da paisagem pareciam maculados para Honor. As montanhas estavam rasgadas pelo asfalto e infestadas de plantações de pinheiros com isenção fiscal; os lagos, desfigurados por fazendas de piscicultura; e a música, outrora consolação e deleite, se transformara em grande parte numa irritante e audível manifestação da ansiedade.

Ela serviu-se de mais um drinque e o pôs na mesa junto ao retrato de Tad. Seu casamento, conquanto não fosse de todo "aberto", como se costumava dizer nos anos 1960 — Tad era excessiva e infantilmente ciumento para um arranjo tão civilizado —, nada tinha de fechado. Havia uma compreensão tácita, ou pelo menos uma suposição de Honor, de que uma aventura ocasional era tolerável contanto que não interferisse na vida conjugal. Cinco anos depois do casamento, a paixão deles decaiu — ele tinha sido um amante vigoroso e atencioso — para uma confortável afeição fraternal, embora irritadiça, de que nenhum dos dois queria abrir mão. Mas um recibo de uma loja de lingerie francesa, que Tad deixou cair distraidamente no chão do quarto, foi o primeiro indício de uma mudança sísmica naquele pacto doméstico.

Honor presumiu que ele tivesse uma amante regular e se censurou por se deixar afetar tanto e ficar tão surpresa. Ela mesma fora sua amante, encantada, logo ao primeiro encontro deles num coquetel na casa de um roteirista, com a gentileza, o descomplicado otimismo e a devoção canina de Tad. Estava farta de complexidade, e o temperamento de labrador daquele homem pareceu-lhe maravilhosamente exótico após uma sucessão de casos com egomaníacos e pessimistas atormentados. O trabalho dele refletia sua natureza: alegre e afetuosa, com uma displicência que beirava a burrice. Contrariando as próprias inclinações, Honor gostou daquela burrice.

Na companhia de Tad, nos primeiros anos, desvaneciam-se os horrores do dia e os terrores da noite. Ele não era de todo indiferente ao sofrimento e meneava a cabeça quando ouvia as histórias de fome no Chifre da África ou de pobreza infantil no subcontinente indiano, mas nunca demonstrava se sentir genuinamente consternado. A mortalidade não o perturbava, e não porque estivesse sabiamente resignado a ela ou, com equanimidade de filósofo, a considerasse parte da vida, mas porque não lhe ocorria que lhe dissesse respeito. A morte, como a infelicidade e a pobreza, era coisa que acontecia aos outros. Tad carecia de misantropia e sua frivolidade era o reluzente verniz do soturno *sturm und drang* de Honor. Na realidade, ele era um ser humano muito melhor do que ela sonhava vir a ser. Não precisava se empenhar nisso. Não havia hinterlândia nem subcorrente de ressentimento ou remorso. Só mesmo seu ciúme irracional e devorador dava a ela certa vantagem moral.

Atualmente, Honor sentia vergonha de reconhecer que no começo achara lisonjeiro aquele ciúme. E não tinha sequer a desculpa da juventude ou da inocência; já era uma cinquentona urbana quando o conheceu. Mas ele era tão bonito, dono de uma virilidade de roupa de safári (aparência a que Paul só podia aspirar) que a fazia se sentir — e isto ela não confessaria a ninguém — protegida. Era uma novidade. O tipo de caso amoroso franco sem vestígios de angústia existencial. Foi então, no primeiro ano de seus encontros furtivos, que ele lhe comprou a roupa de baixo de seda e renda pastel, clichês da fantasia masculina embrulhados em papel de seda cor-de-rosa, no mesmíssimo ateliê parisiense.

Mas depois de seis anos de casada, examinando mais detidamente o recibo descartado, ela viu que o vulgar bustiê "*rouge et noir*" era confeccionado para acomodar uma *belle poitrine* de 117 centímetros, número 54. Tad teria caído presa de uma indefesa paixão por uma mulher gigante? Por acaso agora ele sentia tesão pela obesidade? Como homem de certo status na indústria cinematográfica, sempre tivera as atenções de atrizes jovens e bonitas. Mas será que seu gosto, farto dos previsíveis entretenimentos das *ingénues* de quadril estreito, se tornara mais obscuro?

Depois de muitos interrogatórios e copiosas lágrimas (ela fazia as perguntas, ele chorava), tudo enfim se esclareceu. Tad tinha um hobby secreto. O lúbrico corpete e a cinta-liga eram para ele. Tad Challis, o franco, ousado e afável cavalheiro dos Estúdios Pinewood, adorava usar roupa de mulher. De olhos vermelhos e implorando perdão, foi buscar um baú de lata escondido no armário do quarto de hóspedes. Abriu-o, fazendo jorrar um emaranhado multicolorido de sedas, cetins, brocados e algodões floridos, como o conteúdo da monstruosa caixa de fantasias de uma criança.

Mesmo possuída pela fúria — era inadmissível que ele tivesse escondido aquilo dela —, Honor achou cruel observar que, com um metro e noventa de altura e quase cem quilos, o físico de um decadente jogador de rúgbi e o queixo saliente pontilhado de cerdas grisalhas, Tad era a mais implausível das mulheres. Ele nada tinha de dama, a menos que fosse uma dama de pantomima.

Pretextando viagens para discutir projetos cinematográficos que nunca se realizavam, enquanto Honor se entregava ao trabalho ou a encontros amorosos, Tad se hospedava num hotel de aeroporto (por conta do estúdio) e, à luz forte do quarto, com um imenso sutiã recheado, um vestido estampado, peruca e maquiagem abundante, transformava-se em Gina Lollobrigida na flor da idade, pelo menos a seus olhos. Estava mais para a Viúva Twankey. Vestido assim — de acordo com a versão dele, e Honor preferiu não pressioná-lo mais —, descia ao bar, tomava alguns coquetéis, jantava sozinho no restaurante e, inviolado e só, ia para a cama com uma camisola de chiffon pêssego.

Apesar de tudo, foi um casamento feliz. A confissão de Tad deixou-a mais livre para atender a seus interesses. Eles passaram a fazer menos perguntas um sobre o outro e Tad refreou o ciúme, ou pelo menos se mostrou mais contido ao expressá-lo, e quando os dois estavam juntos era uma agradável reunião de velhos amigos.

Honor voltou a pegar a fotografia e a examinou demoradamente, como se sua contemplação pudesse dar vida à imagem. Ela capturou a familiar expressão de deleite, a curvinha de prazer nas comissuras da boca de Tad. Ele era um dos poucos privilegiados e se orgulhava disso. Seu status nada tinha a ver com vantagem econômica; Tad possuía o dom da felicidade. Mas também algo oculto, uma expressão de sigilo nos olhos que ela percebeu mais tarde. Pouco importa. Sumiu. Honor traçou com o dedo o contorno dos lábios, recolocou o retrato na mesa e tratou de se servir mais um drinque. Os apartamentos em frente estavam às escuras e ela teve a sensação emocionante e irracional de que era a única pessoa desperta numa cidade de adormecidos.

Quando ia ser o vernissage de Inigo? Ruth a avisara. Honor sabia que precisava sair, vencer aquela reclusão — um ensaio geral para a sepultura — e ver gente. Com o mesmo espírito, aceitara o convite de Bobby para o jantar do Press Awards na semana seguinte. Precisava encontrar o convite de Inigo e anotar a data na agenda. Não podia esquecer. Ultimamente, estava ficando mais distraída, tinha certeza disso. Perdendo coisas. Esquecendo compromissos. Lois havia começado assim.

Honor examinou a correspondência na mesinha tripla do hall que Tad fazia questão de chamar de *étagère*. Tinha certeza de que o convite de Inigo estava ali — lembrava-se claramente de ter aberto o envelope —, mas não havia sinal dele. Será que havia imaginado? Também teria imaginado o cartão-postal insultante num envelope com carimbo postal de Londres? E o telefonema que lhe havia roubado as poucas horas de sono que agora eram sua cota noturna?

Clareava. A faixa de céu visível acima dos prédios fronteiros achava-se saturada de um brilho suculento. A alvorada. A hora mais linda, mais solitária. Ela evocou sua lembrança mais recente de Lois, cochilando numa cadeira de rodas, a boca desdentada aberta. A trajetória de Lois, tão difícil de discernir no começo, tornou-se clara e real como uma via romana. Primeiro perdia coisas, as chaves, os óculos, palavras ocasionais, depois começou a se perder de si mesma. Houve um breve período de religiosidade, triste de ver em semelhante racionalista, antes de sucumbir às declaradas alucinações visuais e auditivas. Daniel estava presente, recuperado, mas depois foi embora outra vez, motivo de uma preocupação avassaladora. A morta retornava, a viva cessava de existir. Era esse, perguntou-se Honor, seu caminho também? E os seus mortos? Estariam a sua espera?

Pegou o caderno de anotações.

Buchenwald, 14 de abril de 1945. Quarto dia da libertação. Naquela parada desafiadora, os prisioneiros sobreviventes agitavam bandeiras improvisadas de suas nações — Rússia, França, Romênia, Iugoslávia, Grécia, Itália, Hungria, Grã-Bretanha e Alemanha — a bandeira da República de Weimar...

Não conseguia trabalhar. Tampouco dormir. A insônia era outra maldição da idade. Que cruel é passar a dormir menos quando a gente envelhece, dispondo de mais horas de vigília para contemplar a intrusão do esquecimento.

Dez

Tamara cumprimentou Courtney educadamente e foi para sua mesa. Não acreditou no que viu. Tania estava lá de novo e havia colocado outra pilha de livros em cima dos números antigos de Tamara da *OK!* e da *Hello!*

"Ah, desculpe!", disse com um sorriso de bruxa. "O meu computador pifou de novo."

"Você já não devia ter tomado uma providência? Não é o *seu* departamento, informática?"

"Bem, na verdade não. Não somos técnicos. Somos jornalistas. Se você quiser passar uma manhã na web para ver o que fazemos, terei prazer em te mostrar."

"Não, obrigada", disse Tamara com displicência, pegando um exemplar da *OK!* e derrubando a pilha de livros da outra. "Já desisti há anos do Space Invaders. É coisa de adolescente sardenta."

"Aí é que você se engana", retrucou Tania, cuja cútis isenta de sardas era uma refutação radiante. "Isso é o futuro. O futuro de todos nós."

"É o que falavam dos macacões unissex prateados e da viagem no tempo."

Tania riu, um tilintar cintilante, e recolheu seus livros. Tamara deu uma olhada nas lombadas: um de Martha Gellhorn — coisa que a fez estremecer ao se lembrar de sua recente gafe com Honor Tait. Um de John Pilger, o iatista australiano, e uma história da Segunda Guerra Mundial. Ela não sossegava?

Sentando-se à sua recuperada escrivaninha, tirou da bolsa o bloco de anotações. Precisava redigir algumas legendas — Tod Maloney e Pernilla Perssen, a supermodelo sueca transformada em designer de lingerie, foram fotografados de olhos semicerrados em frente a uma boate de West End — e ainda faltava terminar a Lista A daquela semana: magricelas e anoréxicos.

Mas antes precisava passar a limpo as anotações do salão. Depois ligaria mais uma vez para a Uncumber Press. A discrição era essencial. Courtney e Jim conspiravam num canto novamente.

Paul Tucker, jornalista machão, um Robert Redford de segunda, acaba de chegar com notícias de alguma distante frente de batalha. Instalada no centro da sala como a rainha Guinevere, Honor Tait está cercada de seus cavaleiros do reino. Jason Kelly, ainda exalando seu triunfo blockbuster *nas telas com* Árvore distante, *enfeita a noite com sua ardente presença. Ruth Lavenham, editora e animadíssima sra. Tiggywinkle, prepara canapés na cozinha. Um alemãozinho de olhos hipertireoidianos (verificar o nome depois)...*

Uma mensagem lampejou no alto da tela. Era de Simon: *Almoço?*.

Tamara digitou: *Ótimo! Estou terminando a Lista* A.

Ele respondeu: "Fantástico. Meia hora?".

Indiferente ao olhar de desdém de Courtney, ela se pôs a trabalhar.

Se olhar matasse, teria havido um massacre em Maida Vale na segunda-feira, quando Jason Kelly compareceu a um dos famosos salões de Honor Tait. Enquanto ela aperta o jovem ídolo ao peito ossudo, um escocesinho sorridente, o conhecido versejador Aidan Delaney, desfia citações de Tolstói; um risonho dândi, o artista Inigo Wint, e um alemão obeso trocam brilhantes insights sobre o significado de Shakespeare e permutam tiradas enquanto bebericam vinhos finos.

Entrementes, Honor Tait continua inescrutável no meio da sala, qual uma aranha no centro de sua teia. Tudo em volta, insetos menores, fica suspenso, paralisado.

Escolheram uma mesa no reservado central do Bubbles. Simon precisava abrir o coração.

"Lucinda expulsou Serena do apartamento."

"Bom, era inevitável", disse Tamara. "Quero dizer, se Lucinda descobriu que você estava dormindo com a companheira de apartamento dela, que mais ela podia fazer?"

"E agora Serena está sem teto e anda ameaçando ir lá enfrentar Jan."

"O que *ela* pretende com isso?"

"Muita coisa."

"Quero dizer, ela não espera que a sua mulher diga 'Você pode ficar morando aqui no nosso quarto de hóspedes', espera?"

"Não. Além do mais, ela está ocupadíssima com a festa de dezoito anos de Dexter."

O telefone celular dele tocou.

"Sim, querida... Claro... Ninguém...", disse ele.

Tamara deu uma mordida feroz num *grissini*. Talvez devesse exigir um celular no contrato com a *S*nday*.

"Olhe, Serry...", prosseguiu Simon, "eu sei que é horrível para você... Estou fazendo o possível para resolver isso... vou providenciar a caução hoje à tarde... O que não nos mata nos torna mais fortes... Vai ser ótimo, querida..."

A uma mesa próxima, Tania, uma rara visitante do Bubbles, conversava animadamente com Vida, com quem dividia uma garrafa de água com gás.

"Tchaaau... Te amo... Tchaaau", arrulhou Simon ao telefone.

Tamara disparou antes que ele tivesse desligado.

"Pois eu fui ao salão."

Ele a encarou desconcertado por um instante, depois se recostou na cadeira, sorrindo.

"Claro. Eu reparei. Bonito mesmo. Ficou muito bem em você."

"Não", disse ela. "Não ao cabeleireiro. Ao salão de Honor Tait. O Clube de Segunda-Feira."

"Ah, sei."

O telefone tocou novamente.

"Graças a Deus...", sussurrou ele ao aparelho, virando o rosto para a parede. "Eu estava tão preocupado com você, querida... Não... Ninguém... Eu estou sozinho... Claro que não... Você sabe que foi tudo um erro terrível... É você que eu amo... Não, Luce... Eu preciso te ver. Nós podemos resolver isso juntos... O que não nos mata nos torna mais fortes... O.k., meu amor... Liga mais tarde... Por favor... Te amo..."

Desligou o celular e, pensativo, serviu-se de mais um copo, pegou um *grissini* e então olhou para Tamara com um sobressalto, como se estivesse surpreso de vê-la ali.

"Lucinda", disse, acenando em direção ao telefone.

Tamara estava tensa e carrancuda.

"Do que é que estávamos falando?", perguntou ele. "Ah, sim, o harém de Honor Tait. Descobriu alguma coisa sobre os gigolôs dela?"

"Não precisamente. Eu entrei, mas não vi nada de mais, a não ser muita bebedeira e conversa pernóstica."

"Quem estava lá?"

"Umas bichonas insignificantes. E Paul Tucker... Jason Kelly."

Simon assobiou baixinho.

"Kelly. Agora ele está por cima. Daria uma boa matéria de primeira página. Principalmente se ele contar quem andou traçando."

"Eu não vi ninguém traçar ninguém."

"Não faz mal. Tudo é uma questão de contar."

"Kelly quase não falou."

"Não é por falar que ele é famoso. Tucker podia render um ou dois parágrafos, dependendo das declarações. Ninguém mais quer ouvir esse cara falar de fome e de genocídio — nem mesmo os leitores da *S*nday*. Mas Kelly..."

"Ora, estava tudo muito calmo. Nada de interessante para relatar."

"Não me diga que eles ficaram completamente vestidos a noite toda."

"Não tenho como saber. Eu fui expulsa de lá."

Simon achou graça.

"Ora, isso para mim é admissão de culpa — e declaração de guerra."

O telefone tocou de novo.

"Alô, querida... Sim. Ótimo... Não. Sozinho... Que bom... Você já está com o orçamento dos outros bufês?... Claro. Depende de você, doçura... Sim... Até mais tarde... Tchau, Jan... Eu te amo."

Tamara cruzou os braços com irritação. Se ele voltasse a atender o telefone, ela o arrancaria de sua mão e jogaria longe. Se atingisse Tania Singh, melhor ainda.

“Acontece que”, continuou ela, “eu não sei como ir adiante com essa matéria. Pisei na bola na festinha de ontem à noite e duvido que ela volte a abrir a porta para mim. Qual é o meu próximo passo?”

“É óbvio, não acha?”

“Não.”

Simon grunhiu. “Olhe, se ela se recusar a dar outra entrevista, se você não conseguir obter legitimamente o que precisa, não vai ter outra escolha senão melhorar o seu jogo. Siga-a. Fique nos calcanhares dela. Se vira desse jeito”, disse, erguendo os olhos para a garçonete que passava e imitando uma assinatura no ar. “Você já fez isso muitas vezes. Observe-a nos momentos em que ela estiver de guarda baixa, colha detalhes do dia a dia dela, investigue mais seus homens jovens. Vigie-a.”

Enfiou no bolso a nota fiscal. Almoço. Contatos. Ideias de artigos.

Eles saíram pelo bar, acenando para colegas que já ostentavam a vermelhidão da segunda garrafa. Tania e Vida tinha ido embora.

No caminho de volta à redação, Tamara lhe fez a pergunta que vinha refreando toda a manhã.

“Você não podia dar uma palavrinha com Lyra?”

Ele parou de supetão e a encarou.

“Que palavrinha?”

“Só queria que ela me desse um *briefing* mais firme sobre essa matéria. Eu tenho tentado entrar em contato, telefono, mando mensagens, mas é impossível chegar até essa mulher. Achei que você podia tocar no assunto, como quem não quer nada, quando estiver com ela na reunião matinal ou numa reunião da Espetáculos.”

“O que você quer que eu diga afinal?”

"Você sabe: 'Sobre a matéria que você passou para a minha redatora Tamara Sim, ela queria muito saber o ângulo exato que te interessa. Uma coisa mais hollywoodiana? A vida afetiva? Ou os amigos descolados e boêmios? Ou prefere aquele papo da guerra?'."

"Duvido que vá adiantar alguma coisa, sério mesmo."

"O que você sugere então?"

Ele sacudiu a cabeça.

"Não faço a menor ideia."

"Pensei que você a conhecesse bem."

"Nossos caminhos se cruzaram, é verdade. Nossas espadas também."

Será que ele tinha dado em cima de Lyra?

"Bom, você não poderia me orientar sobre a melhor maneira de abordá-la?"

"Abordá-la?"

Isso fez Tamara pensar. Curiosamente, Simon não tinha sido nada solidário quando Tamara lhe falou pela primeira vez no trabalho para a *S*nday*. Ela sabia que a temporada dele na *S*nday* tinha acabado mal e abruptamente com o escândalo de Aurora Witherspoon. Por acaso estaria preocupado que Lyra estivesse tentando roubar Tamara da *Psst!*? Com certeza ele não se sentia ameaçado pela *S*nday*. Ciúme ali não tinha cabimento. Ele não via com bons olhos Tamara escrever para a *Mez*, receava que Johnny usasse informações internas dela para surrupiar matérias da *Psst!* para suas páginas diárias, mas Simon fora generoso com Tamara. Apresentou-a a Tim, agenciou sua exclusiva com Lucy Hartson e ainda lhe sugeriu algumas alterações para o *Sunday Sphere*.

"Eu só preciso de um pouco mais de clareza sobre o que Lyra quer de Honor Tait", disse Tamara.

"Mas que clareza, pombas? É uma entrevista, não é? A publicação de um livro? E se você descobrir alguma coisa escabrosa sobre os garotos de programas, terá uma exclusiva da qual todo mundo, e não só os figurões da *S*nday*, vai querer uma lasca. Nada mais elementar; não é nenhuma pesquisa de célula-tronco..."

Não era justo. Tamara havia passado a maior parte do último ano escutando o argumento da vida amorosa daquele sujeito, um seriado pornô de televisão da pior categoria ambientado em incontáveis apartamentos e quartos de hotel londrinos. Ela só estava pedindo cinco minutos do tempo de Simon. Um conselho ocasional sobre sua carreira em troca de uma atenção infatigável e sem julgamentos para o tema das aventuras sexuais dele, esse era o trato. Além das noites solitárias que ela passava falsificando recibos para que ele pudesse cobrar reembolsos de despesas.

"Eu só quero saber qual ângulo eles gostariam que eu abordasse."

Chegaram diante da faixa de pedestres em frente ao *The Monitor*. Simon mostrou-se irritado enquanto aguardavam o sinal verde.

"Simplesmente escreva tudo até o fim e deixe de fora as coisas chatas."

Tamara se voltou para ele.

"Por favor, Simon. Você sabe o que esse emprego no *S*nday* significa para mim."

"Eu sei. Eu sei. Olhe, não leve o silêncio de Lyra para o lado pessoal. Você sabe que ela não responde às mensagens — a menos que sejam de Austin Wedderburn ou que você tenha apertado a mão do rei da Suécia."

O sinal abriu e eles começaram a atravessar a rua.

"E se eu for até o quinto andar e me plantar no escritório dela até que ela tenha tempo e possa trocar uma palavrinha comigo?"

O andar de Simon vacilou. Pôs a mão no braço de Tamara. Estava tentando contê-la ou tranquilizá-la? Talvez só quisesse firmar o passo depois de tanto vinho.

"Não, Tam. Eu, se fosse você, não faria isso. Acredite em mim, seria contraproducente aproximar-se do quinto andar agora. Toque em frente essa matéria. Só procure Lyra quando ela estiver pronta. Apresente-a como um fato consumado, sem volta.

Seu pager apitou quando eles estavam entrando no prédio.

"Com licença. Preciso dar um telefonema."

Onze

As paredes eram decoradas com afrescos vivos, pintados em tempos mais reverentes e estoicos, nos quais se viam donzelas de bochechas rosadas e vestidas de um branco virginal cuidando de pinturescos doentes. Vista através das janelas com mainel, uma bucólica Inglaterra antiga — olmos altos, casinhas de telhado de sapé, trabalhadores alegres, crianças robustas dançando em torno de mastros enfeitados — acenava para que os enfermos afavelmente atendidos recobrassem a saúde.

Enquanto Honor percorria os corredores do hospital, a realidade do fim do século xx se apresentava com pardacentas vinhetas a sua volta. Uma mulher de macacão sujo esfregava inutilmente manchas ferruginosas — sangue? víscera? excremento? — no chão, ao passo que enfermeiras e alguns enfermeiros, nenhum deles jovem, todos cansados e desgrenhados, poucos virginais, passavam apressados, vestindo batas e calças que pareciam de náilon em tom pastel. Podiam ser confundidos com depenadores de galinha ou escamadores de peixe. E os doentes? Tal como os velhos e os pobres, nada tinham de pinturescos. Mesmo os etéreos tuberculosos, agonizando de amor e demasiado belos para este mundo, como os queriam os românticos, escarravam borbotões de sangue e acabavam reduzidos à incontinência dupla. A saúde arruinada era uma grande niveladora. Ninguém exibia um porte digno metido num roupão ligado a um tubo de soro, cercado da sórdida parafernália da convalescença e da assistência à vida, das congestionadas bolsas de sangue e solução salina, dos urinóis e bacias para vômito.

E agora Lois, a linda e inteligente Lois, se achava jogada entre eles, o corpo empenhado em alcançar a mente na desintegração. Câncer. Claro. Disseram que ela melhorava no período da manhã, portanto Honor chegou às oito horas de um sábado e, junto ao leito da amiga, perguntou-se como seria Lois quando "piorava". Seus olhos estavam abertos e extraordinariamente claros. Abertos e cegos. Eles examinaram a enfermaria, o rosto de Honor, a atendente que arrumava o soro, com uma espécie de mudo assombro, como um recém-nascido assimilando as formas e sombras cambiantes em torno do berço. Ou talvez se tratasse de mera inquietude animal, uma contração involuntária do músculo óptico. Nenhum sinal de inteligência por trás das profundezas azul-escuras.

De alguns cantos da enfermaria chegavam ocasionais irrupções de uma branda felicidade e — como Lois teria detestado — o debilitante zumbido de um televisor. Outros visitantes, maridos, diligentes filhos adultos, famílias com crianças irrequietas, iam e vinham das camas vizinhas, levando frutas, chocolate e flores, sadios emissários de uma terra prometida de saúde perfeita e compleições férreas. Honor suspeitou que houvesse um quê de ostentação, de triunfalismo até, naquele desfile de robusta vida familiar e nos festivos cartões de felicitação espalhados pela enfermaria. Sare Logo! Acaso tinham algum cartão sobre a outra possibilidade? Morra De Uma Vez! Honor chegou de mãos vazias, e a única coisa que havia no criado-mudo da amiga era uma cuba rim de aço inoxidável com uma seringa usada. Ocorreu-lhe que, por mera formalidade, deveria ter trazido o espalhafatoso ramalhete — outro — que a repórter cretina lhe enviara naquela manhã. Honor o havia jogado imediatamente na lixeira. Mas Lois, se ainda fosse capaz de alguma percepção, também o teria detestado.

Um enfermeiro, um rapazinho de pele bexigosa e brinco, veio examinar o dreno que ia da ferida de Lois para a bolsa embaixo da cama.

"Tudo bem, Louise?", disse ele e, voltando-se para Honor, deu uma piscada. "Não entende uma palavra, coitada, mas às vezes resmunga um pouquinho." Ele se inclinou de novo sobre a cama, e Honor teve a impressão de ver a amiga arregalar os olhos de pavor quando ele acrescentou: "Não é mesmo, Lou querida?".

No sábado de manhã, Tamara pôs numa pequena mochila o dicionário de sinônimos, o gravador, os recortes, as anotações e a cópia impressa de seus primeiros esboços do artigo do *S*nday*, além de dois livros de Tait, e pegou o trem para Maida Valey. Ninguém havia acusado o recebimento do gigantesco buquê de lírios cor-de-rosa, suficientes para encher um carro funerário, enviado com uma nota contrita ao Holmbrook Mansions, e Ruth Lavenham não retornara seus telefonemas. Que mais Tamara podia fazer?

Tinha usado de subterfúgios em níveis muito mais elevados e com grande sucesso quando armou a cilada para o filho drogado do chefe de polícia. Também espionara o jogador de futebol arisco com a imprensa, passando três dias acampada na calçada do apartamento de Caleb Hawkins, em Ladbroke Grove, logo depois que o fotografaram de mãos dadas com um transexual numa boate gay. E havia estado com os paparazzi que bateram fotos de Pernilla Perssen quando eles se internaram numa clínica de reabilitação de Hampshire. Mas a nova missão de Tamara não consistia propriamente em ficar plantada à porta da entrevistada. Não teria de sapatear no frio em frente ao prédio de Honor Tait, espreitando-a para crivá-la de perguntas. Era inútil levar um fotógrafo. Não haveria nada para ver. Pelo menos por enquanto.

Percorreu a área que ia ser seu trajeto nos três dias seguintes, avaliando o pequeno desfile de lojas e o pub, o Gut and Bucket, vizinho do café em que ela ficara esperando Bucknell antes da entrevista. O café seria sua base. A mesa de vinil junto à janela grande lhe oferecia uma ótima visão da entrada do Holmbrook Mansions. Antes, porém, convinha conversar com as pessoas do bairro. Atravessou a rua, entrou num pequeno supermercado e pegou uma lata de refrigerante na geladeira. Sentado à caixa registradora, o lojista, tão luminosamente pálido e obeso que parecia feito de vela derretida, arfava com certa dificuldade e folheava um tabloide.

"Está aqui há muito tempo?", perguntou Tamara alegremente.

"Desde as sete da manhã."

Ele bocejou como para comprovar o que acabava de dizer.

"Não. Eu me refiro à loja. Há quanto tempo ela está aqui?"

"Sei lá. Eu só trabalho aqui."

"O senhor deve ter muitos fregueses. Quer dizer, clientes regulares."

Ele ergueu os olhos das páginas do jornal e olhou para a bebida na mão dela.

"Está querendo pagar isso ou o quê?"

Ela entregou as moedas. Era tolice insistir. Melhor deixar para estabelecer relação em outra oportunidade. Voltou para o café. Ele era dirigido por dois centro-europeus de meia-idade, irmãos, ela apostava: um afável, outro soturnamente preocupado, ambos corpulentos e bigodudos. O negócio não era movimentado a ponto de haver uma alta rotatividade nas mesas. Tamara lhes endereçou um sorriso e eles se mostraram satisfeitos em deixá-la se sentar num lugar à janela, bebericando seu café fraco numa xícara reabastecida com pouca frequência.

Ela abriu o bloco de anotações e, virando a cabeça de vez em quando para dar uma olhada na entrada principal do prédio de apartamentos, prosseguiu com suas revisões.

Honor Tait não gosta de falar sobre sua ascendência. Essa campeã dos pobres nasceu e foi criada num enorme solar na Escócia. Discreta quanto ao passado, prefere falar de seu trabalho, mas com um áspero sotaque inglês que a faz parecer um membro da Casa de Windsor.

Era fácil se deixar levar pela prosa. Tamara aceitou o café cinzento servido pelo irmão macambúzio e olhou para o Holmbrook Mansions no outro lado da rua. Não estava acontecendo grande coisa. Ela mal conseguia distinguir o vulto do porteiro, que parecia cochilar na mesa do hall, os olhos ocultos pela pala do quepe.

Honor Tait, ex-garota de ouro da imprensa, nasceu e foi criada em esplendor aristocrático na Escócia. É reservada sobre sua origem, "o que importa é o trabalho", mas, com seu inglês incisivo da classe alta, poderia ler razoavelmente a mensagem de Natal da rainha caso Sua Majestade estivesse de licença médica.

Meia hora depois, o porteiro se mexeu. Uma cinquentona muito magra, a cabeça coberta por um lenço de seda amarrado sob o queixo, passou pela porta giratória e, descendo com cuidado a larga escada de pedra, saiu à rua. Hesitou, olhou para a esquerda e para a direita como se não soubesse que rumo tomar, e em seguida foi apressadamente em direção ao metrô.

Honor Tait, amiga das estrelas, antiga Marlene Dietrich da sala de imprensa, hoje não seria nenhuma pinup *de soldado, mas, apesar dos anos, continua sendo o que Humphrey Bogart classificaria como uma bela mulher. Sob sua pele enrugada, as maçãs do rosto, no passado decerto retratadas por seus amantes artistas, ainda são visíveis. O cabelo, antes de um lustroso loiro-avermelhado, é agora um punhado de plumas brancas espalhadas no domo róseo de seu couro cabeludo.*

No outro lado da rua, um homem idoso, roliço e corado, de roupa xadrez *houndstooth*, subiu a escada e entrou no hall.

Sua voz atesta uma vida de conforto, propriedades e incontáveis criados a se movimentarem afanosamente em uma imponente mansão.

Já que a bruaca se recusava a fornecer detalhes biográficos, ela que depois não acusasse Tamara de tomar algumas liberdades poéticas extraídas de sua familiaridade com os filmes de época da BBC.

Naquele mundo crepuscular de governantas, bailes de gala e vestidos de musselina, as ambições da pequena Honor deviam parecer profundamente transgressivas.

Eis que o irmão taciturno já estava postado diante dela com uma jarra de vidro com um café horrível. Tamara estendeu a xícara e sorriu. Talvez conviesse pedir um sanduíche para apaziguá-lo.

No hermético prédio de apartamentos de Honor Tait, moradores e visitantes são evidentemente de classe alta e se conservam estranhamente jovens. Lá no crepuscular apartamento do quarto andar, a grande dama dos jornalistas exerce um ctônico poder sobre seus seguidores.

O irmão sorridente serviu-lhe o sanduíche, um naco fibroso de peito de frango guarnecido de um molho amarelado de picles que vazava como um efluente industrial pela superfície esponjosa do pão.

No Holmbrook Mansions, tanto os moradores quanto os visitantes têm um ar atemporal, inequivocamente aristocrático. É lá que ela preside, uma guru secular, uma gnóstica da notícia, cuja missão hermenêutica é levar a bruxuleante vela da verdade aos mais sombrios recantos do mundo.

Ela mordeu o sanduíche e logo se arrependeu. Ah, a primeira visão de alguém com menos de cinquenta anos. Um menino de boné marrom e uniforme escolar cinza, como um figurante de um *heritage film* para a televisão. Levava um estojo de violino e desceu a escada saltando degraus, acompanhado de uma robusta adolescente de saia de brim, possivelmente sua babá. Nenhum dos dois, pensou Tamara, devia ter relações, nem mesmo distantes, com Honor Tait. Nada mais difícil que imaginar a velha com crianças: eram caóticas demais, barulhentas demais, exigentes demais. Tamara não deixava de simpatizar com essa opinião. Os dois filhinhos turbulentos de Gemma viviam enfiando o dedo em orifícios — narizes, bocas, traseiros, tomadas elétricas —, enquanto a mãe limitava-se a observar com um sorriso indulgente. Ela os tinha convidado uma única vez a seu apartamento, e foi como sofrer a invasão de uma horda de pigmeus porcalhões. Tamara passou semanas tirando as manchas de dedo das paredes.

O irmão simpático lhe fazia um sinal.

"Delicioso, obrigada", disse ela, dando uma entusiasmada mordida no sanduíche e enxugando com um guardanapo de papel o visco amarelo que lhe descia pelo queixo.

Honor Tait mantém um silêncio de lábios comprimidos quando se trata de seus antecedentes familiares. Talvez compreensivelmente, pois essa subversiva campeã dos desprivilegiados nasceu e foi criada em um castelo escocês. Com seu incisivo sotaque inglês, ela é a sósia vocal de Sua Majestade a rainha.

Com relutância e um senso rígido de dever, Tamara pôs de lado as anotações, abriu o primeiro livro de Tait e voltou ao ensaio que ganhara o prêmio Pulitzer.

Segundo os sobreviventes com quem conversei, quando o ataque aéreo terminou, guardas e prisioneiros se confundiram numa frenética correria em busca das lascas restantes, à procura de suvenires da árvore estraçalhada. Para os nazistas, esses fragmentos carbonizados representavam o sonho ancestral da supremacia alemã; mas também para os prisioneiros a árvore de Goethe tinha adquirido um status sagrado. O sombroso caramanchão em que o poeta, cientista, dramaturgo, músico e romancista Johann Wolfgang von Goethe se demorava para contemplar "os reinos do mundo e suas glórias" passara a representar para os cativos, mesmo em seu desespero, o luminoso humanismo da Alemanha pré-nazista. E lá está ela hoje, mutilada em meio ao horror.

Exasperada, Tamara fechou o livro e voltou a se ocupar de seu texto.

Quanto ao tema de seus antepassados ilustres, cujos carrancudos retratos se alinhavam nas paredes apaineladas de seu ancestral castelo escocês, Honor Tait mantém uma omertà. *Mas, apesar de tudo, esse silêncio talvez seja hermenêutico...*

Escurecia lá fora e o irmão sorridente já começava a colocar as cadeiras em cima das mesas, enquanto o irmão tristonho varria o chão.

Ela se instala qual princesa no centro da sala, cercada de cortesãos. O taciturno Jason Kelly, ainda a saborear o triunfo cinematográfico do blockbuster Árvore distante, *ajoelha-se idolatricamente a seus pés. Ruth Lavenham, editora e deusa mãe, prepara exóticas iguarias na cozinha. Um escocês loquaz...*

Se não estivesse tão absorta no trabalho naquele momento, Tamara teria visto o vulto alquebrado de uma velha subindo lentamente a escada e passando pela porta do Holmbrook Mansions.

No café, baixaram as persianas e o irmão melancólico abriu a caixa registradora e contou o dinheiro. Tamara pagou sua conta, acrescentando uma gorjeta generosa, e recebeu dois recibos em branco. Ia voltar.

Estava escuro quando Honor chegou em casa. Ligou o rádio. Bach. Tal como o sorriso de Inigo, a música de Bach era um barômetro sonoro da temperatura emocional dela. Nos períodos de alto-astral, achava que as partidas e fugas, e até mesmo as invenções, ofereciam aos mortais racionais o mais convincente relance do paraíso que provavelmente lhes seria concedido. Em dias mais sombrios, as peças para cravo lhe pareciam tão banais e mecânicas quanto uma caixinha de música infantil: um realejo infernal. Desligou o rádio. Antes o silêncio. Mas sentiu necessidade de falar, de descrever a visita daquele dia ao hospital, de descrever a Lois que ela conhecia e, assim fazendo, trazê-la de volta à vida. Tendo se servido de um copo, pegou a caderneta de endereços. Tantos nomes riscados, alguns excluídos pelo desgaste de brigas e desentendimentos, muitos arbitrariamente eliminados pela morte. Qualquer dia desses, a caderneta se tornaria tão obsoleta quanto sua dona.

E seus Meninos? Em princípio, Honor gostava de recebê-los individualmente, de apreciá-los sem pressa, um a um. Desse modo, podia maximizar seus prazeres — ter cada um só para si — e minimizar quaisquer subalianças traiçoeiras. Eles lutavam ferozmente por migalhas de sua aprovação, sabendo que nunca seriam suficientes, e ela estimulava essa rivalidade. Repugnava-lhe a ideia de que falassem dela em sua ausência, de que sentissem pena dela, rissem, zombassem dela. Embora não acreditasse em vida após a morte, às vezes imaginava que a morte seria algo assim: jazer muda e imóvel, ouvindo o ruído abafado de uma animada festa na porta ao lado.

No início não faltariam lágrimas. Ruth seria a mais escandalosa. Tinha o físico e a indumentária de uma carpideira profissional, do tipo coro grego robusto, nascida para se lançar, aos berros, sobre quaisquer caixões desconhecidos que passassem. Bobby soluçaria mais delicadamente e se apoiaria no novo amiguinho em busca de consolo, e Inigo iria chorar num enorme lenço de seda e beber além da conta — "Se não se pode encher a cara no enterro de uma amiga querida", ela chegava a ouvi-lo dizer, "quando é que se pode?". Aidan permaneceria calado e inconsolável, repelindo o namorado horroroso, ao passo que Clemency provavelmente criaria um fundo de fideicomisso em seu nome: Prêmio Tait para Jovens Jornalistas. Honor estremeceu. E Paul? Ora, Paul era como ela. Imaginava-o enfrentando a notícia de sua morte com uma gravidade viril. Lágrimas? Duvidava que ele um dia as tivesse derramado.

Haveria obituários respeitosamente inexatos e uma cerimônia fúnebre, na qual falsos amigos, colegas distantes e antigos rivais — que enfim proclamariam vitória por terem sobrevivido a ela —, todos em prantos, diriam disparates no púlpito sobre sua integridade e profissionalismo exemplares. Ela não tinha ilusões, muito menos sobre a questão da mortalidade. Em breve, mesmo para os amigos íntimos, os seus Meninos, o Clube de Segunda-Feira, ela ficaria reduzida a uma história divertida, a um murmúrio de tristeza e, com o tempo, se tornaria alvo de humor negro. Inigo, suspeitava Honor, soltaria a primeira piada *post mortem* e os outros ririam com gratidão e alívio. E a festa continuaria sem ela. Talvez ficasse mais alegre na sua ausência.

Só então lhe ocorreu que a pessoa com quem realmente queria conversar sobre a visita daquele dia ao hospital não era outra senão a própria Lois. Fechou a caderneta de endereços e pegou a caneta. O desespero era uma provocação para trabalhar tão boa quanto qualquer outra. Enquanto conservasse a perspicácia, precisava escrever sua coda.

Buchenwald, 14 de abril de 1945. Quarto dia da libertação. Ainda vestindo o uniforme listrado do campo de concentração, os sobreviventes se alinharam junto ao despedaçado cepo do carvalho de Goethe para comemorar a liberdade, cada qual empunhando uma bandeira nacional improvisada. Lá estavam para comemorar, mas também para prantear os companheiros de prisão que não sobreviveram ao regime brutal. Muitos choravam em silêncio, e alguns de seus libertadores, os soldados do Terceiro Exército americano, que tinham visto com os próprios olhos a prova da barbaridade nazista, choraram com eles.

* * *

No calor azedo do pub, onde, boquiabertos e de olhos vidrados, funcionários e clientes assistiam a um jogo de futebol no enorme televisor, Tamara pediu um gim-tônica grande e o levou para fora. Aquele posto de observação era bem menos confortável, mas ela podia pôr outra fita no gravador e usá-la para ditar seu texto.

Eu lhe pergunto sobre sua infância, e a octogenária Honor Tait, antigamente conhecida como "o altíssimo QI dentro de um vestido decotado", pousa em mim um olhar de basilisco. Ela mantém uma fria omertà *sobre o tema de sua infância, passada num labiríntico castelo escocês. Essa campeã dos oprimidos do mundo passou os primeiros anos de sua vida pajeada por criados e, com seu incisivo sotaque inglês, é uma gêmea sonora de Sua Majestade a rainha...*

Às onze da noite, quando o pub fechou, começou a chover. Ela estava sem guarda-chuva e o gravador começou a se molhar. Guardou-o na mochila e atravessou a rua para ficar de sentinela em frente ao Holmbrook Mansions. O hall adquirira um aspecto fantasmagórico à luz azulada. O porteiro estava dormindo de novo.

Doze

Honor enfim saiu da cama às sete e meia da segunda-feira, abriu a cortina e, embora não estivesse inteiramente pronta para acolher o dia, sentia-se mais disposta a enfrentá-lo do que quando fechou a cortina no sábado, depois de visitar Lois. Passara o resto do fim de semana enfurnada no apartamento, tinha desligado o telefone, recolhido mais lixo, comido meio pacote de bolo de aveia e bebido uma garrafa e meia de vodca. Clemency ia estrilar quando visse a embalagem e a garrafa vazias.

Tomou banho ao som da Rádio 3 — uma alegre música de espineta de Rameau — e vestiu a saia cinza forrada de seda e o cardigã de caxemira amora; sua maciez era agradável à pele, uma espécie de intimidade. Começou o noticiário. O que ela havia perdido? Não muito. Os trabalhistas prometendo um fundo nacional de cultura se vencessem a eleição; um ex-soldado suspeito do assassinato da enteada desaparecida; acusações de discriminação etária na BBC, feitas por apresentadores de meia-idade. Honor religou o telefone e verificou a agenda no hall. Sim, seu compromisso na Wimpole Street era às nove horas. Sem café da manhã, estava estipulado. Convinha a ela. E depois haveria o almoço. Ela precisava criar coragem.

Tamara estava à mesa da janela tomando sua terceira xícara de café. Aquela era sua última chance — não podia continuar de licença não remunerada na *Psst!* — e, depois de passar todo o domingo no mesmo café sem ver Honor Tait uma única vez, arrastara-se a Maida Valey a uma hora absurdamente prematura na segunda-feira, prevendo um terceiro dia de observação infrutífera. Até mesmo o irmão bem-humorado resmungou com indelicadeza quando ela entrou no café às oito horas. Teria de pedir outro sanduíche, ideia que a deprimiu ainda mais enquanto olhava vagamente pela janela.

Quando enfim aconteceu, por um momento Tamara chegou a pensar que se tratava de uma miragem provocada pela esperança. Limpou a vidraça embaçada e olhou de novo. Honor Tait! Saindo em carne e osso do Holmbrook Mansions às oito e meia da manhã de uma segunda-feira. Tamara se levantou de um salto, jogou umas moedas na mesa, ergueu a gola do casaco e correu para a rua. Não precisava ter tanta pressa. A velha continuava na calçada, examinando receosamente a rua, parecendo tão miúda e vulnerável como uma criança perdida da mãe. Tamara diminuiu o passo, mantendo-se na outra calçada, e parou em frente à imobiliária da esquina. Fingindo examinar fotografias de apartamentos caros, ficou de olho em seu alvo refletido na vitrine da loja. Subitamente, a velha ergueu o braço. Atendendo ao chamado, um táxi preto se aproximou e parou. Quando ela embarcou, Tamara esquadrinhou a rua em busca de outro táxi. Teve sorte. Obediente, o carro deu uma guinada rápida e freou no meio-fio; ela entrou, apontou para o veículo de Honor Tait, parado no semáforo cem metros adiante, e, meio sem jeito por causa do lugar-comum — mas o que podia fazer? —, ordenou: "Siga aquele táxi!".

O motorista lançou-lhe um olhar intrigado pelo espelho retrovisor. O sinal vermelho estava a favor deles, atrasando Honor Tait o suficiente para que ela fosse alcançada.

"Qual é a sua?", quis saber ele.

"A minha?"

Ela esticou o pescoço para não perder de vista o outro carro, que acabava de arrancar.

"Fiscal da Receita? Investigadora de fraudadores da previdência?"

"Não. Não. Eu sou jornalista."

"Uma reportagem! Eu trabalhei na imprensa. Old Fleet Street. Bons tempos aqueles."

Não tardaram a chegar à Marylebone Road.

"Já bebeu no Stab in the Back?", perguntou o homem.

"Não."

"Lá a gente se acabava, meu bem", disse ele, sacudindo a cabeça e recordando tempos melhores enquanto se enfiava entre dois ônibus Routemaster parados.

"Nós vamos perdê-los!", ela exclamou.

O taxista ultrapassou um furgão do correio e o outro táxi voltou a aparecer à frente.

"Calma aí, Sherlock."

No semáforo seguinte, emparelharam com o carro de Honor Tait e Tamara se encolheu no banco. O motorista abriu a janela e acenou para o colega taxista.

"Tudo bem, John?"

"Tudo. Não posso me queixar."

A carinha crispada de Honor Tait ficou claramente visível, olhando para a frente, os olhos fitos na nuca gorda de seu motorista. Comprimindo o corpo na porta oposta, Tamara afundou ainda mais no banco.

"Faz uns bons meses que eu não te vejo lá no clube."

"A tendinite no rotador do pulso não está deixando."

"Que dureza. É bom cuidar disso. Pode levar ao deslocamento anterior da cabeça do úmero."

"Fiz um ultrassom na segunda-feira. Para ver se tem calcificação."

"Droga. Isso pode acabar com a sua finalização."

O sinal abriu e os dois táxis entraram juntos e paralelos na Harley Street e depois na Wimpole Street. Nesta, o motorista de Tamara finalmente teve a sutileza de diminuir a velocidade, acenando para o colega com um cordial "Boa sorte!". O carro de Tait parou trinta metros adiante, em frente a uma casa imponente com uma ampla escada de pedra e duas árvores de topiaria que flanqueavam a porta dupla.

"Aqui está bom", disse Tamara, vendo a velha subir a escada e tocar a campainha.

Assim que Tait desapareceu lá dentro, ela pagou o taxista, dando-lhe uma pródiga gorjeta.

"Você está com sorte, Sherlock", disse ele, entregando-lhe um bloco de recibos em branco. "Eu costumo cobrar uma taxa extra para trabalho clandestino."

Preta e lustrosa, a porta dupla era emoldurada por lâminas de vidro chanfrado cuja superfície brilhava sob o sol de inverno. A maçaneta de latão polido tinha o tamanho de um melão. Tamara forçou a vista para enxergar o hall de entrada através do vidro. Conseguiu distinguir o piso preto e branco como um tabuleiro de xadrez e o corrimão curvo de madeira de uma escada de mármore. Do lado de fora, à direita da porta, junto ao interfone, desconcertantes agrupamentos de consoantes gravados numa placa de latão informavam que ali havia uma penca de consultórios médicos.

Ela anotou os nomes e as iniciais: professor Hereward Browning MBCHB FRCS (Plast); srta. Isabella Kerr MBBS FRCS (Glas.); Rose A. McCotter MBBS FRCS (OFMS); dr. Didier Mooney MBCHB FRCP; sr. F. Bose Dch DGM FRCOG; sr. Eliot J. Treguntter BDS FDSRCS.

Agora só lhe restava esperar. Quando Tamara se afastou da porta, uma senhora idosa de casaco de pele, o cabelo branco armado como um merengue, passou por ela com uma altiva inclinação de cabeça e apertou a campainha do professor Browning. Mais uma candidata à operação plástica, congenitamente hostil ao jovem e bonito.

Havia algo especialmente repugnante naquelas anciãs que deixavam os mercenários de jaleco branco desmontar-lhes e refazer-lhes o rosto como alfaiates reformando um terno que já não servia. Tanta dor, tanto sangue, tantos hematomas, tanto dinheiro. Para quê? Ninguém as cortejaria por mais que lhes extraíssem as sobras de pele ou lhes sugassem o excesso de gordura. Elas estavam além do desejo. Do delas próprias e do das outras pessoas. Por que não se dedicavam ao tricô, aos netinhos ou à jardinagem? Já tinham tido sua oportunidade; agora era a vez das outras. A minha vez, pensou Tamara.

Embora não fosse inteiramente racional, ela não conseguia deixar de pensar que os efeitos visíveis da velhice extrema — pele murcha, papadas penduradas, lábios franzidos — eram mero resultado do descuido. As mocreias eram gente desleixada. Negligente. Ainda que a disciplina não fosse o seu forte, Tamara era escrupulosa com seus hábitos de beleza. Limpava, tonificava e hidratava regularmente, nunca saía de casa sem aplicar filtro solar fator 15. Honor Tait estava colhendo o fruto de toda uma existência de desmazelo — Tamara achava que a velha jamais havia usado filtro solar e, com toda a certeza, passara a vida lavando o rosto com água e sabão.

Do outro lado da rua, um prédio menor, mais velho e parecendo municipal, um órgão de emissão de vistos de um país do antigo bloco oriental, serviria de posto de observação. Lá não havia propriamente fila. Tamara encostou-se no corrimão de ferro fundido da escada e pegou seu bloco de anotações.

O rosto de Honor Tait é um palimpsesto de experiência. Sob as pregas e rugas conferidas por uma longa existência, que nenhuma cirurgia plástica é capaz de eliminar de todo, há resquícios da garota glamorosa, do altíssimo QI dentro de um vestido decotado, cujo encanto abriu caminho para alguns dos maiores furos jornalísticos do século passado.

Estendida na cama e de olhos fechados, Honor Tait pensou na dor que a aguardava. Havia muitas dores piores, psíquicas e físicas. E, na escala das coisas — em comparação, por exemplo, com os sofrimentos de um cidadão médio da África subsaariana —, seu padecimento não era nada. Menos que uma alfinetada. Fazer a comparação era uma indulgência. Não, ela não estava calma diante daquela pequena laceração. Antecipava-a com prazer. Pelo menos suas vias neurais estavam em pleno funcionamento, ao contrário das da pobre Lois. Piquem-me e eu sangro e também faço uma careta de dor. Acolhia de bom grado os ataques a seu corpo como um lembrete de que estava viva e era deste mundo. Mesmo porque a dor não deixava de ser um apropriado castigo ao impulso covarde que a levara até lá, e não à democrática pobreza de uma clínica de saúde pública. O preço era absurdo. Com a mesma quantia, ela poderia fornecer água potável a uma aldeia africana por um ano, financiar trezentas operações oftalmológicas para os cegos do Terceiro Mundo, patrocinar um pequeno hospital de sangue no Iraque curdo. Deveria ter dispensado a anestesia de vez. Merecia sofrer. Mas era tarde.

De máscara e luvas, o sr. Bose se debruçou sobre ela, os instrumentos cintilando à luz das lâmpadas cirúrgicas no teto. Seus olhos, uma palpitação de cílios acima do engomado véu, eram surpreendentemente femininos.

"Está pronta, senhorita Tait?"

Ela fez que sim.

Dor. Assim começa o brutal clamor da vida. E assim termina.

Treze

Entorpecida pelo tédio após três horas e meia, Tamara não reconheceu de pronto o diminuto vulto parado à porta da clínica. De óculos escuros inadequados para a estação, trazia o rosto encasulado no lenço qual uma estrelinha incógnita dos anos 50. Trôpega, desceu a escada da rua agarrada ao corrimão. Recobrando o equilíbrio — o procedimento por que passara, fosse qual fosse, devia ter sido relativamente simples —, foi andando, com passos lentos mas decididos, em direção à Wigmore Street, passando por Tamara, na outra calçada, sem virar a cabeça.

Tamara precisou diminuir o passo, num cauteloso jogo da batatinha frita, um, dois, três, para não ultrapassar Tait, e quinze minutos depois foi levada ao exterior de um pequeno restaurante italiano numa ruazinha estreita. Quando Tait entrou, Tamara postou-se à janela, fingindo examinar o cardápio emoldurado enquanto observava a figura alquebrada, ainda de óculos escuros, trocar algumas palavras com o garçom à porta. O restaurante era acanhado e generosamente bem iluminado. O garçom conduziu a idosa a uma mesa de canto. Aproximando-se mais da janela,

Tamara obteve uma visão clara. Um homem esperava Honor Tait. Surradamente boêmio — brim desbotado, cabelo cuidadosamente despenteado, paletó de linho amarrotado —, tinha trinta e poucos anos e um não sei quê familiar. Seria um membro do Clube de Segunda-Feira? Um dos escritores? Tamara toldou os olhos com a mão e se espremeu na vidraça para enxergar melhor. Não. Muito bonito para ser intelectual, muito moreno e de cabelo muito crespo para ser Jason Kelly. Outro ator? O homem se levantou para cumprimentar a velha, que tirou o lenço e os óculos e aceitou friamente seu beijo. Quando os dois se sentaram, ele pegou uma garrafa de vinho tinto e lhe serviu uma taça. Foi então, com um salto do coração, que Tamara o reconheceu: o herói bonitão do salão da Rigorosa e Particular.

Por acaso seria para aquele encontro e outros que tais que Honor Tait enfrentava bisturis e suturas? A visita daquele dia ao cirurgião plástico devia ter sido uma entre muitas semelhantes, uma recauchutagem expressa — uma sutura rápida — ou talvez uma consulta preliminar antes da intervenção maior. Eles estavam inclinados um para o outro, conversando atentamente, quando o garçom reapareceu com seu bloco. A frágil octogenária — não parecendo, do posto de observação de Tamara, de modo algum mais jovem que no dia da entrevista — passou os olhos pelo cardápio, um cartão brilhante do tamanho de um tabloide, e levou a taça aos lábios. Não se podia dizer que seu principal interesse fosse a culinária. Seu acompanhante ainda estava refletindo, massageando a testa, lábios franzidos, quando o garçom sacudiu a caneta com impaciência. Por fim, eles fizeram o pedido e, novamente a sós, voltaram a conversar, muito próximos, seus perfis quase se tocando, os ângulos e planos esculturais do rosto dele um contraste cruel com a derruída assimetria do dela.

A conversa deles era veemente, calorosa, depois a velha senhora se recostou na cadeira, calada, e ele continuou falando.

Havia qualquer coisa de guerreiro ambiental nele; uma asseada versão Armani daqueles manifestantes de araque que tinham sido expulsos da passeata contra a rodovia de Devon. Estava de cenho franzido e sua fisionomia animada sugeria raiva e queixa. Bem mais difícil era decifrar a expressão de Honor Tait quando, de súbito, ela pegou a bolsa. O rapaz observou-a em silêncio, correndo os dedos pelo cabelo, enquanto ela tirava um envelope pardo e o deslizava pela mesa. Ele o abriu e de lá sacou um grosso maço de dinheiro. A seguir, fechou o envelope, guardou-o no bolso do paletó e tomou um trago rápido de seu copo.

Tamara arregalou os olhos. "Caramba!", murmurou. Aquilo era melhor do que ela esperava. A linguagem corporal da velha, íntima e defensiva, e a intensidade da conversa não sugeriam que ela estivesse ali para pagar ao seu arquiteto, às escondidas, sem recolhimento de impostos, o projeto de um banheiro novo. Que outro serviço um sujeito excepcionalmente bonito podia prestar a uma idosa solitária que valesse um almoço discreto e envelopes recheados de grana?

O garçom voltou à mesa com um prato de massa para o acompanhante de Tait. Para ela, uma tigela de sopa. *Somente líquidos no pós-operatório do paciente de cirurgia plástica*, escreveu Tamara.

O homem se pôs a falar outra vez. Honor Tait ouvia, imóvel, os lábios entreabertos, como se respirasse as palavras dele, depois estendeu a mão sobre a mesa e lhe acariciou os dedos. Ele olhou primeiro para o rosto dela, depois para a mão. Devia estar com nojo, pensou Tamara, mas deixou aquela garra perversa pousada ali. Um canto do envelope assomava no bolso de seu paletó. Aquilo não podia ser mais cristalino. Ele se inclinou para a velha e deu-lhe um sorriso cúmplice.

"Decida logo, meu bem."

Tamara levou um susto. Era o garçom à porta com um guardanapo xadrez no braço.

"Quer almoçar?", perguntou. "Ou vai sair daí e deixar os outros darem uma olhada no cardápio?"

Ela balbuciou um pedido de desculpas e foi para a frente de uma loja de pianos. Dali ainda podia ver a entrada do restaurante. O garçom observou-a por mais alguns instantes, depois sacudiu a cabeça e entrou.

Ao cabo de cinquenta desconfortáveis minutos, Tamara foi recompensada. O casal emergiu na claridade prateada do inverno, e ali estava: a prova. O rapaz aproximou o rosto do de Honor Tait e Tamara vibrou por ver sua matéria confirmada. Aquele homem lindíssimo tinha embolsado o dinheiro e agora estava beijando sua benfeitora de oitenta anos nos lábios.

A verdade se revelara — graças "à observação paciente, ao meticuloso acúmulo de detalhes e a um apetite voraz pela verdade" —, bem como Honor Tait dizia que devia ser. Eles ficaram — o casal mais esquisito do mundo — conversando muito atentos um ao outro e então, como se percebendo de súbito que estavam sendo observados, se despediram. A velha foi em direção ao Oxford Circus, enquanto ele deu meia-volta e tomou o rumo oposto.

Tamara sentiu uma pontada de consternação. Era obrigada a deixar um deles escapar. Mas qual? Claro. Convinha ir atrás dele. Precisava saber quem ele era, onde morava. Já tinha uma boa ideia de como ganhava a vida. Precisava conversar com ele. Sem ele não haveria matéria nenhuma. Honor Tait podia esperar. Quando Tamara o alcançou na Marylebone Street, ele estava entrando num táxi. E, dessa vez, não havia nenhum outro carro de praça à vista. Praguejou ao vê-lo partir, sabe-se lá para onde. Tinha deixado escapar o personagem-chave da reportagem. Talvez o envelope de Honor Tait durante o almoço fosse um acerto final, a última parcela, e nenhuma das duas voltaria a vê-lo.

Honor entrou em casa. O momentâneo alívio de chegar foi breve. O apartamento estava escuro e frio, mais sepulcro que santuário. Pendurou o casaco atrás da porta e foi direto para a cozinha pegar uma bebida. Agora a dor estava presente — a dor física, que ficara temporariamente encoberta pela de outro tipo. E dormir seria impossível. Ela havia gerado um déficit de sono no fim de semana. Punida e machucada, saíra do consultório do sr. Bose depois de um leve cochilo induzido pela anestesia local, desejando unicamente ficar deitada num quarto escuro. Mas o almoço era inadiável.

Querer tanto uma coisa e temê-la. O amor — em sua forma mais feroz e destrutiva — às vezes era assim. O parto também, presumia ela. Para uma correspondente estrangeira numa região esquecida, a escaramuça local que descamba para uma guerra internacional proporciona uma exultação carregada de culpa. Quanto mais elevada a contagem de cadáveres, tanto maior a reportagem, tanto mais pujante a glória. E o compromisso pessoal com a morte? A gente também pode querê-lo e procurar o infinito sossego, embora receando os momentos de terror que sabe que irão procedê-lo.

O restaurante era de mau gosto e desconfortável. Porém, mesmo que fosse a *Galerie des Glaces* em Versalhes, o efeito teria sido o mesmo. Tudo desaparecera; o lugar, os outros clientes, o barulho e os murmúrios. Ela só tinha olhos e ouvidos para ele. Seu rosto bonito, posto que marcado por uma tênue rede de rugas, continuava bonito. Conservava os cachos, se bem que agora com uma precoce geada grisalha nas têmporas. Honor reprimira o ímpeto de tocá-lo, de afastar delicadamente seu cabelo do rosto. Ele tampouco estava fora de forma. Algo mais magro talvez, mais curtido. Mais viril. Mas não envelhecido e devastado, como ela temia. Estava em bom estado e bonito, a caminho da dissoluta meia-idade. E ela, como ficava? Aonde aquilo a levava afinal?

"Antes de mais nada, vamos deixar os negócios de lado."

As primeiras palavras que lhe dirigiu. Será que sua voz, ainda melodiosa, havia adquirido uma nuança demótica, uma elisão de consoantes que ela não detectara ao telefone? Ele jamais tinha conseguido ocultar totalmente o antiquado sotaque aristocrata conferido por uma educação de luxo. Por mais que se esforçasse, não podia remover o manto do privilégio, os eternos arminhos do aluno de colégio de elite.

Honor pediu sopa — achou bom voltar a usar seu italiano mesmo naquela transação banal — para lhe fazer companhia enquanto ele atacava o prato de massa. E, quando ele se pôs a falar, aquela desgastada melopeia queixosa, ela, irracionalmente, deu consigo sonhando estar em sua companhia sob um cálido céu azul italiano, num restaurante no cais de um portinho chique qualquer.

A escuridão do apartamento não colaborava com seu estado de espírito. Honor foi até a janela e olhou para o mirrado disco do jardim, no qual um dos vizinhos, um funcionário público aposentado, estava com o rosto virado, os braços estirados, enquanto seu terrier forçava a coleira e se acocorava para defecar nos heléboros. Ouviu-se um repentino e inesperadamentre alegre alarido de pássaros. No geral, as árvores desfolhadas só abrigavam pombos ofegantes — pobres vagabundos que, se pudessem, importunariam os transeuntes com pedidos de esmola —, mas esses eram pássaros cantores. O que os havia atraído ali, com tantos outros lugares, se podiam fazer ninho nos carvalhos do Tarn, ou nas nogueiras de Monte Flaterona, ou até entre as faias espectrais de Ettersberg? A primavera ainda estava longe. Seriam — melros-pretos? tordos? — amantes fazendo serenata ou ameaçando os rivais?

Como era estranho ela acabar aqui, na taciturna Londres. "Acabar" era a palavra exata. Podia ser Roma. Ou Paris. Ou Nova York. Por mais paradoxal que fosse, tinha sido felicíssima na Berlim do pós-guerra, vivendo num conforto inesperadamente festivo após as privações da guerra numa vila confiscada à beira de um lago, com uma adega de bons vinhos e uma cozinheira alemã. Dividia a vila com dois americanos que a apresentaram à inteligente e jovem intérprete Lois Meyer, e as rivalidades e intrigas do corpo de jornalistas eram variantes inocentes do jogo maior da *realpolitik* mortal praticada em torno deles.

Honor acendeu a luz e o retrato de Tad ganhou relevo na mesa de pau-rosa. "Apesar de sua desolação", dissera ele certa vez, "Londres é mais indulgente com os velhos, particularmente com as velhas, do que Nova York ou Paris." Depois disso, ela tinha visto mulheres ricas de sua idade morando sozinhas (ou, quando muito, com um cachorrinho odioso) em Paris e Nova York, envergando modelos concebidos para garotas com um terço de sua idade, o cabelo encrespado ou a peruca lustrosa como a das bonecas de vinil emoldurando-lhes o rosto, depois de anos de intervenções estéticas, mais esticado que *O grito* de Munch, a própria encarnação do opolunto medo urbano: caveiras com roupa de estilista. Talvez os cirurgiões plásticos londrinos simplesmente fossem melhores. Que importava? Se ele hoje ficou chocado com sua deterioração, não demonstrou. Tanta coisa sobre que conversar, tão pouco a dizer.

Basta. A velhice era uma distopia discreta; nada tinha de comunal, nada de experiência compartilhada. Era o inferno personalizado de cada um, com monograma e tudo mais. Em Londres ou Limavaddy, em Paris ou Poughkeepsie, os sessenta e os setenta anos eram ruins o bastante, mas depois disso ficava-se aprisionada como vespa numa garrafa, sozinha e furiosa, o mundo lá fora uma voragem de cores e de sons distantes.

Buchenwald, 14 de abril de 1945. Quarto dia da libertação. Observei os sobreviventes do campo, ainda de uniforme de prisioneiro, alinharem-se junto ao cepo do carvalho de Goethe para comemorar a liberdade e prantear os companheiros de prisão que não sobreviveram ao regime brutal. Muitos choravam em silêncio e alguns de seus libertadores, os soldados do Terceiro Exército americano, que tinham visto com os próprios olhos a prova da barbaridade nazista, choraram com eles.

Saí do campo para pôr as ideias em ordem e fui passear sozinha no bosque do outro lado da cerca...

Catorze

O tema era Celulite das Celebridades. Tamara tinha passado uma manhã desafogada examinando o lustroso acervo da fototeca: fotografias de modelos, atrizes e cantoras em momentos de lazer, entre elas duas Spice Girls, Lucy Hartson, Liselotte Selsby e Pernilla Perssen, todas de minissaia ou biquíni revelando, em *close-up*, covinhas feias nas coxas e no bumbum. As fotos de Liselotte tinham de ser eliminadas por causa de sua ligação com o *The Monitor*, mas, mesmo assim, havia imagens de carnes flácidas de mulher em número suficiente para encher uma matéria de página dupla. Quando Tamara mostrava a Simon o resultado de sua manhã de trabalho, Tania passou e, olhando por cima do ombro dos dois, examinou o vibrante *paste-up* das páginas centrais com a audaciosa manchete num ângulo descarado: NA PIOR! AS ESTRELAS E A MALDITA CELULITE! Ela soltou um grunhido e se afastou.

"Um pouco de diversão não faz mal a ninguém, Tania!", gritou Simon às suas costas. "Nojenta", murmurou quando ela já não o podia ouvir.

"Aliás, isto é mais do que diversão", observou Tamara. "Também tem uma importante função social."

"É? Como assim?"

"Sério", disse ela. "Mostrar que, sem o aerógrafo, até as estrelas mais glamorosas têm defeitos faz com que as mulheres comuns se sintam melhor consigo. É uma espécie de nivelamento, uma espécie de comunismo."

"Hum. Parece que você tem andado muito com os amiguinhos de Honor Tait. Como vai a coisa?"

"Vai indo. Até que vai indo."

"Não quer me contar tudo no almoço?"

Meia hora depois, no reservado deles no Bubbles, Tamara fez um resumo do encontro da Children's Champions na semana anterior e descreveu a figura enigmática no fundo do salão.

Simon ficou intrigado.

"Você já não me falou desse encontro?"

"Já, mas omiti a parte do sujeito fantasticamente lindo que chegou atrasado."

"O.k.", disse Simon, pegando o pager. "Quer dizer que você se assanhou toda por causa do cara? E aí ele desaparece? Que tenha sido um vexame para você numa noite ruim, isso eu entendo. Mas não sei o que isso tem a ver com Honor Tait."

"Espere..."

Entusiasmada demais para comer, Tamara agarrou a borda da mesa e descreveu o que tinha visto no restaurante. Simon não a interrompeu nem mesmo quando o pager tocou. Com os olhos fitos nela, silenciou o aparelho, pôs seu *panini* de lado e pegou o copo.

"Que velha hipócrita!", disse enfim. "Ela está ferrada. Pedófila sem-vergonha, amante de garotinhos, paga michê de gigolô.

Que matéria! Pornografia imunda e alta cultura — uma combinação imbatível."

Na incandescência da simulada luz de vela do bar, Tamara se sentiu ungida, iluminada pelo sucesso, enquanto Simon, com um aceno, pedia outra garrafa de vinho para comemorar e, quando ele desviou a conversa para Serena (no páreo outra vez) e atendeu uma ligação de Jan (algo sobre decoração de mesa), ela sorriu com indulgência. Foram suas horas mais agradáveis em semanas.

A caminhada de volta à redação foi animada e despreocupada, e sua tentativa de criar um estoque de Lista A, uma reserva à qual pudesse recorrer quando pressionada pelo tempo, não deu em nada. Ela esboçou alguns temas — Gafe no Vestir, Bebês Feios, Rusgas e Brigas — e revirou a fototeca para ilustrá-los, mas, embora a pesquisa fosse interessante, quando tentou compilar as listas, achou-as estranhamente complicadas.

Entretanto, no decorrer da tarde, o efeito do vinho foi passando e a redação readquiriu nitidez. Tamara sentiu agitações sediciosas no intestino e um latejar na têmpora direita. Teve vontade de se deitar. Simon apareceu de repente a seu lado.

"Outra coisa, Tam. O Dia dos Namorados é sexta-feira."

Aquilo era cruel, particularmente para Simon, que costumava encarar uma noite com a esposa como uma noite passada a sós e precisava tirar a sorte para determinar com quem ficar no Dia dos Namorados. Já indignada, ela se deu conta de que ele estava falando de trabalho:

"Acho melhor a gente pôr algum tema de amor na edição de sábado."

"Claro. Beijo de celebridades serve?"

Tamara vasculhou uma pilha de fotografias de casais se beijando. Eram notáveis as infinitas variações desse gesto humano simples e que, para quem estava de fora, parecia uma anti-higiênica troca de fluidos corporais. Ela bocejou e olhou para o chão acarpetado sob sua mesa. Será que iriam reparar se ela passasse meia hora deitada ali embaixo? Poderia improvisar um travesseiro com dois sacos postais acolchoados. Quinze minutos bastavam. Mas Courtney lhe endereçava um olhar de infinito ódio e Tania patrulhava aquele canto da redação em busca de transgressões ao bom gosto.

Normalmente, a saída de Courtney às seis da tarde era o sinal para que Tania pusesse o casaco e desse o fora, talvez com uma breve escala no Bubbles antes de ir para casa. Naquela noite, a única coisa que ela queria era ficar na cama com uma compressa fria na testa e um balde por perto. Em vez disso, coube-lhe enfrentar outro exaustivo trabalho noturno. A verdade era exigente; e a possibilidade de rever o brinquedo de Honor Tait, um incentivo irresistível.

A festa já estava em andamento quando ela chegou à Galeria Rodel no fundo de um tranquilo beco sem saída da Old Compton Street. A multidão se acotovelava até a vitrine da galeria, e quem passasse pela rua não teria dificuldade em acreditar que os festeiros é que estavam à venda, e não os quadros. E quanto valia aquela coleção? Uma mulher corpulenta com um berrante estampado étnico, os brincos chocando-se com suas papadas como pingentes de lustre, avultando-se sobre um baixinho de olheiras fundas que se encolhia feito um sagui encurralado. Espremido atrás de um cartum emoldurado com dois escolares descabelados, de calça arriada, trocando varadas, um libertino decaído de terno de veludo e boina — artista, sem dúvida — rolava entre os dedos, pensativo, a haste de sua taça de vinho. E balançava gravemente a cabeça enquanto um ex-pirata de tapa-olho gesticulava com as mãos sujas de tinta. Outro artista. Ou talvez um crítico. O lugar devia estar repleto dessa gente.

Ao empurrar a porta e abrir caminho por entre a ruidosa turba, Tamara ficou atordoada com a ideia de tanta pretensão embatumada num espaço tão exíguo. A intuição e uma sede insuportável levaram-na a atravessar o mar de gente até uma mesinha no fundo da galeria, à qual um assediadíssimo rapaz em mangas de camisa servia vinho. Ela pediu uma taça de branco, bebeu tudo de um trago, estendeu-o para o reabastecimento e, com muito esforço, tornou a mergulhar no aperto.

Embora as senhoras idosas parecessem haver saído em massa naquela noite, juntamente com velhos lascivos — Tamara teve a certeza de ter sentido uma mão pousada em seu quadril, se é que não o estivera acariciando ativamente —, ela não viu Honor Tait. Reconheceu o artista Inigo Wint, muito corado, animado e cercado de admiradores no centro da sala. O poeta escocês também estava presente, falando pelos cotovelos com um homem de óculos de aro tão grosso que parecia um soldador atendendo a uma emergência. Aglomerado em outro canto, um grupo de mocinhas de vestido de festa sumário, provavelmente garotas-propaganda, ria como uma turma de colegiais numa escola de dança. Nenhum sinal do gigolô taciturno. A decepção de Tamara não foi unicamente profissional.

Devagar, colada às paredes, ela circum-navegou pelo recinto. Ali havia mais espaço; aliás, era como se tivessem erguido um cordão sanitário em torno das obras expostas. Todos as evitavam, como se agir de outro modo fosse falta de educação. Tamara estudou detidamente os quadros: mais garotinhos fazendo coisas atrozes — sexo oral, fumando maconha, sadomasoquismo — em cores primárias. Aquilo não dava uma matéria? No seu tempo de jornal semanal, ela havia transformado em manchete a esculhambada revista semanal dos estudantes da região, o habitual compêndio de cartuns pueris e piadas sujas vendido em prol de obras de caridade e financiado pela publicidade das lojas e negócios locais. Numa semana pobre em notícias, Tamara se deu ao trabalho de telefonar para todos os anunciantes. Pressentia que nenhum deles — conscienciosos membros da câmara de comércio regional — lia a revista.

"E então, senhor Higgins, na qualidade de açougueiro 'há muito estabelecido na rua principal', o senhor pode nos dar sua opinião sobre o tema bestialismo?... a conjunção sexual entre seres humanos e bichos?... O senhor é contra?... Radicalmente?... Nesse caso, como explica a sua decisão de publicar um anúncio na página dezesseis, bem ao lado da piada do criador de ovelhas solitário e seu atencioso rebanho?"

Os anunciantes pararam de dar dinheiro, a revista fechou, os editores estudantes foram suspensos da faculdade e a reportagem de primeira página assinada por Tamara atraiu fugazmente o interesse nacional e chegou a suscitar um comentário irônico de Chris Evans no programa *The Big Breakfast*.

Do modo semelhante, se tivesse tempo, ela iria rastrear os patrocinadores da Galeria Rodel, passados e presentes (sempre havia dinheiro empresarial por trás das instituições artísticas comerciais, ainda que fosse apenas a loja de bebidas do bairro fornecendo vinho gratuito nos vernissages) e perguntaria se eles endossavam a maconha, o sadomasoquismo e o sexo infantil. O *Mail* não deixaria escapar um filé-mignon desses. A perspectiva de uma encrenca a animou ainda mais e ela fez sinal para o rapaz do vinho.

O súbito burburinho e o frenesi perto da porta a alertaram para a chegada de Ruth Lavenham e, atrás dela, Honor Tait de braço dado com Paul Tucker. A multidão se abriu com deferência diante deles. Usando os cotovelos como remos para abrir caminho na aglomeração recomposta, Tamara avançou em direção ao grupo de Tait. Inigo Wint beijou e afagou a grande dama como se fosse ela a artista e aquele o seu vernissage. Juntaram-se a eles o poeta e a mal-humorada herdeira Twisk. Quando se espremia para chegar ao círculo interno, Tamara se sobressaltou ao ver Tania Singh deslizando em meio ao povaréu na mesma direção, um tubarão assassino envolto num casulo de seda. O que ela queria? Aquilo fazia parte de sua estratégia de estabelecimento de uma rede de contatos? Alheia a Tamara, Tania se dirigiu diretamente a Inigo Wint, parabenizando-o em voz alta pela "exposição inovadora". A seguir, numa jogada de especialista digna de um grande mestre de xadrez, voltou-se para Honor Tait, obstruindo a trajetória de Tamara em direção à velha. Só restou a Tamara aguardar a vez.

Uma adolescente de tranças e suspensórios abriu caminho com uma bandeja de canapés. Os convidados inspecionaram a comida — torradas com uma pasta cinzenta e azeitonas verdes fatiadas, ovo amassado com salsinha em forminhas de massa, aspargos despontando obscenamente de róseos cilindros de carne prensada — como teriam inspecionado uma obra de arte de atributos duvidosos e continuaram conversando sem parar.

O momento de Tania com Honor Tait chegara ao fim e agora ela estava expressando sua admiração pelo poeta. Mas Tait continuava ganhando beijos na carinha erguida e derramando bênçãos com a mão direita. Tamara entrou na fila e, distraída, tirou um canapé da bandeja. Levou aos lábios o apetitoso losango e, quando arriscou uma mordida explorativa, sentiu o cheiro de peixe invadir-lhe as narinas. Uma repentina marola de náusea obrigou-a a cuspir o bocado o mais discretamente possível na mão, por cima do resto não comido do petisco. Mas era tarde demais. Junto ao plexo solar, a marola se agigantou numa vaga alarmantemente coroada de manchas de espuma, ameaçando virar um gêiser. Ocorreram-lhe duas coisas: a primeira, como se livrar da horrível papa na mão; a segunda, mais urgente, ela teria tempo de sair de lá antes de se desgraçar de vez?

Tendo previsto seu problema, eis que um bom samaritano se adiantou, oferecendo-lhe um receptáculo perfeito: a mão estendida. Tamara não hesitou em jogar o bolo nojento na copa gentil daquela mão e, ato contínuo, disparou rumo à porta.

Já na rua e exausta de tanto vomitar, deu-se conta de um vulto parado no escuro na entrada da galeria. Levantando os olhos, avistou o companheiro de almoço de Honor Tait espiando pela vitrine. Se não estivesse passando tão mal, aquela teria sido sua grande oportunidade. Era só pular em cima dele e arrastá-lo para a casa de vinho da esquina, onde teriam uma longa conversa benéfica para os dois e esvaziariam umas garrafas de champanhe (por conta do jornal). O rapaz se afastou da vitrine e começou a andar em sua direção. Era a chance que ela esperava. Mas seu estômago ainda não tinha terminado com ela. Tamara dobrou o corpo mais uma vez e vomitou ruidosamente enquanto ele passava por ela, mergulhando no movimento noturno da Old Compton Street.

Foi então que ela ouviu um toque-toque de saltos altos nos paralelepípedos. Enxugando a boca com a manga, surpreendeu-se ao ver que a elegantíssima silhueta que a contornava a caminho da galeria era de Lyra Moore. Será que tinha reconhecido Tamara? Obviamente, não era hora de voltar à festa e pressionar a editora da *S*nday* a esmiuçar as exigências da tarefa de que a incumbira. Vomitar na sarjeta não era o precursor mais indicado de uma conversa séria com sua possível futura chefe. Tamara se perguntou se inventar uma gravidez seria uma desculpa aceitável. Só que a gravidez provocava enjoos *matinais*.

Retornar à galeria estava fora de questão e sua presa, o gigolô de Honor Tait, se escafedera. Pelo menos a degradação da náusea havia passado, mas ao voltar à Old Compton Street, ela topou com um novo horror. Claro! A mão estendida! Nos últimos quinze minutos, sua percepção havia ficado distorcida pela perturbação física. Agora, à medida que o estômago ia se estabilizando, a miragem começava a desaparecer, mas em seu lugar surgia coisa muito pior. A mão do bom samaritano era toda raiada de veias, tinha juntas inchadas e artríticas. A mão de uma velha. Quem havia oferecido a palma da mão a Tamara fora Honor Tait. Beijada e apalpada por seus fãs, para grande satisfação mútua, Honor Tait estendera sua mão magnânima a fim de cumprimentar o próximo da fila de aduladores. Esperava-se que Tamara apertasse aquela mão, e não que a enchesse de pão com pasta de peixe.

No fim, foi mais uma noite em vão, como previra Honor. A galeria estava excessivamente cheia e ela foi obrigada a suportar muitos empurrões e bajulações. O sentimento de se perceber uma vez mais, tantos anos depois de sua juventude, um objeto de curiosidade e afeição populares já não era tão ambivalente. A idade lhe havia propiciado uma inusual aura de santidade. Ela, disse Inigo depois do *South Bank Show* e de uma ideia — rejeitada — dos produtores do *Desert Island Discs*, corria o risco de se tornar um Tesouro Nacional. Coisa que não lhe agradou nem um pouco. Na galeria, uma asiática impertinente a enfastiou com detalhes presunçosamente respeitosos de sua reação a *Relatos*, e quando Honor se virou, aliviada, para apertar outra mão, eis que a sua inexplicavelmente recebeu um montinho de pasta cinzenta de cheiro nauseabundo. A doadora desse presente asqueroso, que Honor só reconheceu quando ela deu meia-volta e saiu da galeria sem dizer uma palavra, era a mocinha idiota que a havia entrevistado para o *The Monitor* e que dias depois aparecera em sua casa para jantar sem ser convidada. Seria uma brincadeira de mau gosto? Será que a verdadeira missão de Tara Sim não era traçar o seu perfil, mas insultá-la?

Honor insistiu que queria ir embora imediatamente, mas, durante um jantar deprimente, acabou sendo obrigada a se sentar entre Inigo, inflado da grandiosidade de estreante como um dirigível, e Aidan, que, como um atirador enlouquecido, não fazia senão disparar apartes cáusticos sobre as bravatas de Inigo. Ruth não conseguiu persuadir Paul a ir além do primeiro prato: ele precisava entregar uma matéria. E como Honor desejou, ao vê-lo empurrar a cadeira, cheio de si, e ir para o táxi que o aguardava, ser ela a fugir daquela mesa — dos copos de vinho sujos, da maldita paisagem de louça manchada e do resto de comida, do círculo de cansados rostos conhecidos, da discussão tola e da descuidada jovialidade que exalava dela como gases nocivos — e ir embora correndo fazer seu relato de assuntos graves, de guerra e conflito, de fome e pestilência.

Sozinha no apartamento, serviu-se de um drinque. Ainda não tinha terminado. Ninguém a reclamava, mas era preciso entregar mais uma matéria.

Buchenwald, 14 de abril de 1945. Quarto dia da libertação. Quando eu estava passeando sozinha do outro lado da cerca do campo, chamou-me a atenção um barulho no mato. Eu o ouvi antes de vê-lo.

Quinze

Pernilla Perssen voltou a beber. Foi fotografada nas primeiras horas da manhã vomitando em frente a uma boate do West End, o cabelo grudado no rosto, olhos meio fechados e perplexos erguidos para a câmera. Isso encerrava a questão da Lista A: Fracassados e Bebuns — Os Dez Mais Fracassados na Reabilitação. Caleb Hawkins, recentemente suspenso da Primeira Divisão, e Tod Maloney também dariam as caras. Tamara tinha pouco tempo para telefonar para Ruth Lavenham antes que Simon voltasse da reunião matinal. Havia uma possibilidade de que ninguém a houvesse reconhecido no melê da galeria, mas, por via das dúvidas, convinha se desculpar com ela antes que alguém se queixasse a Lyra Moore ou a Austin Wedderburn.

O telefone da editora acionou prontamente a secretária eletrônica.

"Já escolheu a roupa para o Awards hoje à noite?", gritou Simon ao entrar na redação.

Courtney fechou a cara.

"Pode apostar", respondeu Tamara.

* * *

Saíram cedo da redação. Courtney providenciara uma frota de táxis para levar os convidados do subsolo ao jantar. Tamara achou tranquilizante como valium na veia entrar no táxi com sua frente única escarlate, abandonando a ansiedade com o contratempo da noite anterior, prevendo uma noitada excitante e escutando vagamente, em um silêncio passivo, o último argumento cinematográfico de Simon. Lucinda estava fora do páreo e ele andava farto de Serena e de suas absurdas exigências de férias, apartamentos e divórcio. Era uma moça adorável, reconheceu, mas a chama tinha se apagado. Davina, em compensação, era muito diferente. Ele já havia falado de Davina a Tamara? A loira jogadora de polo e RP de produtos alimentícios que ele tinha conhecido na semana anterior no lançamento da torta de carne de porco Thames Valley?

"Ela é verdadeiramente um achado, a Davina", disse Simon, sacudindo a cabeça no delicioso desespero com a impossibilidade de invocar superlativos capazes descrevê-la. "Deslumbrante. Um espírito livre. Em ótima forma. E nós temos muita coisa em comum. Ela me faz rir como ninguém. E mais: é podre de rica."

"Que ótimo."

Ele tornou a sacudir a cabeça e assobiou baixinho.

"Maravilhosa. É o que eu digo. Um achado."

Bem naquele momento, o celular tocou. Arregalando os olhos, Simon olhou para Tamara e apontou para o aparelho.

"*É ela*", balbuciou como se Davina o tivesse ouvido antes mesmo que ele atendesse o telefone.

"Vai firme", sussurrou Tamara.

Ainda mais relaxante que escutar vagamente as histórias de Simon sobre sua vida amorosa era a possibilidade de ouvi-lo falar com outra pessoa. Ela não precisava nem fazer o esforço de balançar a cabeça e sorrir.

* * *

Fazia duas décadas que Honor não participava de um evento como esse. Na época recebeu o prêmio Realização de uma Vida: um tosco emaranhado de cobre que pretendia representar uma caneta e um bloco de anotações e que mais parecia um velho relógio de sol do vigarista Dalí. Não seria indecente e até mórbido retornar ao Press Awards no apagadíssimo papel de acompanhante de Bobby? Ela devia ser a pessoa mais velha do recinto e se impacientou com os olhares de aparente reconhecimento e os sorrisos deferentes que recebeu quando estavam a caminho do Belvedere Park Hotel.

A cerimônia foi no salão de baile, uma arena impessoal decorada com espelhos de vidro fumê e lustres brutalistas cascateando do teto como estilhaços de gelo. Sessenta mesas redondas irradiavam-se a partir do palco numa mandala de luz espraiada — talheres de prata, vidros luzidios, garrafas tremeluzentes — e foram se enchendo aos poucos de jornalistas e executivos, as mulheres, cheias de si, farfalhando sedas e tafetás como se estivessem numa noite de estreia na Glyndebourne, os homens pavoneando-se de smoking como matadores profissionais.

O bispo de Limehouse, dentro de uma sotaina carmim quase idêntica ao vestido longo da consultora sentimental peituda do filme *Esfera*, levantou-se para fazer uma oração, e Honor viu os ateus, os blasfemos e os pecadores habituais inclinarem a cabeça e agradecerem humildemente as dádivas que estavam para ser distribuídas.

A comida, servida por ansiosos imigrantes ilegais fantasiados de lacaios e copeiras, era execrável; e o vinho, venenoso e abundante. A mesa de Bobby foi relativamente moderada, mas os garçons pelejavam para atender à exigência de mais garrafas em outros lugares à medida que a noite procedia a seu lento desemaranhamento. Deixando de lado o pedaço de salmão defumado que lhe coube, mais rosado que uma prótese, Honor se perguntou se era sua emérita presença que inibia os colegas de Bobby.

Em volta deles, saudações e insultos eram urrados a amigos e rivais, rostos se enrubesciam, gravatas-borboleta escorregavam de seu eixo horizontal, saltos altíssimos balançavam distraidamente em pés semidescalços. Impossível distinguir os tabloides dos jornais de grande formato. Bobby, que estava do lado do ouvido bom de Honor, berrou um comentário por cima do tumulto geral. Aquele almofadinha cacarejante, ex-aluno da Harrow School, primeiro colocado na Cambridge e doutor em panegírico gaélico, era o redator-chefe do *Daily Mirror*. O gordo careca de brinco de brilhante, ex-aluno da educação abrangente de Dagenham, parece que tinha trabalhado na Marinha mercante antes de abraçar o jornalismo. Suboficial de primeira classe, editava o Diário da Corte no *Times*. A garota carrancuda de roupa monocromática de jurista, que embalava rancorosamente um copo de água mineral e não parava de consultar o relógio, lembrou a Honor a jovem Margaret Thatcher com seu esplendoroso capacete de laquê como cabelo. Ex-representante de classe da Cheltenham Ladies' College e acadêmica de economia de Oxford, agora aquela jovem formidável era a rigorosíssima editora internacional do *Guardian*.

O volume baixou novamente e todos aplaudiram quando o apresentador entrou no palco. Era um homenzinho roliço com sotaque de Midlands e riso enfisêmico.

"Jimmy Whipple", Bobby explicou a Honor. "Comediante da televisão. Recebeu um gongo nas honras de Ano-Novo.

Era um sujeito ferozmente alegre e seu discurso, grosseiro, derrisório, feito sob medida para a plateia. Estava muito bem informado, e suas referências a um golpe na redação de Esportes do *Monitor*, a uma pancadaria na editoria de notícias do *The*

Courier e a um editor de Espetáculos não identificado de um jornal não especificado que cobrou reembolso de despesas com sessões semanais numa casa de massagem de Mile End foram acolhidas com estridência.

"Não, mas falando sério", era o seu refrão, e cada vez que ele o repetia o público o saudava com uma explosão de inexplicáveis gargalhadas. Bobby apontou para a mesa do *The Monitor*, onde o editor-chefe Austin Wedderburn reinava zelosamente sobre seus alvoroçados protegidos como uma virgem velha nas Festas Lupercais.

Ouviram-se assobios e gritos quando quatro jovens vampes de vestido preto curtíssimo, decotadíssimo, e meias arrastão se juntaram a ele no palco. Honor presumiu que teriam a função de entregar os prêmios, como mudas e decorativas assistentes de programa de auditório, até que surgiram instrumentos musicais. Elas compunham o quarteto de cordas vencedor de um recente concurso de talentos na televisão. A programação não deixava de ser inteligente: Haydn para os jornais de grande formato, tocado por Garotas Página Três para os tabloides. O salão de baile mergulhou no silêncio quando as instrumentistas atacaram com séria competência um único movimento do Opus 33 N. 1. A ovação foi de reconhecimento. Whipple suspirou e disse: "Na próxima encarnação, eu quero ser um violoncelo".

Os pudins, fulgurantes quadrados de gelatina que mais pareciam miniaturas de Mondrian com uma melosa calda carmim, foram servidos com meia xícara de café e chocolate de menta. Algumas mesas já estavam escandalosamente impacientes, exigindo licores desconhecidos, e Whipple, saindo do script, resolveu debochar dos elementos masculinos mais exaltados.

"Não, mas falando sério. Vocês, hein, pessoal. Homens com H maiúsculo, membros com m minúsculo... Eu vi com meus próprios olhos no banheiro antes de vir para cá. Microtecnologia, é?"

Vários homens, entre eles o redator-chefe do *Mirror*, puseram-se a bater os pés e assobiar. Estava na hora dos prêmios.

Honor previra um componente pueril na gritaria entre as mesas quando se anunciassem os vencedores e eles subissem ao palco para receber o prêmio: Furo de Reportagem, Repórter, Cronista Esportivo e Redator de Espetáculos do Ano. Duas décadas antes, tinha havido algumas interferências brandas, afáveis, embora tenha havido um silêncio respeitoso quando ela apareceu no palco para receber o prêmio. Os veementes discursos de aprovação foram encobertos por apupos e vaias enquanto os vencedores mais beligerantes comemoravam o sucesso erguendo desafiadoramente o punho cerrado ou dois dedos triunfantes para os rivais.

Bobby, que estava achando a noite muito mais divertida que seus costumeiros banquetes ou lançamentos de livros de poesia, reparou no assombro de Honor.

"Cocaína", sussurrou.

A vinte e duas mesas dali, no fundo do salão, perto das portas vaivém da cozinha, Tamara Sim estava sentada com os cotovelos na mesa, acariciando seu copo de vinho. A noite não ia às mil maravilhas como ela esperava. A comida era sofisticada e insossa e eles acabavam de ser obrigados a suportar uma pomposa música clássica tocada por estudantes góticas. Antes disso, avistara Tim no *foyer* com uma ninfeta anoréxica e tinha certeza de que ele havia se refugiado no banheiro masculino para evitá-la. Agora estava empenhada em aparentar enleio enquanto Alistair

Porter, o editor de fotografia cara de fuinha da *Psst!*, descrevia o mais novo ultraje administrativo.

"É isso, você sabe que nós já estamos mais que sobrecarregados e, quando Jamal for..."

Tamara enrugou solidariamente a testa por cima de seu Merlot — pelo menos o vinho não estava ruim e o estoque era ilimitado — e xingou Simon em silêncio. Por que ele a pusera perto daquele chato? Do outro lado achava-se Tania, cujas costas castanho-avermelhadas, visíveis por uma engenhosa fenda no vestido de seda verde limão, estavam eloquentemente viradas. Ela instruía Simon sobre os méritos relativos de vários navegadores da web, sobre "o efeito estufa" e sobre a política de Kosovo. Perfidamente, ele se mostrava encantado.

Todas as pessoas interessantes e úteis achavam-se à mesa principal do *The Monitor*, a cinquenta metros. Tamara as tinha localizado após um tortuoso trajeto até o banheiro antes do pudim. O chefe de circulação e marketing, Erik Havergal, estava contando um segredo a Lyra Moore, distante e impecável com um imaculado azul-marinho, ao passo que Johnny Malkinson, de faixa fúcsia, gravata-borboleta combinando e fraque cinza, numa espécie de teste de mercado de moda especial da New Formality, gesticulava vigorosamente para o gerente editorial, que, horrorizado, não tirava os olhos de seu prato intacto. Austin Wedderburn ouvia com aparente interesse o acionista majoritário do jornal, um milionário bexiguento de Vilna, dono de uma coleção de clubes de futebol profissional. Aqueles eram os carreiristas, e no entanto ela estava ali, isolada no fundo do salão, no exílio social destruidor de carreiras, escutando as débeis queixas do inepto Alistair Porter.

Ele bebia com a mesma avidez com que falava.

"É isso, ninguém pode tirar a minha vaga no estacionamento..."

Enquanto Alistair matraqueava, Tamara nutria a esperança de mais tarde estabelecer alguns contatos no bar. O nível de decibéis voltou a subir. Ouviu-se uma fanfarra — uma explosão de trompetes gravados — e no palco Jimmy Whipple disse: "Não, mas falando sério, o momento que vocês todos esperavam...".

Aliviada, Tamara desviou a vista de Alistair e olhou para o palco.

Em todo o salão de baile, homens — e algumas mulheres — começaram a protestar, batendo os pés e assobiando para os pequeninos vultos no palco distante. O nortista de bochechas vermelhas, corpulento como um brutamontes de circo, que tinha sido coroado Jornalista Regional do Ano, parecia ter preparado seu discurso no trem de Doncaster. Como o barulho o impedia de falar, ele deu as costas para o público aos berros e abaixou a calça. Recebeu mais uma distinção: a mais alta ovação da noite.

"A Queda de Roma", disse Honor, balançando a cabeça vigorosamente. A tensão do ambiente acionara seu tique.

"O décimo círculo do inferno", confirmou Bobby. "Lamento tê-la submetido a isto."

A cena na mesa vizinha, ocupada, segundo Bobby, pelo tabloide *Sunday Sphere*, podia ter sido pintada por Hogarth. Um homem calvo e de bochechas violeta bebia direto da garrafa, aparentemente alheio ao riacho de vinho tinto que escorria pelo peito de sua camisa, e outro parecia ter adormecido na mesa, como o Arganaz de *Alice no país das maravilhas*, sendo que a seu lado uma mulher com um bronzeado sulfuroso e decote amarrotado chorava em silêncio. Uma moça pálida de anágua cor-de-rosa estava sentada no colo de um executivo obeso, os braços enlaçados em seu pescoço. A extravagante cabeleira grisalha do homem lembrava uma peruca do século XVIII, e ele parecia entregue à felação num enorme charuto.

Honor estava cansada. Sabia que os colegas de Bobby interpretariam sua desaprovação como pudicícia de velha. Porém, aquela gente era amadora até mesmo no deboche. Como eles teriam se saído nas festas de Henry em Laurel Canyon nos anos 1950? O mais repulsivo era a vulgaridade. Antigamente, ela se sentiria desonrada de modo indireto, teria a sensação de desgraça coletiva na companhia de colegas capazes de tal cafajestismo. Agora não sentia a menor ligação com eles, e seu exílio do ofício que outrora a definia pareceu-lhe subitamente uma libertação.

Àquela distância, era fácil perder de vista os acontecimentos do palco, mas Tamara fazia eco às vibrações e apupos dos colegas. Agora, porém, o mestre de cerimônias demonstrava pressa; tinha chegado ao fim da lista, ao sedimento — Manchete Esportiva do Ano, Subeditor de Layout do Ano, Repórter Econômico do Ano —, e o público começava a perder o interesse.

Alistair retomou seu inventário de afrontas.

"E agora resolveram reorganizar o nosso sistema de turnos, de modo que..."

De repente, a equipe da *Psst!* se levantou de um salto, urrando de alegria. Tamara empurrou a cadeira e soltou um grito. Tratava-se de Alistair, o soliloquista da vaga de estacionamento. O enfadonho companheiro de mesa dela era o brinde do salão de baile, o rei do momento. Quando ele se levantou, agradecendo os berros e aclamações de felicitação, Tamara viu que tinha sido injusta. A modéstia de Alistair era uma graça — ele estava mais surpreso do que ninguém com o anúncio —, e ele foi para o palco receber o prêmio de Editor de Fotografia do Ano (Suplementos). Seu corpo leve e o sorriso desajeitado tinham qualquer coisa de adoravelmente infantil. E ele até que não era feio.

A premiação começou a esfriar. Os gritos e uivos foram diminuindo, enquanto os convidados passavam entre as mesas, parabenizando os premiados dos quais haviam zombado meia hora antes e abraçando inimigos, a caminho de comemorações mais soltas junto ao longo balcão do bar fora do salão. Os verdadeiros negócios da noite estavam prestes a começar. Bobby se ofereceu para acompanhar Honor até a entrada do hotel e pô-la num táxi.

"Eu estou bem. Estou mesmo", disse ela. "Só um pouco cansada."

Quando estavam saindo do salão, um fotógrafo que estava tirando fotografias dos premiados da noite em grupo gritou para Bobby:

"Será que a dama concordaria em tirar algumas fotos no palco?"

"A 'dama' sabe responder por si mesma."

Honor afetou cansaço quando a ajudaram a subir a escadinha do palco.

"Isto é realmente necessário?", perguntou.

Fotografaram-na em várias combinações com os premiados e, a seguir, com o mestre de cerimônias, que passou o braço por seus ombros e fez caretas para a câmera. Mesmo sem deixar de protestar, ela cedeu de bom grado, lisonjeada por ser lembrada.

Um dos premiados mais jovens, um rapazinho de cara meiga que mal parecia ter saído da escola, pediu-lhe um autógrafo.

"A senhora é uma verdadeira heroína", disse ele, estendendo-lhe uma caneta e o verso do cardápio da noite. "A matéria que fez na Espanha foi brilhante. E a sua cobertura do Vietnã, um assombro."

Ela assinou o cardápio e o devolveu com um sorriso cortês.

"Muito obrigado, Martha", disse o jovem. "Isto significa muito para mim."

Bobby não chegou a ouvir as palavras do rapaz, mas o rosto de Honor foi mais do que expressivo.

Tamara observou Tania sair da mesa da *Psst!* e ir diretamente para a mesa principal do *The Monitor*. Lá tentou chamar a atenção de Johnny Malkinson, que agora estava com a gravata-borboleta fúcsia na cabeça como uma tiara. Teve mais sorte com o acionista lituano, que fez sinal para que ela se sentasse a seu lado na cadeira deixada por Austin Wedderburn.

Divirta-se, Tania. Pegando Alistair pelo braço como se ele fosse propriedade sua, Tamara foi para o bar com a vitoriosa equipe da *Psst!* em busca de um champanhe comemorativo. Será que o momento era adequado, já que Tim estava parado no canto, todo amarrotado, transpirando e momentaneamente só? Sua acompanhante mirim se achava num canto trocando risadinhas com o editor-chefe do *Mirror*. Alistair desvencilhou-se de Tamara, deu uma apertadinha em sua mão para garantir que voltaria logo e foi pedir uma bebida no balcão.

Aconteceu tão depressa, e o vinho já tinha causado tanto estrago, que só no dia seguinte, depois de conversar com algumas testemunhas, Tamara conseguiu reconstituir a sequência dos fatos. Os únicos momentos de que se lembrava com alguma nitidez eram a abertura — a sensação de um dedo gelado deslizando por suas costas — e o triunfante *finale*. Primeiro pensou que fosse a mão de Alistair e estremeceu de prazer, mas quando se virou, sorrindo, deu de cara com Tim, cuja fisionomia estava amarfanhada por uma série de piscadelas e caretas.

"Mas o quê...?", perguntou ela.

"Não faça assim, Tamara."

"Mas você é muito cara de pau mesmo. Fica se esquivando de mim há semanas — qual era o problema? pressão do trabalho? crise na família? — e depois passa a noite bolinando aquela modelo de lingerie menor de idade ali."

Ele não ia desistir.

"Ah, vamos, Tammy... Em Paris você não foi tão fria assim, foi?"

Estendeu a mão e apalpou o seio direito dela como quem examina uma fruta madura na quitanda. Irritada, ela o afastou com um safanão.

"Você não pode simplesmente..."

Tamara não concluiu a frase porque Alistair apareceu a seu lado com uma garrafa de champanhe já desarrolhada na mão.

"Dá o fora, vovô", rosnou ele para Tim.

Tamara estava começando a ver o quanto havia subestimado Alistair.

"E se eu não estiver a fim, o que é que você vai fazer?", balbuciou Tim. Estava cambaleante e parecia ter dificuldade de focar a vista.

"Isto!"

Com um só movimento, Alistair passou a garrafa para Tamara e deu um soco na cara provocadora de Tim. O ex-amante de Tamara, por quem ela havia chorado ainda no dia anterior, foi caindo lentamente para trás, rígido como um carvalho tombado, e se estatelou no chão. Ouviram-se gritos de surpresa na multidão.

O chefe dos barmen abriu caminho entre os curiosos e se apressou a tomar o pulso de Tim. Assegurando-se de que a vítima continuava viva e julgando que o desmaio se devia ao excesso de álcool, estalou a língua ruidosamente em sinal de desaprovação e foi buscar o médico do hotel. O maxilar de Tim se afrouxou e ele começou a roncar alto. Embora decepcionadas, as pessoas que haviam se aglomerado ali riram aliviadas e começaram a se dispersar. Um gaiato cutucou o corpo estendido com o bico do sapato, e os editores seniores do *Sphere* o cercaram, meio sem jeito, tentando avaliar que reação seria aceitável. Convinha defender a honra do chefe e expulsar os picaretas da *Psst!* ou era melhor deixar para lá e pedir outra rodada? Nenhum deles ficou propenso a entrar em ação. O chefe que se encarregasse de resolver a encrenca, se viesse a se lembrar dela. A noite era uma criança, o bar ainda estava livre e lá havia umas garotas jeitosas, elas, sim, claramente dispostas a entrar em ação.

Junto ao balcão, Tamara se ocupou das gotas finas de sangue — de Tim — que salpicavam a camisa branca de Alistair. De braço dado, os dois foram até a recepção do hotel reservar um quarto para aquela noite e, quando passaram por Tim, ainda estirado no chão, ela virou a garrafa de champanhe em sua cabeça adormecida.

Era tarde, mas, de volta ao apartamento, Honor sentiu vontade de continuar o ritual de purificação iniciado na manhã daquela espantosa entrevista. Tinha sido quando? Quinze dias antes? Ligou o rádio — um documentário sobre os preparativos para a devolução de Hong Kong — e tornou a desligá-lo. Em seguida foi à estante e derrubou uma pilha de livros e revistas: um catálogo da Christie's de uma venda de fotografias, um estudo crítico da obra de Lucian Freud, duas *New York Reviews*. Novos candidatos ao exílio eterno. Pegou uma história do iluminismo escocês, o último número da *News Statesman*, Ian Crichton Smith — provocando um chuvisco de contas, recibos e, com a devida crueldade, um velho cartão de Lois, que havia comprado o livro sobre o iluminismo numa época em que a história, inclusive a dela própria, ainda lhe era acessível.

Honor serviu-se de mais um drinque e se sentou junto à lareira, os livros ainda espalhados a seus pés. Pegou o cartão. A grafologia evidentemente era uma bobagem, mas na caligrafia de volteios grandes de Lois ela sempre enxergara a marca de sua natureza: otimista, impaciente e ávida por experiências, emoções e respostas. Lois também fora uma grande incentivadora e tinha acompanhado a carreira de Honor com uma atenção que esta nunca pensou em retribuir.

Enviava cartas minuciosas e com críticas inteligentes sobre cada artigo de Honor, e havia sugerido várias de suas melhores matérias, informando-a do paradeiro de madame Chiang Kai-shek, marcando entrevistas com MacArthur, Henry Wallace e Dominic Behan, propondo o relato da viagem de volta a Weimar no trigésimo aniversário da fundação de Buchenwald e organizando a visita ao orfanato. Chegara até a intermediar a publicação do artigo na *Time* recorrendo a um ex-vizinho de seu tempo de Brentwood, quando Honor estava pessoal e profissionalmente no fundo do poço. Lois era o seu apoio e a sua caixa de ressonância. Honor tinha tanto a lhe contar agora, tanto a lhe perguntar. A sordidez da noite parecia um reflexo de sua desgraça pessoal. Só quando Lois se tornou tão definitivamente inacessível foi que Honor se deu conta do quanto dependia dela. Pôs o copo na mesa. Aquela era uma dor que ela podia escolher tolerar ou não. Rasgou o cartão em dois, serviu-se de outra bebida e pegou as provas de *Olho inflexível*.

Mais relatos de escaramuças coreanas. O rio Kum... Sumgyo... Amsong... Pusan... Avanço... Recuo... Ataque... Contra-ataque... Honor fechou os olhos. Antigamente aquela narrativa fiel de movimentos de tropa e posições de combate era muito importante para ela. Agora parecia tão trabalhosa e inútil quanto uma daquelas danças horrendas que era obrigada a suportar na infância. Inútil e assassina — uma Dashing White Sergeant letal.

Por mais exausta que estivesse, sabia que não conseguiria dormir. Estava batendo em uma ignominiosa retirada. No tempo que lhe restava, precisava pôr suas coisas em ordem. Pegou o caderno de anotações.

Buchenwald, 14 de abril de 1945. Quarto dia da libertação. Trajando o uniforme da prisão, eles se reuniram para um desfile de libertação junto ao cepo daquele grande símbolo, o carvalho de Goethe, e agitaram as bandeiras nacionais.

Foi debaixo daquela árvore outrora poderosa, no monte Ettersberg, que contam que o poeta fez um piquenique à luz dourada de um dia de outono de 1827, olhando para a cidade de Weimar lá embaixo e regozijando-se com a glória da natureza e a grandeza do homem. Aquela árvore tornara-se um símbolo duplo, representando um sonho ancestral de supremacia fascista para o Terceiro Reich e, para seus prisioneiros, o ilustrado humanismo da Alemanha pré-nazista.

Eu passeava sozinha do outro lado da cerca do campo, quando um barulho no mato chamou minha atenção. Foi então que eu o vi.

Dezesseis

Tamara não sabia como havia conseguido, mas, depois do triatlo de excessos da noite anterior, saiu com muito esforço da cama do Belvedere, deixou Alistair roncando feito um motor de arranque encrencado, voltou correndo a seu apartamento para trocar de roupa e foi mais depressa ainda para o trabalho. Não deixava de ser reconfortante saber que não estava sozinha em sua agonia. A redação mais parecia um pronto-socorro, com figuras devastadas espalhadas pelos cantos, gemendo baixinho.

Alistair tirou uma licença médica e Simon chegou tarde, ainda de smoking, com um pedaço de gaze cirúrgica cobrindo a orelha, alegando ter tropeçado num paralelepípedo. No prédio, ninguém que tinha estado na cerimônia de premiação, com exceção de Tania, falou mais alto que um sussurro o dia todo, e, como para compensar o inusitado silêncio, a voz de Courtney parecia transformada num som estridente saído de um megafone. Tania, a personificação da boa saúde e da vida regrada, passava entre seus combalidos colegas como uma fulgurante reprimenda à dissipação.

Simon propôs almoçarem um pouco mais cedo. A adega estava repleta de colegas destroçados, embora a virtuosa Tania lá estivesse — outra vez — em animada conversa com o editor de livros, Caspar, que também escapara dos efeitos da bacanal da véspera por não ter sido convidado.

Entre duas garrafas curativas e um cesto de pão, Simon confessou a Tamara que não se havia machucado numa rua inadequadamente calçada. Ao sair do jantar da premiação, fora ao apartamento de Lucinda, utilizando a antiga chave que ele não tinha devolvido. Queria lhe fazer uma surpresa.

"Acontece que de repente fui atingido com a força de uma revelação divina: tinha de ser ela. Percebi que eu andava enrolado demais — Serena, Davina —, simplesmente passando o tempo. É tão óbvio. Lucinda é a mulher para mim."

E ela também era para Wayne, o personal trainer de Lucinda, que por acaso estava na cama com ela quando Simon entrou no apartamento. Wayne não achou a menor graça naquela visita surpresa. Simon jurou ter visto um brilho de triunfo nos olhos de Lucinda, quando, de braços cruzados, linda com o baby-doll de cetim que o próprio Simon havia lhe comprado, assistiu ao tratamento que Wayne dispensou à boa forma física de seu ex-amante.

"Quer dizer que primeiro a tal revelação atingiu você. Depois quem o atingiu foi ele", resumiu Tamara.

Simon mordiscou sua baguete com cautela e ignorou a observação.

"Agora eu sei que preciso tê-la de volta. De qualquer maneira."

O celular tocou. Era Jan com mais novidades sobre os planos para o aniversário de Dexter no fim de semana seguinte. O bufê tinha falido.

"Então arranje outro", disse Simon, virando os olhos para Tamara. "Não... Eu não conheço", disparou. "Procure nas Páginas Amarelas."

Desligou o telefone e encheu mais um copo.

"Qual é a vantagem de ter um cachorro se quem late é você?"

"É, eu sei", murmurou Tamara, embora não soubesse bem o que ele queria dizer.

"Uma noite e tanto a de ontem", suspirou Simon, apalpando pesarosamente seu curativo.

"Foi mesmo."

"Uma pancadaria pesada no bar, mais tarde, quando você estava lá em cima, na suíte do vencedor, discutindo os melhores aspectos da fotografia de paparazzi com o nosso colega."

"Que pancadaria?"

"O editor de Notícias do *Courier* atacou os nossos rapazes por causa de uma exclusiva, Ricky Clegg teve um entrevero com seu antigo substituto no *Sphere* e não sei quem do *People* tentou dar um soco no mestre de cerimônias. Faroeste puro."

"Mas quando você foi embora afinal?"

"Não lembro direito. Só me lembro de ter tido uma discussão direta e franca com o editor de Esportes do *Courier* sobre o suplemento deles da Copa da Inglaterra — nenhum senso de humor, aqueles caras. Depois disso, é um branco geral — até eu chegar ao apartamento de Lucinda."

"Você viu algum sinal do Tim Farrow depois?"

De repente Simon se alegrou ao recordar que alguém se dera pior do que ele e cuja desgraça tinha sido tão pública.

"Se ferrou completamente, né? Parece que saiu de maca. Quem diria? O pequenino Al, hein."

"Hum."

"Mas e a sua noite, como foi?", perguntou ele com um olhar malicioso de teatro de revista.

"Boa", respondeu Tamara, ansiosa para mudar de assunto. "De qualquer forma, melhor que a de Tim."

"Acho bom não exultar tanto assim com os infortúnios de um potencial empregador", avisou Simon com repentina seriedade. "Tim pode ser um panaca, mas é um panaca útil. Nunca se sabe, um trabalho fixo no *Sphere* pode vir muito a calhar."

Tamara riu.

"No *Sphere*? Eu não quero nada com aquele lixo, esqueceu? Estou de olho na *S*nday*."

Simon pediu a conta com um aceno, depois juntou as mãos e aproximou o rosto do dela com ar paternal, muito embora o curativo na orelha minasse sua autoridade.

"Olhe, Tam, a essa altura, você já devia saber que não pode contar com nada nesse negócio."

"Não precisa me tratar com essa condescendência toda. Eu tenho direito de querer coisa melhor do que o *Sphere*, não tenho? É o que Lyra acha, mesmo que você não ache."

"Depois não diga que eu não avisei", disse ele, levantando-se.

"Obrigada pela sua preocupação."

Simon deu uma palmadinha no ombro dela, ansioso para restabelecer o clima leve entre os dois.

"Vamos lá, Tam. Agora nós dois temos que enfrentar a maior de todas as missões: um público impaciente aguarda a sua *Psst!* semanal. Como vai a Lista A?"

"De Boazuda a Banhuda — De Fofo a Balofo."

De volta à redação, Tamara pegou o resultado da pesquisa daquela manhã e lhe entregou o maço de fotografias.

"Dê uma olhada na foto recente de Pernilla Perssen", disse. "Gorda feito uma leitoa. Em breve ela vai posar para os Vigilantes do Peso."

Simon riu.

"Não chega a estar uma balofa para os padrões normais, mas tem sinais claros de barriguinha de cerveja. Fantástico. E na semana que vem?"

"O Inferno — Pelos de Arrepiar no Sovaco das Estrelas."

"Ótimo. A estrela aqui é *você*, Tamara. E você não vai a lugar nenhum. A *Psst!* precisa de você.

Exatamente o que ela temia.

Deu uma olhada nos jornais vespertinos para ver se o escândalo de Tim já estava nas páginas dos diários, arrumou a listagem das Banhudas, enviou-a a Simon, fez um esboço da listagem do Inferno e passou boa parte da tarde colhendo material de fundo para as Listas A da semana seguinte: Os Dez Maiores Corneadores de Estrelas de Novela; Briga de Mulheres na TV; As Melhores e as Piores Plásticas de Seios. Johnny enviou-lhe uma mensagem pedindo que desse uma ajeitada em Padrinhos Desleixados para o *Me2*: um dos tabloides havia publicado uma matéria sobre um astro de novela septuagenário cujo afilhado de meia-idade, um encanador desempregado com problemas mentais, afirmava que fazia quarenta anos que o ator não lhe mandava um cartão de aniversário nem um vale postal. Telefonemas aos suspeitos habituais renderam um bom lote de confissões e queixas.

No fim, foi uma jornada de trabalho satisfatória e, considerando seu estado, era notável que tivesse conseguido pegar firme no batente. Ansiava por uma noite tranquila em casa, mas o dever a chamava.

Tamara foi de metrô a Maida Vale e, ao chegar, encontrou o café ainda aberto. Mas no lugar onde ela costumava ocupar havia um sujeito cujos ombros largos encobriam irritantemente a visão da entrada do Holmbrook Mansions. Soltando um suspiro ruidoso na esperança de perturbá-lo, ela foi se sentar à mesa vizinha. Olhou para o intruso e foi sacudida por um choque. Tratava-se de ninguém menos que o garotão de Honor Tait. Estava distraído, bebendo delicadamente o café preto de sua xicarazinha e brincando com algumas moedas. De perto, era ainda mais bonito: um hippie metropolitano alto e magro, levemente bronzeado, de olhos meigos e camiseta branca sob o paletó de linho caprichosamente amarrotado. Trazia uma enfiada de contas pardas no pescoço e um bracelete de couro trançado no pulso.

Tamara desejou muito que ele erguesse a cabeça, mas, quando ele o fez, jogando para trás o emaranhado escuro do cabelo, foi para pedir a conta. Nem reparou nela. Seu rosto tinha a simetria de um santo de vitral, o nariz fino, aquilino, podia ter sido esculpido por Michelangelo, e os lábios estavam longe de ser desenhados para oração. Ele afastou a cadeira, deixou um punhado de moedas junto à xícara e saiu do café gritando "Obrigado!" por cima do ombro para os irmãos.

Tamara pegou a bolsa e se mudou para a cadeira dele. O calor do assento pareceu-lhe um presente íntimo, algo com que se deleitar. Vendo-o atravessar a rua e subir correndo a escada do Holmbrook Mansions, sentiu-se recompensada por toda a sua dedicação. Depois de todo o trabalho dela e de vários fracassos iniciais, tudo estava entrando nos eixos. Mas e o trabalho dele? Olhou para as janelas do quarto andar do edifício em frente. O que estaria acontecendo lá em cima? Impossível saber.

Nunca havia lhe ocorrido que os velhos tivessem desejos sexuais, mas achava que talvez fosse tecnicamente possível. Quando os idosos, em especial os homens, mostravam algum interesse sexual, ela sempre imaginava que outras forças estivessem operando. Tratava-se de uma afirmação da potência proclamada em voz alta na estação da impotência. Seu pai, embora quinze anos mais jovem que Honor Tait, era um bom exemplo. Ele não fazia ideia do quanto parecia um idiota, macilento e sem cabelo, engravatado e perfumado, de braço dado com a magricela Ludmila de pele aljofarada, um cisne gigantesco para a miniatura de águia careca que ele era. Por mais que tentasse e lutasse contra sua suscetibilidade natural, Tamara não conseguia conceber o ato físico que trouxera ao mundo o robusto Boris, um estranhíssimo milagre da hibridação. Era uma afronta à natureza, assim como a cópula entre espécies diferentes decerto só era possível em laboratório. E Honor Tait e seu acompanhante? Aquilo ia além do bestialismo.

Entretanto, no caso de Tait, ao contrário do pai de Tamara, o aspecto exibição achava-se ausente. As mulheres não acreditavam com tanta facilidade que a companhia de um amante mais jovem, particularmente de um pago, conferisse algum tipo de status ou glamour ao parceiro sênior. O acompanhante de Honor Tait não fazia as vezes de seu escudeiro pela cidade; outros jovens se dispunham a prestar esse serviço gratuitamente. Ele trabalhava por hora. Era uma transação particular, fonte de vergonha mútua, assim como de mútua conveniência. Tamara sentiu asco ao pensar nos apetites da velha. Que injustiça uma aposentada murcha desfrutar de sessões regulares com um admirável espécime de virilidade como aquele, enquanto ela, jovem, bonita e em pleno auge, passava noite após noite sozinha e incólume em sua cama king size. Naqueles dias, o vasto edredom branco lembrava uma planície ártica coberta de neve — baldia e miseravelmente gélida. E, debaixo dessa mesma cama, o indócil fruto de seu último relatório de avaliação de produto ao consumidor para a revista *Oestrus*: em uma incrível variedade de formas e cores que pouco ficavam a dever à natureza, um tesouro secreto de vibradores, um estoque de consoladores ainda na embalagem original, fazendo companhia aos chinelos e zombando de suas noites celibatárias.

Ela aceitou a caneca de café aguado servida pelo irmão rabugento, pediu um sanduíche — de qualquer coisa que não fosse frango —, abriu o bloco de anotações, muniu-se do dicionário de sinônimos e dos recortes e se entregou ao trabalho.

A conversa em seus salões versa sobre os problemas mundiais e a literatura russa, a filosofia hegeliana, música aleatória, a moeda europeia única e o futuro da inteligência artificial. Paul Tucker, recém-chegado dos campos de batalha da Europa oriental, é um predileto. Seu estilo machão e reminiscências da linha de fogo deixam Honor Tait derretida como uma adolescente enamorada. Aidan Delaney, o laureado poeta, fornece um condimento de espirituosidade e erudição — e não pouca lisonja. Mas há um rapaz cuja companhia ela prefere acima de todas as outras. Alto, de uma beleza hollywoodiana [averiguar o nome]. E quando ele a visita discretamente, tarde da noite, conversar é a última coisa que Honor Tait pensa em fazer.

Quando o visitante de Honor Tait finalmente saiu do Holmbrook Mansions, o café tinha fechado e Tamara tomava um gim-tônica em seu frio ancoradouro em frente ao Gut and Bucket. Seria sua imaginação o modo furtivo e apressado como o bonitão deixou o prédio, como se fugisse do local de um crime? Se lá houvesse crime, ele era a vítima, e não o criminoso. Tamara largou o drinque e atravessou a rua correndo para segui-lo. Tarde demais. Ele entrou numa van e partiu. Para voltar a um prédio invadido em Hampstead ou a um austero apartamento de solteiro em Ladbroke Grove? Talvez tivesse mulher e filhos em Clapham, e o dinheiro infame de Honor Tait estivesse sendo usado para pagar o colégio particular das crianças. Esse parecia ser o cenário menos plausível. Aquele homem era gostoso demais para ser pai de família.

Quando ele foi embora, a mente de Tamara forjou uma repulsiva visão da paixão da velha e da fria resignação do rapaz. Mais uma vez se perguntou se não estaria enganada. Afinal, ele podia muito bem ser um membro do salão de Honor Tait. Um de seus amigos platônicos, um ator shakespeariano desempregado, talvez um dramaturgo fracassado mas charmoso. Nenhuma dessas hipóteses explicava o dinheiro, a clandestinidade do encontro deles ou a intimidade do beijo que trocaram. Além do mais, Honor Tait tinha um longo histórico nessa área.

Gargalhadas irromperam às costas de Tamara quando um casal jovem abriu a porta do pub e saiu de braços dados, dando vazão a uma explosão de risos numa corrente de ar rançoso. Ela não tinha por que continuar ali sozinha no frio. O que realmente interessava havia lhe escapado. Ele já tinha cumprido sua tarefa. Não iria mais voltar naquela noite, e Honor Tait estaria estendida no escuro, exangue, seus sórdidos desejos saciados. Tamara se esforçou para expulsar esses pensamentos da cabeça. Ia trabalhar na *Psst!* no dia seguinte, teria que passar a maior parte do fim de semana escrevendo mais um artigo de viagem atrasado para a *Mile High* — sobre o festival de Krakelingen de deglutição de peixe vivo na Bélgica — e o editor da *Oestrus* a estava pressionando bastante por causa do relatório sobre os vibradores. Ela precisava se concentrar. O artigo da *S*nday* tinha que ser entregue em menos de quinze dias, e Lyra Moore, evasiva em tantas coisas, não dava trégua pelo menos neste ponto: era implacável com prazos.

Ele veio como prometera. Não era pouco. No fundo, aliás, devia ser tudo. Aquela amargura estava se tornando habitual. Dessa vez, a visita foi menos apressada. Ele observou a etiqueta, expressou interesse por ela, perguntou-lhe o que andava fazendo, com quem se encontrava, como se sentia. Para alguém de fora, seu beijo podia parecer terno. Mas não passava de mera transação. Para ele, tratava-se de dinheiro. Sempre dinheiro. Então por que ficar tão angustiada ao vê-lo ir embora? O garoto — sim, apenas um garoto — era um negócio inacabado. Ela sentia por ele uma coisa sombria, primordial; o sedimento se movendo no fundo de seu coração estagnado. Agitá-lo, só por sua própria conta e risco.

Muita gente havia passado por sua vida. Nos momentos mais sombrios, ela as contava uma a uma à procura de brasas no cinzeiro. Às vezes, parecia que aqueles antigos amores, aquelas longas amizades, mal haviam gerado calor suficiente para aquecer suas mãos. Honor voltou a pensar em Lois. Não conseguia se livrar do sentimento recente de que havia sido abandonada por ela. Acaso tinha começado a partir, serenamente consternada, distanciando-se, retirando-se aos poucos da paisagem no momento em que se deu conta do que estava acontecendo e do que a esperava? Em Mântua, naquela que veio a ser a derradeira viagem que fizeram juntas, elas passaram uma manhã separadas; Lois visitando igrejas com o obstinado interesse de que só uma ateia convicta é capaz, ao passo que Honor, ironicamente, dado o estado precário de seu casamento na época, escolheu visitar a Camera degli Sposi. Como Lois faltou ao encontro marcado na hora do almoço, Honor resolveu procurá-la. Cinquenta minutos depois, foi com horror que deu com a destemida e talentosa amiga perdida e aos prantos na Piazza Sordello. Precisou dividir uma garrafa de *prosecco* com ela para acalmá-la e, naquela mesma noite, as duas riram do incidente. Mas agora nenhuma delas ria. Muito menos Lois.

O coro noturno se iniciava no jardim. Honor não se incomodava tanto com as crianças ululantes nem com os pais santarrões de corte de cabelo geométrico e carrinhos pomposos de bebê. Quem criava problemas eram os adolescentes do centro habitacional atrás da estação do metrô. Embora não tivessem direito de usar o jardim, davam um jeito de entrar pulando a cerca ao escurecer, pisoteando as plantas, gritando e rindo até de madrugada. Já era tão difícil dormir.

A coisa piorava no verão, com as longas noites quentes, quando a vegetação desnaturada pelejava para reencenar certa memória ancestral de exuberância e fragrância, e os garotos — onde andavam as garotas? — ficavam deitados na grama, conversando em voz alta e fumando — maconha, sem dúvida — entre partidas de futebol que devastavam os canteiros e se prolongavam até o amanhecer. Obrigada a fechar a janela para abafar a cacofonia, Honor passava a noite toda deitada, sem fôlego e alerta, desejando um aguaceiro. Como os mosquitos de Glenbuidhe, os adolescentes de Londres não aguentavam a chuva.

Ela consultou o relógio. Era tarde. Quase tarde demais. A única coisa que lhe restava era o trabalho. Mais negócios inacabados.

Buchenwald, 14 de abril de 1945. Quarto dia da libertação. Nós choramos ao ver aqueles sobreviventes descarnados — os que ainda tinham força para ficar de pé — se aglomerarem, de uniforme de prisioneiro, ao redor do destroçado carvalho de Goethe. Eles próprios derramaram lágrimas pelos compatriotas que não viveram para ver aquele dia de liberdade, e foi com orgulho que brandiram os pavilhões nacionais — feitos de papel colorido — no ar frio da primavera.

Há mais de um século, neste mesmo bosque de faias — o Buchenwald — no monte Ettersberg, o poeta Goethe apoiou suas costas largas no poderoso carvalho durante um piquenique à luz dourada do outono e contemplou a cidade de Weimar lá embaixo, exultando com a glória da natureza e a grandeza do homem. "Aqui ele se sente grande e livre — grande e livre como o cenário ante seus olhos e como sempre devia ser".

Essa árvore tornara-se um símbolo duplo, representando para o Terceiro Reich um sonho ancestral de supremacia fascista e significando para seus prisioneiros o ilustrado humanismo da Alemanha pré-nazista.

E, ali onde outrora se espalhava a sombra de seus ramos, presenciei uma cena — não, participei dela — que demonstrou que a crueldade não era uma prerrogativa exclusiva dos regimes malignos; em determinadas condições, poderia ser um universal humano.

A estridência de um alarme trespassou o sonho de Tamara: sua mãe, sorrindo e de uniforme branco de chef, a estava servindo na cantina do *The Monitor*. Incêndio ou roubo? Era o telefone. Sonolenta, Tamara tirou o fone do gancho.

"Tam?"

"Ross."

O susto a despertou. Estava com a boca seca, um gosto ruim de pia de banheiro e saliva ressecada lhe selando os cantos dos lábios.

"Tudo bem, Tam?"

Bom, pelo menos um instante de inversão de papéis.

"Tudo. E você, está bem?"

Ele disse que sim, mas era evidente que não. Parecia trêmulo e apavorado.

"Onde você está?", quis saber Tamara.

"Na casa da Crystal."

De novo? Não!

"Por quê? O que aconteceu?"

"Tive de sair do apê."

Um poço de horror se escancarou em sua imaginação.

"O que aconteceu?"

"Nada que não tenha conserto."

Completamente desperta, Tamara se sentou na cama e acendeu o abajur do criado-mudo.

"Diga logo o que aconteceu."

“Nada de mais, maninha.” Seu riso era oco, um latido seco. “Eu acumulei umas dívidas. Atrasei um pouco o aluguel. Se não pagar, eles me despejam.”

“Pelo amor de Deus, Ross. Como você foi atrasar o aluguel? Você recebe auxílio-moradia.”

“Pintou um rolo na seguridade social. E depois os vizinhos, um casal de cristãos ranhentos, andaram reclamando. Me querem fora de lá.”

“E o dinheiro que eu te mandei?”

“Que dinheiro?”

Ele estaria falando sério?

“As oitenta libras que eu mandei, por carta registrada, na semana passada.”

“Ah, sei... Não chegou. O correio aqui está ficando cada vez mais delinquente.”

Estava mentindo? Ou tinha gasto tudo numa farra da qual não se lembrava mais?

“Eu não posso pedir devolução ao correio. Eles me mandaram o recibo.”

“Não esquente a cabeça com isso, maninha.”

Ele tinha razão.

“Quanto você deve de aluguel?”

“Não estou pedindo pra você pagar.”

“Apenas me diga quanto está devendo.”

“Duzentos paus.”

“Mas como, diabos, você foi deixar isso acontecer?” Ela se arrependeu imediatamente da sua manifestação de raiva. “Deixa pra lá. Não precisa contar.”

“Sei lá. Não estou pedindo pra você pagar nada”, repetiu ele de mau humor. “Mesmo porque Crystal disse que eu posso ficar com ela o tempo que eu quiser.”

Era o pior que podia acontecer a ele.

“Não sei se é uma boa ideia — você e Crystal.”

“O que você quer dizer? Você nunca foi com a cara dela...”

“Ah, Ross. Vocês não fazem exatamente bem um ao outro.”

“Quem é você para saber?” Ele falou com a voz entrecortada de indignação. “Desde quando você é especialista em relacionamentos?”

Fazia tempo que Tamara tinha aprendido a se defender dos insultos do irmão. Ele só ficava agressivo por estar sofrendo.

“Só quero dizer que Crystal já tem os problemas dela”, respondeu Tamara com calma.

“Tem mesmo. E é por isso que eu não vou deixá-la na mão. Ela está de luto.”

“De luto?”

“A irmã dela, a Dawn...”

“Mas faz *cinco anos* que a irmã dela morreu!”

“Sabe, Tamara, às vezes, se eu não soubesse que você é a minha irmã caçula, eu te confundiria com uma bastarda sem coração.”

Tamara consultou o relógio. Três da manhã. Cedo demais — ou tarde demais — para aquilo. Teria de estar no escritório dentro de algumas horas. Sua cabeça latejava. Seria uma recaída da ressaca do Press Awards?

“Só estou preocupada. Quero que você fique bem”, disse.

“Eu vou ficar. Assim que a minha pensão de inválido chegar daqui a quinze dias.”

“Mas como você vai sobreviver até lá? E o aluguel atrasado?”

“Eu me viro.”

“Você não andou gastando o dinheiro em drogas?”

“Você pensa que eu estou mentindo, não pensa? Você é igualzinha ao papai. Mamãe era a única que acreditava em mim.”

Ele começou a chorar, um lamento baixo que se transformou num horrendo ganido de cão ferido.

"Não, claro que não, Ross. Eu acredito em você."

Tamara ficou com os olhos cheios de lágrimas. Não suportava ouvi-lo magoado e desesperado.

"Você pensa que eu minto. Pensa, sim." Agora ele estava zangado. "Fique sabendo. Eu estou com o saco cheio de gente como vocês, que me humilha, que me julga."

Gente como vocês? Tamara não podia aceitar a provocação. Tampouco podia deixá-lo cair mais uma vez nas garras de Crystal. Era impossível saber se Ross estava dizendo a verdade, mas se ela o pressionasse ele seria capaz de bater o telefone e passar meses sem dar notícias.

Ela ainda tinha duzentas e vinte libras na conta da sociedade de crédito imobiliário — estava economizando para comprar um computador novo — e decidiu sacá-las no dia seguinte. Tinha que ser a última vez. Apaziguar e proteger o irmão estava se tornando um hábito caro. Mas o que fazer? Sua mãe não hesitaria em dar o dinheiro. Ross era vulnerável. Não podia se defender. Devia sofrer de alguma doença mental, pois quem, em sã consciência, aceitaria viver do jeito que ele vivia?

"Olhe, eu levo o dinheiro amanhã à noite. Na casa da Crystal, se você quiser. Ponho o dinheiro na sua mão. Depois do trabalho. Assim você pode voltar para o seu apartamento. Vai ficar bem até lá? Pode comprar um pouco de comida? Vá à mercearia da esquina. Tente comprar fiado. Diga que eu pago pelo telefone com o cartão. Ele pode telefonar para mim no *The Monitor*."

Dezessete

Abatidíssima depois de um sono intermitente, Tamara chegou à redação e deu com uma reunião improvisada em andamento. Toda a *Psst!* estava agrupada ao redor de Simon, cochichando. Todos com ar muito grave. Só Courtney continuava à sua mesa, abrindo a correspondência com um sorriso ostensivo. Simon estava calado e pálido.

"O que aconteceu?", perguntou Tamara a Alistair.

Eles não haviam conversado desde o Press Awards. Fora uma vergonhosa decepção para ela: depois do prêmio, o brilho de herói se apagou e ele voltou a ser e a falar como o desprezível fracassado de sempre. O que estava deixando Alistair desconfortável era a culpa: sua mulher havia dado à luz o primeiro filho do casal uma semana antes da noitada no Belvedere. Uma crise no escritório era uma ótima ocasião para restabelecer as relações diplomáticas.

"Nós fomos rebaixados", informou Alistair.

"Rebaixados? Quem? Como?"

"A *Psst!* Fomos chutados pra escanteio."

Rebaixados *e* chutados pra escanteio. A coisa era séria.

"Puxaram o tapete de Simon. Agora todos nós trabalhamos no site."

"Não! No site?"

Como iam poder trabalhar no site? O meio deles era a mídia impressa. Não entendiam nada de computador, coisa que, aliás, detestavam.

"Eu sei", disse Alistair. "É uma loucura."

"Mas quem vai assumir o lugar de Simon?"

"Tania Singh."

Não podia ser verdade. Tamara havia realmente perdido seu paladino? A petulante e presunçosa Tania ia ser sua chefe? Impossível. Ela examinou a cara dos colegas e a palidez chocada de Simon. A redação era o único lugar no mundo em que Tamara se sentia segura e no controle. Agora estava perdida, Simon tinha sido derrotado e a inimiga, um autômato burocrático sem o menor senso de humor, saíra triunfante.

"Eu não acredito", disse Tamara.

Alistair mostrou-lhe a prova: um memorando de Wedderburn. Embora não empregasse os termos "rebaixamento" nem "afastamento", nada tinha de consolador. A palavra era "integração". E Simon não fora demitido, e sim "transferido". Agora era editor de conteúdo, num arranjo que o memorando descrevia como promoção. Mas as implicações eram claras. Tania passava a ser editora-chefe da *Psst!* e, a partir do mês seguinte, a revista, "como parte de um experimento ousado", seria principalmente um site, e seu original impresso, aquele produto amistoso, tátil e lustroso, tão familiar e reconfortante quanto uma caixa de bombons baratos, encolheria, transformando-se num minúsculo aperitivo de duas páginas, um mero folheto de propaganda do colossal banquete on-line.

A reunião extraoficial foi transferida para um almoço antecipado no Beaded Bubbles. Salvo Courtney, ninguém estava com o menor apetite.

"Nos ferramos. Dinossauros e dodós esmagados pela bota do progresso", disse Simon.

Jim mostrou-se inusitadamente solidário.

"Isso não dura, acredite", garantiu. "Essa história de internet não passa de um modismo condenado à obsolescência. É a repetição do gramofone a ar quente e do Sinclair C5. Eles não vão ganhar dinheiro com isso a longo prazo."

Mas era o curto prazo que preocupava a equipe da *Psst!*

"Não foi para isso que eu ganhei o meu prêmio", protestou Alistair. "Não entrei nesta profissão para passar o dia olhando para uma tela e mexendo no equivalente fotográfico do Pacman..."

"Espera um pouco, Al", atalhou Courtney. "Não vem dar uma de Sebastião Salgado. Nós sabemos muito bem o que você faz. Não estamos falando de fotografias de mineiros bolivianos oprimidos, e sim de instantâneos de estrelas bêbadas. O site é o canal perfeito para esse seu material."

"Traidora", resmungou Alistair.

"Mas o que significa editor de conteúdo afinal?", quis saber Tamara.

"Coisa boa é que não significa", respondeu Simon. "Para não serem processados por demissão indireta, eles inventam essa função absurda de unir o digital ao impresso, me dão uns trocadinhos a mais e dizem que fui promovido. Mas ninguém é idiota aqui. Quem manda agora é Tania."

"Então é isso", disse Tamara. "A idade de ouro acabou."

"O trem da alegria descarrilou, você quer dizer", corrigiu Courtney, pedindo uma garrafa de champanhe. "Sem vítimas fatais. Apenas alguns cortes e contusões na cabine de primeira classe. Desçam todos, por favor!"

* * *

Desanimada e ligeiramente embriagada, a equipe da *Psst!* voltou à redação e foi convocada por Tania para uma reunião de instruções na cantina.

Simon pegou o paletó pendurado no encosto da cadeira.

"Estou fora. Podem dizer à Princesa Guerreira que eu saí por aí à procura de conteúdo", disse.

Tania estava em uma das mesas da cantina — ainda úmida da limpeza recente, Tamara notou com prazer, mas esse gostinho modesto não tardou a sofrer um curto-circuito quando ela viu o telefone móvel prateado brilhando na mão da nova editora-chefe. Ainda por cima um telefone da empresa.

A equipe da *Psst!* deixou-se cair nas cadeiras ao redor de Tania como adolescentes mal-humorados no primeiro dia de aula. De braços cruzados, as pernas também cruzadas, o pé direito balançando graciosamente dentro da bota de camurça, a nova editora, tão encantada consigo quanto uma garota-propaganda de xampu, jogou o cabelo luzidio para trás e falou em oportunidades, entusiasmos, adaptação à web, interatividade e capacidade de resposta, participação do leitor e impressões de página, últimas notícias e atualizações instantâneas.

"Como é que é?", interveio Alistair. "Últimas notícias? Atualizações instantâneas? E o que isso significa exatamente para o nosso fechamento semanal?"

Tania sorriu, deliciada.

"Essa é a mentalidade antiga, Alistair. Agora nós temos um modelo novo. No futuro — talvez daqui a dois anos, talvez a cinco ou mais — *The Monitor* não será simplesmente um jornal diário de circulação nacional com seus suplementos semanais; será um canal multiplataforma de informação e comentários vinte e quatro horas por dia, sete dias por semana, com um público leitor global, com fronteiras e fusos horários estendidos."

"E a nossa semana de quatro dias?", perguntou Jim Frost, apontando para ela a ponta mastigada de seu cachimbo de urze.

Tania lhe endereçou um sorriso piedoso.

"E os nossos dias de compensação?", acrescentou Alistair.

Foi como se ninguém tivesse falado. A nova chefe descruzou os braços, descruzou as pernas e segurou a borda da mesa. Como para compartilhar um segredo emocionante, inclinou-se em direção à sua plateia.

"E o mais empolgante é que eu, quer dizer, nós, ou melhor, vocês foram escolhidos para ser a vanguarda — vocês serão os precursores dessa operação pioneira. A adaptação da *Psst!* à nova ciberextensão vai determinar o modelo do resto do *Monitor*. E, por extensão, do futuro de toda a indústria jornalística!"

"Quando vamos começar?", quis saber Courtney.

A reunião terminou num desanimado silêncio, e Tamara voltou a sua mesa disposta a seguir seu próprio caminho de adaptação à web. Iria se adaptar, sim. A ideia de não ter Simon lá, de trabalhar sem horário flexível e daquela sorridente Tania, uma insinuante capataz comandando com entusiasmo implacável as galés de ciberescravos, era tenebrosa demais para encarar.

Ela precisava fugir do universo multiplataforma vinte e quatro horas por dia e sete dias por semana de Tania, no qual todos os jornais e revistas seriam sugados pelo furacão tecnológico, subindo em remoinho pelos ares desde as agências de notícias e as estações de metrô, as mesas de trabalho e as mesas de café, as lanchonetes e as cozinhas, as latas de lixo e as sarjetas, os centros de reciclagem e os aterros sanitários, toldando o céu antes de se reduzirem a uma chuva de pixels e se precipitarem na terra como poeira mágica, minúsculas partículas de informação tremeluzindo em caixas plásticas em todos os lares do país.

A *S*nday* — ilustre demais para ser incorporada à distopia digital de Tania — já não era uma rota de fuga opcional, e sim uma tábua de salvação. Tamara precisava fazer da matéria de Honor Tait um excelente trabalho. Mas antes tinha outro dever a cumprir, e um mês inteiro plantada inutilmente em frente ao Holmbrook Mansions seria preferível à triste viagem que a aguardava naquela noite.

Purgada, exausta e ligeiramente suja, Honor Tait submeteu-se à derradeira indignidade. Apequenada pela maquinaria, achava-se deitada numa maca forrada de papel, nua, fria e ressequida sob a fina camisola de algodão, enquanto um técnico ao longe, protegido dos raios nocivos por vidro e chumbo, a introduzia por controle remoto no túnel branco.

"Inspire", disse a voz desencarnada da radiologista, transmitida por um pequeno alto-falante à entrada do túnel. "Segure o ar... não se mexa... segure..."

Submissa, tomada de uma raiva muda, Honor reteve a respiração. Uma instrução simples, mas tão difícil de obedecer. Ela lutou contra seu corpo fragilizado, contra seu desgastado aparelho respiratório e sua rebeldia natural para atender à solicitação da voz. Sujeitar-se. Nunca tinha sido fácil para ela.

"Pode respirar normalmente agora."

Honor olhou para as paredes frias do túnel. Nunca tinha sofrido de claustrofobia, mas ali, naquele momento, imaginou a sensação. Sem saída. Um suprimento minguante de oxigênio, um estreitamento de opções, o desamparo, depois o terror. A condição humana. A condição humana da velhice.

"Inspire... segure o ar... não se mexa... segure."

Precisava prestar muita atenção. Era isso o que mais a ofendia. A máquina fazia um barulho estranhamente doméstico ao captar as imagens: um zunido brando como o de uma camisa com botões grandes girando lentamente numa secadora de roupas.

"Pode respirar normalmente agora."

Toda a experiência, os interesses de um espírito vivaz e longevo, as realizações alcançadas a duras penas, as paixões e os preconceitos, tudo reduzido a isso, envolta na mortalha estampada de florzinhas do hospital, entrando, impotente, no escâner ao longo da esteira transportadora, ela se reduziu a nada além de uma série de imagens granulosas — junções em preto e branco, cortes transversais de tecido e osso transformados pela tecnologia em pulsos de luz e poças de escuridão —, tão impessoais quanto a observação telescópica de galáxias distantes.

"A senhora vai indo muito bem", disse a radiologista. Podia estar falando com um idiota ou uma criança. "Agora não vai demorar."

Não vai demorar. Era isto a sua vida, um rabo de cometa atravessando despercebidamente o céu noturno. Uma estrela cadente. Uma entre incontáveis bilhões.

"Inspire... segure o ar... fique totalmente imóvel... segure."

Como em toda a sua vida ela havia gozado de uma saúde excepcional, acostumou-se a pensar nela como uma qualidade moral, talvez sua única virtude de fato, o corolário de uma vida determinada. Com exceção de algumas dificuldades nos seus trinta anos, depois de dois abortos, ela...

"Inspire... segure o ar... fique totalmente imóvel... segure."

Enfim, nas salas de espera de médicos e ambulatórios de hospital, ela sentou praça no exército de doentes — velhos e moços, inteligentes e imbecis, ricos e pobres, bons e maus. A única coisa que tinham em comum era a imperfeição; o corpo, a morada de carne do eu essencial de cada um, tornara-se o inimigo principal.

"Espere um instante aí, pode ser?", disse a radiologista com o entusiasmo de uma cabeleireira. "Talvez a gente precise refazer uma delas, vou mandar examinar os filmes."

Sim, pensou Honor. Eu espero. Que mais há para fazer senão esperar?

Tamara adentrou o lúgubre anfiteatro do conjunto habitacional, passou pela carcaça de dois carros abandonados, por um colchão descartado com um mapa sépia de manchas, por televisores jogados no lixo, cadeiras de jardim de plástico branco meticulosamente enfileiradas como para um chá pós-apocalíptico, dois inevitáveis carrinhos de supermercado, estruturas aprumadas como redes brilhantes à luz de sódio dos postes, e um sinistro carrinho de bebê tombado, o estofamento sujo do assento horrivelmente rasgado de ponta a ponta.

O lugar estava deserto, apenas alguns garotos chutavam bola num escasso trecho gramado. Cachorros latiam em quase todos os apartamentos. Ela sabia que não se tratava de ansiosos labradores nem de cachorrinhos de colo mimados, mas de massas de músculos com dentes de motosserra programados para dilacerar carne humana; credores ou devedores, policiais ou traficantes, adultos hostis ou bebês adormecidos, eles não discriminavam ninguém. Nem mesmo seus donos estavam em segurança.

Os apartamentos eram ligados por um corredor fedorento coberto de pichações, um amplo Jackson Pollock de insultos — a mãe de fulano gostava de dar de tal maneira, beltrano preferia fazer com o cachorro, sicrano era um bunda-suja — e de um patético orgulho territorial: SyncKrew4ever, LeiDoBlocoG, KodyÉRei. À medida que Tamara se embrenhava no conjunto habitacional, vozes humanas iam se unindo a latidos — o grave rugido de uma queixa e a sopranina reação de protesto pressagiando um arranca-rabo conjugal; o lamento indefeso de um bebê —, e por cima de tudo isso o estrondo de incontáveis televisores. Algumas portas tinham barras e eram cobertas por grades metálicas; gaiolas com fechadura interna. Do lado de fora de outras portas, viam-se fileiras esfarrapadas de sapatos de criança, carrinhos de bebê, karts de plástico — a alegre e caótica parafernália da vida doméstica. Mais à frente, Tamara viu uma fortaleza, a destroçada janela da frente tampada com uma folha de aço; a fachada estava tão fortemente embarricada e coberta de tábuas que era impossível imaginar que alguém morasse ali, mas ao passar Tamara ouviu um vozeio e um jogo de futebol na televisão, o comentador frenético berrando em meio ao dilatado bramido da turba. O apartamento vizinho, a porta pintada de um soberbo vermelho-hidrante, tinha um otimista capacho de boas-vindas e uma gamela de plástico com um jacinto plantado. Provavelmente, o inquilino era uma pessoa idosa, um sobrevivente dos tempos pré-lapsarianos, quando o inimigo era a Luftwaffe lá de cima, e não os craqueiros daqui de baixo.

Não havia um capacho de boas-vindas diante da porta do apartamento de Crystal, mas tampouco uma gaiola de metal. Suas cortinas de *voile* eram de um cinza teia de aranha, porém as janelas não estavam quebradas e, pelo menos, tinham cortina. Com o passar dos anos, à medida que a esperança minguava na vida de Ross, Tamara e a mãe aprenderam a se consolar com esses pequenos sinais. Os padrões iam despencando juntamente com Ross.

Depois do choque de sua primeira prisão por ter furtado uma loja, a notícia de que ele iria obter liberdade condicional pareceu uma redenção. Era a chance de um recomeço para a família. Os três ficariam melhor, mais fortes, voltariam a se levantar depois daquele tropeção, revigorados, lúcidos. O segundo crime dele ou, mais precisamente, o segundo delito que o levou a ser preso, valeu-lhe uma sentença de quatro meses de reclusão, e não a de um ano e meio de que o ameaçaram, e, passada a agonia da apreensão no tribunal, a mãe deles mergulhou um mês inteiro no que parecia ser um festival de regozijo, o que acabou ofuscando a comemoração do sucesso de Tamara nos estudos. Foi como se uma temporada num presídio aberto em Northamptonshire fosse um passo mais importante na carreira que um diploma da Brighton Poly.

Desde então, em seus momentos mais amargos, Tamara via que o persistente otimismo deles com a possibilidade de Ross recuperar a vida — abandonar as drogas, recobrar o antigo brilho, começar a trabalhar, morar num apartamento decente — era uma autoenganação em escala ainda maior que a do irmão. O período passado num hospital psiquiátrico foi, dissera Ross usando a linguagem das sessões de terapia em grupo, um "serviço de despertador". Assim como a hepatite C que adquiriu compartilhando agulhas, o medo do HIV e o coma induzido por metanfetamina do qual só se recuperou por milagre. Foram serviços de despertador no sentido de que ele tinha acordado, saído imediatamente e caído nas drogas outra vez. No ciclo recorrente de recaída e recuperação, Tamara e a mãe optaram por enxergar a recuperação como o estado-padrão de Ross e as recaídas como um terrível desvio da norma. Em seu desespero e ingenuidade, elas viam a seringa semivazia, não semicheia.

E Tamara ainda buscava sinais de esperança. O telefonema do irmão, porém, não lhe dera motivo para tanto. A campainha do apartamento de Crystal não estava funcionando — um indicativo neutro, concluiu Tamara —, por isso ela bateu na caixa de correio, o que desencadeou um ladrar frenético e o arranhar e resvalar de unhas de um animal no linóleo.

"Quieto, Rex. Psiu. Isso, garotão", grasnou uma voz de mulher do outro lado da porta.

Moveram-se trancas e trincos e uma cara emaciada e emoldurada por grossos chumaços de cabelo tingido com hena olhou para fora com apreensão. A intenção era um lindo e delicado pimpolho pré-rafaelista e o efeito foi *A noite dos mortos-vivos*.

"Ah, sim. Oi, Tam. Entra. Ele está te esperando."

Com as mãos armadas com uma infinidade de anéis de prata, Crystal agarrava com firmeza a coleira de Rex — um *border collie* com um desconcertante olho azul —, que fazia de tudo para pular em cima de Tamara.

"Não esquenta a cabeça. Ele não é de nada. Muito mansinho." Deu um puxão na coleira. "Senta, Rex. Isso, garotão."

Tamara entrou cautelosamente no hall.

"Verdade, ele não faz nada", garantiu Crystal, arrastando o cão ao mesmo tempo que fechava a porta. "Ele é capaz de te matar, mas de tanta lambida."

Reparando nos fios de saliva que escorriam da mandíbula de Rex, Tamara sorriu amarelo e tratou de manter distância.

Crystal arrastou o cachorro até a cozinha, bateu a porta e a trancou.

"Ele aprendeu a abrir a porta. Pula e morde a maçaneta", disse, sorrindo com orgulho maternal.

"Impressionante."

A sala estava às escuras, iluminada unicamente por uma lâmpada de lava cor de laranja e pela luz oscilante de um televisor sintonizado num desenho animado infantil, em que, com uma trilha sonora de trombones flatulentos, cordas apressuradas, assobios e qua-quás, diversos bichos de fazenda se entregavam a uma correria em altíssima velocidade. Quando seus olhos se adaptaram à penumbra, Tamara divisou seis silhuetas sentadas em círculo no chão, como peles-vermelhas hollywoodianos em uma assembleia tribal. Um deles gritou seu nome e o irmão de Tamara adquiriu forma diante de seus olhos: um corpo esquelético e um rosto encovado.

"Não precisa levantar", disse ela.

Agachou-se para receber o beijo do irmão e se sentou no chão, cruzando as pernas para se juntar a ele. O apartamento cheirava a umidade e mofo. À meia-luz artificial, Tamara tentou sondar o estado de Ross. Não estava trêmulo. Não se mostrava agitado — nada de monólogos intermináveis, nada de teorias da conspiração, nada de lágrimas ou risos cacarejados por enquanto. Tampouco estava catatônico. Tudo isso era bom. Ele parecia tranquilo e à vontade naquele círculo esquálido, tal como ela se sentia num bom almoço no Bubbles. Tamara de repente se irritou; se Ross estava tão bem, por que a obrigara a ir até lá, no fim de um dia de trabalho, para lhe entregar suas tão suadas economias?

Alguém passou a Tamara um baseado úmido de saliva. Ela o entregou imediatamente ao irmão, disposta a lhe dar o dinheiro e sumir daquele apartamento o mais depressa possível, sem tocar em nenhuma superfície nem usar o banheiro nem respirar muito fundo. Mas também sabia que não convinha abrir a bolsa ali na sala e exibir o dinheiro na frente daqueles desconhecidos baratinadíssimos. Precisava fazer Ross sair dali.

Crystal apareceu com uma bandeja cheia de xícaras.

"Chá de ervas?"

Tamara aceitou uma caneca lascada em que se lia a frase "A Melhor Mãe do Mundo" — presente dos gêmeos de Crystal, ambos levados pelo conselho tutelar com oito anos de idade — e assoprou o líquido quente e avermelhado.

"Rosa-mijona", disse Ross, solícito. "Cheia de antioxidantes. Estimula o sistema imunológico da gente. Muito equilibradora."

Quando ele se lembrava de comer, era rigorosíssimo com sua dieta. Tinha de ser orgânica, macrobiótica e sem aditivos. Aparentemente, a única leitura que fazia era a das listas de ingredientes das embalagens nos supermercados, e considerava a inclusão de aditivos químicos, conservantes e números E como prova de um pernicioso complô do Estado para dominá-lo e destruí-lo. Não tinha o mesmo escrúpulo com todas as drogas, anfetaminas, craque e heroína que ingeria. Tamara assoprou de novo o chá, decidida a não aproximar a caneca dos lábios.

O resto do grupo entrou em foco e, entre longas tragadas no baseado, Ross os apresentou um por um.

"Tam, este é Baz. Baz, Tam."

Um gótico de boca mole e olhos pintados acenou para ela com o esforço de um narcoléptico para levantar a cabeça do travesseiro.

Sal, uma indiana magra de tranças africanas, foi mais comunicativa.

"Tudo legal, Tam?", disse, endereçando-lhe um sonolento sorriso de boas-vindas.

"Chiggy. Esta é a minha irmã, Tam."

Um bêbado trêmulo, cujos dentes eram um Stonehenge em miniatura, ergueu uma garrafa para saudá-la. Goody, uma rastafári de cabelo de Medusa ocupada com um cachimbo, semicerrou brevemente os olhos voltados para Tamara antes de retornar ao que estava fazendo. Tamara olhou em volta, dissimulando o mal-estar com um largo sorriso. Pelo menos não havia agulhas por perto. Um pôster rasgado com dois golfinhos saltando entre ondas turquesa estava afixado acima da lareira elétrica. Perto do baralho de tarô numa mesa de vime, viam-se fotografias de gêmeos sorridentes envergando um impecável uniforme escolar e a de uma provocadora beldade adolescente, a grinalda de margaridas coroando suas tranças loiras de fada. Dawn. A falecida irmã de Crystal.

Tamara flexionou o pé. Estava ficando com cãibra. Como os iogues conseguiam meditar em semelhante posição? Foi então, com um estremecimento de assombro, que ela o viu, na parte oposta do círculo: lindo e sadio numa sala repleta de ruínas, preparando, com uma gilete, uma carreira de pó na capa de um CD com a graciosa destreza de um sushiman.

"Tam, esse é Dev."

Tamara chegou a pensar que fosse alucinação. Seria possível viajar tão depressa com a mera inalação passiva da fumaça no ar? Era ele. O companheiro de almoço e o visitante tardio de Honor Tait; o gigolô. E se materializara ali, bem diante dela, a centímetros de distância, quase a roçá-la. Que dádiva. E agora ficava resolvido o enigma da história. Tudo subitamente claro; o gosto por substâncias caras que alteravam a mente explicava sua sórdida ocupação. Aquele joguinho com a velha aposentada financiava seu vício. Ele aproximou a bela cabeça do pó, seu perfil quase encoberto pelo emaranhado de cachos, enfiou na narina uma nota enrolada e tapou a outra com o indicador. Depois inclinou a cabeça para trás, fungou com prazer e ofereceu a Tamara uma carreira de cocaína.

"Não, obrigada", agradeceu ela. "Eu dei uma cheirada antes de vir para cá."

Ross lançou-lhe um olhar inquisitivo e, em seguida, aceitou a capa do CD.

"Deixa pra lá, Dev", disse. "Minha irmã é meio careta."

Tamara corou. Bem quando ele podia ser útil pela primeira vez na vida, Ross tentava sabotá-la, rindo dela e convidando os demais a fazerem o mesmo. Ela até era capaz de cheirar uma carreira só para manter as aparências, mas tinha tanto trabalho pela frente que não podia se dar ao luxo de desperdiçar aquela noite nem a manhã seguinte. A vida não era um eterno feriado para todo mundo. Está bem, teve vontade de dizer, eu sou careta. Senão, como eu ia levantar duzentos paus, ver se você tem o que comer e tirá-lo das encrencas em que se mete? Se este apartamento imundo neste conjunto habitacional horroroso e estes deprimentes marginais que você chama de amigos representam o estilo de vida não careta, "alternativo", pode deixar que eu prefiro ficar com o meu velho e bom prumo.

Outro baseado entrou na roda, dessa vez de Sal. Tamara hesitou. Talvez valesse a pena tentar uma tragada em prol da coesão social. Deu uma rápida; a erva era forte, provavelmente maconha e, quando ela o passou para Ross, sua irritação e ansiedade começaram a se dissolver. Flexionou as pernas e a cãibra desapareceu.

Alguns minutos se passaram. Que música era aquela? A trilha sonora do desenho animado parecia ter se acelerado e adquirido novos elementos: percussão, como mil batidas cardíacas sincopadas, e uma flauta tão alta e pura que parecia canto de passarinhos no paraíso. Agora que ela estava escutando com atenção, a música parecia incorporar toda a magnificência e a tragédia da experiência humana. E, olhando bem, o insalubre apartamento de Crystal era um lugar de genuína cordialidade, impregnado de uma radiância benigna, rósea. Como não havia percebido isso antes? Revigorada por uma nova exuberância sensorial, Tamara se sentiu poderosamente dona de si mesma.

Voltou a olhar para Ross e os amigos dele e viu como cada um era bonito e até nobre em sua individualidade, de olhos brilhantes, gracioso, filosófico e heroicamente viciado. E o mais lindo de todos — a bruaca velha Tait tinha bom gosto, não se podia negar — era Dev, que agora olhava diretamente para Tamara sob olhos encobertos, assim como ela o fitava com um descarado ardor. Ele a queria e ela o queria. Nada podia ser mais simples.

"Tam? Tam? Você está bem?"

A preocupação de Ross a comoveu.

"Claro. Olhe, eu só queria trocar uma palavrinha com você. A sós."

Foram para o corredor e se postaram perto da cozinha. Do outro lado da porta, Rex saltava na maçaneta, ganindo frenético.

A euforia de Tamara começou a se desvanecer. Ela lhe entregou o dinheiro.

"Obrigado, Tam. Você é brilhante. Isto vai ajudar a pôr algumas coisas em dia."

Tamara olhou para ele com ceticismo.

"Ponha em dia o seu apartamento. Volte para lá. Você e Crystal não fazem bem um ao outro. Mas eu não posso continuar assim, Ross. Tirando você das encrencas. Não posso mesmo."

"Eu sei, Tam. Desculpe. Eu vou arranjar um empreguinho, pagar você, virar careta."

Aquela palavra outra vez.

Ele a beijou e ela se encolheu. À luz forte do hall, os dentes de seu irmão pareciam rachados e cobertos de ferrugem, a pele esburacada tinha um brilho amarelado, o cabelo estava emaranhado e as unhas estavam cheias de sujeira. O jeans rasgado era muito grande para ele, caía em dobras encardidas por cima do tênis imundo, e o cheiro enojante de bolor, agora Tamara percebia, emanava de Ross, não do apartamento de Crystal.

"Não se preocupe com isso", disse ela.

"Palavra, Tam. Você é brilhante. Eu devolvo o dinheiro. Seja quanto for. Sei que lhe devo muito."

"Bom, escute, talvez você possa me fazer um favor. Coisa do meu trabalho..."

Ela preferiu não dizer mais nada. Não podia confiar na discrição do irmão, assim como não podia confiar na sua sinceridade ou autodisciplina.

"Do trabalho?" Ross ergueu a sobrancelha com deboche. "Ah, está bem. Pode dar o nome que quiser, maninha. Eu guardo segredo."

"Não tem segredo nenhum." Ela se conteve. "Eu só queria conversar com ele em particular. Interesse dos dois, essas coisas. Assunto do meu trabalho, como eu disse."

"Sua diabinha matreira." Ele piscou. "Dev é mais amigo de Crystal que meu. Um velho camarada. Meio parente. Mas, pode deixar, eu dou um jeito."

Ross arreganhou os dentes num sorriso de Artful Dodger.

Tamara ficou doidona outra vez. Tinha dado mais umas tragadas num baseado antes de Dev anunciar que ia embora e Ross lhe pedir, talvez com excessiva animação, que desse carona a sua irmã. E lá estava ela, no banco de passageiro da van, ansiosamente perto de um homem desejável que, de quebra, ainda tinha a chave da maior matéria de sua carreira.

"Tudo bem se eu a deixar no metrô?"

Sua voz era macia e sonora como a de um locutor de televisão — talvez fazendo propaganda de uma bebida maltada para antes de dormir.

"Ótimo."

Ela observou suas mãos no volante — fortes e seguras, com dedos delicados — e deu consigo imaginando que elas acariciavam seus seios. Enquanto ele olhava para a pista, ela examinava disfarçadamente seu perfil, deliciando-se com tanta perfeição: o nariz reto e fino, com narinas levemente dilatadas; a leve projeção do lábio superior convidando para um beijo; o queixo com a barba meio crescida, prova abrasiva de que ele era um homem-feito, e não um menino bonito meio crescido para a idade.

Dev a olhou de relance, surpreendendo-a em plena contemplação.

"Você conhece bem Crystal?", perguntou ele.

Voltou a olhar para a frente.

"Não muito bem... Ela é mais amiga do meu irmão — Ross."

"Sei."

"E você?"

"A gente se conhece há muito tempo. Quase parentes."

Sorriu com ironia. Devia saber que casal inverossímil formava com Crystal; Dev heroicamente formoso e atlético, ela uma ruína macabra.

Diminuiu a velocidade para entrar bruscamente numa esquina e, ao trocar de marcha, roçou a mão no joelho de Tamara, que experimentou uma debilitante onda de prazer.

"Parece... hospitaleira. Estou me referindo a Crystal", ela se apressou a dizer.

Dev riu.

"Hospitaleira? E como..." Voltou-se para olhá-la por alguns instantes. "Você é escritora ou coisa assim, não é?"

"Mais ou menos. Um pouco. De vez em quando." Ela desejou que ele não notasse o tremor em sua voz. "Como você sabe?"

"Ross — o seu irmão — falou nisso. Ele se orgulha de você, não é?"

Tamara sentiu uma incômoda pontada de culpa.

"E você?", perguntou. "O que você faz?"

Dev passou a mão no cabelo.

"Eu? Sou clarividente." Sorriu.

"É mesmo?" Ela retribuiu o sorriso. "Então o que é que o futuro reserva para mim?"

Ele estreitou os olhos.

"Hum. Vejo uma viagem pela frente. Um túnel comprido, escuro, que acaba em Hornsey."

Dev estava com algum tipo de perfume exótico, um óleo doce, aromático, que começava a arder nos olhos de Tamara.

"Você é bom!", disse ela. "Só que em Hornsey não tem estação de metrô. Você deve ter visualizado a Turnpike Lane."

"Isso mesmo! Eu me adiantei um pouco. *Vai* ter estação de metrô em Hornsey — daqui a algumas décadas. Escreva o que eu estou dizendo."

Ela riu e olhou para as ruas desertas, tentando ganhar tempo. "Diga, Dev, qual é o seu sobrenome. De onde você é?"

"Quantas perguntas!", zombou ele. "Meu nome é Dev, só isso, eu sou de todos os lugares e de lugar nenhum."

"Só Dev?"

"Eu tinha dois nomes como todo mundo. Mas quando comecei no Caminho, me desfiz de tudo que era supérfluo. O sobrenome não passava de mais um bem material inútil. Dev é sânscrito. Significa seguidor de Deus. Para mim isso basta."

"Certo. Um nome, uma sílaba."

"Eu gosto de deixar uma pegada bem leve no planeta."

Será que ele estava caçoando dela? Eles acabavam de parar em frente à estação do metrô. Restava pouco tempo.

"Você ganha bem como clarividente?"

"Também sou curandeiro."

"Cura? De que modo?", perguntou ela.

Ele se inclinou, aproximando-se de Tamara, e baixou a voz. "De *todos* os modos."

"Tipo aquele negócio de imposição de mãos?"

Dev estendeu as mãos em direção a ela, sorrindo. "Isso mesmo, eu tenho mãos que curam."

"E o que você faz com elas?"

Ela entrara num campo minado de insinuações. Mas ele, se notou isso, deixou passar.

"Massagem da aura, cristais, cromopuntura, pintura espiritual, cirurgia psíquica..."

Massagem da aura? Ela teve a desagradável visão de Honor Tait deitada nua, uma despencada múmia do pântano, aguardando o trabalho das mãos curativas de Dev.

"Cromopuntura?"

"Conhece a acupuntura? É parecida, só que em vez de agulhas a gente usa cores."

Tamara se esforçou para imaginar a técnica. Tinha horror a agulhas — ao contrário de Ross — e, embora lhe houvessem recomendado a acupuntura para combater a ressaca, sempre a evitava.

"Cores?"

"Pequenos frascos cilíndricos de pura cor em um vidro especialmente tratado. A gente os aplica nos pontos de pressão. Por exemplo, você tem problemas renais? Eu seguro uma ampola de vermelho no segundo quartil da sua região lombar. A energia se irradia no sangue."

Sua matéria estava prestes a naufragar? Acaso era aquele o serviço que Honor Tait havia pago no restaurante? IDOSA CONSULTA CHARLATÃO HIPPIE não chegava a ser uma manchete atraente. Mas Tamara não conseguia imaginar que Tait tivesse muito tempo para terapias alternativas, fossem elas quais fossem. E isso não explicava o beijo nem o envelope recheado de dinheiro.

Ele prosseguiu: "Ou, se você estiver se sentindo desanimada, eu aplico o amarelo no terceiro meridiano, logo abaixo da sua garganta. O resultado é fantástico. E é completamente não invasiva."

"E onde você faz tudo isso?"

"Em Clapton."

"Então não é tão longe."

"As cirurgias eu faço no meu apartamento", continuou ele. "Oficinas também: vidas passadas, vozes interiores, angelologia, *coaching* de vida."

Coaching de vida? Seria isso? Ela tentou imaginar Honor Tait sentada, prestando muita atenção, enquanto aquele tratante sedutor lhe dava conselhos para sua vida ou o que restava dela. E, uma vez mais, Tamara pensou, olhando para Dev, que um pouco de *coaching* de vida poderia fazer muito bem a ela. Isso e a delicada aplicação de duas mãos curativas.

"Puxa. Que legal", disse. "Aliás, eu sou uma pessoa muito espiritualizada."

"Eu percebi. De cara."

Ele consultou rapidamente o relógio, então tirou um cartão de visita do bolso. Era cinzento e granuloso, como que feito de bolo de aveia prensado, no qual as palavras "Dev — Mestre terapeuta de Cromopuntura (RCPP — Primeira Classe). Massagem da Aura" estavam escritas em pesadas letras góticas.

Ele pegou uma caneta-tinteiro e anotou um número de telefone com tinta violeta.

"Ligue pra mim, Tamara. Você me desperta um sentimento bom. Tem uma aura bonita. Há muita púrpura nela. A cor da verdade. É dourado. A cor da força. Muito dourado."

"Uau."

Dev se inclinou, aproximando-se mais de Tamara, e ela ergueu os olhos, sobressaltada.

"Olhe, estou tendo outra premonição", disse ele.

"Qual?"

"Se você não correr, vai perder o último trem."

Dezoito

Honor não tinha notícias nem de Ruth nem de Clemency, e Bobby não respondia a suas mensagens. Inigo, ainda absurdamente cheio de si com o sucesso de sua exposição, fora a Nova York com uma garota fisgada no próprio vernissage. Até Paul andava sumido. Aidan tinha resolvido passar uma semana na França com Jorge e, antes de viajar, telefonou para lhe contar que Paul fora visto no National Theatre, de braço dado com Martha Gellhorn. Paul era bem o tipo de Gellhorn, pensou Honor.

Foi à janela e observou uma jovem família, um casal de trinta e poucos anos, provavelmente americano, descendo a escada do jardim aos trancos com um carrinho de bebê de estilo aerodinâmico. Dois jovens modernos de tal modo orgulhosos da condição de pais que era como se tivessem inventado todo aquele arranjo. O carrinho chegou abruptamente à calçada e a criança, afogada em cobertas, chapéu e mitene, balançou com a impassibilidade de um ídolo himalaio numa procissão na encosta da montanha. Havia amor, pensou Honor, suas cadeias invisíveis e indivisíveis tiniam atrás deles.

Uma reportagem sobre a síndrome de Diógenes havia chamado sua atenção no jornal daquela manhã. Se se tratasse de um mal da idade, pensou em uma primeira olhada, seria bem-vindo. Sentia-se atraída pelo filósofo grego desde que topou com referências a ele quando era uma estudante rebelde, numa época em que o cinismo parecia ser a única visão racional de mundo. A opção de Diógenes pela pobreza e pela simplicidade, sua decisão de renunciar a todos os bens e morar num barril era particularmente fascinante para uma menina cuja vida doméstica se distinguia pela abundância material e pela pobreza intelectual.

Agora, porém, examinando o artigo com mais atenção, viu que a síndrome de Diógenes era um nome incorreto. Na verdade, a doença se caracterizava pelo acúmulo obsessivo de lixo e era mais adequadamente designada por "síndrome de esqualidez senil". Os afetados transformavam sua casa em labirintos de sambaqui, amontoando jornais, trapos, latas velhas, embalagens de comida, até mesmo fezes, e, não raro, passavam semanas mortos em suas montanhas de lixo sem que ninguém se desse conta.

Esse perigo Honor não corria. Mas havia trabalho a fazer. Ela ligou o rádio. Revoltas muçulmanas sacodem a China. O IRA abandona uma bomba de trezentos quilos em Strabane. Croatas bósnios abrem fogo contra muçulmanos em Mostar. O ramadã termina com mais violência na Argélia. Honor foi até a janela. As notícias do sr. Bose não haviam melhorado seu estado de espírito. A colonoscopia fora inconclusiva — ela se dispunha a se submeter a outra? Lá fora, no claro céu noturno, a lua era um crescente de néon, e no jardim os galhos delgados das faias estavam pálidos como ossos contra a silhueta de grade de prisão da cerca.

Seu isolamento tinha um caráter inegavelmente diferente da solidão a que Honor outrora recebia de braços abertos. Agora ele exauria; depois irradiava. Na juventude, ela estivera repleta de uma pureza de propósitos. O trabalho era a única coisa que importava: a ânsia de noticiar e de ser a primeira a noticiar. E a amizade e o amor, ainda que nem sempre inimigos da verdade, não eram seus aliados mais assíduos. Ela trabalhava sem remorso, cultivava uma rigorosa autossuficiência emocional e dizia a verdade a qualquer preço. Mas sua reputação entre os colegas, destilada à maneira barata, redutiva, dessas coisas — Honor foi objeto de dois tolos *romans à clef* de repórteres do *Tribune* —, era simplesmente de uma crueldade glamorosa. E sua reputação agora? Ela devia estar acima disso. Mas ainda se preocupava com o trabalho, um *terrier* com um osso velho. Pegou as provas de *Olho inflexível*.

> A *aldeia muçulmana de Melouza, ao sul da Grande Cabília no sopé dos montes Hodna, estava em silêncio quando eu percorri suas ruas poeirentas esta semana. Todos os homens e meninos — um total de mais de trezentos — tinham sido massacrados pelos rebeldes argelinos leais à Frente de Libertação Nacional* (FLN). *As mulheres e crianças estavam demasiado chocadas para chorar. Algumas, dizem, enlouqueceram de dor.*
>
> *Acreditava-se que, inicialmente, a aldeia simpatizasse com o grupo nacionalista rival, o Movimento Nacional Argelino* (MNA). *Apesar da hostilidade comum contra a França, as duas organizações empregam suas táticas mais mortíferas uma contra a outra e contra seus respectivos aliados. Mas, como o* MNA *sofreu uma grande derrota nas mãos da* FLN *na região de Melouza, a aldeia parece ter pedido proteção às autoridades francesas.*

As capitulares eram estonteantes, e a matéria, nada comovente. Sua lembrança da visita a Melouza desaparecera por completo, assim como, presumivelmente, qualquer vestígio dos meninos e homens assassinados na aldeia. Se *ela* achava o artigo árido e não convidativo, como o leitor iria reagir? Honor se perguntou por que Ruth dava tanta importância àquele terceiro livro. Seria uma forma de vaidade editorial para lustrar o ego da editora e não o da escritora? Pois então Ruth que o editasse. Honor não tinha a menor vontade de ver aquilo — velhas notícias de um mundo extinto — nunca mais. Mas só ela podia revisitar o carvalho de Goethe. Ali tinha a oportunidade de corrigir algo.

No fim, foram os aliados que destruíram o carvalho de Goethe. Um bombardeio britânico, no mês anterior, visando a uma fábrica de munições nos arredores, atingiu o campo de Buchenwald. Trezentos e dezesseis prisioneiros e oitenta oficias da SS perderam a vida. E houve outra baixa; a única coisa que restou da árvore simbólica de Goethe foi um cepo carbonizado e um monte de galhos fumegantes. Quando o ataque aéreo terminou, os prisioneiros e guardas do campo disputaram os fragmentos da árvore, suvenires de um símbolo da grandeza da Alemanha, tanto para os fascistas quanto para os antifascistas.

Depois do desfile dos sobreviventes em frente ao tronco destroçado da árvore do poeta, eu entrei no bosque que circundava o campo. Ouvi-o antes de vê-lo e corri para alertar os soldados americanos.

A calefação central zumbia sem parar, consumindo um dinheiro que ela não tinha, e o frio a congelava até os ossos. Nada era capaz de aquecê-la, nem os cobertores com que se cobrira na poltrona, nem o álcool, nem o fogo falso oscilando debilmente na lareira. Como uma parente distante da mulher de Lot, Honor se transformara numa estátua de gelo. Seria um castigo parecido para o mesmo crime? As duas tinham olhado para trás, entretendo-se obscenamente, saboreando os detalhes de cenas excessivamente brutais para os olhos humanos?

* * *

Simon estava mal-humorado. Não ia participar da reunião matinal, disse ao telefone. Agora a *Psst!* era o bebê de Tania. Ela que lesse a lista e todas as outras listagens, que lesse as listas de todo mundo em todas as outras reuniões e que tentasse arrancar um sorriso de Wedderburn e risse de suas piadas ridículas.

"Mas você não pode deixar ela ficar com tudo assim, de mão beijada, atropelar a gente sem a menor consideração", contrapôs Tamara. "Ainda vamos circular mais um mês no formato impresso que o leitor tanto gosta, todo colorido, antes de desaparecermos no ciberespaço. Fomos nós que fizemos todo o trabalho e merecemos o crédito. A *Psst!* precisa de uma representação adequada."

"Então vá você", foi a breve resposta dele. "Eu ainda estou aqui na Davina. A gente se fala na hora do almoço."

Quando Tamara chegou ao quarto andar, depois de imprimir o resumo das matérias da semana e conferir os jornais matutinos, todas as cadeiras da sala de reuniões já estavam ocupadas, de modo que só lhe restou ficar de pé junto à porta, perto de dois nervosos estagiários adolescentes. Ela tratou de se deslocar discretamente para o canto, a uma prudente distância do carrinho de chá.

Ladeado por Tania e Lyra, ambas ocupadíssimas em tomar notas, Wedderburn estava carrancudo. Quando pigarreou para limpar a garganta, as duas mulheres ergueram prontamente a cabeça e se livraram da caneta num movimento sincronizado que merecia ter sido coreografado por Busby Berkeley. Wedderburn foi direto ao que interessava. Naquela manhã, o *The Courier* tinha publicado uma exclusiva, derrubando a Lista da Elite do *The Monitor*, o encarte bastante dispendioso que fora laboriosamente preparado para ser publicado no outro sábado com as Cem Figuras Mais Influentes da Política, da Arte, do Jornalismo, da Economia e do Esporte. Havia um grau perturbador de coincidências entre a Lista Alfa do *The Courier* e a do *The Monitor*, mas também havia uma omissão flagrante: justamente Wedderburn estava ausente da relação do *The Courier* de gigantes do Jornalismo e da Mídia, como também Lukas Lukauskis, o maior acionista do *The Monitor*. No lugar deles, figuravam Neville Titmuss, o editor do *The Courier*, e Bohdan Bohdanovich, o proprietário ucraniano do jornal.

E mais: o brinde Elite Dele & Dela do *The Monitor* tinha sido suplantado pelo mimo promocional Dela & Dele do *The Courier*: um aflinete de gravata banhado a ouro com um colar banhado a ouro, ambos com a letra A de Alfa gravada. O encarte Elite já estava impresso, pronto para ser distribuído dali a uma quinzena, a campanha publicitária na televisão já fora paga, as bugigangas banhadas a ouro já haviam chegado de Taiwan e estavam esperando na gráfica para ser encartadas. A essa altura, a promoção não podia mais ser cancelada. Eles teriam de seguir adiante no sábado 1º de março, dando a impressão de que o *The Monitor* estava lutando para acompanhar o *The Courier* e não o contrário.

"É extremamente irritante", disse Wedderburn.

Todos, inclusive os estagiários adolescentes, balançaram a cabeça com ar grave. Batendo a caneta na mesa para enfatizar, o editor-chefe frisou que a única maneira de salvar a custosa campanha de aumento de circulação era assegurar que a edição de sábado para a data-chave fosse "a grande edição".

"Quero que todos os editores de sábado, quando lerem suas listas hoje, também antecipem os planos que têm para a edição de 1º de março. Vocês precisam se esforçar ao máximo. Só os melhores vão estar lá."

O *post mortem* sobre os outros jornais matutinos foi superficial, como se estivesse em vigor um pacto tácito para que naquele dia ninguém fizesse piadas nem ataques à competência dos colegas. Wedderburn parecia disposto a demitir qualquer um que se atrevesse a irritá-lo ainda mais. O editor de Notícias Nacionais leu sua lista — novas infâmias tóris, indicações para o Oscar britânico, o protelado casamento Kensit-Gallagher — tão depressa quanto um leiloeiro de tabaco, e a editora de Internacional foi o próprio exemplo da glacial industriosidade ao entoar sua cantilena de tumulto e morticínio em países remotos. Política não compareceu — Toby Gadge fora assistir a uma missa que marcava a festa de santa Adelaide de Bellich — e Vida, substituindo Johnny, que estava fazendo um curso de comunicação não verbal, apresentou um minguado relato dos principais artigos planejados para a *Me2* — "Não Queira Estar Aqui", um guia ilustrado dos piores balneários da Inglaterra, e "Vovó Eu Mal Te Conhecia", uma inspiradora história de sobrevivência ao incesto.

O editor de Finanças mostrou-se decidido a imitar um relógio falante quando enunciou os detalhes do aumento da taxa de juros, da queda do índice de preços no varejo e das flutuações da taxa de câmbio. Tendo previsto o estado de espírito sisudo da reunião daquele dia, Ricky Clegg se apresentou de terno e gravata. Ou talvez ele depois fosse a alguma entrevista de emprego. Demorou-se mais que o necessário em especulações sobre o provável desempenho de David Becking — ou seria Beckham? — um atacante londrino de vinte e um anos, do Manchester United, que ia jogar nas eliminatórias da Copa do Mundo. Tamara ficou aliviada ao ver que Wedderburn — esquadrinhando novamente a lista Alfa do *The Courier*, como se uma leitura mais intensa fosse capaz de fazer com que seu nome surgisse do nada — parecia tão pouco interessado quanto ela em jogadores de futebol novatos. O editor de Artes prestou contas do principal artigo de arte — uma comparação da poesia de Keats com as letras de Kylie Minogue — com ar de ego ferido e só uma referência *en passant* à cutucada brutal da resenha do recital do Wigmore Hall de segunda-feira.

E então depressa chegara a vez das seções de fim de semana. Tamara passou os olhos pela cópia da lista da *Psst!* Tinha uma exclusiva para anunciar: Pernilla Perssen estava grávida. Não havia a menor necessidade de esclarecer ali que obtivera a exclusiva em virtude de uma ação judicial: os advogados da modelo não gostaram nada da interpretação que a *Psst!* andava dando aos enjoos matinais e ao aumento de peso dela. A matéria era uma bomba. Os outros jornais iam se precipitar para tirar uma lasquinha e as especulações sobre a identidade do pai do bebê manteriam a imprensa ocupada durante semanas. Talvez valesse a pena deixar essa exclusiva para 1º de março, que também era a data do penúltimo número da *Psst!* genuína, integral e transbordante de vida. Eles iriam se cobrir de glória.

Tamara ensaiou mentalmente sua intervenção. A chave era eficiência altiva.

Lyra estava anunciando os colaboradores do *S*nday* na semana — dois laureados com o Booker e um com o Nobel, uma Lista da Elite exclusivamente dela — com a apaixonada ansiedade de uma atriz shakespeariana fazendo teste para o papel de Pórcia. Um dia desses, pensou Tamara, seu nome fulguraria entre Os Grandes da lista estelar do *S*nday* de Lyra. O editor de livros assumiu a palavra, tropeçando em seu enfadonho catálogo de resenhas e enfadonhas histórias literárias — uma atrasadíssima exploração do gênio de Alexandre, o Grande; uma história global da colonização; e um novo romance de, ou talvez sobre, um punk búlgaro beberrão. A atitude de Caspar Dyson foi contrita e o desagrado ou simples desinteresse de Austin Wedderburn, óbvio.

"...Também temos um estudo da poesia portuguesa do século XIX", acrescentou Caspar, enxugando um reluzente bigode de suor que havia se formado em seu lábio superior.

Tamara repassou sua lista. Convinha começar pelo furo sobre Pernilla Perssen ou reservá-lo para o fim? Terminar com um petardo. Mas Caspar não havia concluído.

"...E no 1º de março nosso artigo de fundo será o ensaio de quatro mil palavras de Tania Singh sobre a vida e a obra de Honor Tait, antecipando a publicação do novo livro de Tait, *Relatos de um posto obscuro*."

Horrorizada, Tamara estremeceu na cadeira. O que ele tinha dito? Olhou para Tania, que afetava um sorriso cheio de si, e para Lyra, que rabiscava evasivamente a capa de seu bloco de anotações.

"Vocês não podem fazer isso!", protestou uma voz com ardor.

Todos se voltaram para Tamara, estupefatos com a quebra do protocolo.

A voz insurgente, percebeu ela, saíra de sua garganta; as palavras lhe escaparam dos lábios com a rapidez do pensamento.

Austin Wedderburn deixou cair a caneta, que produziu um estrépito de guilhotina no silêncio da sala de reuniões. Ele olhou direto para Tamara, provavelmente pela primeira vez desde que ela trabalhava no *The Monitor*.

"Por que, exatamente, nós não podemos 'fazer isso'?"

Ela sentiu um súbito aperto na garganta que lhe dificultou a respiração. Quando por fim falou, sua voz saiu como um lamento estrangulado.

"Mas essa exclusiva é minha", disse.

"Uma exclusiva?", repetiu o editor. "*Mais uma?*"

Ele soltou um riso amargo, autorizando o sussurro de risadinhas sem graça que pipocou pela mesa.

"Com certeza todo mundo aqui é favorável a exclusivas", prosseguiu, "desde que isso signifique passar à frente da concorrência. Ou você tem alguma objeção moral quanto a isso?"

Tamara tentou ignorar o lento sorriso que se alargava nos lábios de seus colegas; eles sabiam que, enquanto outra pessoa queimasse no fogo de Wedderburn, todos estariam momentaneamente a salvo.

"Da concorrência, não", murmurou Tamara. "Mas não é uma exclusiva contra a concorrência. A matéria é minha para o *S*nday*. Um de nós."

Wedderburn olhou para o rosto transbordante de inocência de Tania, à sua esquerda, depois para Lyra, que voltara a tomar notas.

"Lyra? Você tem alguma objeção? Essa matéria sobre Honor Tait no caderno de livros? Isso frustra algum plano seu para as edições futuras?"

Lyra olhou rapidamente para Tamara e depois se voltou para Wedderburn.

"Não", disse, sacudindo a cabeça. "De modo algum. Nenhum plano."

Aquilo era traição em uma escala espetacular. Todas as esperanças de Tamara se esvaíram tão repentinamente quanto uma cisterna que tivesse sido esvaziada. Eles a tinham deixado de mãos abanando, humilhada.

"Que bom que isso está esclarecido", disse Wedderburn dirigindo-se a todos. "Uma exclusiva contra nós mesmos numa manhã é uma infelicidade; duas já seriam negligência!"

Sua boca se franziu num tremor, depois relaxou num leve sorriso, e as devidas risadas circularam pela mesa. Ele juntou sua papelada, indicando a passagem para o ponto seguinte da pauta. Só Tania continuou olhando para Tamara, e sua expressão agora — perspicaz, a cabeça inclinada para o lado como a de um pássaro, a ironia de um sorriso torto nos lábios — era de infinita compaixão.

Wedderburn fez sinal para Xanthippe Sparks, cuja aparência naquele dia — o cabelo repuxado para trás, a saia pregueada, botas de cadarço e meias arrastão rasgadas — sugeria que ela acabava de sair do Abrigo Nancy Sykes para Artistas Burlescos Desvalidos.

"Esta semana", disse ela, "nós temos 'Passarela confidencial', os bastidores dos shows; e 'Irmãs Sole', a história das gêmeas designers de sapatos. O foco do layout das imagens é o novo rococó... Franjas e franzidos... Babados para suvenires..."

O editor de Notícias e a editora Internacional se entreolharam. Pelo menos, pensou Tamara, quando chegasse sua vez de falar, poderia recuperar um pouco da dignidade. Comparada à agenda da editora de Moda, a lista da *Psst!* soaria como uma transcrição estenográfica.

"E para 1º de março, no nosso Moda Masculina Especial, vamos anunciar o retorno do Homem da Corrente de Ouro na nossa foto especial: o Luxo do Peito Peludo."

Tamara voltou a examinar a lista semanal da *Psst!* O que apresentar em primeiro lugar? "O Baggeley Market por Dentro: Histórias Escandalosas da Vida Real por Trás das Principais Novelas"? Ou "Horror de Pelos no Sovaco das Estrelas"?

Wedderburn consultou o relógio.

"Muito bem", disse, erguendo uma sobrancelha, "sejamos breves. O tempo urge. Tania vai nos informar sobre o desenvolvimento da rede interna. E, depois disso, temos um jornal a publicar!"

Uma nova irrupção de risos de aprovação encobriu o grito amargo e sufocado de incredulidade de Tamara. Ignorada outra vez! Se tivesse uma mente um pouco mais paranoica, encararia aquilo como uma conspiração. Seu espasmo de autocomiseração foi interrompido pela entrada repentina, em seu campo visual, do bule de porcelana branca que Hazel balançava diante de seu nariz. Passando pelos estagiários adolescentes, a secretária do editor-chefe tinha atravessado a sala em busca da ajuda de Tamara para servir o chá. Não havia saída; ela aceitou a tarefa com um zelo furioso. Adoçou com três colheradas o chá de Wedderburn e passou uma xícara para Tania, que ergueu a vista fugazmente e, sem interromper sua digressão sobre o tráfego na web e as impressões de página, mostrou dois dedos para Tamara. Foi apenas graças ao poder de sua imaginação, através da qual ela encheu a colherinha com cristais de cianeto em lugar de açúcar, que Tamara conseguiu concluir a tarefa sem sair cambaleando da sala de reuniões furiosamente em lágrimas.

O choro veio depois, durante o almoço no Bubbles. Ela havia passado tanto tempo imaginando a vida emocionante e prazerosa que se seguiria a sua ascensão oficial à equipe de Lyra Moore que perder isso era inconcebível. Agora tinha de encarar o fato de que seu futuro estava destinado a ser uma melancólica extensão da realidade atual, um longo corredor cinzento iluminado apenas pelo brilho distante do crematório.

Simon lhe entregou um envelope, fornecido pelo *maître d'hôtel*, com recibos em branco de um novo restaurante estrelado do guia Michelin.

"Você consegue fazer isso até o fim da semana? Seria muito útil por causa do aniversário de Dexter e tudo o mais."

Tamara pegou o envelope sem dizer uma palavra e foi então que ele notou que ela estava chorando.

"Algum problema, Tam?"

Ela lhe contou tudo. Simon a abasteceu de lenços de papel para estancar o fluxo de lágrimas e pediu uma consoladora garrafa de champanhe.

"O que eu não consigo entender é Lyra", soluçou Tamara. "Sei muito bem o que Tania anda tramando. Combina perfeitamente com seu plano maligno de dominar o mundo. Mas, antes de mais nada, o que diabo Lyra pretendia quando me designou para escrever a matéria? E aí ela simplesmente dá o fora e me deixa na mão bem agora que eu decifrei toda a história à custa de tanto trabalho?"

Simon estendeu a mão por cima da mesa e afagou a dela.

"Olhe, Tamara, eu não sabia como te contar, mas... para começar, não era você a pessoa designada para escrever essa matéria."

Tamara o encarou. Aquilo era um absurdo. Tanta falta de fé em sua capacidade chegava a ser um insulto.

"Simon", disse ela com os lábios crispados de despeito, "você é o editor de conteúdo da *Psst!.com*, não o editor da *S*nday*. Lyra Moore é. Foi ela quem me designou. Não tem nada a ver com você. Decisão dela. Escolha dela."

"Acontece que não foi escolha dela."

O que significava aquilo?

"Foi um engano", acrescentou ele delicadamente.

Tamara sentiu-se tomada de um espanto vertiginoso, como o leve enjoo que sentira na festa de verão da Espetáculos numa barcaça do Tâmisa. Pôs a taça na mesa.

"Como um engano? Ela me enviou uma mensagem. Pediu que eu escrevesse a matéria. Está lá. No meu computador. Depois eu mostro, se você precisar de uma prova."

Simon falou lenta e calmamente, como um médico dando uma notícia ruim e temendo a inevitável crise emocional do paciente.

"Eu sei que ela enviou essa mensagem. Queria uma matéria sobre Honor Tait. Mas não que *você* a escrevesse."

"Mas está lá. Preto no branco. A mensagem dela. No computador da redação. De Lyra. Para mim."

"Tamara", disse ele em voz baixa. "Você se lembra de Aurora Witherspoon? Austin Wedderburn? *Best fit*? Lyra começou a digitar um nome no computador. O autocompletar do processador de texto sugeriu seu nome automaticamente. Ela só reparou no erro quando recebeu sua resposta."

Tamara mergulhou a cabeça nas mãos. Recordou a euforia que a dominou quando recebeu a mensagem de Lyra e do veemente entusiasmo com que respondeu de imediato.

"Se a mensagem não era para mim, para *quem* era então?"

Mas ela já sabia a resposta. A solidariedade de Simon era sincera.

"Para Tania. Não para Tamara Sim, mas para a onipotente e todo-poderosa Tania Singh, a Medeia da Mídia, a Rainha Semíramis da Era da Informática."

Presa de um silencioso horror, Tamara afundou na cadeira; Simon prosseguiu.

"Fazia meses que ela vinha atormentando Lyra para escrever para a *S*nday*, jurava que tinha lido tudo de Honor Tait, que a admirava acima de qualquer um, que admirava Lyra mais ainda, que achava a *S*nday* o fenômeno editorial mais importante desde o Livro de Kells etc."

Tamara gemeu baixinho ao se lembrar mais uma vez da onda narcótica de prazer que a mensagem de Lyra havia lhe provocado e de sua reação nervosa, quase galanteadora — "Eu a admiro MUITO!... ADORARIA fazer a matéria!!..." —, e de suas reiteradas propostas, tão patéticas, revendo tudo agora, todas sem resposta por motivos óbvios, de almoçarem juntas ou tomarem um café, ou simplesmente se encontrarem para discutir o projeto.

"Lyra se sentiu muito mal com tudo isso", explicou Simon, "até porque ela *é* uma pessoa sensível. Disse que você pareceu tão contente ao responder. Delirante até. Não teve coragem de pôr os pingos nos is. Preferiu fugir do problema. Disse que talvez aproveitasse a sua entrevista num texto-legenda."

"Num texto-legenda?"

"Você sabe, fotografias vistosas da bruaca quando ela estava no auge, com algumas centenas de palavras escritas por você para a legenda. Depois, quando soube que Tania ia fazer uma grande matéria para o caderno livros, Lyra se sentiu livre da encrenca. Mesmo porque não tinha um interesse especial pelo artigo sobre Honor Tait."

"Mas por que ela não me falou nada?"

"Você sabe como ela é", disse Simon. "Uma *prima donna* incapaz de reconhecer um erro, nem mesmo para si própria. Ficou na dela, achando que você, Tania, Caspar e todos os outros pigmeus do jornalismo iam sumir e deixá-la em paz para comungar com Os Grandes."

"Pelo menos você podia ter me tirado deste inferno. Pensei que fosse meu amigo. Por que não me contou nada?"

"Justamente por ser seu amigo. Aquilo podia te ajudar em alguma coisa. E ajudou. A notícia de que você havia sido escolhida te estimulou muito — fazia semanas que você estava na fossa. Não negue. Num estado lastimável por causa de Tim, eu até precisei mandá-la para casa, lembra? E quando você finalmente se achou nessa matéria, ficou à altura do desafio."

"Maravilha", disse Tamara com um grasnido de autocomiseração. "E agora?"

"Foi um golpe duro, eu sei", admitiu Simon. "E Lyra não soube lidar com a situação. Grande editora, um zero à esquerda como pessoa. Mas acho que você está numa situação muito boa."

"É mesmo? Como assim? No alto de uma ribanceira olhando para o salto de vinte metros?"

Ele voltou a estender a mão e segurou a dela.

"Vamos, Tam. Não é tão ruim assim. Esse pequeno entrave temporário pode favorecer você."

"Favorecer como?"

Ele tratou de animá-la.

"Continue o seu trabalho. Você começou maravilhosamente bem. Está com uma matéria brilhante e, como o *The Monitor* a recusou, tem todo o direito de publicá-la onde bem entender e ganhar uma boa grana. Insista no ângulo picante, na história do garoto de programa: os tabloides vão babar. Aliás, seria um desperdício entregar esse trabalho para a *S**nday*. Esqueça a *S**nday*. Pense grande. Tim pagaria uma fortuna por uma história dessas, e é bem possível que lhe ofereçam um trabalho fixo no *Sphere*. Pode ser que tenha chegado a hora de nós, jornalistas antiquados que gostam de se divertir, darmos o fora do *The Monitor*."

Era um argumento sedutor. Mas havia um problema.

"Tim?", disse ela. "Ele me deu o fora, lembra? E eu não fui lá muito gentil com ele no Press Awards na semana passada."

Simon suspirou, verificou o pager e se levantou. Jogou um maço de dinheiro no pires e enfiou o recibo no bolso, pronto para grampeá-lo no formulário de reembolso de despesa naquela tarde.

"Trate de esquecer isso. Vá em frente", disse. "Eu não ia deixar uma coisinha à toa dessas atrapalhar uma boa matéria. É hora de cultivar algumas relações."

Honor pegou o jornal do dia.

Vinte e quatro pessoas, entre elas um ex-craque de futebol, foram assassinadas por grupos armados, em Argel, no fim do ramadã mais sangrento da Argélia desde o início da rebelião muçulmana há cinco anos, segundo fontes oficiais ontem. Mohamed Madani, um ex-jogador de futebol campeão, 52 anos, foi morto a tiros ao sair das orações de sexta-feira numa mesquita de Argel. Por outro lado, na periferia sul da cidade, agressores disfarçados de policiais degolaram catorze civis de três famílias. No bairro vizinho de Beau Fraisier, outro grupo matou um casal e seu bebê de seis meses.

Violência em Argel; revolta na Albânia; separatistas bascos abrindo caminho à força e a bombas para o sonho da independência; fome; brutalidade; massacre de inocentes. Honor podia ter lido ou escrito as mesmas reportagens cinquenta anos antes, mas continuava interessada no mortífero cotidiano *déjà-vu* dos jornais. O que havia mudado era o contexto em que se colocavam aquelas histórias de crueldade, ambição e injustiça humanas. Antigamente, davam-lhes uma austera proeminência em páginas tão sóbrias como lápides. Hoje era preciso procurá-las em meio a uma atordoante voragem visual.

Agora essas reportagens intemporais de injustiça berravam inutilmente, bradavam como pregadores calvinistas no carnaval, misturadas a relatos descarados da vida privada da realeza e dos *popstars*, de atores e jogadores de futebol. Também a cobertura política — sua trivial belicosidade, personalidades enfatuadas, escândalos sexuais ultrapassados, uma infinidade de especulações inúteis sobre a data da próxima eleição — se reduzira ao paroquial, a uma subcategoria do *showbiz*. E ainda havia os colunistas. Passando os olhos rapidamente pelas infinitas banalidades — "Crumpet King: por que a esposa deve dar o fora no chef de televisão trapaceiro" — de mais uma idiota de batom, ela se perguntara se as colunas assinadas com foto é que tinham dado o tiro de misericórdia nos jornais. A introdução desse mero dispositivo de design, a fotografia do tamanho de um selo postal, para animar a aparência das páginas para leitores infantilizados pela televisão, havia criado uma necessidade de jornalistas jovens, bonitas e de preferência loiras — independentemente de sua competência como escritoras e repórteres — cujas fotografias agradáveis contrastassem com a dos carecas de meia-idade que então constituíam a maioria das pessoas dos jornais. Daí a prevalência de tolinhas simplórias como Tara Sim.

Mas, sendo assim, pensou Honor, sua contribuição podia ser questionada: o estandarte da verdade que ela tantas vezes agitara na linha de frente era uma coisa pobre, esfarrapada, manchada de sangue. O mundo não era necessariamente melhor no antigo regime, e seus fracassos importavam mais que as asneiras de Tara Sim ou de todos os "jornalistas" freelance atuais. Talvez, pensou Honor, o maior crime tivesse sido um pecado de omissão. Era a matéria que ela havia deixado de escrever que agora perdurava mais vividamente do que qualquer um de seus ofegantes relatos da linha de frente.

Buchenwald, 14 de abril de 1945. Quarto dia da libertação. Vinte minutos depois, eu estava passeando no bosque do outro lado da cerca do campo, fazendo o trajeto que Goethe devia ter palmeado naquele dia adorável de fim do outono, quase cento e vinte anos antes. Súbito, sobressaltou-me um barulho no mato. Eu o ouvi antes de vê-lo e corri para alertar os soldados americanos.

Dezenove

A música, um ataque aleatório das cordas eletrificadas de um instrumento oriental impossível de identificar, tocava num timbre de sirene de carro de polícia, enquanto Tamara caminhava rumo ao crepúsculo enfumaçado.

O Chakra Bar, antes chamado Chequers Pub, parecia projetado por uma comissão cujos membros tivessem memórias conflitantes de anos sabáticos vividos sob o efeito de drogas; flâmulas com preces budistas estavam penduradas por todo o salão como se fossem decorações natalinas, divindades hindus sorriam nas paredes púrpuras, em todas as mesas havia narguilés, os tubos compridos e serpenteantes sugerindo exóticos aparelhos usados para manter vivo o paciente num hospital.

A fumaça — de varetas de incenso, cigarros, narguilés e de uma espécie de maconha de aroma frutado em algum canto bem no fundo — era densa como a fumaça de gelo seco e a pouca luz que havia cintilava de um bando de velas votivas.

Aos poucos, Tamara distinguiu a figura solitária numa mesa a um canto. Quando se aproximou, viu que o homem estava lendo um livro em brochura que deixara apoiado num narguilé, iluminado por uma vela.

O homem ergueu os olhos e sorriu, seus olhos se enrugando maliciosamente. O título do livro, ela notou, era *O livro das mudanças*. Pediram bebidas: um coquetel de vodca com kiwi chamado O Som de uma Mão Batendo Palmas.

"Pois bem. Tamara, a Escritora. O que é que você quer agora?"

"Você é que é o clarividente", respondeu ela. "Diga-me você."

Ele riu e tocou de leve na mão dela. Tamara sentiu um arrepio de prazer nada profissional.

"Bem, Tamara, Buscadora da Verdade. Estou aqui para ajudá-la da forma que puder."

Olhava para ela com satisfação. A aparência de Tamara naquela noite — cabelo curto com gel espetado para cima, blusa com pintinhas de leopardo e saia curta e justinha — sugeria Paula Yates como uma gatinha roqueira chique.

"Fiquei muito interessado naquilo que você falou sobre seu trabalho", disse ela. "Achei que podia escrever um texto a seu respeito."

Tamara estendeu a mão para pegar seu copo. O coquetel não era ruim.

"Para uma revista?"

A expressão no rosto dele era neutra.

"Uma revista. Ou talvez um jornal", acrescentou.

"Eu não sabia que você era esse tipo de escritora."

"Na verdade, não sou. Estou escrevendo um livro, mas trabalho um pouco como jornalista nas horas vagas. Sou o tipo de escritora que precisa ganhar a vida."

Ele riu de novo.

"Bem, então somos dois, acho. Sou o tipo de curandeiro que precisa ganhar a vida. Quanto você me pagaria?"

Ela ficou surpresa.

"Pelo quê?"

"Por esse texto que vai escrever sobre mim."

"Ah, você não é pago por esse tipo de coisa", respondeu Tamara com um meneio coquete da cabeça. Ela precisava abordar aquele assunto de forma delicada. Não podia assustá-lo. "É uma matéria bem direta sobre seu trabalho, a cura. Não tem nada de indiscreto, nem coisas íntimas."

"Vamos ver isso."

Ele sorriu e tocou na mão dela de novo. Dessa vez, seus dedos se demoraram sobre a mão de Tamara. Por que ela não deveria curtir aquilo? Sem dúvida, corresponder à investida dele não ia prejudicar em nada sua reportagem. E fazia semanas que não tinha um encontro amoroso. O ideal seria marcar aquilo para a sexta-feira, Dia dos Namorados, assim se livraria das perguntinhas dissimuladas de suas colegas. Mas era uma emergência. O trabalho vinha em primeiro lugar, antes mesmo do amor. Precisava ser naquela noite.

"Fale um pouco mais sobre a massagem da aura."

"Vejamos a *sua* aura, por exemplo", disse ele, fitando-a nos olhos. "Você tem uma linda aura. Sabia? Tem um bocado de vermelho aí, a cor da sensualidade. E prateado também. A cor da espiritualidade. Muito prateado."

"E os seus clientes?"

"São de todos os tipos, na verdade. Jovens, velhos, ricos... sobretudo ricos."

"Pessoas famosas também? Celebridades?"

Ele olhou para Tamara com ar zombeteiro.

"Ah, sim. Já tratei de uns tipos bem conhecidos. Uns poucos só. Você ficaria surpresa."

"Tenho certeza que sim."

Pediram mais um coquetel. Três partes de aguardente de uva e uma parte de chá de ginseng, enfeitado com um único feijão indiano e servido por uma garçonete entediada, vestida como uma dançarina da dança do ventre. O coquetel se chamava A Arte do Tantra.

Aquelas cavalariças de Áugias precisavam ser limpas. Mais livros — história, fatos atuais, tratados alarmistas sobre o futuro do ecossistema, análises da política americana, biografias, romances de Graham, que eram mais um ponto de discórdia com Tad. O ciúme raivoso dele, apesar de cansativo, jamais a intimidara. Às vezes, embora nunca admitisse para Tad, ela o achava até cômico. Apesar das repetidas e fatigadas garantias de Honor, ele sempre se exaltara diante da mera visão do nome do segundo marido dela. Tad se enfurecia toda vez que uma música de Bartók, com quem Sandor, que não possuía ouvido para música, não tinha nenhuma relação, a não ser o local de nascimento, tocava no aparelho de som sem fio, e uma vez ele desapareceu por três dias em Salzburgo, num acesso de ira, quando viu cartazes anunciando uma apresentação no Mozarteum do violinista Tibor Varga, que, assim como dezenas de milhares de húngaros, tinha o mesmo sobrenome de Sandor.

Maridos mortos, supunha Honor, constituíam uma ameaça maior do que ex-maridos vivos ou divorciados falecidos, embora o ataque cardíaco de Sandor, supostamente causado pelos ofícios carnais de Miss Monte Carlo, tenha precedido em apenas um mês o julgamento do divórcio. Em geral, os cônjuges são santificados na morte, por mais monstruosos ou inadequados que tenham sido em vida. E agora era a vez de Tad ser canonizado.

Velas e bolachas de chope, uma ridícula montanha de canetas — antigas hidrográficas, uma Mont Blanc nunca usada, incontáveis esferográficas, uma série de marcadores de textos fluorescentes embalados como barrinhas de doce —, tudo despejado com uma satisfatória finalidade dentro de sacos pretos de plástico. Ela se lembrava de uma operação semelhante depois que a mãe morreu, embora alguns daqueles detritos tivessem sido destinados a leilões chiques e servissem para manter o pai vivo por mais alguns anos, na base de uísque e batidas.

Bradley, cunhado de Honor, cirurgião cardíaco aposentado e muito educado, de Phoenix, tinha feito as honras para Tad e esvaziou seus armários e suas gavetas, dando um destino a seu conteúdo. Honor não conseguia encarar a tarefa, mas reteve consigo o baú trancado. Disse para Bradley que era dela e, uma semana depois, pediu ao carregador que subisse e o levasse para a porta da frente de sua casa. Certa noite, já tarde, consciente da estranha feição cerimonial de sua tarefa, abriu a tranca do baú e, um por um, mandou os figurinos ondulantes de Tad para sua derradeira orgia, fazendo-os deslizar pelo duto da lixeira comum, no corredor de serviço, até a vasta caçamba de lixo situada lá embaixo, nos fundos do edifício.

O apartamento de Lois também teve de ser limpo antes de ser vendido, a fim de pagar seu encarceramento no asilo de idosos. Duas sobrinhas gananciosas tinham feito o serviço, enquanto brigavam como corvos por causa de refugos vistosos.

Honor fechou os sacos daquela noite com um nó resoluto e arrancou outro saco plástico do rolo. Alguém teria de executar aquela tarefa póstuma para ela — Ruth, provavelmente, num tumulto de presunção. Essa limpeza era um golpe preventivo gratificante.

O rádio lhe forneceria toda a companhia de que precisava. Ligou o aparelho e escutou com impaciência crescente. Mais especulações sobre a data da eleição, o governo dos conservadores encarava mais uma brigalhada por causa da corrupção, uma análise frouxa sobre as tentativas de uma princesa recém-divorciada de se fazer útil posando para fotos ao lado de vítimas de minas terrestres em Angola. Nada de interessante capaz de distraí-la. Era preferível o silêncio. E o trabalho não podia mais ser adiado.

Foi naquela floresta de bétulas, Buchenwald, que Goethe disse "ultimamente pensei muitas vezes que seria a última vez que eu encararia com desdém os reinos do mundo e suas glórias; mas aconteceu mais uma vez e espero que mesmo esta não seja a última em que desfrutaremos um dia agradável neste lugar... Aqui o homem se sente livre e importante — livre e importante como o cenário que tem diante dos olhos, e como ele deveria ser sempre." Fora do campo de extermínio que tinha o nome da floresta epifânica de Goethe, no flanco norte de Ettersberg, onde um século antes o poeta contemplara as glórias do mundo, ouvi um som, um estalar de gravetos, e vi um soldado nazista se agachando atrás dos arbustos. Corri para alertar os americanos. O alemão estava desarmado e rendeu-se imediatamente.

Tamara estava deitada olhando para a lanterna chinesa com franjinhas suspensa entre os beirais do precário apartamento do sótão. Ela estava se aquecendo no calor que irradiava da forma adormecida a seu lado, bem como na expectativa de um êxito profissional. Tim não ia gostar daquilo. Não ia gostar nem um pouco. Na certa, ia compartilhar sua alegria exultante depois que ela entregasse o texto e a matéria fosse publicada em duas páginas duplas, com fotos incriminadoras e títulos chocantes. Mas Tim detestaria o fato de que, enquanto ele continuava acorrentado a seu casamento insuportável, reduzido a atrair estagiárias ambiciosas só para se divertir, Tamara havia arranjado um amante mais jovem, mais ágil, infinitamente mais atraente.

As lembranças da noite anterior — um extenuado desdobramento e entrelaçamento e, após um intervalo que pareceu durar horas, um clímax mútuo de intensidade turbulenta — iam perdurar e mantê-la animada durante semanas. Tamara virou-se no travesseiro a fim de olhar de frente para ele. Naquele momento, Tamara se deu conta, ela havia se tornado uma dessas pessoas que podiam dizer com honestidade sincera: "Eu amo meu trabalho". Mas algo também a perturbava; as recordações dos prazeres da noite eram interrompidas por pensamentos indesejáveis sobre o empenho recente de seu novo amante com Honor Tait. Ela olhava a doce perfeição do rosto dele, o sulco encantador acima de seus lindos lábios, contraídos no sono — e isso era apenas o rosto. Que desperdício.

Os princípios da prostituição feminina eram óbvios. Não seria difícil manter as emoções fora da transação e, se o cliente fosse pouco palatável, sempre era possível se concentrar na carteira dele. Mas no caso de acompanhantes masculinos — massagistas, gigolôs —, com suas clientes femininas inevitavelmente pouco apetitosas, o que Tamara não conseguia entender era a questão da gravidade; como é que eles conseguiam praticar o ato?

Ele estava de costas para Tamara e seus roncos suaves vibravam como o ronronar de um gato. Ela precisava dar andamento àquela matéria. Seria aquele um bom momento para tocar no assunto? De forma tateante, pôs a mão sobre a linda curva do ombro dele. O homem gemeu de leve e pareceu escorregar para um sono mais profundo. Apertando-se a ele, Tamara deslizou o arco do pé por sua panturrilha. Agora ele gemeu, despertando. Rolou para o lado, esticou os braços enquanto bocejava, lançou um olhar para ela e depois fitou o teto.

"Dev?" Ela afagou seu braço.

"Mmm?"

"Está acordado?"

"Agora estou."

Talvez ele não fosse de acordar cedo.

"Gostei muito da noite passada", disse ela.

"Mmm."

Tamara deslizou a mão na direção de sua virilha. Ali também não havia grande coisa acontecendo.

"Essas suas mãos terapêuticas são mesmo uma coisa", disse ela.

Ele segurou o pulso dela e prendeu-o com firmeza.

"Não tem trabalho pra fazer esta manhã?", perguntou ele.

Tamara não podia contar que *aquilo* era seu trabalho — ficar na cama, esgotada de prazer, ao lado de uma versão viva, real e sexualmente competente do Davi de Michelangelo.

"Estou com a manhã de folga", respondeu, mentindo só em parte.

"Certo." Ele se virou para ela, soltando sua mão. "Bem, nem todo mundo pode se dar ao luxo de ficar à toa. Tenho coisas para fazer. Clientes para atender."

"Algum cliente famoso?"

Os olhos dele piscaram.

"Talvez."

"Como quem, por exemplo?"

"Isso seria indiscrição."

"Como Honor Tait?"

Seu sorriso se apagou.

"Você a conhece?"

Tamara sentiu uma contração na garganta. Será que tinha dado um passo em falso? Avançado cedo demais?

"Vagamente. Todo jornalista conhece Honor Tait. Ouve falar dela."

Ele empurrou o edredom para o lado e saiu da cama.

"Então, como foi que ouviu falar disso? Dela e de mim?"

Ele caminhou até o espaço da cozinha — um fogão portátil de duas bocas sobre uma mesa de pinho, perto de uma pia.

"Os boatos se espalham", disse ela.

O rosto dele se cobriu com uma sombra.

"Que tipo de boato?", perguntou, enquanto enchia a chaleira.

Tamara sentou e se recostou no travesseiro, numa atitude calculada para demonstrar calma. Estava pisando em terreno perigoso. Afinal, talvez ele a tivesse visto no evento de caridade ou no café. Ou na frente da galeria de arte.

"Ah, sabe como é, você e ela, anjos, prismas, auras... essas coisas."

"Camomila?", perguntou ele.

"Ótimo."

"Falando sério", disse ele, pondo algumas folhas no bule de chá com a colher, "como foi que você soube a respeito dela e de mim?"

"Na verdade, eu já tinha visto você. Na reunião no Archway. Sabe a reunião beneficente para as crianças? Eu estava lá, sentada no fundo."

Ele ergueu os olhos.

"É mesmo?"

"É. Reparei que você chegou atrasado."

Ele ficou de costas e pegou duas canecas num guarda-louça meio bambo.

"Eu só queria dar uma olhada nela", disse ele. "Vê-la em ação. No trabalho. Ela tem um bocado de seguidores, não é?"

"É, acho que tem. E depois vi vocês dois juntos", prosseguiu Tamara. "Tem um café aonde eu vou em Maida Vale e vi você lá, na frente do prédio de apartamentos dela."

"Na frente do Holmbrook?"

Ele ficou imóvel, segurando a colher no ar.

"É. Eu soube que ela mora lá. Uma pequena coincidência, na verdade. Fiquei indo muito àquele café por um tempo, para escrever meu livro."

Ele trouxe o chá, foi para a cama e curvou-se para pegar uma bolsa vermelha de veludo que estava no chão.

"Que tipo de livro você está escrevendo?", perguntou.

"Um livro mais ou menos de memórias", respondeu, evasiva.

"E você também escreve para jornais, não é?"

O coração de Tamara trepidou outra vez. Será que Ross tinha contado a ele sobre o trabalho dela no *Sphere*? Ou será que ela mesma deixara escapar alguma dica, num momento de indiscrição embriagada na noite anterior? Tamara bebeu um gole do chá e sentiu um arrepio. Será que alguém no mundo podia gostar mesmo daquele troço? Era como urina aquecida no micro-ondas.

"De vez em quando. Ajuda a pagar as contas."

Ele pegou um livro de capa dura — *O livro tibetano dos mortos* — e começou a enrolar um baseado, lambendo a borda gomada do papel de seda. Sua língua era rosada e tinha a ponta fina, como um camundonguinho.

"É. Todos nós temos que pagar as contas. Que tipo de jornal?"

As batidas do coração de Tamara eram tão altas que ela não tinha dúvida de que ele também as escutava. Estava desconfiado e ela se achava numa posição absurdamente vulnerável — nua e sozinha com ele numa região de Londres que mal conhecia. Uma reportagem na linha de frente.

"Ah, só alguns jornais e umas revistas. Cubro a programação da TV, essas coisas."

Ele pressionou o botão do isqueiro e encostou a chama na ponta do baseado, estreitando as pálpebras enquanto inalava profundamente. Depois de dez segundos, duas plumas de fumaça dispararam de suas narinas, como o vapor que sai do nariz de um touro enraivecido. Quando afinal falou, sua voz era um guincho rachado.

"Já trabalhou para os tabloides de domingo?"

Pronto. Na certa ele tinha trancado a porta da frente depois que entraram, aos trambolhões, na noite anterior, as mãos dele amassando seus peitos, as mãos de Tamara agarrando o pau dele. Onde será que ele tinha posto a chave?

"Uma ou duas vezes. Coisas ligeiras, aqui e ali."

Tamara conferiu suas rotas de fuga, observando que seu sapato e suas roupas estavam amontoados no lugar onde os havia deixado na hora em que Dev a despiu sobre o sofá na noite anterior. Será que aquele apartamento era mesmo a casa dele? Ou não passava de uns poucos cômodos alugados num fim de mundo — o tipo de lugar onde Ross fazia hora antes de mergulhar nas profundezas da sociedade?

"E quanto é que eles pagam por essas matérias?"

Tamara não se lembrava nada do trajeto que tinham feito na noite anterior, apenas tinha uma vaga recordação de ter subido a escada aos tropeções e passado por uma garota punk com uma minissaia de plástico.

"Não muito, na verdade. Posso ganhar sessenta libras por turno de trabalho para fazer a cobertura da programação da TV."

Ele passou o baseado para ela. Tamara precisava clarear a cabeça para aquela conversa. Mas caso se recusasse a fumar, ele poderia ficar ainda mais desconfiado.

"Eu não estava falando de você. Eu não perguntei quanto é que *vocês* ganham", disse ele. "As pessoas que vendem matérias, escândalos, todo esse lixo sobre ex-amantes — elas não ganham uma fortuna?"

Tamara encostou o baseado nos lábios e deu umas tragadas pequenas e superficiais. Apesar de sua cautela, a fumaça foi se desenrolando lentamente através de seu organismo. Pelo menos agora ele não estava se mostrando hostil. Talvez irritado, mas não abertamente hostil.

"Podem ganham uma bolada, sim. Mas depende."

"De quanto você está falando? Cinco dígitos? Seis?"

Apesar da agitação dele, uma calma deliciosa começou a se difundir pelas veias de Tamara. Ela se retorceu bem fundo na cama e passou o baseado para ele. A premência do homem era estranhamente sedutora.

"Às vezes seis. Se for uma matéria boa de verdade, envolvendo alguma celebridade."

O prêmio estava ao alcance da mão dela, mas Tamara queria que ele parasse de falar só por um instante, que adiasse as perguntas, deslizasse para a cama e repetisse os melhores momentos da noite anterior.

"E você diria que Honor Tait é uma celebridade?", perguntou ele, dando uma tragada profunda no baseado e devolvendo para ela.

"Na verdade, não..." Se Tamara se mostrasse ávida demais, ele acabaria aumentando o preço. "É velha demais para ser uma celebridade. É mais ou menos famosa... mas só para jornalistas e escritores metidos a intelectuais."

"Ela apareceu naquele programa de arte da televisão", disse ele, e devolveu o baseado para Tamara. "E disseram que ela trepou com o Frank Sinatra. Ele é uma celebridade, não é?"

"Mas já morreu. Qual é a graça?"

Ele empurrou o cabelo para trás, deixando a testa inteira à mostra. Era mesmo uma imagem encantadora. Tamara queria correr o dedo sobre os lábios dele, seguir a linha de seu queixo, depois baixar a mão até o tórax. Mas não era o momento.

"Deve ter mais coisas a favor dela", insistiu Dev. "Apareceu na televisão. As pessoas a reconhecem na rua. O marido, Tad Challis, era um diretor de cinema famoso. Membro da Ordem do Império Britânico e tudo. Fez *Os caçadores de prazer, Lua de mel dos cabeleireiros*... Clássicos da comédia inglesa. Deve haver algum interesse nele. Todo mundo ouviu falar do sujeito."

"Todo mundo com mais de trinta anos e com um certo gosto por comédias retrô. Além do mais, ele já morreu. Matérias sobre pessoas mortas não ajudam muito a aumentar a tiragem dos jornais."

"Mas tem de haver alguma coisa."

Ele roeu um pouco a unha do polegar. Era a hora de Tamara fazer sua investida.

"Bem, uma coisa que pode render algum dinheiro é uma matéria sobre uma velha respeitável que há pouco tempo participou de um programa de TV como jurada e cujo perfil apareceu na *Vogue*, uma queridinha da turma dada a conversas meio metidas, que divide o palanque com membros do gabinete paralelo de oposição, se, por exemplo, houver algum sexo ilícito envolvido."

Erguendo-se um pouco, apoiado no travesseiro, ele se virou para olhar de frente no rosto de Tamara.

"Sexo?"

"Sim. É ridículo, eu sei."

"E o que você chama de ilícito?"

"Bem, precisa ser uma coisa um pouco fora do comum... transgressiva. Se ela estiver fazendo sexo com outro aposentado, não haverá uma história, ninguém iria se interessar em ler sobre isso. O bizarro é bom, serve, mas não pode ser grosseiro demais. Por exemplo, não pode ter sexo com animais. Veja, são jornais para a família."

Ele começou a enrolar outro baseado. Era uma agonia olhar para ele e não tocá-lo.

"Que tipo de sexo transgressivo esses jornais de família achariam aceitável então?"

"Acho que qualquer sexo que envolva pessoas com mais de sessenta já é transgressivo, mas se, por exemplo, ela estiver dormindo com alguém... da mesma espécie, uma pessoa viva, é óbvio, mais jovem, muito mais jovem, aí então isso seria o tipo de matéria de sexo exótico que os jornais poderiam encampar."

Ele se inclinou na direção dela, seus lábios ficaram a uma distância que daria para beijar — ela nem sequer precisaria erguer a cabeça — e passou o baseado para Tamara.

"É difícil imaginar, eu sei", acrescentou ela.

"E eles pagariam muito por uma matéria assim?"

"Pagariam. Acho que pagariam um bocado, sim."

Ela pegou o baseado e, em troca, afagou a mão dele.

"Seis dígitos?"

"Pode ser. Depende."

Tamara reteve a fumaça nos pulmões e saboreou bem antes de exalar lentamente, com um sorriso velado. Seu trabalho estava quase feito. Ele tinha mordido a isca.

"Depende do quê?"

"De quanta coisa o homem estiver disposto a revelar", respondeu com voz rouca. "Se existem fotografias dele com Honor Tait. Mas nada de fotos pornográficas. Ninguém quer ver velhos sem roupa."

Ele riu, jogando a cabeça para trás.

"E você pode me colocar em contato com esses jornais?"

Tamara estendeu a mão e afagou seu rosto delicadamente.

"Me trate com carinho e eu vou ver o que posso fazer."

A vida de Honor, até onde era possível nesse estéril último ato, vinha passando toda a impressão de estar satisfatória, ou pelo menos interessante. Velha e inútil como estava, Honor pelo menos conseguira criar com habilidade a ilusão de que tinha objetivos: de certo modo trabalho, amigos, música, teatro, interesse pelas questões mundiais. Ela se mantinha ocupada.

Viajar não era mais possível e, embora esse parecesse ter sido o golpe mais cruel de todos, ela resistia à amargura pensando em Lois, para quem uma viagem desacompanhada ao saguão do hospital ou até ao banheiro no final da enfermaria seria uma viagem heroica, arriscada e tão inverossímil como se estivesse viajando sozinha pelo rio Amazonas. O mundo delas havia encolhido. Era necessário aceitar o fato. E aquele espírito de aventura que no passado ela dividira com Lois, o gosto que tinham por conhecer lugares novos, agora precisavam ser projetados para dentro. Honor pelo menos estava penetrando numa verdadeira *terra incognita*; não havia mapas, ninguém traçaria sua rota precisa rumo àquele destino desconhecido, e ela iria fazer a viagem sozinha.

Até pouco tempo antes, dias vazios em sua agenda podiam deixá-la em pânico, como uma adolescente tomando chá de cadeira num baile. Honor distribuía compromissos, eventos, encontros com amigos, até telefonemas, espaçava tudo com cuidado, pontos de referência luminosos no prolongado crepúsculo. E na verdade o que resultava de todas aquelas atividades? Melodiazinhas alegres, música idiota de salas de espera, sussurrada na solidão para mascarar o silêncio terrível. *Meu velho dizia: "Vá atrás da van e não fique de bobeira no caminho"*. A van, agora lhe parecia, devia ser um carro funerário.

Buchenwald, 14 de abril de 1945. Quarto dia da libertação. No bosque, na beira do campo, avistei de relance um soldado nazista escondido atrás dos arbustos. Minutos depois, as tropas americanas o capturaram e o arrastaram para os barracões. Uma fileira de soldados americanos, alegres como uma fila de pessoas na porta de um cinema numa noite de sábado, se perfilou para espancar com selvageria aquele jovem alemão. No caos da vitória, com o fedor da morte ao redor deles naquele lugar terrível, às sombras do carvalho de Goethe, os americanos estavam animados por um sentimento vingativo e justiceiro.

Vinte

"Tim!"

"Sim?"

A voz dele parecia cautelosa.

"É Tamara."

"Tamara!"

O grito brincalhão do outro lado da linha não conseguiu mascarar a cautela de Tim.

"Como vai?", perguntou ela.

"Depois das sacanagens da semana passada, não dá para estar bem."

"Ãhn?"

"O Press Awards. Você não soube?"

"Eu estava lá."

"Ah, é mesmo..."

Tim havia esquecido o papel central de Tamara na humilhação que ele sofrera. Era um alívio e ao mesmo tempo um insulto.

"O que foi que aconteceu?", perguntou ela, para testar mais um pouco a memória de Tim.

"Um pequeno atrito com um babaca. Um cara da sua turma, eu acho, do *The Monitor*."

"E você está bem?"

"Um olho um pouco roxo, o orgulho ferido e tudo isso. Mas você devia ver como o outro cara ficou."

"Mas qual foi o motivo da briga de vocês?"

"Não faço a menor ideia. Você sabe como é. Alguma ofensa, na certa. Mas, de todo modo, como é que *você* vai, minha querida? A que devo o prazer deste telefonema?"

Tim havia usado Tamara, a descartara feito lixo, partira seu coração e a ofendera. E agora falava com ela como se fossem velhos amigos. Tamara gostaria que Alistair tivesse batido nele com mais força e tivesse machucado Tim de verdade. Mas agora, recordou Tamara, era hora de tratar de negócios. A vingança podia esperar.

"É sobre uma matéria. Achei que você podia se interessar."

"Faça um teste..."

Marcaram um encontro num pub situado a cinco minutos do escritório dele. O Swan era uma pocilga de cheiro azedo e com uma máquina automática que tocava músicas de sucesso de discotecas da década de 1980. No meio da tarde, quando Tamara chegou, o bar estava cheio de homens de capacete de obra e botas de trabalho bebendo o pagamento do dia. Os picaretas que trabalhavam no *Sphere* só chegariam mais tarde, e aí é que a diversão de fato começava. Quando o ex-amante de Tamara entrou, ela ficou tensa à espera da dor, mas aliviada ao se dar conta de que sentiu apenas uma pontada de constrangimento. A comparação com Dev era chocante. Tim parecia velho, de cara estufada, abatido, e lá estava o círculo arroxeado em torno do olho direito lhe dando um aspecto de pirata. Tim pediu bebidas para os dois e sentou. Parecia nervoso e ajeitou-se na beirada de seu assento, uma banqueta de plástico marcada por uma constelação de queimaduras de cigarro.

"Espero que seja uma coisa boa", disse.

"E é."

Tim ficou em silêncio enquanto ela dava uma dica da matéria. Quando Tamara terminou, os dois tinham esvaziado seus copos. Não havia nem sinal do flerte de fachada que animara o telefonema da manhã.

"Vamos ver se entendi direito", disse ele com um toque de sarcasmo. "Uma aposentada chique anda dando umas escapadas com um garanhão jovem? É anti-higiênico, concordo, mas acho que esse assunto vai cair na categoria QDM do *Sphere*. Quem Dá a Mínima?"

Tamara ficou indignada.

"Mas acontece que ela não é uma aposentada qualquer. É uma mulher famosa."

"Escute, Tam", disse ele, acendendo um cigarro. "Tanto faz se ela é famosa segundo os critérios dos jornais menos populares — ela até pode passar por uma celebridade para os seus jornais posudos, metidos à besta e de baixa circulação, como *The Monitor* e *The Courier*. Mas para um tabloide de circulação de massa como o nosso, a única aposentada chique em que estamos interessados é na Rainha Mãe, e mesmo que ela andasse aprontando por aí com um gigolô bonitão, seria o caso de dizer: Deus a Abençoe, Senhora!"

Tamara tentou reprimir o tom de súplica em sua voz.

"Mas Honor Tait é diferente."

"Olhe, eu adoraria poder ajudar você, Tam. Pelos velhos tempos." Piscou o olho, depois encostou a palma da mão no olho roxo. O trabalho manual de Alistair continuava dando problemas a Tim. De todo modo, havia uma certa dose de satisfação naquilo.

"Não é essa a nossa praia", prosseguiu ele. "Sei lá. Essa tal de Honor Tait. Não é nenhuma supermodelo de pernonas compridas, é? Ninguém está a fim de ler nada sobre uma coroa dessas. E nós não queremos estragar o café da manhã dos nossos leitores."

Café da manhã? Não fazia muito tempo que a ideia de café da manhã daquele sujeito era uma carreira de cocaína sobre os peitos de Tamara. E agora ele a descartava como se ela fosse apenas mais uma freelance desesperada tentando enfiar à força no jornal uma materiazinha ordinária.

"Mas ela aparece em tudo quanto é revista. *Vogue*, *Tatler*..."

Tim balançou a cabeça.

"Desculpe, meu anjo. Já estouramos o orçamento com a nova campanha promocional — Esbofeteie um pedófilo, ganhe um Renault Twingo — e com a matéria sobre Pernilla Perssen."

"Que matéria sobre Pernilla Perssen?", perguntou Tamara, repentinamente em pânico.

Será que o *Sphere* tinha conseguido um furo de reportagem sobre a gravidez dela? Era tudo de que Tamara precisava àquela altura.

"Um dos ex de Pernilla está jogando a merda no ventilador sobre as farras dela na cama, com três pessoas, regadas a drogas", explicou Tim.

Tamara se acalmou. Sua exclusiva estava a salvo — qualquer história sobre um *ménage à trois* provavelmente teria vindo antes da gravidez de Perssen. Portanto era notícia velha. Tamara continuou pressionando em favor de seu projeto.

"O *The Monitor* vai publicar uma matéria de quatro mil palavras sobre Honor Tait na seção de livros, dividida em três semanas. Aqui está sua chance de passar a perna em um concorrente outra vez."

"Na seção de livros? Quatro mil palavras? Faça-me o favor!", exclamou Tim. "Interesse mínimo. Não é o tipo de coisa em que a gente, aqui no *Sphere*, quer gastar dinheiro."

"Pensei que você gostasse de ficar sempre na frente do *The Monitor*. Você pagou um bocado de grana para contratar aquela velha esnobe e tagarela, Bernice Bullingdon", disse Tamara, enquanto beliscava teimosamente a beiradinha de uma bolacha de chope de papelão.

"A velha Bernice?", ele riu. "Pois é, a gente passou uma bela rasteira no Wedderburn, não foi? Foi o troco por ele ter sacaneado a gente no caso do Ricky Clegg."

Tamara fez pé firme.

"Pois este assunto agora é muito mais interessante do que mais uma lenga-lenga de Bernice sobre petições na justiça e pedidos de adiamento."

"Isso não chega a ser nenhuma vantagem", disse ele. "Qualquer coisa é mais interessante do que aquilo. Mas não se preocupe. Os leitores do *Sphere* foram poupados. Digamos apenas que Bernice foi reciclada — hoje em dia, ela é conhecida como Bernie a Rainha da Lata de Lixo."

Tamara não queria que ele desviasse o assunto.

"Mas Honor Tait *foi* famosa. Mais famosa que Pernilla Perssen. Estilo antigo, famosa estrela de Hollywood."

Tim lançou um olhar para seu relógio de pulso.

"A gente está gastando uma grana para obter umas fotografias incríveis de Pernilla", disse ele com os olhos embaçados de prazer. "Espere só para ver..."

"Fotografias incríveis", disse Tamara, sem entusiasmo. "Só que esta minha matéria é completamente diferente."

"Escute aqui, querida, a sua Honor Tait... ela é velha, é feia, e a maioria dos nossos leitores nunca ouviu falar dela na vida."

"Mas eles ouviram falar do Frank Sinatra. Dos amigos famosos de Honor Tait. Liz Taylor, Marilyn, ela conheceu toda essa gente..."

Tim se inclinou para a frente e deu uma palmadinha no joelho dela.

"Desculpe, meu anjo. Valeu a tentativa. Mas não é para o nosso bico. Vamos tomar uma saideira?"

Ela aproveitou mais aquele tempo para insistir em seus argumentos.

"Houve um programa de televisão recente sobre ela", disse Tamara quando Tim trouxe os drinques deles. "Horário nobre. Ela anda metida em tudo quanto é causa da moda de esquerda. Anda pra lá e pra cá com membros do Parlamento do Partido Trabalhista. E com estrelas do cinema. Jason Kelly. E estrelas da televisão. Paul Tucker."

Ao ouvir o nome de Tucker, uma personalidade ridícula para Tim e seus parceiros de negócio, ele gaguejou com a boca na bebida:

"Não me diga que ela anda trepando com o Tucker também."

"Não posso garantir. Mas ela trepou com todos os outros. Com todos os grandes nomes."

Tim ergueu uma sobrancelha irônica, esquecendo de novo a agressão da semana anterior, depois se contraiu quando a dor refrescou sua memória.

"Que grandes nomes?"

"Sinatra... Picasso... Bing Crosby... Bob Dylan... Castro..."

"Fotografias?" Passou o dedo delicadamente em redor do olho.

"Sim. Tenho certeza. Da maioria deles. Não juntos na cama, na verdade. Mas juntos."

"Uma mulher bem rodada, então."

"Pois é, essa é a questão. Ela continua na ativa. Oitenta anos, e insaciável."

"Mas e aí? Como é ele? Esse tal garoto de estimação?"

"Muito sarado", disse Tamara. "Saradão mesmo." E se permitiu um sorriso sonhador de satisfação.

* * *

Talvez tenha sido o drinque a mais que tomaram, ou a oportunidade de ridicularizar Paul Tucker, ou simplesmente a identidade do terceiro marido de Tait que mudou a sorte de Tamara.

"Não é o velho Tad Challis? *Cabeleireiro? Lua de mel?* O gênio da comédia?", perguntou Tim. "Ah, os bons e velhos filmes de sacanagem ingleses... Ele deve ter tirado uma casquinha de todas aquelas estrelas safadinhas, o velho Tait. Essa tal de Honor Tait devia ser um espetáculo de mulher na época."

"Ah, era sim", respondeu Tamara. "Dê uma olhadinha nas fotos. Era isso mesmo."

"Sei lá, Tam. Você está me arrastando para essa história."

Tamara deu um beliscão de brincadeira na coxa de Tim através da flanela cinzenta.

"Você sabe como essa matéria é importante para mim", disse ela. "Estou investindo muito nisso."

"Olhe aqui. Sei lá, garota. Tenho o coração mole demais e isso me atrapalha. Vou ver o que posso fazer."

Tim telefonou naquela mesma tarde. Tinha pedido um arquivo de fotos de Honor Tait.

"O pessoal teve de escavar lá nas profundezas do necrotério para encontrar o material mais antigo, mas depois que sopraram a poeira, foi uma coisa incrível", disse ele. "De um valor inestimável. Que bomba! E ela conheceu a galera toda, não foi? Sinatra, Kennedy... é só dizer um nome, e a sua perua velha pegou todos eles."

"Ela tinha muitas ligações pessoais. Eu disse a você."

"E o material recente também não é nada ruim. As fotografias com aquele jovem Kelly. Ele é da pesada, não é? Todas as garotas da redação ficaram dando gritinhos de *ais* e *uis* ao ver o sujeito. Ela dá a impressão de que usou o cara como petisco para o seu café da manhã, a velhota. A gente vai se divertir um bocado com esse negócio."

"Para quando você quer a matéria?"

"Será que dá para você entregar a mercadoria neste final de semana? Vamos sentar o pau pra publicar tudo no próximo domingo. Manchete principal na primeira página e duas duplas, está bem?"

Na outra ponta da linha, Tamara brandiu o punho cerrado no ar, num gesto de vitória.

"E o que aconteceu com a matéria sobre Pernilla Perssen?", perguntou.

"Vai sair no *News of the World* desta semana."

Para um editor que soube que um jornal concorrente iria publicar uma exclusiva antes dele, Tim estava surpreendentemente animado.

"Você perdeu a matéria?", perguntou Tamara.

"O cara era um vigarista de marca maior", disse ele. "As fotografias eram montagens feitas com uma sósia de Pernilla de terceira categoria. Mandamos o cara para o *News of the World*. Parece que eles vão morder a isca e estourar o orçamento pelos próximos seis meses. E depois ainda vão ter que bancar as custas judiciais. Vão ficar com a corda no pescoço."

Quantas vezes mais ela iria se sujeitar àquela degradação, perguntou-se Honor, à enfadonha tarefa de se lavar e se vestir e depois forçar-se a sair de casa, carregar o peso da apreensão em cada passo, ser despida de novo, exposta e reduzida à sua desapetitosa essência? A ovelha no matadouro. Ela sabia que não devia reclamar. Se Lois tivesse podido escolher, teria preferido colonoscopias diárias e tomografias computadorizadas em pleno domínio de suas faculdades intelectuais a uma saúde física perfeita com mal de Alzheimer. No entanto ela deveria ter se indignado com o médico de hoje. Um jovem arrogante, educado em escolas privadas, o médico mostrou uma inautêntica fisionomia de compaixão. Sua indiferença era flagrante. Honor quase pôde ouvi-lo dizer: "Afinal o que você estava esperando?".

De volta a seu apartamento, ela continuou seus trabalhos. A empregada havia ficado chocada quando chegou naquela manhã, e perguntou se o apartamento tinha sido arrombado. Quando soube a verdade, ficou ainda mais horrorizada e recusou-se a jogar fora os sacos de livros, roupas e quinquilharias. Não admitiu sequer levá-los para um bazar de caridade. Durante um momento enervante, Honor temeu que fosse haver um ataque de choro, até que ela aceitou que a própria empregada ficasse com a tralha. Honor não podia imaginar onde ela ia pôr tudo aquilo em seu pequeno apartamento social, pago pela prefeitura, atulhado de gente.

De fato, não havia muito mais do que aquilo a fazer. Honor pegou o jornal, rasgou-o em pedaços e embrulhou as preciosas xícaras de Sèvres de Tad neles, guardando-as depois dentro de um saco plástico junto com outros objetos quebráveis — o frasco de perfume de Aidan, taças de champanhe e o vaso. Mais tralha para a empregada levar.

Serviu-se de um drinque e sentou-se na penumbra vazia da sala de estar. E agora, se perguntou, observando a própria sombra subir nas paredes vazias: o que um entrevistador faria desta sala agora? E que importância isso teria? Era mais fácil perceber o erro do que descobrir a verdade — Goethe de novo —, mas às vezes também era impossível discernir um do outro.

Até os espertos podiam se enganar. Tinha acontecido com ela também. De modo imperdoável, na floresta de Ettersberg.

Ela não conseguia encarar aquilo agora. Uma coisa mais fácil de pensar, e com consequências que não iam além de um constrangimento privado, era seu depoimento para a *Paris Review* sobre o escritor canadense recluso que morava sozinho no norte do estado de Nova York, numa casa de fazenda feita de tábuas nuas e cuja esposa tinha ido embora fazia muito tempo, levando os filhos consigo. Honor o encontrara recurvado e com os olhos reumosos, dentro daquela casa gélida, metaforicamente aquecendo as mãos sobre as brasas quase apagadas de sua fama literária. Junto à lareira, na casa solitária do escritor, Honor viu uma enorme garrafa de champanhe vazia, um suvenir empoeirado da matéria-prima principal daquele tabloide — tempos mais felizes. Ele havia transformado seu sótão num museu de seu antigo sucesso: paredes cobertas de resenhas emolduradas sobre seu romance mais bem-sucedido, cartazes vistosos e fotografias de uma adaptação do livro para o cinema (Tad tinha sido o assistente de direção) e fotos de estrelas do segundo escalão de minissaia, olhos toldados por pestanas extravagantes, sorrindo na companhia do escritor da moda, que vestia um terno da Carnaby Street e não conseguia acreditar em sua boa sorte.

Ele mostrou a casa para Honor e só falou sobre aquele livro de três décadas antes; como o havia escrito, como havia revisado o trabalho, sua publicação, os índices de vendagem, a adaptação para o cinema. Todas as tentativas que ela fez para mudar de assunto — seus outros livros, política contemporânea, sua família, a casa, o jardim — foram desviadas para trás, de volta a trinta anos antes, para os dias de glória daquele único triunfo radiante, quando todos, até os críticos, o queriam bem e quando os primeiros anos de frustrações e fracassos pareciam ter ficado para trás de uma vez por todas. Como ele poderia saber, na época, que após o breve *scherzo* de sucesso, o fracasso se tornaria o *leitmotif* de uma sinfonia de perdas e amarguras que iria durar a vida inteira?

Só depois que seu melancólico artigo foi impresso, Honor recebeu o telefonema de um antigo colega do *Herald Tribune*, aposentado havia muito tempo e que cultivava dálias no vale Chenango.

"Então você visitou o velho G...? Chegou a ver as Virgens Vestais?"

Ela soube então que se tratava das amantes do escritor, duas irmãs gêmeas idênticas de vinte anos, beldades róseas de Renoir, de origem irlandesa, oriundas de um projeto habitacional em Vestal, na periferia de Binghamton, que haviam trocado seu emprego atrás de caixas registradoras no supermercado da região por uma ala do casarão de fazenda, champanhe comprado por encomenda e orgias mensais de compras. Pois é, a gente podia se enganar. E interpretações errôneas bem-intencionadas podiam ser tão nocivas quanto verdades reveladas de forma maliciosa. Era preciso encarar aquilo.

Margeando o bosque na orla do campo vinte minutos depois, avistei um soldado alemão fugitivo escondido nos arbustos e corri de volta para o campo a fim de avisar as tropas americanas. Então fiquei olhando enquanto os aliados formavam uma fileira animada para dar uma surra selvagem no jovem nazista. No caos da vitória, os americanos estavam empolgados por um sentimento justiceiro e vingativo contra os horrores que haviam testemunhado no campo recentemente libertado. O alemão capturado gemeu de leve quando um recruta o puxou pelo cabelo, que estava manchado de sangue, enquanto os outros se revezavam para espancá-lo e berravam insultos.

"Quer se divertir um pouco também, senhora?", me perguntou um soldado. Eu recusei.

No final, com o sangue escorrendo do rosto e ensopando o detestado uniforme nazista, o alemão tombou no chão.

Vinte e um

Tamara se instalou num hotel de três estrelas numa rua de prédios antigos em Paddington. Não era o Ritz, pois, embora tivesse no final oferecido a Dev cinquenta mil libras e um cachê generoso de três mil e quinhentas libras para Tamara, Tim exigiu que as despesas dela para fazer a matéria fossem modestas.

"Já estou forçando meu orçamento até o limite com essa matéria, meu anjo", disse Tim. "Tive de brigar muito para conseguir arrancar essa verba do nosso editor executivo."

Parecia um bom negócio, mas Dev, que esperava conseguir pelo menos cem mil libras, não ficou tão impressionado quando Tamara lhe telefonou para dar a notícia.

"Se isso é o melhor que eles podem pagar, não sei se vale a pena perder meu tempo", disse.

"Mas foi você mesmo que falou. Essa história precisa ser contada."

"Depois que ela for publicada, minha principal fonte de renda vai desaparecer. Ela não me dará mais dinheiro. Nunca mais. Tudo vai acabar. E aí o que é que vou fazer?"

E depois que ele tivesse exposto Honor nos tabloides, suas outras clientes também sumiriam do mapa.

"Mas você queria começar uma vida nova", argumentou Tamara. "Deixar tudo isso para trás."

Houve uma pausa. Aquilo poderia tomar tanto uma direção como outra, pensou Tamara.

Por fim, ele respondeu.

"Tudo bem. Contanto que seja em dinheiro vivo. Sem dinheiro vivo, não tem acordo."

Tim entregou uma maleta cheia de notas a Tamara, tão novinhas e farfalhantes como cédulas de dinheiro falso, e o bastante para dar como uma substancial entrada na compra de um apartamento decente na zona oeste de Londres.

"Extremamente irregular", disse ele, piscando o olho. "Mas conto com você para o caso de algum trambique."

Ela reservou o quarto por telefone e negociou um desconto alegando que faria uma menção favorável ao hotel nas páginas de Viagem do *The Monitor*. Insistiu em ficar com a melhor suíte, que oferecia uma cama "tamanho imperador" e banheira de hidromassagem.

Por estranho que pareça, Tim incentivou atividades extracurriculares.

"Que tal uma trepadinha no hotel? Se for necessário, vai fundo, garota", disse.

Tamara se irritou com a falta de ciúme de Tim, mas bem que via com bons olhos alguma permissividade séria, algum descanso e recreação, bem como alguma compensação no trabalho, e além disso seria uma negligência não usufruir as instalações confortáveis do hotel.

O anúncio ilustrado nas Páginas Amarelas prometia "luxo e privacidade e um serviço de alta classe". Mas o carpete surrado no saguão do hotel e o recepcionista bocejante no balcão da entrada não sugeriam nem uma coisa nem outra. Agora era tarde demais para tomar qualquer providência a respeito. Dev apareceu com sua mochila assim que Tamara pegou a chave. Entraram no elevador, uma caixa estreita de madeira, como um caixão vertical, que forçava a intimidade — virilha esfregando virilha, coxa roçando coxa — para a qual nenhum dos dois parecia estar preparado.

Ele parecia quase tímido e desviou os olhos quando Tamara tentou prender sua atenção com um sorriso cúmplice. Ela teria que agir com enorme sensibilidade nos próximos dois dias. Dev estava se sentindo humilhado, ela sabia. Que homem com algum respeito próprio estaria feliz de admitir para todo mundo que transava com uma velhinha? Ele também poderia estar se sentindo culpado por trair Honor Tait. Esse, Tamara sabia, era um dos aspectos mais nocivos da perversão — as vítimas sentiam-se responsáveis por sua vitimização.

"Você trouxe o dinheiro?", perguntou ele quando o elevador parou no terceiro andar.

"Trouxe. Está aqui."

Ela deu uma palmadinha na pasta, tocando acidentalmente seu cotovelo na virilha dele.

Quando Tamara abriu a porta da suíte, os dois foram recebidos, ainda que não propriamente com boas-vindas, por uma fanfarra berrante de cores: um enorme arranjo em forma de coração feito de cravos vermelhos barrava o caminho deles para dentro do quarto e, acima, como um pequeno saco de areia para treinamento de lutadores de boxe, balançava de leve um balão cor-de-rosa com uma imagem em estilo Disney de dois cupidos se beijando.

"Que diabo é tudo isso?", perguntou Dev, se espremendo para passar pelo colossal arranjo de flores, que exalava um enjoativo aroma de frutose.

Bandeirolas cor-de-rosa — mais coraçõezinhos — pendiam sobre a janela, que dava para uma parede e uma área de serviço nos fundos do hotel. Em cima da cama (tamanho príncipe, em vez de imperador, ela calculou, e coberta com uma colcha bordada cor-de-rosa), havia uma faixa com letras alegres e infantis de incentivo: "Parabéns!".

"Pedi o melhor quarto do hotel. Eu não esperava por isso. Deve ser a suíte para lua de mel."

"É horroroso", disse ele, com a boca torcida de uma criança mimada. "Não dá para ficar aqui."

Então ele viu a garrafa de champanhe no balde de gelo perto da cama.

"Bem, de todo modo isso vai ter sua utilidade."

"E haverá muitas outras garrafas como essa", tranquilizou-o Tamara.

Dev serviu-se de uma taça, esticou-se na cama de cara emburrada e começou a passear pelos canais de televisão.

"E nada para mim?"

Ele passou a garrafa para ela sem sequer desviar os olhos da TV ao pé da cama, que exibia um programa infantil de perguntas e respostas — pequeninos estudantes CDF competindo ferozmente por um prêmio vagabundo. Tamara telefonou para o serviço de quarto pedindo mais champanhe, e a recepcionista, agora vestindo um avental de camareira, trouxe as garrafas, desviando-se cuidadosamente das flores. Deixou a bandeja sobre a mesa e retirou-se do quarto caminhando de costas, fazendo balançar os cupidos e quase tropeçando no coração de cravos vermelhos.

Dev sintonizou num canal pornô. Com olhos de especialista, concentrou-se numa cena de luta entre pessoas nuas na lama, enquanto enrolava um baseado. Tamara abriu a segunda garrafa, descalçou-se chutando os sapatos para longe e passou para ele uma taça com a bebida, em troca do baseado. Estavam deitados a poucos centímetros de distância um do outro, como corpos dentro de uma sepultura medieval, as sobrancelhas contraídas com embriagada concentração enquanto o corpo a corpo na lama ia se transformando num sexo lodoso. Tamara estendeu a mão para acariciar o braço dele e Dev deu um suspiro.

"E então? Quando vamos começar?", perguntou.

"Quando você quiser", sussurrou ela.

"Estou falando desse negócio da reportagem."

Ele parecia inexplicavelmente irritado.

"Não tem pressa."

Tamara levantou-se e diminuiu as luzes, acomodou-se na cama de forma decorativa e abriu mais uma garrafa de champanhe.

"Tem certeza de que está com o dinheiro?", perguntou ele.

"Já disse. Está na minha bolsa."

"Mostre."

Durante quarenta horas, os dois ficaram enfiados na suíte do hotel, dormiram pouco, fumaram com afinco sessenta gramas de maconha, cheiraram a maior parte de um grama de cocaína, beberam uma caixa de garrafas de champanhe e conversaram; acima de tudo, conversaram. Ignoraram a banheira de hidromassagem, e a expectativa de Tamara de um fim de semana de sexo recreativo logo foi abandonada. Só fizeram amor uma vez, e quase por acidente; ele rolou o corpo por cima dela para apanhar a garrafa, seus finos roupões de hotel se abriram, carne encontrou carne e os dois foram surpreendidos pelo desejo. Enquanto se remexiam juntos de modo consciencioso, sob o acompanhamento do metrônomo da cabeceira da cama, que batia ritmada contra a parede, o pensamento de Dev estava, obviamente, longe dali. E alguma coisa tinha acontecido com ela também. Ele era lindo, de fato. Mas tudo o que Tamara queria era a reportagem.

E conseguiu. Que reportagem! Quando Dev começou a falar, não conseguiu mais parar e a sórdida história foi se desdobrando em meio a uma névoa de recriminações e fumaça de maconha. Enquanto fazia anotações recostada em travesseiros junto a ele, com seu gravador ligado sobre a mesinha de cabeceira, Tamara maravilhou-se com a transformação; o homem enigmático e de poucas palavras revelou-se o personagem de um monólogo. Ela precisou usar bem mais de dez fitas cassete. Sabia que aquilo, mais tarde, iria significar uma verdadeira maratona de transcrição, mas suas anotações abreviariam o processo.

Dev estava indignado e falou com tamanha veemência que aquela confissão parecia impelida mais por vingança que por dinheiro. Fez questão de enfatizar que não era um gigolô nem nenhum tipo de acompanhante masculino. Nunca tinha sido. Quando conheceu Tamara, fora absolutamente honesto; era um massagista gabaritado, um curandeiro e um "buscador da verdade" com dons mediúnicos, mas tinha sido bolinado por adultos quando criança e depois, durante anos, sofreu abusos sexuais de uma mulher velha e manipuladora que o seduziu e o manteve sob seu poder, destruindo suas chances de vir a ter um relacionamento normal.

"Tentei me libertar, acredite", disse ele. "Mas ela sempre acabava me arrastando de volta." Balançou a cabeça, esmagado pela vergonha e pelo arrependimento. "Toda vez ela me trazia de volta. Eu nunca consegui escapar."

Tamara ergueu os olhos de seu bloco.

"Quantos anos você tinha quando isso começou?"

Dev evitou os olhos dela, fitando a tela apagada da televisão à sua frente.

"Doze? Treze? Não sei. O que eu sei de fato é que eu era completamente inocente."

A indignação de Tamara vinha temperada por um sentimento de júbilo. Aquilo era uma história de depravação sem limites e ela não via a hora de poder contar tudo.

"Treze anos? Você estudava?"

"O que mais eu podia estar fazendo? As oportunidades de trabalho para um jovem de treze anos eram limitadas."

Ela não se deixaria intimidar por aquele sarcasmo. A verdadeira hostilidade de Dev era contra Honor Tait, ela sabia.

"Como foi que vocês se conheceram?"

"Ela era amiga do meu pai."

"Eles eram amantes?"

Dev mordeu o lábio inferior. Era um grande sofrimento para ele.

"Todo mundo era amante dela."

"Seu pai sabe sobre você e ela?"

"Não tudo. Ele morreu há alguns anos."

Dev fechou os olhos. Tamara estendeu o braço e acariciou a mão dele.

"Deve ser muito difícil para você. Deve ter a sensação de que está, de certa maneira, traindo essa mulher. Mas precisa lutar contra isso. Você é que foi traído."

Ele pareceu grato por sua compreensão.

"Talvez, contando essas coisas, pondo isso para fora, eu possa começar meu processo de cura", disse ele enquanto enrolava mais um baseado.

Sem noção do tempo, os dois dormiam em horas estranhas no lugar onde estavam sentados ou esparramados, tirando pequenos cochilos. Quando sentiam fome ou precisavam de bebida, chamavam o serviço de quarto e, quanto mais ele falava, mais alheio e distante se tornava. A certa altura, os dois deitados lado a lado na cama, Tamara achou que o havia perdido de vez. Tinha feito uma pergunta indelicada, mas achou que precisava fazê-la.

"Você é jovem e bonito. Ela não é. Como é que isso funciona?"

"Como funciona *o quê*?"

"Você sabe. Quando estão juntos. Sozinhos."

Ele rolou o corpo de lado, apoiado no cotovelo, e por um momento Tamara viu uma ponta de ameaça em seus olhos.

"O que você está querendo dizer exatamente?"

Não havia nenhuma forma diplomática de esclarecer a questão.

"Você sabe..." Fez uma mímica, curvando e esticando o dedo indicador. "Como é que você levanta?"

Ele deu um soco no travesseiro com tanta força que algumas penas voaram.

"Use a imaginação, cacete! Será que preciso explicar tudo para você?"

Foi um momento perigoso. Ela precisava tranquilizá-lo, pedir mais champanhe e prometer (de forma imprudente, sabia) que o *Sphere* lhe daria como bônus uma passagem aérea para Goa — se era isso que ele queria —, além do pagamento combinado por aquela história.

"Primeira classe?"

"Primeira classe."

Ele se acalmou. Estendeu a mão para pegar a Bíblia dos Gideões Internacionais e começou a fazer uma carreirinha de cocaína em cima do livro.

"Como foi que começou? O abuso sexual", perguntou Tamara num tom de voz neutro que, ela imaginava, lhe dava o ar de uma terapeuta.

"Como é que essas coisas costumam começar?"

Dev agia como um adolescente mal-humorado.

"Não sei. Bolinação? Toques indevidos?", sugeriu Tamara.

"Isso mesmo", respondeu ele com uma risada azeda. "Bolinação. Toques indevidos. O pacote completo. Ela estava sempre em ação. Me segurando. Me apalpando. Me chamava de seu Menino Querido."

"E Tad, o marido dela? O diretor de cinema? Ele sabia alguma coisa sobre isso?"

Tamara teve de conter a respiração para ouvir a resposta.

"Ele também fazia parte."

Tamara se virou para verificar se seu Sony continuava ligado.

"De que jeito?", perguntou.

Ele baixou o canudinho feito com uma nota de dinheiro enrolada, lambeu a ponta do dedo indicador e encostou nos poucos grãos de cocaína que tinham ficado sobre a Bíblia. Agora ele estava mais distante de Tamara do que nunca, perdido em traumas do passado.

"De todas as formas possíveis", respondeu, fechando os olhos. "Ele gostava de se vestir para fazer isso. Punha roupas de mulher. Maquiagem. Perucas. Sapato de salto alto. Tudo."

"Que nojento", disse ela. "Que gente sacana."

"Era isso mesmo que eles eram. Destruíram meu passado e meu futuro também."

A primeira reação de Tamara, depois de verificar o gravador, foi estender a mão e consolar Dev, mas ele recuou e se encolheu, deitado na beira da cama, inalcançável em seu infortúnio, um homem abatido. O fardo da vergonha era grande demais. Tamara se comoveu com a falta de esperança da vida arruinada de Dev e ainda podia apreciar a beleza dele, mas, agora que já conhecia a fundo o alcance de sua intimidade com Honor Tait, se deu conta de que sentia aversão não só pela velha mas também por ele. Fazer amor com Dev agora seria experimentar uma intimidade vicária com uma velha repulsiva. Dev era uma criatura de Tait.

Tamara sabia que o deixaria para trás assim que a transação comercial deles estivesse encerrada. Era importante revelar aquela história e ela ia contá-la bem contada. Era bom, era até revigorante estar do lado da virtude, expor a crueldade e a hipocrisia. Mas entendeu que a primeira noite em que fizeram amor e sua repetição frustrante naquele hotel eram o início e o fim de seu caso com ele.

Segunda-feira de manhã, não havia mais nada a dizer; só restava programar a colheita das provas fotográficas com o editor de fotografia do *Sunday Sphere*. Dev apareceria na escada da porta do Holmbrook em companhia de Honor Tait às cinco da tarde da quarta-feira. O fotógrafo estaria à espera na frente do Gut and Bucket com suas lentes de grande alcance e, depois de tirar as fotos, entregaria a ele, no pub, um envelope com a prometida passagem aérea. Tamara refreou a vontade de perguntar se Dev, antes daquela foto não oficial, iria se oferecer a Tait pela última vez.

Os dois começaram a se vestir e Tamara lançou um último e furtivo olhar para o pau de Dev, majestoso até quando em repouso. Seu rosto, ao contrário, parecia exaurido e gasto enquanto caminhava na direção dela, fazendo um gesto com as mãos.

"Não temos muito tempo", disse ele.

Ela se curvou para um último beijo apaixonado, mas ele se esquivou dos lábios de Tamara e apontou para a maleta.

"A grana?", lembrou Dev.

Ocorreu a Honor, enquanto contemplava o seco jardim invernal lá embaixo, que existia mais vida e mais calor lá do que ali dentro de seu apartamento. Sentiu uma pontada de prazer quando se virou para o quarto, vazio e depurado como um túmulo. Ela devia ter feito aquilo anos antes.

Ali, afinal, sem distrações, ela se sentia pronta para seu gesto final de purificação. Só agora podia exumar a verdade que mantivera enterrada por cinquenta anos.

Fiquei olhando os aliados formarem fila para dar uma surra selvagem no jovem alemão. No caos da vitória, os americanos estavam insuflados por um sentimento vingativo e justiceiro contra os horrores que haviam testemunhado no campo recentemente libertado.

Foi um jovem sargento de Idaho, um camponês corpulento, quem afinal conteve a turba. Será que o choro infantil da vítima o fizera voltar à razão? Ou teria sido alertado pelos gritos de um prisioneiro libertado, que falava alemão, que topara com aquela cena e ouvira os apelos murmurados do rapaz? Talvez o sargento tenha simplesmente ficado com nojo daquele festim sangrento. O soldado nazista, viu-se depois, tinha catorze anos e nunca havia participado de combates. Era também um prisioneiro; quatro dias antes, sob a mira de armas, os oficiais alemães em retirada o obrigaram a vestir aquele uniforme, e ele foi integrado a um batalhão de trabalhos forçados. Foi obrigado a escavar trincheiras que nunca seriam usadas.

Honor nunca chegou a saber se o garoto sobreviveu ao linchamento. Seu corpo claudicante foi levado numa maca por médicos e ela não fez nenhuma tentativa de descobrir o que aconteceu com ele. Também nunca havia escrito nem falado, nem mesmo para Lois, sobre a cena que havia transcorrido sob sua cumplicidade. No caso, não havia nenhuma equivalência moral, ela sabia. No local onde os soldados haviam feito sua tosca justiça freelance, cinquenta e seis mil pessoas tinham sido assassinadas um pouco antes com a sanção do Estado. Não, ela não podia condenar os americanos. Era a si mesma que jamais poderia perdoar; o olhar frio, o olhar de repórter, como ela gostava de pensar na época, observando, registrando de forma imparcial. "Não quer se divertir um pouco também, senhora?", o recruta tinha perguntado. Ela se recusara. Mas não ficara chocada. Via a si mesma como uma máquina da verdade. Mas havia algo acontecendo, algo animalesco, um verme sádico de prazer consumia seu coração por dentro enquanto observava o espancamento do garoto, desejando que aquilo prosseguisse.

Vinte e dois

"Que perua velha mais sem vergonha", disse Tim, segurando a fotografia de Honor Tait de mãos dadas com Dev na escadinha da porta do Holmbrook. Ela estava curvada para a frente, concentrada, enquanto vencia os degraus da escada. Ele olhava direto para as lentes com olhos assombrados. Em outra foto, os dois estavam de perfil e ela sorria para ele com uma expressão que só podia ser interpretada como de possessivo triunfo.

"Olhe só isso! O brilho de amor nos olhos dela..." Tim bateu palmas de contentamento.

"Vamos lá. Isso é quase pedofilia. Não tem graça nenhuma", disse Tamara.

"Onde está seu senso de humor, garota? Só uma diversãozinha inofensiva, o que é que tem?"

Ele remexeu nas fotografias restantes até encontrar a que estava procurando.

"É esta aqui. O tiro na mosca. A prova cabal", disse, brandindo a fotografia na direção de Tamara.

"Espere. Deixe eu ver."

Tim jogou a fotografia sobre a escrivaninha e Tamara recuou perplexa. Era medonho. Dev estava curvado sobre a velha e suas mãos, aqueles dedos delicados, seguravam com delicadeza o rosto dela, voltado para cima. Os dois estavam se beijando. Os olhos de Honor Tait estavam fechados, captados num momento de prazer profundo, proibido. Os olhos dele também estavam fechados, mas Tamara sabia que, por trás das pálpebras cerradas, os olhos ardiam de ódio e nojo de si mesmo. O beijo de Judas.

"Caramba", exclamou Tim. "Então esse é seu mais recente namoradinho das horas vagas, Tam? E ela é a sua rival de oitenta anos?"

Tamara estava furiosa demais para retrucar. Ainda soltando suas risadinhas, Tim juntou as fotografias numa pilha, deixando a foto do beijo por cima.

"Só tem uma coisa que eu queria saber, Tam."

"O que é?"

"Como é que ele consegue fazer o pau subir?"

"Ah, use a imaginação, porra."

Ele telefonou de novo. Finalmente. Uma visita de despedida, disse Dev. Desde que os dois se conheceram, mesmo nos melhores dias, tudo tinha sido uma longa despedida. Ele chegou na hora marcada, deu uma olhada rápida no apartamento vazio, mas não fez nenhum comentário. Foi direto ao que interessava. Não houve nenhum fingimento de ambas as partes. Honor assinou o cheque e entregou a ele. Desceram no elevador e caminharam juntos até o caixa eletrônico na entrada do supermercado. Ele a beijou duas vezes; uma, com inesperada ternura, na escada da porta do Holmbrook, a caminho do shopping. Depois que enfiou o dinheiro no bolso, seu beijo de despedida foi mais categórico. Afastou-se depressa e ela ficou parada, olhando, enquanto ele desaparecia ao longe. Ela sabia que Dev não ia mais voltar. Era como contemplar seu último pôr do sol.

Precisavam de um depoimento de Honor Tait para completar o pacote, e um veterano da redação do *News*, Perry Gifford-Jones, foi escalado para a tarefa. Ex-ator de uma companhia teatral de província, ele se tornou o mais perspicaz redator da Fleet Street, rua onde se concentram os jornais em Londres, e era agora um eventual criador de manchetes, subtítulos e chamadas — o *Caixa Alta do Sphere* —, bem como alcoólatra reincidente. Além disso era primo da primeira mulher de Tim e, por isso, o *Sphere* tolerava seus lapsos eventuais.

Gifford-Jones telefonou para Honor pouco antes da meia-noite de sexta-feira, julgando que a encontraria mais desarmada e ingênua depois de seu drinque noturno e pouco antes de ir se deitar. Ela atendeu após dois toques.

"Alô?" Sua voz tremia de ansiedade.

"Alô. Senhorita Tait? Senhorita Honor Tait?"

Anos de uísque e de cigarros tinham dado à voz dele, treinada na Real Academia Britânica de Teatro, com seu sotaque afetado e superarticulado dos condados da periferia de Londres, uma ressonância autoritária e basáltica.

"Sim. Quem é?"

"Perry Gifford-Jones, do *Sunday Sphere*. Só queria fazer algumas perguntas à senhora."

Houve um breve silêncio antes da resposta de Honor.

"O senhor sabe que horas são?"

"Peço desculpas, senhorita Tait. Não consegui falar com a senhora mais cedo, os telefones aqui do jornal são a maior confusão. Tenho certeza de que a senhora compreende."

"Não sei se compreendo."

"Sou um grande admirador de seu trabalho, senhorita Tait", disse ele de maneira insinuante e açucarada. "Eu só queria uma ajuda sua sobre uma matéria que vamos publicar aqui no *Sunday Sphere*."

Que ajuda ela poderia dar a um tabloide sórdido como o *Sphere*?, pensou Honor. Era pouco provável que estivessem fazendo uma incursão no jornalismo investigativo respeitável ou alguma experiência na cobertura séria de assuntos internacionais.

"Estamos fazendo uma matéria sobre exploração", prosseguiu ele. "Exploração sexual. Imagino que a senhora tenha algum conhecimento do tema."

Ela ficou perplexa. Será que tinha a ver com as roupas pueris de Clemency?

"Se o senhor quer informações sobre a instituição de caridade de Twisk, seria melhor telefonar para o escritório deles num horário civilizado."

"Não, não", respondeu Gifford-Jones. "É especificamente com a senhora que desejamos falar. A senhora é a especialista no tema."

Ela resistiu à pressão da lisonja, embora passasse por sua cabeça que, se os milhões de leitores do *Sphere* tomassem consciência daquelas questões, não seria nada ruim.

"De fato, escrevi sobre as crianças de rua de Calcutá e do Rio de Janeiro, e sobre a prostituição infantil na Tailândia", admitiu. "Escrevi também sobre o tráfico de crianças da antiga União Soviética e da África."

"A senhora conhece bem o assunto."

Ela não estava gostando daquele tom insinuante.

"Isso já faz muito tempo. Estou muito desatualizada."

"Pelo contrário. Não é o que eu tenho ouvido dizer por aqui. A senhora está muito atualizada, senhorita Tait."

"Não tenho podido viajar muito nos últimos anos. É melhor o senhor procurar alguém mais jovem que esteja envolvido com o assunto, alguém que tenha feito algum trabalho de campo recentemente."

Ele não se abalou.

"Mais recentemente, e mais perto aí de sua casa, eu estava aqui imaginando o que a senhora pensa dos rapazes que vendem sexo na zona oeste de Londres."

Será que ele estava bêbado?

"Não faço a menor ideia do que o senhor está falando."

"Trata-se de um problema muito sério, prostituição masculina no seu bairro. Vamos publicar uma reportagem no domingo."

"Por acaso existe mais prostituição masculina na zona oeste de Londres do que em outras regiões da cidade? Ou do que em qualquer zona urbana equivalente de qualquer outra capital do mundo?" Ela estava irritada com a obstinação do sujeito. "Em termos globais, pode-se dizer que eles têm mais opções e que são seguramente menos explorados do que as crianças que caem na prostituição no Extremo Oriente."

"Turismo sexual? A senhora também sabe alguma coisa sobre o assunto."

"Sim, mas, como estou lhe dizendo, faz muitos anos que não viajo. Minha experiência direta com esse assunto, hoje, é limitada. Na verdade, o senhor está falando com a pessoa errada."

"E sobre os bordéis masculinos no seu bairro? Maida Vale, não é isso?"

Quem *era* aquele imbecil?

"Mas existem *mesmo* bordéis masculinos em Maida Vale? Se existem, nunca vi nenhum. Olhe, sinceramente, acho que não posso ajudar o senhor."

Ocorreu-lhe que ele talvez fosse um excêntrico, um fã maluco que tinha conseguido o número de seu telefone e a pegara desprevenida telefonando tão tarde da noite. Honor estava prestes a desligar o telefone. Então veio a pergunta que a fez cambalear.

"O que a senhora sabe sobre um homem chamado Dev?"

Ela perdeu o fôlego e fez um esforço para se recompor.

"Senhorita Tait? Senhorita Tait? Está me ouvindo, senhorita Tait?"

"O que o senhor deseja exatamente?"

"A senhora nega que o conhece?"

"Posso ter encontrado alguém com esse nome. Não tenho certeza."

"Não tem certeza? Mas nós temos fotografias, senhorita Tait."

"Fotografias?"

Ela não conseguiu abafar o pânico em sua voz.

"Da senhora com ele. Dev. Na frente do seu edifício. Esta semana. Quarta-feira. Depois de um de seus encontros."

Ela afastou o telefone do ouvido e olhou para o aparelho, horrorizada, como se a voz melíflua não viesse de um jornalista sórdido de uma redação situada a cerca de oito quilômetros dali, do outro lado da capital, mas do próprio telefone, que coachava em sua mão como um sapo maligno. Trêmula, levou o fone de volta ao ouvido.

"O que é que o senhor está insinuando, afinal?"

"Então a senhora não nega que conhece o rapaz? O Dev?"

Ela desligou o telefone, fechou os olhos e encostou-se na parede. Seu coração batia acelerado e ela se sentia perigosamente entontecida. Apoiando a bochecha na parede fria, esperou aquela vertigem passar.

Caminhou até a cozinha e serviu-se de uma bebida. Suas mãos tremiam e ela reparou que tinha segurado o fone com tanta força que havia marcas vermelhas, estigmas, na palma da mão direita. O telefone tocou de novo e ela recuou. Que tocasse. Após alguns segundos, a secretária eletrônica atendeu. Ele de novo. O tal homem do *Sphere*.

"Eu só queria fazer algumas perguntas... Vamos publicar a matéria de um jeito ou de outro... Só queria ouvir o seu lado da história..."

Honor ficou imóvel até que a secretária eletrônica zumbiu e recaiu no silêncio. O *Sunday Sphere*, aquele jornaleco de escândalos abominável, especializado em maledicência e intimidação ultrajante. O que estariam planejando? Que ignomínia pública ela estaria prestes a enfrentar? E quanto a ele? Estaria a salvo? Será que poderia avisá-lo? Tinham três dias antes da publicação do jornal; três dias antes do frágil mundo deles implodir.

Vinte e três

A manchete da capa, acima de uma fotografia feita às escondidas, uma paródia deformada do quadro *Beijo*, de Doisneau, vinha em letras brancas sobre fundo preto: NAMORADINHO DE PROGRAMA ENVERGONHA EX-AMANTE DE SINATRA AOS 80.

Embaixo, perto de um detalhe ampliado da foto que mostrava as mãos dos dois entrelaçadas — a dela, deploravelmente esquelética; a dele, forte e lisa como mármore —, vinha a frase: *As farras da tarde da vovozinha da TV com o saradão misterioso.*

Em quatro páginas internas, havia fotografias de Honor como uma mulher jovem e suculenta, sentada ao lado de Frank Sinatra num jantar e num grupo animado com Marilyn Monroe na frente de um restaurante. Havia um retrato feito à mão de Bing Crosby com um suéter de tricô, fumando cachimbo (o título dizia *BababaBing — outra conquista de Tait*), embora, apesar de uma pesquisa exaustiva, o *Sphere* não tivesse conseguido encontrar uma fotografia incriminadora de Tait na companhia de Crosby. Mas o restante das provas era bastante condenatório. Tad Challis, "diretor de comédias britânicas muito apreciadas", foi fotografado "divertindo-se" no local de filmagem com Diana Dors, debaixo do título JOGOS SEXUAIS PICANTES: MARIDO FAMOSO, AMIGO DE ESTRELAS, SE TRAVESTIA EM SEGREDO.

Na meia-idade, Tait havia sido fotografada num elegante tailleur ao lado de Elizabeth Taylor, cujo vestido longo de contas sugeria que uma das duas havia interpretado mal o traje indicado no convite para o evento. Fotos mais recentes mostravam Tait recurvada e murcha, numa noite de estreia em West End, de braços com o "astro sexy de *Faraway Tree*", Jason Kelly, num "espetáculo artístico pervertido" com o "locutor de noticiários da TV Tucker", num "evento beneficente para criancinhas", perto de um puxa-saco do gabinete ministerial paralelo montado pela oposição e no recente jantar da cerimônia de entrega do Press Awards, "com o comediante de TV de primeiro escalão, Jimmy Whipple, Cavalheiro do Império Britânico", cuja atitude corporal — um braço amistosamente estendido sobre o ombro de Honor Tait, o outro esticado na direção da câmera e rematado por um gesto positivo com o polegar erguido — agora parecia grotescamente inconsequente. A pesquisa fotográfica de Tim havia produzido bons frutos. ENCONTROS AMOROSOS SECRETOS, dizia a chamada da página três. E embaixo de um close de Dev, um anjo vingador de queixo duro, vinha a declaração fatídica: *Ela me bolinou quando eu era menino. Foi abuso sexual infantil.*

Tamara sentiu um orgulho estonteante enquanto caminhava naquela manhã rumo a seu jornaleiro, debaixo de chuva, para comprar um exemplar do *Sunday Sphere*. Seus passos estavam mais leves, ela não conseguia parar de sorrir e, quando as nuvens se abriram, deixando passar um raio de sol que varreu a rua molhada e as cercas vivas poeirentas respingadas de cristais faiscantes, ela chegou a rir alto — como uma cena daqueles filmes antigos de Hollywood que mostravam a chegada de um tempo bom, depois do ruim.

Mas na frente da banca, quando viu o jornal exposto, seu bom ânimo subitamente mudou para uma raiva incontrolável. Onde estava seu nome como autora da reportagem? A matéria estava assinada por Perry Gifford-Jones. Tim a havia traído mais uma vez.

Durante o café da manhã em seu apartamento no porão do prédio, Tamara leu e releu o jornal. Haveria visão mais gratificante para uma jovem jornalista do que ver sua matéria, o assunto que ela havia respirado e com o qual tinha vivido e sonhado, a obra que por semanas havia lhe custado tantas agonias, por fim personificada? A matéria tinha se estendido por quatro páginas inteiras de forma espetacular. Só que tudo havia sido roubado de Tamara, vinha apresentado como propriedade de outra pessoa. Era um roubo ultrajante. Tim ia ver só quando ela o pegasse de jeito. Tamara deixou uma mensagem irada na secretária eletrônica dele.

Com o jornal ainda aberto à sua frente e mais uma xícara de café, Tamara começou a se acalmar. Embora sua contribuição não fosse reconhecida, seu cheque já estava depositado em sua poupança — Tim não poderia voltar atrás naquela parte da transação —, e em sua terceira leitura ela se descobriu relutantemente impressionada com o profissionalismo da apresentação e com o uso econômico que Gifford-Jones fez de sua breve entrevista por telefone que encerrava a reportagem de Tamara. Havia naquilo algumas lições para ela.

Numa entrevista exclusiva ao Sunday Sphere *em sua casa em Maida Vale, a perturbada octogenária, amiga de estrelas, de políticos e de intelectuais militantes, declarou sem arrependimento: "Sou uma especialista em exploração sexual".*

Ela se recusou a comentar seu relacionamento com o garanhão misterioso, mas, em busca de informações, indagou descaradamente ao nosso repórter: "Existe mais prostituição masculina na zona oeste de Londres?".

Admitiu ter se envolvido em turismo sexual no passado — "É melhor você procurar alguém mais jovem", disse ela —, mas a idade cobrou seu tributo e ela teve que suspender suas viagens pervertidas ao exterior e agora lança sua rede nas ruas de seu bairro chique, nos arredores de seu luxuoso apartamento de duzentas e setenta e cinco mil libras, buscando satisfazer sua depravada luxúria. Ela justificou suas sessões de sexo regulares e pagas com o massagista gostosão e outros gigolôs dizendo: "Eles têm mais opções", e a aposentada insaciável, atenta a outras possíveis jovens vítimas, nos perguntou: "Existem bordéis masculinos em Maida Vale?".

Um amigo próximo do casal disse: "Dev foi muito magoado por tudo isso. Sua vida foi destruída. Ele se sente cinicamente usado e acha que está na hora de denunciar tudo, como uma forma de advertência para outros rapazes vulneráveis e para seus pais".

O último depoimento era da própria Tamara. Ela ainda estava indignada com a ausência de seu nome como autora da matéria, mas, lembrou-se, uma satisfação particular ela teria — o longo e melancolicamente respeitoso artigo de Tania Singh sobre a agora desacreditada Honor Tait teria de ser cancelado. Nem mesmo as páginas sobre livros iriam publicar uma matéria lisonjeira sobre a sórdida violentadora de crianças.

Uma hora depois, o telefone tocou. Era Tim, e ele estava exultante.

"É a maior bomba. Uma coisa global. Todo mundo está interessado. A televisão também."

"E o meu crédito na autoria, seu sacana de duas caras?"

"Eu queria mesmo conversar com você sobre isso."

"O que foi que aconteceu?" Tamara continuava enraivecida. "Você prometeu!"

"Eu sei, eu sei. O velho Perry fez o maior estardalhaço. Eu devia isso a ele."

"Mas devia a mim também. Lembra?"

"Olha, nosso acordo financeiro continua de pé e o fato de você não ter assinado a matéria até pode ser algo a seu favor. Você não está envolvida. Que tal desdobrar o assunto para a semana que vem, montando uma entrevista cara a cara com a velha, arrancando confidências sobre sua vida apimentada com os astros?"

Tamara hesitou.

"Dinheiro?", perguntou ela.

"Um caminhão, querida."

"Matéria assinada?"

"E com fotografia."

"Garantido?"

"Garantido."

"Um emprego fixo?"

"Vamos ver o que posso fazer. Sinceramente. Esse assunto ainda vai render por muito tempo e, se você conseguir esse desdobramento da reportagem, vai ter emprego em qualquer jornal da cidade que quiser."

"Mas eu não consigo imaginar como é que Honor Tait vai querer dar uma entrevista para alguém do *Sphere*. Ainda mais agora."

"E por acaso alguém falou do *Sphere*? Você não trabalha para o *The Monitor*? Pelo menos por enquanto."

O Gut and Bucket vivia um inesperado surto de crescimento em seus negócios. Do outro lado da rua, espremidos na frente do Holmbrook Mansions, fotógrafos se acotovelavam, e os repórteres e as equipes de filmagem das emissoras de televisão, que esperavam desde o nascer do sol o aparecimento da "vovozinha safada", usavam o pub como seu refeitório de campanha. Redações de todos os jornais, desde os tabloides mais picaretas e avacalhados até os jornalões baluartes de tudo o que havia de decente na sociedade civil britânica, estavam representados naquele time de rúgbi que se acotovelava, compacto, na rua. Os jornais de grande formato estavam ali não para cobrir a história propriamente, mas para relatar as atividades dos tabloides do povão, com a arrogância de antropólogos observando os ritos de sacrifício de uma tribo da Idade da Pedra, embora seus textos altivos também iriam cumprir a função bastante útil de oferecer aos leitores mais sofisticados os detalhes picantes da história de Honor Tait.

De uma distância segura, do outro lado da rua, Tamara avistou Bucknell segurando um cigarro tristemente na ponta dos dedos, à margem da multidão. Tom O'Brien estava no meio de um aglomerado de jornalistas, com o repórter que cobria espetáculos e artistas para o *Star* e com o fotógrafo do *Sphere* com o qual Tamara havia trabalhado na matéria sobre o filho do policial que usava drogas. Milly Hall-Westmacott distribuía copinhos de plástico com café. Tamara atravessou a rua, esgueirou-se entre eles sem ser notada e embrenhou-se em um bequinho de paralelepípedos atulhado de lixo encharcado.

Tamara não estava inteiramente sozinha. Uma corpulenta mulher de meia-idade, vestida com um casaco de tweed escuro, como se fosse sair para uma caçada de faisões, estava parada, na ponta dos pés, remexendo nas grandes latas de lixo de metal ao lado da porta de serviço do prédio de luxo. Era Bernice Bullingdon. Estava com luvas amarelas de borracha e, aberta a seus pés, havia uma grande mala com rodinhas, dentro da qual ela ia despejando jorros de lixo molhado. Ao ouvir os passos de Tamara, ergueu os olhos com a atenção dentuça de uma fuinha assustada. Não houve nenhuma troca de palavras. Bernice Bullingdon não reconheceu Tamara do *The Monitor* — a jornalista mais jovem tinha sido humilde demais para merecer atenção —, mas rapidamente deduziu que a garota não representava nenhuma ameaça e virou-se para continuar seu trabalho, peneirando outro bolo supurado de jornais velhos e de dejetos de cozinha. O que ela estaria procurando? As cartas de amor de Honor Tait? Sua fatura do cartão de crédito, que revelava locais secretos de encontros sexuais em Paris ou em Roma?

Tamara sentia um orgulho crescente: a matéria dela é que havia gerado toda aquela atividade, agitado a multidão de jornalistas bem-humorados na porta do edifício e feito Bernice Bullingdon catar lixo. Empolgada por um raro sentimento de poder, Tamara seguiu em frente rumo à entrada de serviço do edifício e apertou a campainha. Ruth Lavenham tinha combinado com o porteiro de recebê-la ali, e ele sorriu quando acenou para Tamara entrar. O porteiro estava gostando daquele subterfúgio.

"Não vejo uma agitação como essa desde o tempo em que espalharam o boato de que um dos Beatles tinha passado uma noite aqui com uma princesa iraniana. Um monte de mentira, é claro. Mas ninguém consegue se livrar das mentiras. O pessoal ficou plantado aí na porta dias e dias."

Tamara desceu ao porão com ele, um fétido bunker de concreto que abrigava um enorme e antiquado aquecedor de água.

"Eles tentaram de tudo", disse o porteiro, enquanto a conduzia para o surrado elevador de serviço. "Vestiam-se de entregadores e chegavam de bicicleta com pacotes urgentes para ela, fingiam ser entregadores de flores vindo entregar buquês enormes para ela. Chegaram até a arranjar sei lá onde um andaime suspenso de limpador de janelas e começaram a subir pelo lado de fora do prédio com baldes e escovões. Mas eu vi as câmeras bem a tempo de parar com aquela história. Ameacei cortar as cordas."

Ele desceu do elevador no térreo e, sorrindo com ar conspiratório, estendeu-lhe sua mão grossa. Tamara apertou-a com energia, mas uma expressão de desprazer encobriu o rosto do porteiro quando as portas se fecharam entre eles. Só então ela se deu conta de que devia ter lhe dado uma gorjeta. Não importa; era improvável que voltasse lá para outra visita. Continuou até o quarto andar sozinha. O edifício estava em silêncio, a não ser pelo rangido e chiado das portas do elevador e pelos passos da própria Tamara, que estalavam de forma agourenta enquanto ela caminhava pelo corredor. Onde todo mundo tinha se metido? Será que *todos* estavam se escondendo da imprensa?

Ela tocou a campainha. Alguns minutos se passaram, marcados pelo ruído de trancas e pelo tilintar de chaves, até que a porta finalmente se abriu numa fresta de poucos centímetros, contida por uma correntinha de metal, que ofereceu a Honor Tait uma brecha de bom tamanho através da qual ela pôde verificar se Tara Sim estava completamente sozinha. A correntinha foi solta e Tamara pôde entrar, em silêncio.

Dessa vez, a velha não tinha feito nenhuma tentativa de se arrumar para a entrevista. O cabelo estava despenteado, com tufos despontando a esmo de grampos de cabelo enfiados às pressas, e seu vestido — provavelmente o mesmo vestido preto que usara no primeiro encontro — estava manchado e amarrotado. Ela parecia adequadamente esgotada, aquela miserável corruptora de meninos e violentadora de rapazes, enquanto conduzia Tamara até a sala de estar. A sala também tinha mudado. Estava chocantemente vazia. O local havia sido saqueado. A velha sentou-se, a respiração ofegante, e pôs a mão sobre o peito descarnado a fim de serenar o coração.

"O que você quer?", perguntou, afinal.

"Achei que a senhora é que queria falar comigo", respondeu Tamara, pegando bruscamente o gravador e o bloco de anotações.

Honor fitou-a demoradamente, avaliando-a com cuidado, o que parecia ser a primeira vez — um pacote de presente que continha ignorância e cobiça. Aquele movimento tortuoso na boca da garota seria um sorriso de satisfação?

"Concordei em dar mais uma entrevista para a sua revista, a *S*nday*", disse Honor. "Agradeceria se você pudesse fazer isso da maneira mais breve possível."

"Não vou demorar", disse Tamara, e apertou o botão do gravador. "Só preciso completar algumas lacunas. A senhora falou bastante sobre seu trabalho da última vez, mas eu queria fazer mais algumas perguntas sobre sua vida."

Honor suspirou.

"O que você parece não compreender é que meu trabalho é a minha vida. Não há... não houve... mais nada."

"Mas não é no seu trabalho que *eles* estão interessados, não é?", disse Tamara, apontando para a porta com um aceno da cabeça. "Aquele bando lá fora."

Honor inclinou-se para a frente, as mãos apertando com força os braços da poltrona, e falou com voz calma, como que para si:

"É um horror. Um verdadeiro pesadelo."

"Suponho que, de certo modo, isso demonstre como a senhora é uma figura respeitada", sugeriu Tamara, ansiosa para fazer aquela entrevista andar logo de uma vez. "Aquela gente continua sedenta para ler notícias sobre a senhora. A senhora é um ícone cultural."

O riso de Honor pareceu um uivo de dor.

"Você leu essas 'reportagens', pelo que vejo, não é?"

"Vi algumas coisas na imprensa, sim."

"Algumas coisas? Está em toda parte, é impossível escapar. Até no rádio. E na televisão."

"É mesmo?" Tamara sentiu uma onda de orgulho.

Tinha visto um bolorento professor universitário, T. P. Kettering, entrevistado em vários programas jornalísticos de televisão para dar sua opinião abalizada sobre a "tempestuosa vida amorosa" de Honor Tait. A biografia que Kettering havia escrito da velha senhora, antes encalhada, estava sendo reeditada às pressas, com um novo capítulo que incorporava as recentes revelações.

"Para os tabloides, eu sou o Monstro de Maida Vale", prosseguiu Honor, "e uma velha tola e fútil para a imprensa liberal. Alvo de desprezo e objeto da chacota nacional."

E internacional também. Assinada por Gifford-Jones, a matéria de Tamara tinha sido vendida para o mundo todo. O departamento de comercialização de direitos do *Sphere*, em geral tão sossegado, precisou contratar funcionários extras, em caráter temporário, para dar conta da enchente de pedidos. Tamara ia receber trinta por cento do que fosse pago, mas o dinheiro parecia quase supérfluo agora; a recompensa verdadeira era a euforia suprema gerada pela maior reportagem dos últimos tempos. *El Pais*, *Le Monde*, *Frankfurter Allgemeine Zeitung*, *Izvestia*, *Kathimerini*, *O Globo*, *La Prensa*, *The Times of India* — todos compraram a reportagem e, no caso dos jornais sem recursos ou sem disposição para adquirir a matéria do *Sphere*, eles simplesmente a pegavam de graça, apressando-se em publicá-la antes de seus rivais e gerando uma pandemia planetária de matérias exclusivas de jornais concorrentes, uns furando os outros. Todos eles, os jornais que haviam pago pela matéria e os que haviam simplesmente se apossado das informações, apresentavam a reportagem como sua e, com exceção do *New York Times*, a anunciavam com a chancela de "exclusivo".

Nos Estados Unidos, os jornais e as revistas se concentraram nos conhecidos que Honor Tait tinha em Hollywood e em sua antiga militância contra a Guerra do Vietnã. As emissoras de TV ilustravam as reportagens com trechos de antigas filmagens desenterrados de um evento de caridade ao qual ela havia comparecido em companhia de Bing Crosby e de Bob Hope, embora, a rigor, Tait não tivesse sido filmada com nenhum dos dois.

REPÓRTER DE GUERRA VETERANA, 80 ANOS, EM ESCÂNDALO SEXUAL DE TABLOIDE INGLÊS, essa foi a manchete do *New York Times*. Usaram a fotografia de Sinatra e uma foto recente de Tait, tirada numa estreia teatral, com um elegante dramaturgo de esquerda e com o ator Jason Kelly, mas o jornal evitou publicar os instantâneos do *Sphere* que mostravam Tait e Dev juntos. *El Pais*, também reticente, concentrou-se no papel de Tait na Guerra Civil Espanhola e escolheu a fotografia de Franco para ilustrar a matéria. Para o *Le Monde*, foi uma oportunidade de divulgar relatos respeitosos sobre a amizade de Tait com Cocteau e Picasso em suas páginas principais, e uma chance para seus comentaristas balançarem a cabeça consternados em face da atitude grosseira dos ingleses com relação a sexo. No Reino Unido, porém, verificou-se uma homogeneidade na abordagem, e até mesmo na forma de apresentar o assunto: os jornais, os jornalões e os tabloides foram unânimes em condenar Honor Tait — a hipócrita defensora dos fracos, a Campeã das Crianças, que durante todo o tempo abusava sexualmente de um jovem vulnerável da maneira mais perniciosa que se podia imaginar.

Quando a repórter de guerra veterana afundou a cabeça nas mãos, Tamara se perguntou se não deveria pegar um lencinho em sua bolsa e oferecê-lo, com a cabeça baixa e um sorriso compreensivo. Mas Tait não havia se importado nem um pouco com as lágrimas de Dev. Estava no final de uma longa vida de privilégios ilimitados e até agora não fora chamada a explicar seus crimes. Uns poucos anos de humilhação pública no final da vida — lágrimas antes de ir dormir — eram o único preço que ela teria de pagar. Dev era jovem, com muitos anos pela frente, e fora privado de toda chance de felicidade e de uma vida normal. Ela até que estava pagando um preço baixo.

A velha ergueu os olhos e brandiu seu fraco punho cerrado diante de um adversário invisível.

"É quase pior do que uma multidão de linchadores e de debochados", disse Tait, afinal "são as feministas, as Isadora Talbot, que se manifestaram — em troca de uma remuneração razoável, suponho —, defendendo com pompa o que chamam de 'sexualidade desconhecida da mulher após a menopausa'."

"Isso vai passar", disse Tamara.

"Passar?" A voz de Tait vacilou. "Como um furacão tropical, imagino. Deixando para trás cidades devastadas e inúmeros cadáveres."

Tamara lançou um olhar para seu gravador e se perguntou por quanto tempo mais ela teria de manter a atitude de solidariedade.

"A sua editora acredita que a maneira correta de apresentar os fatos é com um perfil longo e simpático, recordando às pessoas as coisas que a senhora fez, os outros aspectos de sua vida. O seu legado."

Honor se mostrou sarcástica.

"Ah, sim. Apresentar os fatos de maneira correta. Quer dizer, me dar a oportunidade de me desgraçar ainda mais para o prazer fútil de seus leitores?"

A própria Honor, como repórter, ao longo dos anos, havia muitas vezes "apresentado os fatos de maneira correta", ludibriando tolos convencidos de modo que deixassem escapar as maiores indiscrições. Mas suas opções tinham se esgotado. Ruth e Aidan haviam tentado persuadi-la a processar o *Sphere* e Clemency, depois de um período de evasivas ressentidas — a matéria tinha gerado certa publicidade nociva para sua instituição beneficente —, se oferecera para financiar seus gastos legais. Mas Honor rejeitara a ideia de abrir um processo na justiça.

"Vocês acham mesmo que eu quero passar semanas num tribunal, pagando advogados caros, especialistas em casos de difamação e injúria, e pondo mais lenha na fogueira dessa insanidade perniciosa?"

Bobby se propôs a publicar uma matéria no *Zeitgeist*. Abordaria unicamente as atividades sociais de Honor Tait, insistiu ele, sem fazer a menor referência ao escândalo do tabloide. Mas Ruth se mostrou desdenhosa.

"O *Zeitgeist* não tem peso nenhum. É cheio de resenhas leves sobre livros de grande sucesso passageiro e não tem nenhum perfil internacional."

Além disso, concluiu ela, Bobby não exercia nenhuma influência sobre o resto do jornal, e qualquer matéria sobre Honor no *Zeitgeist*, por mais asséptica que fosse, serviria de pretexto para o *The Courier* fazer um grande alarde na primeira página, para que o jornal voltasse a comentar, nos mínimos detalhes, a matéria original do tabloide.

"Sua única esperança é alguma hagiografia de elevado espírito moral", continuou Ruth. "A revista *S*nday*... Fale de novo com a garota do *The Monitor*."

Portanto, ali estava. Hoje, em sua própria casa, com os alcoviteiros e os atiçadores da sanha popular ladrando à sua porta, Honor iria confiar sua reputação, o seu lado da história, àquela pequena tola e à sua estúpida revista.

"Alguma vez ele cantou para a senhora?", ela ouviu Tara Sim perguntar.

"Desculpe, o que você disse?" Honor estava perplexa. "Cantou? Quem?"

"Sinatra!" O tom da garota era sarcástico. Tamara estava frustrada com a incapacidade da velha de acompanhar seu raciocínio. "Quando vocês ficavam sozinhos. Nos momentos em particular... na intimidade. A senhora sabe, 'Strangers in the Night', 'Fly Me to the Moon'?"

Honor balançou a cabeça.

"Olhe, na verdade eu nem o conheci..."

"Mas e as fotos?"

"Sentei ao lado dele uma vez num jantar", respondeu Honor com voz cansada. "Fomos fotografados juntos. Eu não o conheci. Mal cheguei a falar com ele. Eu não suportava suas músicas."

Tamara inclinou-se para a frente, na direção dela, com um sorriso complacente.

"Então, Bing. Fale sobre Bing Crosby."

Do que a garota estava falando?

"Nunca estive com ele."

"Mas a senhora *dançou* com ele. A senhora me contou."

Honor ergueu a cabeça e riu, ao recordar.

"Ah, sim. Nossa primeira entrevista. Quando você estava indo embora. Não percebe quando estão fazendo uma brincadeira com você?"

Tamara ficou tensa. Então a velha agora estava dizendo que tinha sido uma brincadeira. Que pena. Ela havia declarado aquilo. Para publicação. E Bing não estava mais por aqui para poder negar.

"Marilyn", disse Tamara. "Ela fazia confidências para a senhora?"

"Marilyn?"

"Monroe. Alguma vez ela passou para a senhora a impressão de que tinha impulsos suicidas?"

"Pelo amor de Deus, acho que estive com ela só uma vez, e mal trocamos duas palavras."

Mesmo na derrota, a velha era teimosa. Tamara continuou a pressionar. Ela voltaria a Bing e a Marilyn mais tarde.

"E Liz Taylor? A senhora e seu marido Tad eram muito ligados a Liz?"

Aquilo era uma lascívia de um tipo eclético, pensou Honor.

"Ligados? Não tínhamos ligação nenhuma. Acho que Tad trabalhou com ela uma vez. Num filme."

"E sobre aquelas festas loucas em Hollywood?"

A linha daquelas perguntas estava deixando Honor confusa.

"Tad às vezes era bastante sociável, de fato."

Os olhos de Tamara se arregalaram e ganharam uma concentração de inquisidor.

"Sociável até que ponto? Era sociável também no quarto, na cama?"

"Do que você está falando, afinal?"

Então aquela era a alternativa que um jornal de grande formato oferecia à bílis dos tabloides? Será que a narrativa de sua vida seria reduzida a uma enxurrada de nomes famosos e insinuações picantes?

"Mesmo as matérias mais sérias precisam de algum toque de interesse humano", explicou Tamara com evidente complacência.

A resposta da velha senhora foi uma réplica cortante e reflexiva: "Não preciso ouvir lições básicas de jornalismo de você".

"Bem, talvez seja exatamente nisso que a senhora se engana. Quando foi a última vez que escreveu para um jornal? Quero dizer, a última vez que fez uma reportagem de fato? Quantas décadas atrás? As coisas mudaram. O mundo mudou. Faria bem à senhora aprender algumas coisas sobre o jornalismo do final do século XX."

Tamara estava gostando daquilo. Mas a velha senhora também pareceu subitamente animada.

"*Jornalismo?* É mesmo? O que você sabe sobre isso? Você e as pessoas da sua laia têm com o jornalismo a mesma relação que as pichações de banheiro têm com a Capela Sistina."

"Não vejo motivo para a senhora se mostrar tão superior."

Honor balançou a cabeça. Era um desperdício absurdo de energias, já tão escassas, levar aquela discussão adiante. Responsabilizar uma garota sem juízo que deveria estar trabalhando como balconista e que, por algum acidente do destino, acabara digitando notinhas de fofoca numa revista, em vez de escanear códigos de barras num caixa de supermercado, era dar a ela uma importância que não merecia. A culpa era da cultura, e não dela.

"Escute", disse Honor em tom mais gentil. "A questão não é você. O problema é a época em que vivemos. Você é um joguete, uma inocente, o resultado final de um processo de declínio que elevou nulidades às alturas, que trouxe o quarto de dormir para a feira em praça pública e confundiu fama com virtude."

Seu tom conciliador não atenuou a ofensa.

"A senhora não era assim tão altiva e nobre na época, era?", retrucou Tamara. "Nos bons e velhos tempos. Festinhas e bebedeiras com as estrelas, pensando que a senhora era de certo modo também uma estrela, fotografada de shorts com um ditador espanhol. A senhora acha que aquela fotografia teria se espalhado se a senhora não estivesse vestida de forma sedutora e em trajes sumários? Eu pelo menos consigo ficar com as minhas roupas durante as minhas entrevistas. A senhora entrou na dança. Fez o jogo deles... E todo esse papo de 'QI alto em um vestido decotado'... Ninguém se deixou enganar pela sua encenação de uma grande dama intelectual."

O silêncio que se seguiu foi longo e pesado. Honor podia ouvir sua respiração rugindo em seus ouvidos como um cortante vento norte. Tamara olhava feroz para suas anotações, enquanto se perguntava se não teria, afinal, ido longe demais. Tim se mostrara entusiasmado com aquela segunda entrevista, lembrou-se Tamara, e havia muita coisa em jogo ali. De repente, tão clamoroso no silêncio da sala quanto um alarme contra incêndios, o telefone tocou. Honor se ergueu da poltrona e caminhou com dificuldade para o corredor.

"Alô... Quem fala?... Como obteve este número?... Não, eu não tenho nada a dizer... Tudo isso é ridículo... Quem lhe deu este número de telefone?... Só quero que me deixem em paz... Claro que não é verdade... Não, eu não tenho nada a dizer..."

Largou o fone no gancho como se ele estivesse queimando sua mão e voltou à sala com passos cautelosos. Tamara observou Honor — ainda mentia, ainda negava — fechar os olhos e contrair o corpo devido à dor enquanto se sentava na poltrona.

"A senhora precisa de mim mais do que eu preciso da senhora", disse a jovem.

Os olhos de Honor se abriram como um raio.

"Não acha que já fui ridicularizada e humilhada o bastante? O que você deseja de mim exatamente? Será que devo uivar e chorar no seu gravador? É isso? Ir para a rua e chorar diante dos fotógrafos?" Apontou um dedo palpitante para Tamara. "O que a sua geração parece não conseguir entender é que existem coisas que são assuntos particulares; que para certas pessoas dinheiro nenhum no mundo ou nenhum tipo de promessa de vantagens são capazes de convencê-las a falar desses assuntos. É uma questão de integridade. E a publicidade vulgar, a exposição pública que lhes viriam por comentarem questões de família, assuntos particulares, em memórias confessionais ou em matérias de jornal, seria algo absolutamente impensável e abominável."

"Muito nobre, sem dúvida", disse Tamara com um sorriso vagaroso; seu triunfo era quase completo. "Mas agora eles, os seus 'assuntos particulares', estão aí, expostos para todo mundo, não é?"

Honor encolheu-se na poltrona.

"Isso é um absurdo."

"A senhora pode ser esnobe o quanto quiser em relação a isso, mas quando há outras pessoas envolvidas nos seus 'assuntos particulares', a senhora não pode ter a certeza de que elas vão se sujeitar a esse mesmo código de moralidade. Nem todo mundo pode se dar ao luxo de se cercar de tantos princípios... ou perversões."

O rosto de Honor Tait endureceu numa máscara de tamanha ferocidade que, por um momento, Tamara temeu que ela fosse capaz de alguma violência.

"O que você quer dizer exatamente?"

Tamara fez uma pausa. Honor Tait mal conseguia se sustentar de pé sem a ajuda de alguém, quanto mais revidar com um mínimo de força. Àquela altura, ela obviamente não iria mais fazer nenhuma revelação picante sobre celebridades amigas suas, mas se Tamara conseguisse provocá-la e fazê-la deixar escapar alguma declaração raivosa, admitindo sua culpa em relação a Dev, talvez na tentativa de defender seus atos, então aquilo forneceria um novo ângulo e uma nova amplitude à história de vida dela. Qualquer jornal gostaria de publicar a novidade.

"O seu namorado, companheiro, ou seja lá como a senhora o chama, ele obviamente achou que ganharia mais revelando sua história do que mantendo o 'arranjo' de vocês. Talvez a senhora simplesmente não tenha pago o bastante para ele. Talvez, em vez de ser uma ativista e militante de causas respeitáveis — Campeã das Crianças! —, a defensora dos desvalidos, o flagelo das injustiças, a senhora seja, na verdade, uma exploradora insensível e hipócrita, uma desprezível violentadora de crianças."

Honor sentiu o sangue fugir de seu rosto e foi dominada por uma repentina fraqueza, como se seus ossos e tendões estivessem derretendo. Tudo que podia fazer era continuar sentada ali em silêncio, horrorizada, enquanto a garota prosseguia seu discurso insano.

"A senhora tinha todo o poder nas mãos — dinheiro, reputação — e ele era uma criança, um menino inocente. É isso que a senhora entende por 'defender os fracos' e 'lançar um facho de luz nos recantos mais sombrios da experiência humana'?"

Honor fechou os olhos e suas mãos cerraram-se, formando duas bolas em seu colo. Quando por fim falou, sua voz soou tão fraca e trêmula que Tamara precisou fazer um esforço para escutar.

"Aos setenta e nove anos, depois de uma vida longa, rica e interessante, sob quaisquer critérios de avaliação, com um conjunto de realizações respeitável atrás de mim, uma vida dedicada à busca da verdade e à denúncia de injustiças, parece que essa mentira absurda é tudo o que vão guardar de mim."

"Essa *mentira*?"

"Serei vista para sempre como uma velha fútil e tola, um grotesco objeto do escárnio geral, um sinônimo de logro e luxúria repulsiva. Um Malvolio de saia e cinta-liga em idade senil."

Tamara estava perdendo a paciência.

"Essa mentira?"

A velha lançou a Tamara um olhar que foi uma chicotada.

"Sim. Essa mentira, que irá perdurar nos recortes de jornal, junto com todas as outras mentiras, distorções, interpretações tendenciosas, e que será repetida infinitamente. Assim como o lixo nuclear, essas mentiras terão uma semivida infinita. Nunca irão desaparecer por completo."

Tamara não ia se deixar abalar pelo blefe dela.

"Não tente negar. Temos as provas. Dev nos contou tudo, nos mínimos detalhes."

Nos contou? Ela havia passado da conta, falara demais. Porém a velha pareceu não notar.

"Em algumas culturas", disse Honor, "sua *naïvité* poderia ser vista como algo encantador."

Ela estava se reapropriando de sua voz, que retomava parte de seu vigor.

"Mas todos os fatos foram apresentados: os horários e as datas dos encontros de vocês...", disse Tamara.

"Os fatos? Isso não é um fato. É uma crassa fantasia contemporânea segundo o denominador comum mais baixo de todos. Seu pessoal só está interessado em arquétipos rasteiros. Gente ruim. Pobre gente. Finais de contos de fadas. Castigos cruéis e merecidos. Contos de uma moralidade idiota em uma era amoral."

Tamara não ia se deixar enrolar por uma velha pedófila repugnante.

"Mas espere um pouco. Essa foi uma investigação séria, com um forte ingrediente de interesse popular. A senhora é uma figura influente. Publicou declarações sobre questões morais, falou incansavelmente sobre a verdade. O que a senhora diz, como a senhora vive, é importante."

"Para pessoas como você, uma mentira simples e chocante sempre será mais atraente do que uma verdade complicada e sem graça."

"Não me venha com essa história de 'pessoas como eu'. Pessoas como a senhora é que são o problema aqui. Até que ponto pode ser complicada essa verdade? A senhora o encontrava com regularidade, seu massagista da aura. Seu gigolô."

"Massagista da aura? Uma de suas muitas habilidades. E gigolô também? Um verdadeiro homem renascentista."

"Não é hora de sarcasmos. Ele vinha encontrar a senhora para sessões particulares."

"Mentira."

"A senhora foi fotografada com ele!"

Honor suspirou e balançou a cabeça.

"Sim. Fui fotografada com ele."

Tamara sentiu uma palpitação de moralismo justiceiro. Sabia como levar aquilo adiante; tinha visto a impiedosa rotina dos advogados de acusação no tribunal do júri em inúmeros seriados de televisão.

"Vocês estavam de mãos dadas."

A velha, a ré, baixou a cabeça e ficou mais perto de mudar de ideia e se confessar culpada.

"Estávamos."

"Se beijando."

Tait baixou ainda mais a cabeça. Dizer a verdade, Tamara podia ver, estava lhe custando muito caro.

"Sim."

"Como amantes."

Nesse ponto, Tait ergueu a cabeça. Agora faria que sim com a cabeça. Uma confissão de culpa. Tamara conseguira, afinal.

Mas a resposta da velha, quando veio, foi uma veemente negação.

"Não! Não! Não como amantes."

Tamara ficou exasperada, mas não ia desistir. Mais uma tacada.

"Portanto a senhora admite que o conhece. Ele vinha mesmo se encontrar com a senhora. E a senhora segurou a mão dele e o beijou, assim como fazia desde quando ele era um menino."

O "sim" seguinte foi um sussurro.

"Seu amante", pressionou Tamara. "Seu amante remunerado."

Honor estendeu a mão trêmula e agarrou com força o braço da poltrona, usando-o como alavanca para ficar de pé. Estava agitada, seu corpo inteiro tremia, e ela caminhou devagar até o console da lareira para ali se apoiar.

"Ele era um... amigo. Um amigo muito próximo. Eu mal o tinha visto nos últimos sete anos."

Aquilo era uma tática para desviar sua atenção. Tamara recusou-se a ser manobrada.

"As datas, os anos. Vamos nos ater só à verdade. A senhora o beijou."

"Sim, eu o beijei", respondeu a velha com um tom de voz esgotado, desenrolando o cordão verde de contas enroscado na base de um relógio.

"Vocês eram amantes", disse Tamara, exultante com seu mantra de acusação. "A senhora o beijou como amante, não como amiga."

"Não como amiga. Não como amante", repetiu Honor em voz fraca, torcendo o cordão de contas de jade na mão.

"Vimos as fotografias. Então, como a senhora o beijou, afinal?"

Agora Tamara a havia pego de jeito.

Um som súbito, como uma tempestade de granizo tamborilando na janela, quebrou o silêncio quando o cordão rebentou nos dedos de Honor Tait e as contas caíram num jorro repentino, quicando e se espalhando pelo piso assoalhado. A velha senhora não se mexeu.

"Como uma mãe", respondeu ela, tranquila.

Tamara teve uma súbita e cortante sensação de ausência de peso.

"O que a senhora está dizendo?"

"Eu o beijei", disse Honor Tait com uma voz que vibrava de raiva, "não como amiga nem como amante. Eu o beijei como mãe. Uma mãe beijando seu filho."

Tamara afundou na cadeira.

"Dev é seu filho? Mas a senhora nunca disse que tinha um filho."

Honor sentou-se de novo e Tamara observou com um olhar espantado a velha deixar as poucas contas que haviam sobrado no cordão caírem através de suas mãos nodosas como grãos de areia numa ampulheta.

"Ele era... é... meu único filho: Daniel, Danny, Hari, Asgar, Dev... seja lá que nome estiver usando no momento. É meu filho. Meu filho adotivo."

Ela estava mentindo. Devia estar. O que mais podia fazer? Era o gesto temerário de uma mulher acuada, de uma manipuladora experiente. Ela conseguira atordoar Tamara, é claro, mas por pouco tempo. Tamara verificou o gravador — ainda tinha bastante fita — e apanhou seu bloco de anotações. Precisava registrar os fatos com absoluta precisão.

"Não havia nenhuma referência a um filho em todo o material de arquivo que li."

Honor respondeu com voz arrastada e irônica.

"Bem, se não está no material de arquivo..."

Tamara ficou calada, tensa, tentando recordar as acusações de Dev — suas palavras exatas — enquanto Honor continuava.

"Daniel Edmund Tait, ou Varga, como ele preferia, partiu, fugiu, para a Nova Zelândia em 1990, com vinte e três anos. Comprou terras suficientes para criar uma comunidade em South Island junto com um bando de desmiolados da mesma laia. Tudo foi por água abaixo, é claro. De lá ele se mudou para Hong Kong e torrou o resto de dinheiro que tinha, antes de nos pressionar para mandarmos mais recursos e se mudar para o norte da Índia, depois para a Espanha, e depois para outros lugares."

"A senhora está mentindo."

Honor ficou rígida.

"Se você se interessa tanto por mentiras, Daniel poderia lhe dar um curso completo. Sempre teve um gosto por invenções e reinvenções. Durante um breve período de ascensão social na adolescência, em que ele se pavoneava por Chelsea num paletó engomado como um proprietário rico de província numa caçada à raposa, ele fazia questão de que o chamássemos pelo seu nome do meio, Edmund. Quando o uso de drogas se consolidou, ele mudou para Ed."

"Dev e Daniel são a mesma pessoa?"

Honor tocou em seu queixo e sorriu com um falso orgulho.

"Nos primeiros anos da adolescência, ele fazia questão de usar o sobrenome Varga, nome de meu segundo marido, que ele jamais conheceu. Era uma forma calculada de ofender Tad, e a mim também, é claro. Naquela época — soubemos depois, por intermédio da escola de Daniel —, ele havia forjado para si um passado aristocrático húngaro."

"Então na verdade a senhora está me dizendo", disse Tamara, escolhendo as palavras com todo cuidado, para publicação, de modo que não houvesse nenhum engano, "que o jovem na fotografia, Dev, o homem que a senhora está beijando, é seu filho?"

"É o que estou lhe dizendo", respondeu a velha, com a mandíbula contraída. "Meu filho, meu filho adotivo, Daniel, era... é... um fantasista perigoso e um mentiroso patológico."

Honor deixou as contas caírem em seu colo. O *komboloi* de Daniel, suas contas antiestresse, um maneirismo que ele havia adquirido depois de um mês morando na caverna de uma ilha grega com colegas hedonistas. Eles estavam "descobrindo a si mesmos". Esse o mote. Primeiro ele se descobriu e depois se perdeu para sempre.

Agora Honor não estava mais evitando as perguntas da garota idiota. Estava contando a história porque precisava. Porque nunca havia contado. Estava apreciando a inquietação da jovem. E não havia nada a ganhar escondendo aquilo agora, não havia ninguém para proteger. Muito menos a si mesma.

"Ele estava lá, em Glenbuidhe, na noite do incêndio. Ele pegou uma chave e subiu sem nosso consentimento, depois que nos negamos a lhe dar mais dinheiro. Comprou uma passagem de avião com nosso último pagamento e partiu para a Nova Zelândia no dia seguinte."

"Não estou entendendo."

"É claro que não. Você não entende nada. Por que entenderia?"

Era uma dupla maldição: confiança e ignorância, pensou Honor. Seria esse o fardo da geração de Tamara, crianças ricas nascidas numa época de paz e de regalias sem precedentes? Daniel, não muito mais velho do que essa moça, tinha padecido as mesmas aflições. Na época em que chegou à idade de sentir curiosidade a respeito do mundo, não havia fronteiras ocultas que não tivessem sido meticulosamente mapeadas por guias de viagem para mochileiros; a única viagem sem mapa que restara era para dentro de si mesmo. E que decepção deve ter sido. A psique de Daniel não se revelou na forma de uma cadeia de picos virgens e transcendentes e de vales ocultos, nem de um palácio de prazeres iluminado por velas. Não havia quantidade suficiente de drogas no mundo que modificasse aquele fato: a paisagem mental de Daniel, sua vida interior — ou sua alma, como gostava de caracterizá-la —, era um shopping de lugares-comuns, um templo cafona consagrado à inveja e à cobiça.

"Por quê?", perguntou Tamara, numa dolorosa reprise dos momentos mais íntimos daquela primeira noite em Clapton e da última, no hotel em Paddington.

"Na condição de filho adotivo de pais relativamente conhecidos, ele tinha algum espaço para inventar histórias, bem como para alimentar os ressentimentos de infância, reais e imaginários. Nisso, pelo menos, ele foi brilhante."

A revelação de que a história se afastava muito da versão do tabloide, notou Honor com satisfação, tinha varrido o sorriso do rosto da garota. Tamara estava quieta, esmagada, em silêncio, enquanto a velha retomava seu relato, sem mais perguntas.

Honor tinha quase cinquenta anos quando seu segundo casamento terminou.

"Eu estava sozinha também. O filho era um projeto, sugestão de uma amiga sem filhos que achava que a coisa que ela mais desejava, um bebê, me daria a felicidade profunda que teria dado a ela. Levei a ideia adiante. A maternidade era uma experiência que eu não tinha e essa falta, pensei estupidamente, definia minha distância em relação às outras mulheres. Ao me tornar mãe, eu me integraria à corrente da humanidade, em vez de ficar apenas na posição de mera espectadora. Queria sentir aquele amor, dar e receber aquele amor." A velha fechou os olhos. "Egoísmo, tolice, me dei conta mais tarde. Eu não fui talhada para a maternidade, assim como ele também não foi talhado para o papel de filho."

Sua voz se recolheu de novo, quando ela recaiu em pensamentos. O mundo feminino, a mágoa sensata e o útero dolorido, o apelo do destino biológico sempre lhe pareceram uma tapeação e às vezes, quando lembrava o momento em que segurou pela primeira vez o vulnerável bebê nos braços naquele orfanato nas sombras da floresta de Ettersberg, ela se perguntava se não tinha sido mais um ato de contrição do que de amor.

O silêncio na sala era cristalino. Quando Tamara se virou para verificar a fita cassete, o bloco de anotações caiu de seu colo com um baque no chão, despertando Honor bruscamente de seus pensamentos e trazendo-a de volta à confissão em voz alta.

"Eu visitei o orfanato em Weimar, quando fui fazer uma matéria sobre adoção de crianças na Alemanha do pós-guerra — milhares de garotas que tiveram relações com soldados estrangeiros haviam abandonado seus bebês. O aspecto decorativo do menino — sua beleza de anjinho — me atraiu. Juntos, nós combinávamos, aquele ser pequenino e eu."

Ela mandou o menino estudar nas melhores escolas, lhe dava todos os brinquedos, ferramentas e equipamentos que ele pedia.

"Mais tarde, Tad entrou em nossas vidas e fez o melhor que pôde como padrasto. Juntos, durante os feriados da escola, acompanhávamos Daniel a museus e monumentos das principais cidades europeias e eu lhe apresentei alguns dos homens e mulheres mais interessantes daquela época. Eu interpretava sua atenção silenciosa como espanto, mas anos depois percebi que eu estava redondamente enganada."

Foi ao chegar à adolescência que seu lindo filho deixou claro, com sua nova capacidade de expressão, que, longe de apreciar tudo o que ela fizera por ele, vinha nutrindo sentimentos de rancor durante anos.

"Ele era um adolescente difícil: preguiçoso, emburrado, com pouca aptidão ou interesse por nada que não fosse masturbação e histórias em quadrinhos."

Lois, a querida Lois, manteve a palavra e tentou ajudar, levando Daniel para sua casa quando Honor estava viajando a trabalho, às vezes por meses intermináveis nas férias escolares. No início, Honor sentia ciúme da proximidade entre Lois e o menino, e as tentativas dela de ajudar lhe pareciam interferências. Lois sempre foi melhor naquele tipo de coisa. Pessoas. Amizade. Crianças. Amor. Mais tarde, porém, Honor passou a se sentir aliviada com a intervenção da amiga. Ela era bem-vinda para Daniel. A adoção fora um erro. Honor havia sido uma tola em pensar que tinha algo a oferecer a uma criança. Daniel havia retribuído a bondade de Lois roubando-a — dinheiro, joias, objetos de antiquário, quadros —, mas ela se recusou a procurar a polícia e, com uma paciência obstinada, continuava lhe dando afeição e hospitalidade como se nada tivesse acontecido.

Quando Daniel por fim terminou seu curso do ensino médio sem maiores problemas e conseguiu uma vaga na faculdade de belas-artes, pareceu também, para a mágoa secreta de Honor, que a fé de Lois fora recompensada. Mas a Escola de Belas-Artes Slade revelou-se apenas um divertimento de curta duração, e o ceticismo de Honor vingou. Logo ficou claro que Daniel preferia garotas e drogas a aulas de desenhos com modelo vivo e aulas de técnica de gravura. Acumulou dívidas catastróficas, criou um círculo de amigos semicriminosos e começou a se envolver com uma sucessão de cultos.

"Ele estava numa trilha espiritual, dizia, bajulava gurus inescrupulosos e fingia seguir uma dieta vegetariana enquanto devorava punhados de pílulas e invadia imóveis vazios acompanhado de indigentes e sociopatas."

Honor rolava as contas antiestresse na palma da mão. "O problema com o Menino Querido, Tad disse certa vez, é que ele é antiestressado *demais*."

Houve temporadas em centros de reabilitação mais caros que hotéis de cinco estrelas — Lois ajudou a pagar as contas —, depois veio a fase Hari Krishna, seguida de uma esticadinha como devoto de Alandra, a Deusa Azul de túnica cerúlea. Por algum tempo, ele se revelou um adepto santarrão e jocoso da Sagrada Irmandade dos Risonhos, depois passou dois meses como um zelote de sandálias da Nova Milícia de Jesus. Mas acabava sempre atraído de volta para seu ambiente sórdido, seu círculo de párias residentes nos prédios cinzentos da zona norte londrina, para suas namoradas drogadas e seus próprios hábitos ruinosos de usuário de drogas.

"Foi Tad quem afinal resolveu", disse Honor para Tamara. "Chega de dar dinheiro para financiar essa nulidade."

Lois teria continuado de bolsa aberta, mas o dinheiro dela simplesmente acabou, e a preocupação com seu filho substituto parece ter sido o estopim de seu declínio mental.

"E foi então que eu conheci o lado perigoso de Daniel", prosseguiu Honor. "Ele topou com indícios dos pecadilhos sexuais de Tad... Ele se travestia de mulher de vez em quando, como dizem hoje em dia."

Honor viu a garota ter um ligeiro sobressalto e apanhar de novo, rápida e instintivamente, sua caneta e seu bloco de anotações; mas por que esconder tudo isso agora? As pessoas, hoje em dia, não se vangloriavam desse tipo leve de excentricidade?

"Ele tentou nos chantagear", prosseguiu Honor.

Em busca de algo de valor que pudesse vender, ele arrombou a arca dos segredos. Escarneceu raivosamente do padrasto, massacrou a mãe por tolerar "viver com uma *drag queen*" e ameaçou procurar os tabloides, que entrariam em êxtases moralistas com a notícia das inclinações pessoais de um diretor de cinema bastante conhecido.

Tamara rabiscava sem parar as folhas de seu bloco de anotações, com a diligência de uma aluna aplicada.

"Fiquei repugnada com sua desumanidade, com sua má-fé", disse Honor. "Não queria ter mais nada a ver com ele. Eu lhe dei o que ele pediu, mas disse que aquele seria nosso último contato. A indenização para que ele fosse embora e não voltasse mais."

E então, uma semana depois, no apartamento deles em Londres, Tad recebeu um telefonema às quatro da manhã, da polícia de Inverness-Shire. Glenbuidhe tinha pegado fogo.

"No começo, a polícia de Glenbuidhe suspeitou de incêndio criminoso. Tinham corrido boatos sobre atentados contra casas de campo praticados por nacionalistas fanáticos. Houve também perguntas incômodas sobre nosso relacionamento com Daniel, sobre a saúde mental dele — um dia antes do incêndio, ele fora visto num pub da região quase inconsciente de tanto beber — e sobre suas ligações com pessoas de classes sociais inferiores. Mas a curiosidade deles esfriou quando os peritos apontaram uma falha nas fiações, que não eram trocadas desde a década de 1920. O caso foi encerrado e Daniel, na ocasião, foi estabelecer sua malfadada utopia numa fazenda abandonada na península de Abel Tasman. Eu esperava nunca mais vê-lo."

"Mas como...? Onde...?"

Honor descartou as perguntas de Tamara com um aceno de mão e prosseguiu. Cinco anos antes, uma ex-namorada de Daniel, que havia acabado de sair de uma clínica de reabilitação e estava em busca de dinheiro, contou a Honor que Daniel tinha sido visto num mosteiro indiano em Uttar Pradesh.

"Provavelmente ela pensou que estava contando para a mãe de Daniel, para mim, aquilo que eu mais desejava saber na vida. Eu simplesmente desliguei o telefone sem dizer nada."

Semanas depois, a garota telefonou outra vez, contando sobre rumores de que os monges haviam pedido a Daniel que fosse embora, acusando-o de abusar da hospitalidade deles.

"Então eu soube que era ele mesmo", disse Honor. "É sua marca registrada. O que ele mais fez a vida inteira foi abusar da hospitalidade."

Honor escondeu de Tad as novidades sobre Daniel, de Tad e de todo mundo, e calou a ex-namorada do filho com um pagamento "grande o suficiente para financiar uma dose letal de heroína".

Na entrada do Holmbrook Mansions, o final de tarde dera lugar à noite, e a luz dos postes conferia um matiz amarelado aos edifícios do outro lado da rua. Tamara pensou em seus colegas, parados lá fora enquanto a noite caía, à espera de uma visão de relance da velha senhora. Haveria risadas, mexericos e uma amigável troca de bebidas e cigarros. Alguém seria escolhido para ir ao pub comprar bebidas para animar o café e expulsar o frio. A noite estava caindo no apartamento também. Mas não havia nenhum sentimento amistoso ou calor humano ali. Tamara mal conseguia enxergar o que tinha escrito. Mas Honor Tait parecia não se importar com o escuro. Servia bem a ela.

"E quando foi exatamente que ele voltou para a sua vida? O Daniel?"

"Telefonou logo depois que Tad morreu, há dois anos."

Depois do telefonema, Honor não soube dizer se a principal causa de sua aflição era a morte de Tad ou a ressurreição de Daniel. O filho não manifestara nenhuma dor pela morte do padrasto, nenhuma compaixão por Honor, nenhuma curiosidade sobre Lois, que já não tinha nenhuma utilidade para ele, tampouco havia demonstrado algum remorso pela chantagem ou pelo incêndio. No entanto, Tait quis vê-lo.

"Eu fui seduzida, ludibriada. Que mãe não seria? Mesmo uma mãe tão incompetente como eu. Minha própria culpa teve seu peso, é óbvio. Mas no final a questão se resumia a dinheiro. Era sempre isso que ele queria. Sei disso agora. Mandei ordens de pagamento para pseudônimos em Goa e Almora, providenciei pagamentos para o escritório do American Express em Ibiza, Atenas, Marrakesh... Amizade, afinidade, amor — tudo isso, para ele, sempre foi uma transação financeira. Você esperava a batida do coração, mas tudo que ouvia era o clique do ábaco."

O choque havia amainado e Tamara entendeu que precisava recuperar o controle da entrevista.

"Quando foi que a senhora o viu de novo desta última vez?"

"Antes do Natal, houve alguns telefonemas em que ninguém disse nada — imaginei que era ele —, depois recebi um cartão-postal ofensivo. Por fim ele telefonou algumas semanas atrás. Concordamos em nos encontrar. Ele disse que estava na casa de amigos."

"Em Clapton?"

"Não me contou onde estava morando. Tive a impressão de que não estava num lugar fixo."

"Mas e tudo o que ele contou... que falou sobre a senhora no *Sphere*?"

Tamara já sabia qual era a resposta, mas precisava ouvir com todas as letras.

"Inverdades. Mentiras mirabolantes e autoengrandecedoras. E ganância. Ele deve ter recebido um cheque polpudo daquele tabloide repugnante, não tenho a menor dúvida."

Tamara prendeu a respiração na esperança de que a penumbra encobrisse seu rubor. A luz dos postes lá fora parecia brilhar com mais força à medida que os contornos e os cantos do apartamento — as prateleiras e o console da lareira vazios, a própria lareira, os móveis sólidos e bojudos, a forma insubstancial de Honor Tait — se dissolviam aos poucos na escuridão. A velha continuava falando sem se importar com nada, sua voz desencarnada como vindo de um fantasma.

"Mas ele simplesmente não pode ter inventado tudo aquilo", disse Tamara.

Ela mal conseguia distinguir a silhueta de Honor Tait quando a velha senhora se mexeu na poltrona e se inclinou para o lado a fim de acionar o interruptor do abajur sobre a mesa. A luz que ele lançou sobre Honor Tait foi brutal, deu a seu rosto um fulgor esverdeado, transformando suas rugas e sombras em uma grotesca gravura entalhada em madeira.

"Você não é simplesmente uma bobinha, não é? Você é uma bobinha perigosa."

Olhou para Tamara com o distanciamento de uma esfinge.

"Eu apenas quero mostrar tudo isso da maneira correta. O que aconteceu de fato...", disse Tamara.

Com um tremor, a velha se levantou da poltrona e andou até a lareira de novo. Agarrou-se ao console, curvou-se para mover uma alavanca e as chamas do queimador de gás se inflamaram, lançando sombras nas paredes nuas da sala.

"Vim aqui para escrever uma matéria completamente diferente", prosseguiu a jovem. "Na verdade, não sei por onde começar."

"Está esperando minha solidariedade?"

"É claro que não. Mas sem dúvida esta é a chance de revelar os verdadeiros fatos."

Honor Tait voltou lentamente para sua poltrona. Agora assentia com a cabeça. Enfim dócil, pensou Tamara, refreando um sorriso autocongratulador. Ela se perguntava como abordar aquele novo ângulo do assunto. Não seria para o *Sphere*, é claro. Nenhum jornal iria querer atacar sua própria reportagem, e Tim ficaria possesso quando soubesse que eles tinham sido usados para pagar as despesas de luxo de um folgado. O *Mail on Sunday* talvez visse com bons olhos a chance de passar uma rasteira num concorrente e furar sua reportagem: MENTIRAS PÉRFIDAS DE FILHO VICIADO EM ESCÂNDALO DE CHANTAGEM DE GIGOLÔ. Talvez os jornalões gostassem da história: *The Times* ou até o *Independent*. O tom seria mais nobre e talvez mais ao gosto de Honor Tait: TRAÍDA PELO FILHO QUE AMEI. JORNALISTA GANHADORA DE PRÊMIO PULITZER HUMILHADA REVELA A VERDADE.

"Não." Honor Tait baixou a mão sobre a mesa com tamanha força que a fotografia de seu último marido chegou a balançar e quase cair. Era a única fotografia naquela sala, Tamara se deu conta então. "Está acabado. Não haverá mais reportagem nenhuma."

"Mas haverá, sim. A senhora sabe disso. Esse assunto vai circular durante anos, décadas, enquanto existirem jornais para ser impressos e pessoas para ler jornais. A menos que ponhamos um ponto final agora. Publicando a verdade."

"Nós?" Honor encolheu-se de volta em sua poltrona. "Nem por um momento suponha que eu e você tenhamos alguma coisa em comum — nem mesmo humanidade compartilhada. Não preciso de você nem de pessoas da sua laia. Não vou colaborar com essa reportagem nem com nenhuma outra. Está encerrado. A maldita charada acabou."

"Mas por quê?", perguntou Tamara, a voz rouca de indignação.

"Essa é a pergunta mais idiota que você fez em toda esta tarde", disse Honor. "Agora saia daqui."

Enquanto caminhava em direção à porta, Tamara se virou para olhar a pequena figura sentada, diminuída pelas sombras que ocupavam toda a sala. Sob a luz do abajur, o rosto de Honor Tait se transformara em uma careta louca e desafiadora, a cabeça inclinada para trás, os olhos radiantes: uma ancestral de Joana D'Arc amarrada à estaca.

Vinte e quatro

Quando Tamara chegou à porta do edifício Clapton, as chamas já estavam controladas. O incêndio, disseram os curiosos presentes, tinham se restringido sobretudo ao sótão. Tamara viu a garota punk, descalça no frio, só de suéter e calça colante de malha, tomando chá com alguns bombeiros. Ninguém havia se machucado, disseram, mas a estrutura do prédio fora seriamente danificada.

Tamara tentou ligar para ele de uma cabine telefônica assim que saiu do Holmbrook Mansions, mas na hora em que estava discando o número já sabia que o telefone dele estaria desligado.

Tamara se aproximou da garota cujo rosto estava manchado de lágrimas negras — maquiagem ou fumaça.

"Você chegou tarde, não vai encontrá-lo", disse ela para Tamara, enxugando os olhos com as costas da mão. "Ele foi embora hoje de manhã. Disse que ia para o Oriente, e não estava se referindo a Canning Town. As vibrações aqui estavam ruins, ele disse. Tinha energia negativa demais." Ela deu uma risada mordaz. "E vai ter ainda mais quando o senhorio descobrir que ele foi embora. Além de tudo isto", ela fez um gesto com a mão apontando para o sótão, as janelas quebradas e enegrecidas e o telhado afundado, "ele está devendo três meses de aluguel."

Sobre a mesinha de cabeceira, Honor tinha tudo aquilo de que precisava para a viagem: uma jarra de água, um copo e seu frasco de pílulas. O rádio estava sintonizado na Rádio 3. Lieder de Schubert. "Erlkönig".

> *"Meu pai, meu pai, ah, você não está ouvindo/ O que o Rei dos Elfos sussurra em meus ouvidos?"*

Ela pegou seu caderno de anotações — o hábito de trabalho era o mais difícil de largar — e olhou mais uma vez suas últimas correções.

> *Então fiquei olhando, enquanto os soldados aliados se revezavam com os punhos e com as botas, até que o jovem alemão, um estudante inocente e duas vezes vítima, tombou no chão ensanguentado e jazia inconsciente junto ao cepo destroçado do pujante carvalho de Goethe. Foi naquele local que o poeta escreveu: "Aqui o homem se sente grande e livre — grande e livre como o cenário à sua frente, e como ele, com justiça, deveria ser sempre".*

Ela se contraiu ao recordar os golpes jubilosos e a expressão do menino ao cair. Os olhos, de um azul infantil em meio ao rosto devastado, cruzaram-se com os olhos dela. E então ele gritou: "*Mutti! Mutti!*". Mãe! Mãe! Suas últimas palavras. O caderno tombou das mãos de Honor e caiu no chão.

No dia anterior, ela estivera no consultório de seu clínico geral, saindo e voltando a entrar pelos fundos do edifício de luxo.

Tinha se queixado de angina. Dores no peito. Meias verdades, embora as dores não fossem principalmente físicas. Mas com essa recente visita ao médico não ia haver nenhum alvoroço, nenhuma necessidade de investigação. Despejou seu suprimento de comprimidos dentro de um copo e jogou os frascos no duto da lixeira do prédio. De volta ao quarto, esvaziou as pílulas na palma da mão e engoliu todas, dois punhados, com água, em quatro goles amargos. Toda força que lhe restara era necessária para suprimir a ânsia de vomitar. Aquela seria sua última batalha.

Puxou o cobertor até o pescoço e envolveu-se bem nas cobertas. Havia concluído a limpeza do apartamento. Suas fotografias de Tad e Daniel tinham sido jogadas no duto da lixeira do prédio, junto com seus últimos livros e documentos. Tudo que havia sobrado era seu último caderno, que jazia no chão, com a capa voltada para baixo. Tinha tirado o telefone da tomada da parede e desligado a campainha da porta. A empregada só viria na semana seguinte. O porteiro havia concordado em pôr o envelope com a carta no correio — simples, evasiva, sem condenações nem recriminações —, para sua editora de segunda categoria. Quando recebesse a carta e viesse correndo para o apartamento, no qual entraria com uma chave mestra, estaria tudo terminado, e a presunçosa Ruth guardaria o último segredo de Honor. Morte por causas naturais seria a versão oficial.

Ruth seria sua testamenteira. O apartamento ia ser vendido, as dívidas seriam pagas e o que sobrasse seria entregue a alguma instituição de caridade que cuidava de pacientes com Alzheimer. Não fazia sentido deixar para Lois. Quanto a Daniel, ele já havia recebido seu pagamento final. Honor acomodou-se nos travesseiros e fechou os olhos, tentando deter seus pensamentos e apagar aquela terrível sensação de fracasso. Será que Daniel nascera ruim? Ou ela, a mais anormal das mães, uma observadora da vida em vez de participante, fizera dele uma pessoa ruim?

Honor muitas vezes se perguntou quais iriam ser seus últimos pensamentos. O trabalho, qualquer que fosse o papel que representara em sua vida, não era assunto para o leito de morte. As pessoas — lembranças de amigos, da família, dos amantes, dos inimigos — é que iriam proporcionar o tormento ou o consolo derradeiro. Haveria um esfumaçar vagaroso, uma gradual extinção das luzes? Ou ela morreria em meio à angústia, gemendo de remorsos? Não conseguia rechaçar aquilo, e a sensação de más ações voltou a assombrá-la. O menino chorando naquele lugar de beleza e de horror. E sua própria curiosidade implacável.

"Meu pai, meu pai, ele está me segurando com força!/ O Rei dos Elfos está me machucando! Socorro, estou perdido!"

Ela estendeu a mão sobre a cama e desligou o rádio.

Aos poucos, o vácuo negro, vasto como o universo, se desfazia por trás de seus olhos fechados num azul inquieto — Loch Buidhe, tremulando em seu anfiteatro de suaves montes verdes, e ao longe Ben Firinn, seu pico brilhante de neve, alçando-se acima de suas montanhas irmãs. Não era Ettersberg, portanto, com suas sinistras florestas de faias. Aquilo foi uma bênção inesperada. Os montes e as montanhas em redor de Glenbuidhe eram, em termos de globo terrestre, pigmeus topográficos. Mas eram os Himalaias pessoais de Honor, puros e encantadores. E havia sua casa de infância ao longe, restaurada para ela, seu corpanzil de granito suavizado pela luz do entardecer, um lugar de paz talvez pela primeira vez. Nenhum sinal de seus pais. Em paz, ela esperava, também pela primeira vez.

Ali, perto da cabana à beira d'água, olhando para cima, na direção das montanhas, ela não estava sozinha. A seu lado, um menino pequeno, sério e confiante, ergue a mão e entrelaça os dedos nos dedos dela. Ficam parados em silêncio, de mãos dadas, observando a luz que se modifica aos poucos nas montanhas.

Em breve, o sol vai se pôr, jorrando brasas douradas sobre o lago, e os dois vão entrar, fazer o jantar e acender a lareira para se proteger da noite fria que virá.

Que ironia que tivesse de ser justamente Ross, que nunca foi bom em começos nem em finais, e muito menos em partes intermediárias, que se visse na obrigação de fornecer a história conclusiva; Ross e a maluca Crystal, cuja irmã, Dawn, tivera seu destino trágico selado oito anos antes, no dia em que conhecera Danny Varga, também conhecido como Dev, com quem ela compartilhava o interesse por crenças da Nova Era e por corrupção material da Antiga Era. Mas isso não era para ser publicado. Como Honor Tait tinha dito, certas coisas eram assunto privado, e dinheiro nenhum no mundo ou nenhum tipo de promessa de vantagens induziriam Tamara a falar de tais coisas. Era uma questão de integridade. Além do mais, era preciso escrever outra reportagem.

Foi uma pequena vitória, mas ainda assim uma vitória, quando a matéria de Tamara sobre a vida e obra de Honor Tait foi por fim publicada no *The Monitor*. Suas horas de pesquisa, suas entrevistas e suas andanças infatigáveis não foram em vão, e ainda havia a satisfação adicional de imaginar sua nova chefe, no momento participando de uma conferência sobre tecnologia na Califórnia, abrindo o jornal e vendo o nome de Tamara como autora de uma matéria que ela, a pretensiosa Tania Singh, ávida de poder, gostaria de ter escrito.

Uma certa dose de adaptação e invencionice foi necessária. Mas, Tamara admitia, havia nisso uma certa justiça. Ela devia aquilo à velha senhora. A matéria era bem mais curta do que Tamara pretendia, e subeditores sem imaginação haviam cortado muitas de suas melhores linhas, apagaram a referência ao musical de T.S. Eliot no West End de Londres e a menção à estreita amizade de Tait com Lord Byron. Trocaram "transgressivo" por "impróprio", extirparam "hermenêutico" e se recusaram a dar espaço para "ctônico", e o tom da matéria publicada se afastava de seu texto original. Porém, nas circunstâncias, era o que se podia esperar. Não fazia sentido mostrar-se apegada a preciosismos; afinal, a capacidade de adaptação era uma das principais fontes da energia profissional de Tamara. A página de obituários do *The Monitor* não era a do *S*nday*, mas também não era as da *Psst!* ou do *Sphere*.

O emprego de que Tim havia falado não se concretizou e agora é que jamais se concretizaria — ele tinha sido demitido, junto com Gifford-Jones, depois que a nova matéria de Tamara foi publicada no *The Monitor* revelando ao público a extensão da impostura de Dev. UM MONTE DE MENTIRAS — FILHO DROGADO DE TAIT ENGANA TABLOIDE era a manchete, e a foto da autora do texto, logo abaixo, era a de Tamara. Usaram a fotografia do beijo do *Sphere*, agora revelada como uma imagem de abnegada afeição maternal e da traição de um filho, bem como o instantâneo de Bucknell, tirado furtivamente da mesinha de cabeceira durante a primeira entrevista, de um menino de feições angelicais segurando a mão de Honor Tait na frente de uma casa na Escócia. Johnny encaminhou a Tamara uma mensagem de parabéns, dizendo que Wedderburn, encantado com a oportunidade de expor a credulidade dos outros jornais, deixando passar em branco o fato de que o *The Monitor* também se deixara enganar no início, selecionou a matéria dela para a reunião matinal. Pena que Honor Tait, que entrara em coma enquanto os jornais eram impressos, não tenha chegado a viver o suficiente para ver seu nome limpo de forma tão enfática.

A história da estupidez do tabloide e da cobiça filial pipocou pela imprensa do mundo todo no dia em que o cheque do

Sphere foi descontado da conta de Tamara para ela enviar duas mil libras a Ross, a fim de que ele saldasse suas dívidas. Ross podia recomeçar a vida — ou não —, assim como ela estava dando uma arrancada rumo a uma vida nova, com o obituário assinalando sua segunda aparição em uma semana nas páginas sérias do caderno principal do *The Monitor*. Seu protetor de outrora, Simon, já não estava lá, infelizmente — uma diferença na contabilidade das despesas tinha vindo à luz, fornecendo afinal o pretexto que a administração fazia muito tempo desejava para demiti-lo. Portanto ele estava sem trabalho, e também sem ter onde morar. Jan, que havia descoberto sobre Lucinda e Davina, e sobre todas as outras, tinha dado um pé na bunda dele e, em seu lugar, pôs o organizador de festas e eventos que havia planejado a comemoração de aniversário de dezoito anos do filho deles.

"Um organizador de festas! O cara é dezesseis anos mais jovem do que ela! Dormindo com a minha mulher! Na minha cama! Na minha casa! Dá pra acreditar?", disse Simon, quando telefonou. "O que é que eu vou fazer agora?"

"Cabeça fria, Simon", disse Tamara. "O negócio é tocar a vida."

Assim como ela havia tocado a vida. E agora Johnny, recém-promovido a editor adjunto do jornal e indicado para o cargo de Wedderburn, a convidara para almoçar no Bubbles na semana seguinte. Ela ganhara um celular da empresa, e Simon, antes de ir embora, havia passado a ela uma lista de telefones de celebridades e dado dicas úteis. Ela já tinha conseguido acessar o *voicemail* de Pernilla Perssen. Puro ouro jornalístico. Corriam rumores de que havia um trabalho fixo para ela na editoria de Espetáculos. Ela estava em ascensão. Não havia a menor dúvida.

Honor Tait — jornalista veterana, amiga das celebridades

Nascida em Edimburgo, em 2 de abril de 1917

Falecida em Londres, em 25 de fevereiro de 1997

Honor Tait, jornalista ganhadora do Prêmio Pulitzer, com uma movimentada vida particular, morreu sozinha de causas naturais aos oitenta anos de idade em seu apartamento na zona oeste de Londres. Nascida em Edimburgo, num mundo hermético de riqueza e privilégios, foi educada por governantas na propriedade rural da família perto de Inverness, num convento belga e numa escola particular suíça para moças de sociedade, antes de desafiar as convenções, largando os estudos e se mudando para Paris. Lá, trabalhou como secretária numa agência de notícias e conviveu com alguns dos artistas e boêmios mais famosos da época, antes de persuadir o editor do Herald Tribune *a deixá-la fazer uma experiência como repórter. Nunca se arrependeu. Nos muitos jornais e revistas de notícias em que trabalhou, era conhecida por sua grande beleza e seu apetite insaciável por cavar furos de reportagem. Não tinha medo de usar a beleza em benefício de tal apetite. Entre os muitos assuntos que cobriu, estava a Guerra Civil Espanhola, o desembarque no Dia D e a Guerra do Vietnã. Sua missão era "defender os fracos e acender um farol nos recantos mais escuros da experiência humana".*

Em Los Angeles, foi amiga íntima da realeza de Hollywood, inclusive de Marilyn Monroe (ver foto acima, à direita) e Liz Taylor (ver foto abaixo, à esquerda). Seu nome esteve ligado a muitos homens famosos, entre eles Frank Sinatra, Fidel Castro, Bob Dylan, Pablo Picasso, T.S. Eliot e Bing Crosby (ver foto no centro, à esquerda), sobre o qual ela declarou, numa entrevista exclusiva recente ao The Monitor: *"Ele tinha pés maravilhosos. Toda vez que me abraçava, eu me sentia como uma colunista de fofoca".*

Casou-se três vezes. A primeira em 1941, com o empresário teatral belga Marquise Maxim de Cantal. A união terminou em divórcio, dois anos depois. Após alguns romances muito divulgados, casou-se em 1957 com Sandor Varga, o editor nascido na Hungria, que mais tarde a deixou para viver com a atriz Bebe Blondell (ver foto abaixo, à direita), estrela dos grandes sucessos do cinema francês da década de 1960 Après Vous! *e* Pardonnez Moi!. *Em 1967, aos cinquenta anos, Honor Tait visitou um orfanato alemão durante uma viagem de trabalho e adotou um bebê de três meses, ao qual deu o nome de Daniel. Mudou-se com ele para Los Angeles. Lá, conheceu o americano Tad Challis, travesti e admirado diretor de muitos clássicos da comédia inglesa no cinema, entre os quais* Os caçadores de prazer *e* Lua de mel dos cabeleireiros. *Casaram-se em 1970.*

Ela voltou a morar em Londres com Challis, mas manteve a propriedade de uma cabana de caça no que tinha sido a propriedade rural de sua família, em Inverness-Shire, que ela visitava com regularidade. Sete anos atrás, a cabana foi destruída por um incêndio.

Nos últimos anos, após a morte de Challis em 1995, Tait dedicou-se a causas humanitárias e levou uma vida sossegada em Londres, num apartamento crepuscular, repleto de relíquias valiosas e com sua coleção de pinturas de velhos mestres, onde eventualmente recebia alguns amigos mais próximos e se tornou uma espécie de reclusa. Entusiasta da cirurgia plástica, há pouco tempo submeteu-se a um derradeiro procedimento estético, semanas antes de morrer devido a problemas cardíacos. Pouco tempo atrás, viu-se como objeto de uma indesejável publicidade, quando um tabloide divulgou que ela mantinha um relacionamento impróprio com um homem mais jovem. A denúncia não tinha fundamento e o jovem, viu-se depois, era ninguém menos que seu filho adotivo, como revelou com exclusividade o The Monitor *desta semana. O editor do jornal difamador foi demitido em seguida.*

A cerimônia fúnebre de Tait será na próxima quinta-feira, no crematório da zona oeste de Londres.

A remuneração de Tamara pelo obituário foi frustrantemente pequena, mas, como sinal de respeito e a título de recompensa, ela gastou o dinheiro numa grande coroa de flores, feita com lírios cor-de-rosa, os favoritos de Honor Tait, para ser depositada sobre seu caixão. O cartão preso na coroa de flores dizia simplesmente: "Para a decana das jornalistas. De sua maior admiradora".

Agradecimentos

A pesquisa para este livro me deu um aprazível pretexto para ler, ou reler, a obra e as memórias de muitas jornalistas famosas, nenhuma das quais tem semelhança alguma com minha fictícia correspondente de guerra, Honor Tait. Apenas Margarite Higgins, a linda e corajosa repórter americana cuja carreira teria pontos em comum com a de Tait, poderia legitimamente arquear uma sobrancelha. A descrição que Higgins faz de um incidente ocorrido em Buchenwald, após a libertação, tem alguns paralelos com o meu relato, mas os detalhes de seu texto, sua reação e o desfecho são acentuadamente diversos. Todavia tenho uma dívida com as memórias de Higgins, *News is a Singular Thing* e *War in Korea* e com sua biografia, *Witness to War*, de Antoinette May. Também devo agradecer a Isabel Fonseca e Jane Maud, que leram meus rascunhos e foram generosas e perspicazes em suas sugestões, a minha editora Rebecca Carter e, acima de todos, a Ian McEwan, por seu apoio inabalável e seus conselhos afetuosos.

ESTA OBRA FOI COMPOSTA EM ELECTRA PELO ACQUA ESTÚDIO E IMPRESSA
PELA BARTIRA EM OFSETE SOBRE PAPEL PÓLEN SOFT DA SUZANO PAPEL
E CELULOSE PARA A EDITORA SCHWARCZ EM JUNHO DE 2012